U0964682

傅雷译作全编

注释版

〔法〕奥诺雷·德·巴尔扎克/著　傅雷/译

巴尔扎克作品

贝姨

巴蜀书社

图书在版编目(CIP)数据

巴尔扎克作品《贝姨》/(法)奥诺雷·德·巴尔扎克著;傅雷译. —成都:巴蜀书社,2018.6
(傅雷译作全编:注释版)
ISBN 978-7-5531-1001-1

Ⅰ.①巴…　Ⅱ.①奥…　②傅…　Ⅲ.①长篇小说—法国—近代　Ⅳ.①I565.44

中国版本图书馆CIP数据核字(2018)第126883号

《贝姨》　　(法)奥诺雷·德·巴尔扎克著　傅雷译

策划组稿	施　维
责任编辑	陈　礼
出　　版	巴蜀书社 成都市槐树街2号　邮编610031 总编室电话:(028)86259397
网　　址	www.bsbook.com
发　　行	巴蜀书社 发行科电话:(028)86259422　86259423
经　　销	新华书店
内文排版	四川泽雨文化有限公司
印　　刷	四川省南方印务有限公司
版　　次	2018年9月第1版
印　　次	2018年9月第1次印刷
成品尺寸	170mm×240mm
印　　张	21.5
字　　数	430千
书　　号	ISBN 978-7-5531-1001-1
定　　价	55.00元

本书若有印装质量问题,请与本社发行科联系调换

目　录

一

1838年7月中旬，一辆在巴黎街头新流行的叫作爵爷的马车，在大学街上走着，车上坐了一个中等身材的胖子，穿着国家禁卫军上尉的制服。

在那般以风雅为人诟病的巴黎人中间，居然有一些自以为穿上军服比便服不知要体面多少，并且认为女人们目光浅陋，只消羽毛高耸的军帽和全副武装，便会给她们一个好印象。

这位第二军团的上尉，眉宇之间流露出一派心满意足的神气，使他红堂堂的皮色和着实肥胖的脸庞显得更光彩。单凭这道靠买卖挣来的财富罩在退休的老板们额上的金光，我们便可猜到他是个巴黎的得意人物，至少也是本区的助理区长之类。所以，像普鲁士人那样鼓得老高的胸脯上①，荣誉团的小红丝带是决计少不了的。趾高气扬的坐在车厢的一角，这个佩带勋饰的男子左顾右盼；巴黎的行人往往即在这种情形之下遇到一些满面春风的笑脸，其实那副笑脸是为他心中的美人儿的。

爵爷到了美猎街和蒲高涅街中间的一段，在一座大屋子门前停下；那是在附有花园的老屋子空地上新起的，老屋本身并没改动，在去掉了一半的院子底上保持原状。

只要看上尉下车时怎样接受马夫的侍候，便可知道他是五十开外的人了。有些显而易见的笨重的举动，像出生证一样藏不了秘密。上尉把黄手套重新戴上右手，也不向门房问询，径自往屋子底层的石级走去，神气仿佛是说："她是我的了！"巴黎看门人的眼力是很高明的，凡是佩带勋饰，穿着蓝衣服蓝色是军服上装的颜色，脚步沉觅的人，他们决不阻拦，并且他们认得出有钱的人。

① 普鲁士人：原本居住在波罗的海东南沿岸的一个民族，属波罗的海种族，16世纪古普鲁士人作为独立民族逐渐消亡。

神气仿佛是说："她是我的了！"

底层全部是于洛·特尔维男爵家住的。男爵在共和政府时代当过后勤司令兼军法官，在队伍里任过军需总监，现任陆军部某个极重要的署的署长，兼参议官，荣誉团二等爵，其他衔名，不胜备载。

于洛男爵改用他的出生地特尔维做姓氏，以便和他的哥哥分别清楚。哥哥是有名的于洛将军，前帝国禁卫军上校，1809 年战役之后受拿破仑册封为福士汉伯爵。这位长兄为照顾兄弟起见，以父亲那样周密的心思，老早把他安插在军事机关，后来由于弟兄两人的劳绩，男爵得到了拿破仑应有的赏识。从 1807 年起，他已经是远征西班牙大军的军需总监。

按过门铃，民团上尉花尽气力，想把他凸起的肚子牵动得前翻后卷的衣服恢复原状。一个穿号衣的当差一看见他，马上请进，这个威风十足的要人便跟着进去，仆人打开客厅的门通报道：

“克勒凡先生来了!”

一听到这个名副其实的姓氏 Creve 与 Crevé 二字读音相仿，前者是姓氏，后者是大胖子，一位高身量，黄头发，保养得很好的女子，吃了一惊似的站起，急急忙忙对在旁刺绣的女儿说：

“奥当斯，好孩子，跟你贝姨到花园里去吧。”

奥当斯·于洛小姐很文雅的对上尉行过礼，带着一个老处女从玻璃门里出去了。那干瘪的老姑娘虽然比男爵夫人小五岁，看上去却苍老许多。

“那是关系你的亲事呢。”贝姨附在甥女奥当斯耳边说。男爵夫人打发她们时对她随随便便的态度，她并没有生气。

这种不拘礼数的待遇，可以从她的衣着上得到解释。

老处女穿一件葡萄干颜色的毛料衣衫，裁剪和滚边都是王政时代款式。一条挑绣领围大概值得三法郎，一顶系着旧缎带结了的草帽，结子周围镶着草辫，像巴黎中央菜场上的女菜贩戴的。看到那双式样明明是起码皮匠做的金羊皮鞋，生客就不敢把贝姨当作主人的亲戚招呼，因为她完全像一个做散工的女裁缝，可是老姑娘出去之前，照样对克勒凡先生打一个亲热的招呼，克勒凡先生会心的点点头说：“你明天来的吧，斐希小姐?”

“没有外客吗?”贝姨问。

“除了你，就是我几个孩子。”

“那么，”她回答说，“我一定去。”

民团上尉当时的国家禁卫军全由中产阶级及工商界组成，故亦称民团对男爵夫人重新行了一个礼，说道：

“太太，我特来领教，”说话之间他向男爵夫人飞了一个眼风，活像去太丢狒的内地戏子，在博济哀或哥当斯一类的城里，以为非这样的望一眼爱弥勒，就显不出他角色的意义太丢狒为莫利哀喜剧中的主角，是一个骗子，想把奥龚的太太爱弥勒和她的女儿一齐骗上手。

“先生，请那边坐吧，谈正经事还是那儿比客厅好，”于洛太太一边说一边指着隔壁的一间房，从屋子的分配看来，那应当是打牌的房间。

和小房隔开一道薄薄的板壁，另有一间窗子临着花园的上房。于洛太太让克勒凡等着，因为她觉得上房的窗和门应当关严，免得有人偷听。她还郑重其事的关上大客厅的玻璃门，顺便对坐在花园底上旧亭子里的女儿和贝姨微微一笑。回来，她敞开打牌间的门，以便有人进来，就可听见大客厅的门声。这样来来往往的时候，没有什么旁观的人在场，所以男爵夫人的心事全都摆明在脸上；要是有人看到她，一定会因她的慌乱而吃惊的。但她从客厅的大门走向打牌间时，脸上立刻挂起一道莫测高深的幕，那是所有的女子，连最爽直的在内，都会运用自如的。

她这些准备工作看起来真是古怪得很。那时，上尉正在打量小客厅里的家具陈设。本是红色的绸窗帘，给太阳晒成了紫色，绉裥快要磨破，地毯的颜色已经褪尽，家具上的金漆已经剥落完了，布满污点的花绸面子露出大块的经纬。看到这些，暴发商人平板的脸上，天真地流露出先是鄙夷，再是自满，而后是希望的表情。他照着帝国式旧座钟上面的镜子，把自己上上下下端详一番，忽然一阵子衣衫悉索的声音报告男爵夫人来了，于是他立刻摆好姿势。

男爵夫人拣了一张三十年前当然很漂亮的小双人沙发坐下，让客人坐在一张靠手尽头雕着斯芬克斯的头①、大片的漆已经剥落而露出白木的靠椅上。

“太太，你这样的防范周密，倒很像招待一个……”

“招待一个情人是不是？”她住了他的话。

“这样说还差点儿劲，”他把右手放在心口，眨巴着眼睛，那神气在一个冷静的女子看来是永远要发笑的，“情人！情人！应当说魂灵出窍的情人……”

“听我说，克勒凡先生，”男爵夫人一股正经劲儿使她笑也笑不上来，“我知道你今年五十，比于洛小十岁；可是在我的年纪，一个女人再要胡

---

① 斯芬克斯：最初源于古埃及神话，古埃及第四王朝的法老哈夫拉按斯芬克斯的形象建造了一座石像，后世称为“狮身人面像”。

闹，必需有些特殊的理由，不是为了美貌，便是为了年轻，为了名望，为了功绩，为了一点子冲昏我们的头脑，使我们忘掉一切、甚至忘掉我们年纪的烜赫的光华。你虽然有五万法郎的收入，你的年龄也把你的财富抵消了；女人认为必不可少的条件，你一样也没有……"

"有爱情还不成吗?"他站起身来向前走了一步，"而且那爱情……"

"不，先生，那是你死心眼儿!"男爵夫人打断了他的话，不让他老是无聊。

"对啊，就是爱情的死心眼儿呀，并且还不止这一点，还有权利……"

"权利?"于洛太太嚷道。她又是鄙薄，又是轻蔑，又是愤慨。"得了吧，这一套说下去是没得完的；我请你来，也不是旧话重提，要谈当初使你这位至亲不能上门的那回事……"

"我倒以为……"

"又来了！先生，我能这样轻松的，满不在乎的提到爱人，爱情，那些使女人最为难的题目，你难道还看不出我完全把得住自己吗？我甚至毫无顾忌，不怕跟你两人关在这间屋里。没有把握的女人会这样吗？你明明知道我为什么请你来！……"

"不知道，太太。"克勒凡扮起一副冰冷的脸，抿紧了嘴，重新摆好姿势。

"好吧，我的话不会多，省得彼此多受罪。"男爵夫人望着克勒凡说。

克勒凡带着讽刺意味行了个礼。这一下，内行人就可看出他从前当过跑街的气派。

"我们的儿子娶了你的女儿……"

"怎么，还要重新来过吗?"克勒凡说。

"那我怕这头亲事不会成功的了，"男爵夫人很快当的回答，"可是你也没有什么好抱怨。我的儿子不但是巴黎第一流的律师，并且已经当了一年议员，在国会初期的表现相当精彩，不久就有当部长的希望。维多冷做过两次重要法案的报告员，要是他愿意，他早已做上高等法院的首席检察官。所以，倘使你的意思是说你搅上了一个没有财产的女婿……"

"哼，一个要我维持的女婿，"克勒凡回答，"我觉得这个比没有财产更糟，太太。我给女儿的五十万法郎陪嫁，二十万天知道花到哪儿去了……令郎拿去还债，把屋子装扮得金碧辉煌，——一所五十万法郎的屋子，收入还不到一万五，因为他自己住了最好的一部分；他还欠二十六万

于洛太太

法郎的屋价……收来的房租只够付屋价的利息。今年我给了女儿两万法郎，她才敷衍过去。我女婿当律师的收入一年有三万，哎，听说他为了国会倒不在乎业务了……”

“先生，这些仍不过是闲文，只能岔开我们的本题。总括一句，倘使我儿子当了部长，给你的荣誉团勋章晋一级，再给你弄一个巴黎市政府参议，那么，像你这样花粉商出身的人也没有什么好抱怨的了……”

“啊！太太，提到这个来了。对，我是做小买卖的，开铺子的，卖杏仁饼、葡萄牙香水跟头痛油的，我应当觉得很荣幸，把独养女儿攀上了于洛·特尔维男爵的公子，小女将来是男爵夫人呀。这是摄政王派，路易十五派，宫廷派！好极……我喜欢赛莱斯丁纳，就像人家喜欢一个独养女儿一样，因为我疼她，因为连兄弟姊妹都不想给她添一个，所以虽是在巴黎鳏居多么不方便（而且在我年富力强的时候，太太！），我照样忍受；可是请你明白，尽管我溺爱女儿，我却不肯为了你的儿子动摇我的产业，在我做过买卖的人看来，他的用度有些不清不楚……”

“先生，在商务部里，眼前就有一位包比诺先生，从前在龙巴街上开药材铺的……”

“是我的老朋友啊，太太！……”退休的花粉商说，“因为我，赛莱斯丁·克勒凡，本是赛查·皮洛多老头手下的大伙计，他的铺子是我盘下的；皮洛多是包比诺的丈人，包比诺当时在店里不过是个小伙计，而这些还是他跟我提的，因为他，说句公平话，对有身家的人，对一年有六万法郎进款的人并不骄傲。”

“那么先生，可见你称为摄政王派的观念已经过时了，现在大家看人只看他本身的价值；你把女儿嫁给我的儿子也是为此……”

“你才不知道那头亲事是怎么成功的呢！……”克勒凡大声说道。“啊！单身汉的生活真是该死！要不是我生活乱七八糟，今天赛莱斯丁纳早已做上包比诺子爵夫人了！”

“告诉你，既成事实不用提了，”男爵夫人斩钉截铁的说。“我要谈的是我气不过你那种古怪的行为。小女奥当斯的亲事是可以成功的，那完全操在你手里。我以为你宽宏大量，以为你对一个心中只有丈夫没有别人的女子，一定会主持公道，以为你能够体谅我不招待你，免得受你牵累，以为你能够顾到至亲的体面，而促成奥当斯和勒巴参议官的婚事……却不料你先生竟坏了我们的事……”

“太太，我不过是老实人说老实话。人家问我奥当斯小姐的二十万法郎陪嫁能不能兑现。我说：‘那我不敢担保。于洛家里把那笔陪嫁派给我的女婿负担，可是他自己就有债务，而且我认为，要是于洛·特尔维先生明天故世，他的寡妇就要饿肚子。’就是这样，好太太。”

于洛太太眼睛盯住了克勒凡，问道：

“先生，倘使我为了你而有亏妇道，你还会不会说这番话呢？……”

“那我没有权利说了，亲爱的阿特丽纳，”这个古怪的情人截住了男爵夫人的话，“因为在那个情形之下，你可以在我的荷包里找到那份陪嫁了。”

为表示说到做到，胖子克勒凡当堂跪下，捧着于洛太太的手亲吻；她气得说不上话，他却当作她迟疑不决。

“用这个代价来换我女儿的幸福？……噢！先生，你起来，要不然我就打铃了……”

老花粉商很费事的站起身子，那种尴尬局面使他大为气愤，立刻摆好了姿势。差不多所有的男人都会装出某种功架，以为能够显出自己的美点。克勒凡的功架，是把手臂摆成拿破仑式，侧着四分之三的脑袋，学着画家在肖像上替拿破仑安排的目光，望着天边。他装作不胜愤慨的样子，说：

“吓！死心塌地的信任，信任一个好色……”

“信任一个值得信任的丈夫，”于洛太太打断了克勒凡的话，不让他说出一个她不愿意听的字眼。

“呃，太太，你写信教我来，你要知道我为什么那样做，而你拿出王后一般的神气，用那么瞧不起人，欺侮人的态度逼我。你不是当我奴才看吗？真的，你可以相信，我有权利来，来……追求你……因为……呕，不，我太爱你了，不能说……”

“说罢，先生，再过几天我就是四十八岁了，我也不是什么假贞节的傻女人，什么话都能听……”

“那么你能不能拿贞节做担保——唉，算我倒楣，你的确是贞节的女人，——你能不能担保不提我的名字，不泄露是我告诉你的秘密？”

“假使这是揭穿秘密的条件，那么你等会告诉我的荒唐事儿，我发誓对谁都不说从哪儿听来的，对我丈夫也不说。”

“对啦，因为这件事就跟你夫妇俩有关……”

于洛太太立刻脸色发了白。

“啊！要是你还爱于洛，你要难受的！我还是不说的好。”

“说罢，先生，因为照你的说法，你应当表明一下为什么要对我讲那些疯话，为什么你死乞白赖，要折磨一个像我这等年纪的女人，我只要嫁了女儿，就可以安安心心的死了！”

“你瞧你已经在伤心了……”

“我？”

“是啊，我的高贵美丽的人哪！”克勒凡叫道，“你就是太苦了，我的乖……”

“先生，出去！要不然，放规矩些！”

“哎，太太，你可知道于洛大爷跟我是怎么认识的吗？……在咱们的情人家里哪，太太。”

“噢！先生……”

“在咱们的情人家里哪，太太，”克勒凡用舞台上说白似的音调重复了一遍，同时举起右手比了一个手势。

“那么以后呢，先生？”男爵夫人语气的镇静，把克勒凡愣住了。

心思卑鄙的好色之徒，是永远不会了解伟大的心灵的。

“那时我已经鳏居了五年，”克勒凡像讲故事一般的说，“我挺喜欢女儿，为了她的利益，我不愿意续娶，也不愿意在家里发生什么关系，虽然我当时有一个很漂亮的女账员；这样，我就弄了一处俗语所说的小公馆，养着一个十五岁的女工，简直是天仙似的美人儿，老实说，我爱她爱得魂都没有了。所以，太太，我把乡下的亲生姨母接出来，跟小媳妇儿一块住，监督她，使她在这个……这个不三不四的地位上尽可能的安分守己。小乖乖很有音乐天才，我替她请了教师，给她受教育（总得有点事儿给她解解闷啊）。再说，我想同时做她的父亲，恩人，兼带……推开天窗说亮话，情人；做了件好事，得了个情妇，不是一举两得吗？我快活了五年。小乖乖的嗓子可以教一家戏院发财，除了说她是女人之中的杜泼莱士当时有名的男高音歌唱家，我没有法子形容。单为栽培她的歌唱，我每年就花上两千法郎。她使我对音乐着了迷，为了她和我的女儿，我在意大利剧院长期有一个包厢，今天带赛莱斯丁纳去，明天带玉才华去……”

“怎么，就是那个有名的歌唱家？……”

“是啊，太太，”克勒凡很得意的回答。“这个有名的玉才华哪一样不是靠了我……话说回来，1834 年，小乖乖二十岁，我以为她对我永远不会变心了，我把她也宠得厉害，想给她一点儿消遣，介绍她认识了一个漂亮的女戏子贞妮·凯婷，贞妮的命运跟她有好些地方相像。她一切都靠一个后台费心机培养成功的。这后台便是于洛男爵……”

“我知道，先生，”男爵夫人镇的的声音，一成不变。

“噢！……”克勒凡越来越诧异了。“好吧！可是你知道没有，你那个老妖精的丈夫照顾贞妮·凯婷的时候，她只有十三岁？”

“那么先生，以后呢？”

“贞妮·凯停认得玉才华的时候，两人都是二十岁，男爵从1826年起，就像路易十五对特·洛芒小姐，那时你比现在还要小十二岁……”

“先生，我放任于洛是有我的理由的。”

“太太，你这种谎话，没有问题可以把你所有的罪孽一笔勾销，使你升天堂，”克勒凡狡猾的神气，使男爵夫人红了脸。“我敬爱的伟大的太太，你这句话可以对旁人说，却不能对我克勒凡老头说，你得明白，我跟你那个坏蛋丈夫花天酒地，混得太久了，决不会不知道你的好处！两杯酒下肚，他有时会一五一十说出你的优点，把自己骂一顿。呃！我对你知道得太清楚了：你是一个天使。把你跟一个二十岁的少女放在一起，一个好色的人也许还委决不下，我可决不犹豫。”

“先生！……”

“好，我不说了……可是告诉你，圣洁的太太，做丈夫的一朝喝醉了，会把太太的事一股脑儿说给情妇们听，把她们笑痛肚子的。”

于洛太太美丽的睫毛中间，亮起又羞又愤的泪珠，克勒凡顿时把话咽了下去，连摆姿势都忘记了。

“言归正传，”他又说。“因为娘儿们的关系，我跟男爵交了朋友。像所有的好色鬼一样，男爵和气得很，人也痛快。噢！那时我多喜欢他，这小子！真的，他玩意儿多得很。过去的回忆不用提啦……总之，我们两个像弟兄一样……这坏蛋，一派18世纪作风，拚命想教坏我，在男女关系上宣传那套各尽所能，各取所需的话，告诉我怎样叫作王爷气派，宫廷气派，可是我，凭我对那小姑娘的爱情，真想把她娶过来，要是不怕生孩子的话。以当时的交情，我们两老怎么不想结个儿女亲家呢？赛莱斯丁纳嫁了三个月之后，于洛（我简直不知道叫他什么好，这混蛋！他把你我两个都欺骗了，太太！……）呕，混蛋把我的玉才华偷上了。那时贞妮·凯婷在舞台上越来越红，那坏东西知道她的心已经给一个年轻的参议官和一个艺术家（狠不狠！）占去了，他便来抢我可怜的小情人，一个如花似玉的美人儿，噢！你一定在意大利剧院看见过，那是靠他的情面进去的。你的丈夫可不像我有分寸，不比我井井有条的像一页五线谱（他为了贞妮·凯婷已经破费不少，每年花上近三万法郎），可是告诉你，他又为了玉才华搅光了。玉才华，太太，是犹太人，姓弥拉（Mirah），是希兰（Hiram）一字的颠倒，人家为了辨认起见特意做的犹太标记，因为她是小时候被人丢在德国的（我的调查，证明她是一个犹太银行家的私生女儿）。在我管教之下，她一向很规矩，不大花钱；可是一进戏院，再加贞妮·凯婷，匈兹太太，玛拉迦，加拉皮纳一伙人教会了她怎样应付老头儿，把她早期希伯莱人喜欢金银珠宝的本性点醒了。成名以后的歌女，变成贪得无厌，只想搅钱，搅大钱。人家为她挥霍的，她决不拿来挥霍。她拿于洛老太爷做试验品，软骗硬诈，把他刮得精光。且不说那般专捧玉才华的无名群众；该死的于洛先得跟格雷家里的一个弟兄和哀斯岛里浓侯爵斗法，两人都是给玉才华迷住了的；而后，来了一个大财主，自命为提倡艺术的公爵，把她抢了去。你们叫他什么的……矮冬瓜是不是，那个埃罗维公爵？这位阔佬存心要把玉才华独占，风月场中的人都在谈论这件事，就剩男爵一个人不知道；在私情方面，好像别的方面一样，他完全蒙在鼓里：情人，跟丈夫一样，总是最后一个知道的。现在，我所谓的权利，你懂了吧？好太太，你的丈夫把我的幸福，自从我鳏居以后唯一的幸福夺去了。是的，要不是我倒楣，遇到这个老桃花，到现在玉才华还是我的；因为，告诉你，我永远不会送她进戏院，她不会出名，她会安安分分的守着我。噢！要是你在八年之前看到她：瘦瘦的，神经质的，金黄的皮肤真像安达罗女子①，乌油油的头发像缎子，眼睛在褐色的睫毛中间发出闪光，举止大方，好比一个公爵夫人，又朴素，又庄重，像野鹿一般惹人怜爱。由于于洛大爷一人之过，这些风韵，这种纯洁，一切变了陷人坑，变了销金窟。这小女人像俗语所说的，变成了淫恶之母。现在她油嘴滑舌，从前她什么都不懂，连油嘴滑舌这句话都不知道的。”

说到这里，老花粉商抹了抹眼泪。痛苦的真实性感动了于洛太太，把她恍恍惚惚的心收了回来。

“你想，太太，一个人到了五十三岁，还能找到一个同样的活宝吗？在这个年龄，爱情的代价要三万法郎一年，这个数目是从你丈夫那里知道的；而且我也太喜欢赛莱斯丁纳了，不能让她的财产受到损害。在你第一次招待我们的晚会上一看见你，我就不明白于洛这小子为什么要养一个贞妮·凯婷……你气概像王后……太太，你还不到三十岁，看上去年轻得

① 安达罗：取代甘婆王朝的印度王朝，位于印度半岛南部。

很，而且真美。老实说，那天我真动了心，私下盘算着：‘要是我没有玉才华，那么于洛老头既然把他的女人丢在一边，她对于我倒像手套一样合适。’啊！对不起，又是一句生意人的口头禅。我常常露出花粉商的马脚，吓得我不敢再想当议员。——对两个像我们这样的老伙计，朋友的情妇是神圣不可侵犯的；因此，一朝男爵把我那么卑鄙的欺骗了，我就发誓要把他的妻子弄上手。这才公道。男爵没有话说的，咱们俩应当扯平。不料我刚开口说出我心里的话，你就把我当癞狗一样赶了出去；可是你那一下更加强了我的爱情，加强了我的死心眼儿，如果你喜欢这么说；而且你迟早是我的。”

“怎么会？”

“我不知道，可是一定的。告诉你，太太，心中只有一个念头的，蠢头蠢脑的花粉商，（已经告老的，别忘了！）比一个念头成千累万的，聪明伶俐的人，要强得多。我为你疯了，而且你是我报仇的工具！这等于把我的热情增加了一倍。我这是开诚布公对你说的，拿定了主意说的。正如你对我说：‘我绝不会是你的。’我对你的说话也是一样的冷静。总之，像俗语所说的，我把牌摊明在桌上打。是的，到了某一个时期，你一定是我的……噢！哪怕你五十岁吧，你还是要做我的情妇，没有问题，因为我，我料到你丈夫有一天……”

于洛太太对这个老谋深算的市侩，害怕得直瞪着眼，克勒凡以为她发疯了，不敢再往下说。

“这是你自己招来的，你瞧不起我，挑拨我，教我不得不说！”他觉得刚才几句狠毒的话，需要表白一下。

“噢！我的女儿，我的女儿！”男爵夫人嚷着，声音像一个快要死去的人。

“啊！我简直弄不明白了，”克勒凡接着说，“玉才华给骗走的那一天，我好比一头老虎给人抢去了小虎儿……对啦，就跟你现在一样。哼，你的女儿！便是我征服你的手段。不错，我破坏了你女儿的婚姻！……没有我帮忙，她休想嫁人！尽管奥当斯小姐生得多美，总得有一份陪嫁……”

“唉！可怜，正是哪。”男爵夫人抹了抹眼睛。

“你问男爵要一万法郎试试看。”克勒凡说着又摆好了姿势。

他歇了一会，像戏子道白特意表明段落似的。然后他尖着喉咙：

“即使他有，也是要给替补玉才华的女人的。走上了这条路，还会悬崖勒马吗？先是他太喜欢女人了！（咱们的王上说得好：一切都有个中庸之道。）再加虚荣心作怪！他是一个美男子呀！他为了自己快活，会教你们睡草垫的。而且，你们已经走上救济院的路了。你瞧，自从我不上门之后，你们就没有能换这客厅的家具。所有椅套的镶边上，都摆明着穷酸两字。上等人家的穷是最可怕的，你这种遮掩不了的窘相，哪个女婿见了不吓跑？我开过铺子，我是内行。巴黎的生意人只要眼睛一瞥，就能看出是真有钱还是假有钱……你是没有钱了，”他把声音放低了说。“处处看得出，从你们当差的衣服上也看得出。还有一件瞒着你的秘密，要不要我告诉你？……”

“先生，够了！够了！”于洛太太哭得快把手帕都浸湿了。

“哎，哪，我的女婿把钱给他老子呢，开头我说你儿子的用度，就是指这一点。可是我决不让我女儿吃亏……你放心。”

“噢！女儿嫁了人，我就可以死了！……”可怜的女人叫着，没有了主意。

“要嫁女儿，有的是办法呀！”老花粉商说。

于洛太太抱着满腔希望，瞅着克勒凡，按说这一眨眼之间转悲为喜的表情，大可引起这个男人的怜悯，而放弃他可笑的计划。

“你还可以漂亮十年，”克勒凡说着，重新摆好了姿势，“只要你对我好，奥当斯小姐的亲事就成功了。我已经说过，于洛给了我权利，可以老实不客气的提出我的条件，他不能生气的。三年以来，我在调度我的资金，因为我的荒唐是有限制的。除了原来的家产之外，我多了三十万法郎，这笔钱就是你的……”

“出去，先生，出去，永远不许再在我面前出现。要不是你对奥当斯的亲事行为卑鄙……是的，卑鄙……”她看见克勒凡做了一个姿势，便重复一遍。“你怎么能对一个可怜的女孩子，一个美丽的无辜的女孩子，下这种毒手？……要不是我想知道你这种行为的动机，要不是我受伤的母性逼得我非知道你的理由不可，你今天决不能再跟我说话，决不能再上我的门。一个女人三十二年的名誉，三十二年的清白，决不为你屈服，为你克勒凡先生……”

“克勒凡，退休的花粉商，赛查·皮洛多的后任，圣·奥诺雷大街上玫瑰女王的老板，前任助理区长，现任禁卫军上尉，特授荣誉团五等勋章，跟我的老东家一模一样。”克勒凡嘻嘻哈哈的说。

“先生，于洛规矩了二十年之后，可能对他的妻子厌倦，那只是我的事儿，跟旁人不相干，可是你瞧，他还把他的不忠实瞒得紧紧的，因为我不知道在玉才华小姐的心里，是他接替了你的位置……”

“噢!”克勒凡叫道，“用多少黄金买的，太太！……两年之中，这个歌女花了他不止十万。哼！哼！你的苦难还没有完呢……”

“这些话都不用提了，克勒凡先生。我要在拥抱孩子们的时候，永远没有一点儿惭愧，我要受全家的敬重，爱戴，我要把我的灵魂一尘不染的还给上帝：这些我决不为你牺牲的。”

“阿门!”克勒凡脸上恶狠狠的，又羞又恼，正如一般害单相思的人又碰了一个钉子一样。“你还没有咂摸到最后一步的苦处呢，羞愧，……耻辱……我本想点醒你，想救你跟你的女儿！……好啵，越老越昏的浪子这个新名词，你将来要一个字一个字的咂摸出它的滋味。你的眼泪跟你的傲气使我很感动，因为看一个心爱的人淌眼泪是最难受的！……”克勒凡说到这里，坐了下来。“我所能答应你的，亲爱的阿特丽纳，是决不做一件难为你或是难为你丈夫的事；可是别打发人家来向我探听府上的虚实。如此而已。”

“那可怎么办呢?”于洛太太嚷道。

至此为止，男爵夫人很勇敢的煞住了三重刑罚，因为她在女性、母性、妻子三方面都受到耻辱。只要亲家傲慢无礼的威逼她，她为了抵抗市侩的凶横，倒还能鼓足勇气；可是失意的情人，屈辱的漂亮上尉，在无可奈何中忽然软化，却把她紧张到快要破裂的神经松弛了下来，她拧着自己的手，哭作一团，昏昏沉沉的，连克勒凡跪着吻她的手都不曾抗拒。

“天哪！怎么办呢?”她抹了抹眼泪。“做母亲的能够硬着心肠眼看女儿憔悴吗？她将来怎办呢：这样的一表人才，天赋那么厚，在她母亲旁边过着那么贞洁的生活！有些日子，她一个人在花园里散步，就无缘无故的悲伤；我还发现她眼睛水汪汪的……”

“她二十一岁啦。”克勒凡说。

“要不要送她进修道院呢？遇到这等危机，宗教也往往压制不了天性，受过最虔诚的教养的姑娘，也会失掉理性的！——哎，先生，你起来呀，你还不明白，我们之间一切都完了吗？我对你厌恶到了极点，做母亲的最后的希望都给你毁掉了！……”

“要是我把你的希望救回来呢?”他说。

于洛太太瞅着克勒凡，那副精神错乱的表情，使他的心软了一软了；可是想到那句我对你厌恶到极点的话，他又把心中的怜悯压了下去。正人君子往往过于耿直，不知道利用性情气质，微言奥旨，去拐弯抹角的应付一个为难的局面。

“这个年月，像奥当斯小姐那样漂亮的姑娘，没有陪嫁就没有人要。克勒凡板着脸说。“她那种美女，做丈夫的见了要害怕的；好比一匹名贵的马，需要太多的钱照料，决不会有多少买主。你能搀着这等女人在街上走吗？大家都要瞅着你，跟在你后面，打你太太的主意。这种招摇，凡是不想跟情敌决斗的男人都要觉得头痛，因为结果，情敌决不止一个两个。照你的处境，要嫁掉女儿只有三条路：由我帮忙，你却不愿意！这是一条；找一个六十岁的老头，很有钱，没有孩子而想要孩子的；这种人固然不容易找，可是还能碰上；养着玉才华和贞妮·凯婷的老头儿有的是，干么就找不到一个用明媒正娶的方法，做这种傻事的人？……要是我没有赛莱斯丁纳和两个外孙，我就会娶奥当斯，这是第二条！最后一条路是最方便的……”于洛太太抬起头来，不胜焦急的瞅着老花粉商。

“巴黎是一切有魄力的人集中的地方，他们像野生的植物，在法国土地上自生自发的长起来的；其中有的是无家无室的人才，有的是无所不为的勇气，发财的勇气……呕，那些人哪……（在下当年就是其中一个，我还认得不少呢！……二十年之前，杜·蒂哀有些什么？包比诺有些什么？……两个人都在皮洛多老头铺子里鬼混，除了向上爬的欲望以外，什么资金都没有！可是我认为，志气跟大资本一样值钱！……资本是吃得完的，志气是吃不完的！……我自己又有些什么？还不是一心向上，还不是一股勇气罢了！杜·蒂哀，今天跟哪个大人物都比得上。小家伙包比诺，龙巴街上最殷实的药材商，当了议员，如今又当了部长……）呕！巴黎只有那般做买卖的、写文章的、画画的冒险家，才会娶一个不名一文的漂亮女子，因为他们具备各种各样的勇气。包比诺先生娶皮洛多小姐的时候，根本没有想要一个钱的陪嫁。这些人都是疯子！他们相信爱情，就像他们相信自己的运气，相信自己的能力一样！……你不妨去找一个有魄力的人，他要是爱上了你女儿，会不顾眼前而娶她的。你得承认，我这种敌人是够慷慨的了，因为我给你出的主意对我是不利的。”

“啊！克勒凡先生，如果你想做我的朋友，就应该放弃你荒谬的念头！……”

“荒谬？太太，不要自暴自弃，你看看你自己吧……我爱你，你早晚会依我的！我要有朝一日能够对于洛说：‘你抢了我的玉才华，我占了你的老婆！……’这是以牙还牙的老法律！我一定要实现我的计划，除非你变得奇丑。而且我一定成功，你听我的理由”，他重新摆正姿势，瞅着于洛太太，停了一会，又说："你既找不到一个老头儿，也找不到一个痴情的青年人。你疼你的女儿，决不肯把她送给一个老色鬼摆布；同时你，于洛男爵夫人，帝国禁卫军榴霰兵团司令的弟媳妇①，绝没有勇气招一个苦干的光棍做女婿，他眼前的地位就教你受不了，因为他也许只是一个普通工人——现在某个百万富翁，十年之前就不过是一个机器匠——也许只是一个监工，一个什么厂里的工头之类。等到后来，眼见你女儿很可能因冲动而失节的时候，你就会对自己说：'那还不如让我来失节；如果克勒凡老头肯替我守秘密，我就好赚到女儿的陪嫁，二十万法郎，代价是十年的关系，跟这个从前的花粉商，克勒凡老头！……'我惹你心烦，我说的是极不道德的话，是不是？可是如果你疼女儿的热情揪着你的心，你自会跟一般爱女儿的母亲一样，想出理由来依我……总而言之，奥当斯的利益，早晚会逼你的良心投降的……"

"奥当斯还有个舅公呢。"

"谁，斐希老头吗？……他自顾还不周呢，而且又是受男爵的累，凡是他搜括得到的地方都给他搜括到了。"

"还有于洛伯爵……"

"噢！太太，你的丈夫已经把老将军的积蓄挤干了，装修他歌女的公馆去了……呕，难道你不给我一点儿希望就让我走吗？"

"再见，先生。你为我这种年纪的女人害的相思病，是容易治好的，你会弃邪归正。上帝保佑苦难的人……"

男爵夫人站起身子，教上尉非告辞不可，她把他逼进了大客厅。

"这种破落地方是美丽的于洛太太住的吗？"

说罢他指着一盏旧灯，一座镀金褪尽的吊烛台，经纬毕露的地毯，以及一切破烂东西，使这间白地描金的大客厅，成为帝政时代大场面的残骸的。

"先生，这些都照出贞节的光辉。我不想要什么富丽堂皇的家具，而把承你夸奖的我的美貌，变了陷人坑，变了销金窟！"

克勒凡咬咬嘴唇，听出那两句是他刚才骂玉才华贪心的话。

"苦苦守节，为着谁哟？"他说。

这时男爵夫人已经把老花粉商打发到客厅门口。

"为一个好色之徒！……"他补上一句，装出一副有百万家私的正人

---

① 榴霰：一种炮弹，弹壁薄，内装火药及小钢珠或钢箭等。

君子的嘴脸。

“要是你的话不错，先生，那么我的守节也就不无可取了。这不是说完了吗?”

她像打发一个讨厌人似的，对上尉行了礼，急急忙忙回身进去，不曾看到他最后一次的摆姿势，也没有留神到他告别时带着威吓意味的态度。她跑去打开窗门，走路的神气高傲而庄严，仿佛罗马斗兽场中的殉道者。可是她筋疲力尽，在全部都是蓝颜色的上房中，往便榻上颓然坐下，好似一个快要病倒的人。她直瞪着眼，瞅着女儿和贝姨唧唧哝哝在那破亭子里。

从结婚的最初几天一直到这个时候，男爵夫人爱她的丈夫，像约瑟芬爱拿破仑一样，是那种钦佩的，母性的，一味护短的爱。她虽不知道克勒凡刚才说的细节，却很知道二十年来男爵几次三番的对她不忠实，她故意闭上眼睛装不看见，只是默默的流泪，嘴里从来不溜出一言半语的埋怨。这种天使般的温柔，博得了丈夫的敬重，把她当做神明一般的礼赞。一个妻子对丈夫的温情，把他捧得高高在上的敬意，在家庭中是有传染性的。奥当斯一向把父亲当做一个模范丈夫，至于小于洛，从小只知道佩服男爵——谁都当他是辅翼拿破仑的一个元勋。他知道靠了父亲的姓氏，地位和庇护，他才有今日。而且童年的印象往往有久远的影响，他还见了父亲害怕呢。因此，即使他猜疑到克勒凡所说的那些荒唐，他不但因为敬畏之故而不敢加以非难，并且为了自己在这种问题上对一般男人的看法，还会加以原谅。

现在我们应当解释为什么这个又美丽又伟大的女子，对丈夫忠贞不二到这个地步。下面便是她一生简短的历史。

在洛兰州边境的极端，靠着伏越山脚的一个村子里，有三个姓斐希的弟兄，都是农夫，在共和政府征兵的时候加入了莱茵部队。

1799 年，三弟兄中的老二，安特莱，于洛太太的父亲，因为妻子死了，把女儿交给长兄比哀·斐希照顾。比哀在 1797 年受了伤不得不退伍之后，靠了后勤司令于洛·特尔维男爵的撑腰，在军事运输方面经营一小部分事业。于洛有事上斯特拉斯堡，碰巧见到了斐希一家。那时阿特丽纳的父亲和他的兄弟，都在亚尔萨斯州干供应粮秣的事。

十六岁的阿特丽纳，很可以跟大名鼎鼎的杜·巴里夫人路易十五的情妇相比，同样是洛兰州出身。她是那种十全十美、震动心弦的美人，是塔里安夫人一流，造物主特别加工的出品；她有最宝贵的天赋：体面，高雅，妩媚，细腻，与众不同的皮肤，调匀得特别美好的皮色。这一类的美女彼此都很相像。皮昂加·加班拉（她的肖像是勃龙齐诺的杰作之一），逖阿纳·特·博济哀（约翰·哥雄把她作为维纳斯的题材），奥令比亚夫人（她的画像藏在陶里亚美术馆），还有尼侬，杜·巴里夫人，塔里安夫人，乔治小姐，累加米哀夫人，所有这些女子，尽管上了年纪，尽管经过情海风波，尽管穷奢极欲，可是永远光艳照人，她们的身段，骨骼，美的品质，都有极显明的相似之处，仿佛一代又一代的人海中真有一股美女的潮流，在同一阵浪花中产生出这些维纳斯神话载，维纳斯是从海浪的水沫中出生的。

这般仙女群中最美的一个，阿特丽纳·斐希，像天生的后妃一般，具备最完美的优点，蜿蜒曲折的线条，肌理之间连细血管都看得清，上帝传给夏娃的那种金黄头发，王后般的身段，雍容华贵的气派，轮廓庄严的侧影，素淡的乡村情调，会教路上所有的男子凝眸注视，像鉴赏家遇到一幅拉斐尔画那样悠然神往。后勤司令一见阿特丽纳·斐希小姐，便在法定期限满期之后立刻把她娶了过去法国民法规定，婚姻须先经区公所公开布告，满十日后方可举行婚礼。此言满期之后即刻娶她，谓其不及待，使那几位崇拜上司的斐希弟兄大为惊讶。

比哀·斐希，1792 年入伍的军人，维森堡一役中受了重伤，对拿破仑和有关革命大军的一切，一向是崇拜得五体投地的。安特莱和约罕，提起于洛司令都敬重非凡，并且他们的地位是全靠这位拿破仑的亲信得来的，因为于洛·特尔维觉得他们聪明诚实，把他们从运输队中提拔起来，当紧急工程的主管。在 1804 的战役中，三弟兄立了功，战后，于洛替他们弄上这个供应粮秣的差事，当时并没想到自己后来会奉派到斯特拉斯堡准备 1806 年的战争。

这门亲事，对年轻的乡下姑娘简直是白日飞升。美丽的阿特丽纳，从本村的泥淖中，平步青云，一脚踏进了帝室宫廷的天堂。那时后勤司令是一军中最能干，最诚实，最活跃的一个，封了男爵，被拿破仑皇帝召入中枢服务，编入帝国禁卫军。美丽的乡下姑娘爱丈夫爱得发疯一般，竟然为了他而鼓足勇气把自己教育起来。并且于洛就好似阿特丽纳在男人身上的翻版。他是属于优秀的美男子群的。高大，结实，金黄头发，蓝眼睛里那股热情，那种变化，那些微妙的表现，自有不可抵抗的魅力，身腰秀美，在陶尔赛，福尔彭，乌佛拉一流人中独具一格，总之他是帝政时代美男子队伍中的人物。情场得意的男子，对于女人又抱着 18 世纪末期的观念，他为了夫妇之爱，居然有好几年把风流艳事搁过一边。

因此，在阿特丽纳心目中，一开场男爵便似神明一般，不会有错失的。她的一切都得之于丈夫：先是财富，她有了府第，有了车马，有了当时一切奢华的享用，然后是幸福，人人知道丈夫爱她，然后是头衔，她是男爵夫人；然后是声名，巴黎大家称她做美丽的于洛太太；最后她还很荣幸的谢绝了皇帝的青睐，他赐了她无数的钻石，常常在人前提起："美丽的于洛太太，还是那么老实吗？"言下大有谁要在他失败的事情上成功，他会加以报复的意思。

所以，于洛太太除了爱情以外对丈夫的迷信，用不到什么聪明的人，就能在她纯洁，天真，优美的心灵中，找出它的动机。她先是深信丈夫永远不会对不起她，而后她对她的创造者存心要做一个谦恭，忠诚，盲目的仆人。她生来就极明事理，像平民那样的明白事理，使她的教育更扎实。在交际场中她不大开口，不说任何人坏话，不露锋芒；她听着人家，对每件事情加以思索，把最规矩最有身份的女人做榜样。

1815，于洛和他的知交维森堡亲王采取一致行动，帮着组织那支临时凑合的军队，就是滑铁卢一仗把拿破仑的事业结束了的那支军队。1816年，男爵变成了法尔脱部长当时的陆军部长的眼中钉，直到1823年才重新起用，进了军需机构，因为对西班牙的战争需要他。1830年，路易·腓列伯起复拿破仑旧部时，于洛又在内阁中出现。他是拥护波旁王室的小房即路易·腓列伯的一支的，对路易·腓列伯的登台特别出过力，所以从1830年起，他成为陆军部中一个必不可少的署长。同时他已经得了元帅衔，除了任命他做部长或贵族院议员之外，王上也没有别的方法可以宠遇他了。

在1818到1823这段赋闲的时期中，于洛男爵在脂粉队里大肆活动。于洛太太知道，她的埃克多最早的不忠实要追溯到帝政结束的时代。由此可见男爵夫人的宠擅专房，一共是十二年功夫。之后，她照样受到往日的温情：凡是妻子自甘隐忍，只做一个温柔贤淑的伴侣时，丈夫当然会对她保持一种年深月久的感情。她明知只要一句埋怨的话，无论哪个情敌都打发得了，可是她闭上眼睛，闭着嘴，蒙着耳朵，不愿知道丈夫在外边的行为。总之，她对她的埃克多有如一个母亲对待一个娇养的孩子。在上面那段对话的前三年，奥当斯瞥见她的父亲在多艺剧院正厅的包厢里陪着贞妮·凯婷，不由得叫道：

"呦！爸爸！"

"你看错了，孩子，他今晚在元帅家里呢。"男爵夫人回答。

其实她明明看到贞妮·凯婷；虽然发现她很美，男爵夫人并没感到醋意，只暗忖道："埃克多这坏东西一定很快活哩。"可是她仍免不了心中难受，常常暗里气愤得要死；但一见埃克多的面，她又看到十二年纯粹的幸福，连一点点埋怨他的勇气都没有了。她很希望男爵对她推心置腹，但为了尊敬他，从来不让他觉察她知道他的荒唐。这种过分的体贴，只有受了打击不还手的、平民出身的女子才会有，她们的血里还保留一点儿初期殉道者的血统。世家出身的女人，因为和丈夫平等，存着睚眦必报的心，觉得需要把他们折磨一下，把她们的宽容像记录台球的输赢一般，用几句辛辣的话记下来，以便显出自己的优越，或是保留日后回敬的权利。

钦佩男爵夫人到极点的是她的大伯于洛将军，前帝国禁卫军榴霰兵司令，德高望重，眼见要晋升元帅的。1799 到 1800 之间，这位老人曾经在布勒塔尼各州作过战①，1830 到 1834 之间又当了一任同一地区的军司令长官，然后回到巴黎住下，靠近着兄弟，那是他一向像父亲对儿子一般关切的。老军人对弟媳妇极有好感，称赞她是女性中最圣洁、最高尚的一个；他没有结婚，因为想找一个阿特丽纳第二，而在他南征北讨跑过的地方从来没有能遇上。拿破仑提到他时曾经说："于洛这个好汉是最固执的共和党，可是他永远不会反叛我的。"为了不辜负这个一生清白、无可指责的老共和党的期许，阿特丽纳即使遇到比刚才更残酷的痛苦也肯忍受。然而这个七十二岁的老人，百战之余已经心力交瘁，滑铁卢一役又受了第二十七次的伤，为阿特丽纳只是一个崇拜者而非保护人。可怜的伯爵，除了别的残废之外，只有靠听筒才能听见人家说话。

只要于洛·特尔维不失其为美男子，他的私情还不致影响他的财产；但到了五十岁，就得在外表和风度上做功夫了。在这个年纪，老年人的爱情已经成为恶癖，其中还有荒谬的虚荣心作祟。所以从那时起，阿特丽纳发现丈夫对他自身的修饰出乎意外的苛求，他染着头发与鬓角，束着腰带，穿着胸搭。他不顾一切的要保持他的美。从前他嘲笑人家的修饰，现在他自己就把这一套讲究得无微不至。最后，阿特丽纳又发现男爵的情妇们挥金如土的用度，原来都是刮的她的钱。八年之间，很大的一笔家私给花得干干净净，以致两年前儿子成家的时候，男爵不得不告诉太太，他们的全部财产只有他的薪水了。阿特丽纳说了句：

"这样下去，我们如何得了？"

---

① 布勒塔尼：现译为布列塔尼，是法国的一个地区。历史上受英、法两国共同影响较大，法国大革命期间，法国政府把该地区分为五个省，从而否定了该地区的存在。

“你放心，”男爵回答，“我把办公费留给你们，至于奥当斯的陪嫁和我们将来的生活费，让我干些买卖来张罗。”

丈夫的权势、身价、才能、勇气，都是她深信不疑的，所以她一时的忧虑也就过去了。

二

男爵夫人在克勒凡走后的感想和落眼泪，现在我们都不难了解了，可怜的太太，两年以来知道自己已经堕入深渊，但以为只有她一个人受罪。她不知道儿子的婚事是怎么成功的，不知道埃克多搅上了贪财的玉才华；而且她一向希望世界上没有一个人知道她的痛苦。可是，既然克勒凡这样毫无顾忌的谈论男爵的荒唐，眼见要没有人尊重埃克多了。老花粉商羞恼之下所说的野话，使她想象到儿子的婚姻是在怎样无耻的默契中撮合的。不知在哪一次的酒色场中，两个老人醉醺醺的，亲昵狎弄之余，提出了这头亲事，等于由两个堕落的姑娘做了媒婆。

"他居然把奥当斯忘掉了！"她心里想，"他还是天天见到她的呢；难道他想在那些娼妇家里替她找一个丈夫吗？"

这时她丢开了妻子的身份，只有母性在考量一切，因为她看见奥当斯和贝姨在那里笑，那种年轻人的无愁无虑的痴笑，而她知道，这种神经质的笑，跟她独自在园中散步，含着眼泪出神，同样不是好兆头。

奥当斯像母亲，但头发是金黄的，天生的卷曲，异乎寻常的浓密。皮色有螺钿的光彩。显而易见，她是清白的婚姻、高尚纯洁的爱情的结晶品。面貌之间热烈的表情，快乐的气息，青年人的兴致，生命的朝气，健康的丰满，从她身上放射出来，像电光似的锋芒四射。奥当斯是引人注目的人物。那双无邪的，水汪汪的蓝眼睛，停留在一个走路人身上时，会使他不由自主的一震。头发金黄的女子，乳白的皮肤往往免不了被褐色的斑点打点折扣，可是她白净得连一颗雀斑都没有。高个子，丰满而不肥，灵活的身段，和母亲的一样仪态万方；从前的作家滥用仙女二字，她真可当之无愧。街上见到她的人，谁都要叫一声："呦！美丽的姑娘！"她却是天真烂漫的，回家对母亲说：

"那些人怎么啦，妈妈，你和我在一块的时候，他们叫着：美丽的姑娘！你不是比我更好看吗？……"

的确，男爵夫人虽然过了四十七岁，喜欢夕阳晚照的鉴赏家，还是觉得她比女儿更可爱，因为像妇女们所说的，她的风韵还一点儿没有减色：这是少有的现象，尤其在巴黎，十七世纪时，尼侬曾因此大动公愤，因为她到了高年还是容色不衰，使一般丑女人即使年轻也无人问津。

男爵夫人从女儿身上又想到丈夫，眼见他一天一天的，慢慢的堕落，也许要给人家从部里撵走。想到她的偶像快要倒下，隐隐约约的意味到克勒凡预言的苦难，可怜的太太越想越受不住，竟像入定一般失去了知觉。

贝姨一边和奥当斯谈话，一边不时张望，想知道什么时候能够回进客厅；可是男爵夫人打开窗门的时节，她的甥女儿偏偏问长问短，纠缠不清，使她根本不曾注意。

李斯贝德·斐希，比于洛太太小五岁，却是斐希弟兄中老大的女儿，她绝对不像堂姊那样生得美，所以对阿特丽纳一向是出奇出怪的妒忌。而妒忌便是这个怪人的基本性格——怪这个字是英国人用来形容不是疯人院中的，而是大户人家的疯狂的。十足的伏越乡下姑娘，瘦削的身材，乌油油的黑头发，大簇的浓眉毛虬结在一块，粗大的长胳膊，又肥又厚的脚，长长的猴子脸上有几颗肉包：这便是老处女的简笔像。

弟兄不分居的家庭，把丑姑娘做了漂亮姑娘的牺牲品。苦涩的果子做了美艳的鲜花的祭礼。李斯贝德在田里做活，堂姊姊却在家娇生惯养，因此她有一天趁着没有人在场，想摘下阿特丽纳的鼻子，那颗为老年纪的女人赞美的真正希腊式的鼻子。虽然为此挨了打，她照样撕破得宠姊姊的衣衫，弄坏她的领围。

自从堂姊攀了那门意想不到的亲事之后，李斯贝德认了命，好似拿破仑的兄弟姊妹，在王座与权势面前低下了头一样。心地极好极温柔的阿特丽纳，在巴黎记起了李斯贝德，1809 年上把她叫出来，预备替她找个丈夫，免得在乡下受苦。可是这个黑眼睛，黑眉毛，一字不识的姑娘，不能像阿特丽纳的心意，一下子就攀了亲，男爵只能先给她弄个生计，送她到供奉内廷的刺绣工场，有名的邦斯兄弟那里去学手艺。

大家简称为贝德的这位小姨子，做了金银铺绣的女工之后，拿出山民的狠劲来学习，居然识了字，会写会算；因为她的姊夫，男爵，告诉她，要自己开一个绣作铺，非先学会这三样不可。她立志要挣一份家业，两年之内换了一个人。到 1811 年，乡下姑娘已经是一个相当可爱，相当伶俐，相当聪明的女工头。

这一行叫作金银铺绣的职业，专做肩章，胸练，刀剑柄上的坠子，以

李斯贝德·斐希，比于洛太太小五岁

及花哨的军服与文官制服上五光十色的零件。拿破仑以他喜欢穿扮的意大利人脾气，要大小官员的服装全铺满金绣银绣，帝国的版图既有一百三十三州之广，成衣匠自然都变了殷实的富户，而这个供应成衣匠或直接供应达官巨宦的工艺，也成为一桩稳赚钱的买卖。

等到贝姨成为邦斯工场中最熟练的女工，当了制造部门的主管，可能成家立业的时候，帝国开始崩溃了。波旁王室的号召和平，使贝德大为惊慌，她怕这行买卖要受到打击，因为市场的范围已经从一百三十三州减缩到八十六州，还要大量的裁军。同时她也害怕工商业的变化，不愿接受男爵的帮助，他简直以为她疯了。男爵希望她跟盘下邦斯工场的列凡先生合伙，她却跟列凡吵了架，仍旧退回去做一个普通工人：于是人家更以为她疯了。

那时，斐希一家又回头去过他们艰难的日子了，跟于洛男爵没有提拔他们的时候一样。

拿破仑第一次的逊位把他们的事业断送了之后，斐希三弟兄在1815年上无可奈何的当了义勇军。老大，贝德的父亲，战死了。阿特丽纳的父亲，被军事法庭判了死刑，逃到德国，1820年上死在德兰佛。最小的一个，约罕，到巴黎来求一家之中的王后，据她说吃饭的刀叉都是金银打的，在应酬场中头上、颈上老贴满了小核桃大的，皇帝御赐的金刚钻。约罕·斐希那时四十三岁，向于洛男爵要了一万法郎，靠前任军总监在陆军部里的老朋友的力量，在凡尔赛上做些小小的粮秣买卖。

家庭的不幸，男爵的失势，教贝德屈服了；在营营扰扰，争名夺利使巴黎成为又是地狱又是天堂的大动乱中，她承认自己的渺小，体验到堂姊的种种优越之后，她终于放弃了竞争与媲美的念头；妒火依然深深的埋在心底，像瘟疫的菌，要是把堵塞的棉花儿拿掉，它还会卷土重来，毁灭整个城市的。她常常想：

“阿特丽纳和我是一个血统，咱们的父亲是亲兄弟；她住着高堂大厦，而我住着阁楼。”

可是每逢到本名节和元旦，贝德总收到男爵夫妇俩的礼物；男爵待她极好，供给她过冬用的木柴；于洛老将军每星期请她吃一次饭。堂姊家里永远有她的一份刀叉。大家固然取笑她，却从来不引以为羞。再说，人家也帮她在巴黎有了一个立足之地，可以自由自在的过活。

的确，这个姑娘怕一切的拘束。要是堂姊请她住到她们家里去，贝德觉得依人篱下就等于戴了枷锁；好几次男爵把她结婚的难题解决了，她先是动了心，然后又恐怕人家嫌她没有教育，没有知识，没有财产，而担了心，把人家回绝了；最后，倘使男爵夫人提议她住到叔父那边去管理家务，免得花大钱雇一个大权独揽的女管家，她又回答说，她才不乐意这种方式的嫁人呢。

贝姨在思想上所表现的那种古怪，在一般晚熟的性格，和思想多而说话少的野蛮人身上都有的。由于工场中的谈话，与男女工人接触的关系，她的乡下人的聪明又染上一点儿巴黎人的尖刻。这姑娘，性格非常像高斯人高斯（通常译为科西嘉）为拿破仑出生地，以民风强悍著称，强悍的本能，照理是喜欢软弱的男人的；但因为在京城里住久了，京城的气息把她表面上改变了。顽强的个性给巴黎文化磨钝了些。凭着她的聪明狡狯——那在真正独身的人是很深刻的——再加她思想的尖刻，在任何别的环境中她准是一个可怕的人物。狠一狠心，她能够离间一个最和睦的家庭。

早期，当她不露一点口风而抱着希望的时候，她曾经穿胸搭，注意时装，在某一时居然收拾得相当光鲜，男爵认为她可以嫁人了。贝德那时颇像法国旧小说里的火辣辣的黑姑娘。锐利的眼神，橄榄色的皮肤，芦苇似的身段，大可教什么退职的少校之流动心；但她笑着对人说，她只预备给自己鉴赏。并且，物质方面不用操心之后，她也觉得生活很美满：从日出到日落做完了一天的工，她总在别人家里吃晚饭，这样，她只消管中饭和房租的开支了；人家供给她衣物，也给她不伤体面的食物，例如糖，酒，咖啡等等。

一半靠于洛夫妇和斐希叔叔支持的生活，过了二十七年之后，到1837年，贝姨已经死心塌地不想再有什么成就，也不计较人家对待她的随便；她自动的不参加宴会，宁愿在亲密的场合露面，还可以有她的地位，而不致伤害她的自尊心。在于洛将军家里，克勒凡家里，男爵夫人家里，小于洛家里，在她吵过架而又和好而又很捧她的列凡家里，到处她都像自己人一样。到处她懂得讨下人们的好，不时赏他们一些酒钱，进客厅之前老跟他们谈一会儿天。这种亲热，老老实实把自己看作和他们一般高低的亲热，博得了下层阶级的好感，这是吃闲饭的清客必不可少的条件。背后大家都说她是好人。再说，她的殷勤，自发的，无限的殷勤，同她假装的好脾气一样，也是她地位逼成的。看到处处要依赖人家，她终于了解了人生；因为要讨个个人的好，她跟年轻人一块儿嘻嘻哈哈，在他们心目中，她是那种最受欢迎的甜言蜜语的跟班人物，她猜到而且赞成他们的欲望，做他们的代言人；他们把她当作最好的心腹，因为她没有权利埋怨他们。她的极端稳重，使她同时得到成年人的信任，因为她像尼侬一样有男人的长处。一般而论，一个人的心腹话，总是下达而非上传的。干什么秘密的事，总是跟上司商量的时候少，跟下属商量的时候多，他们帮我们设计策划，参与我们的会议；但以黎希留那样的奸雄黎希留为路易十三的宰相，为法国史上有名的权臣能臣，尚且不明白这一点，初次出席御前会议就自命为已经登峰造极。人家以为这个可怜的姑娘处处要仰人鼻息，非闭上嘴巴不可。她也自命为全家的忏悔箱。只有男爵夫人一个人，还记得小时候吃过大力气的堂妹妹的苦，至今防她一着。再说，为了顾全颜面，她夫妇之间的悲苦，也只肯对上帝倾诉。

在此也许得说明一下，男爵夫人的屋子，在贝姨眼中还是金碧辉煌，她不像暴发的花粉商会注意到破烂的沙发，污黑的花稠，和伤痕累累的丝织品上所表现的穷相。我们看待有些家具，像看待我们自己一样。一个人天天打量自己的结果，会像男爵那样自以为没有改变也没有老，可是旁人发觉我们的头发已经像鼬鼠的毛，脑门上刻着人字形的皱纹，肚子上鼓起累累的南瓜。因此，贝德觉得这所屋子始终反映着帝政时代的光华，始终那么耀眼。

年复一年，贝姨养成了老处女的怪脾气。譬如说，她不再拿时装做标准，反而教时装来迁就她的习惯，迎合她永远落后的怪癖。男爵夫人给她一顶漂亮的新帽子，或是什么裁剪入时的衣衫，贝姨马上在家里独出心裁的改过一道，带点儿帝政时代的形式，又带点儿洛兰古装的样子，把好好的东西糟蹋了。三十法郎的帽子变得不三不四，体面的衣衫弄成破破烂烂。在这一点上，贝姨像骡子一样固执，她只求自己称心，还以为装束得挺可爱呢；殊不知她那番把服装与人品同化的功夫，表现她从头到脚都是老处女固然很调和，却把她装扮得奇形怪状，人家纵有十二分的心意，也不敢让她在喜庆日子露面了。

男爵给她提过四次亲（一次是他署里的职员，一次是个少校，一次是个粮食商，一次是个退休的上尉），都给她拒绝了，另外她又拒绝了一个后来发了财的铺绣商。这种固执，任性，不受拘束的脾气，莫名其妙的野性，使男爵替她起了一个外号，叫作山羊。但这个外号只能说明她表面上的古怪，说明我们个个人都会在人前表现的，那种变化无常的脾气。仔细观察之下，这个姑娘，的确有乡下人性格中凶狠残忍的方面，她始终是想摘掉堂姊鼻子的女孩子，要不是有了理性，说不定她在妒性发作的时候会把堂姊杀死的。知道了法律，认识了社会，她才不至于露出乡下人的本性，像野蛮人那样迫不及待的，把情感立刻变为行动。本色的人跟文明人不同的，也许全在这一点。野蛮人只有情感，文明人除了情感还有思想。所以野蛮人的脑子里可以说没有多少印象存在，他把自己整个儿交给一时的情感支配；至于文明人，却用思想把情感潜移默化。文明人关心的有无数的对象，有无数的情感，而野蛮人一次只能容纳一种情感。就因为此，儿童能够暂时的压倒父母，取得优胜，但儿童的欲望一经满足，优胜的条件也就消灭；可是这个条件，在近乎原始的人是继续存在的。贝姨这个野性未驯的，带点儿阴险的洛兰姑娘，就属于这一类的性格；在平民之中这性格是出乎我们意外的普遍，大革命时代许多群众的行为，也可以用这个性格解释。

在本书开场的时代，要是贝姨肯穿着入时，像巴黎女子一样，时兴什么就穿什么，那么她场面上还算拿得出，但她始终直僵僵的像一根木棍。而在巴黎，没有风韵的女人就不算女人。黑头发，冷冷的美丽的眼睛，脸上硬邦邦的线条，干枯的皮色，颇有乔多画像的风味：这些特点，一个真正的巴黎女子一定会加以利用而独标一格的，但在贝德身上，尤其是她莫名其妙的装束，把她弄成怪模怪样，好似萨瓦州的孩子们牵在街上走的、猴子扮的女人。于洛家的亲戚，都知道她喜欢呆在家里，只在小圈子里活动，所以她的古怪已经谁也不以为怪，一到街上，更是无人理会了，因为熙熙攘攘的巴黎，只有漂亮女人才会受人注意。

那天奥当斯在花园里的痴笑，是因为战胜了贝姨的固执，把追问了三年的心事逼了出来。一个老姑娘尽管讳莫如深，还是不能咬紧牙关，一贯到底，为什么？为了虚荣心！三年以来，奥当斯对某些事情特别感到兴趣，老是向姨母提出些天真的问话；她要知道姨母为什么不嫁人。五次提亲都被拒绝的事，奥当斯都知道的，她便编了一个小小的罗曼史，认定贝姨心上有人，并且拿这一点来开玩笑。她提到自己跟贝姨的时候，总喜欢说：“呃！我们这辈小姑娘！”好几次贝姨说笑话似的回答：“谁跟你说我没有爱人哪？”于是，真的也罢，假的也罢，贝姨的爱人成了大家取笑的材料。无伤大雅的斗嘴，已经有两年的历史。贝姨上次到这儿来，奥当斯第一句就问：

“你的爱人好吗？”

“好呐，”她回答，“就是有点儿不舒服，可怜的孩子。”

“啊！他身体很娇？”男爵夫人笑着问。

“对啦……他是黄头发的……我这么一个黑炭，自然要挑一个白白嫩嫩的，像月亮般的皮色喽。”

“他是什么人呢？干什么的？”奥当斯问，“是一个亲王吗？”

“我是做针线的王后，他是做活儿的亲王。街上有住宅，手里有公债的富翁，会爱我这样一个可怜的姑娘吗？还是有什么公爵侯爵，或是你神话里美丽的王子会要我？”

“噢！我倒想见见他！……”奥当斯笑着说。

“你想瞧瞧肯爱上老山羊的男人是什么模样吗？”贝姨反问。

“大概是个老公务员，胡须像公山羊似的怪物吧？”奥当斯望着她的母亲说。

“哎哎，这可是猜错了，小姐。”

“那么你真的有爱人了？”奥当斯以为逼出了贝姨的秘密，表示很得意。

“真？跟你的没有爱人一样的真！”贝姨有点儿赌气的说。

“好吧，贝德，你既然有爱人，干么不跟他结婚？……”男爵夫人说着又对女儿做了一个暗号。“讲了他三年啦，你早应该看清楚的了，要是他不变心，你就不应当把这种局面老拖下去让他受罪。而且这也是一个责任问题，倘使他还年轻，你也该趁早有个老来的依靠。”

贝姨瞪着眼瞅着男爵夫人，看见她在笑，便回答说：

“嫁给他等于嫁给饥饿，他是工人，我是工人，生下孩子来还不是一样的工人……不行，不行，我们精神上相爱，便宜多呢！”

“你干么把他藏起来呢？”奥当斯又问。

“他穿着短打哪。”老姑娘笑着回答。

“你爱他不爱呢？”男爵夫人问。

“那还用说！这小天使，我就爱他的人，我心上有了他四年喽。”

“好吧，要是你就爱他的人，”男爵夫人态度很严肃，“要是真有这个人，你就是大大的对他不起。你不知道什么叫作爱。”

“这玩艺儿，咱们生下来都懂的！”贝姨说。

“不，有些女人尽管爱，可是自私得厉害，你就是这样！……”

贝姨把头低了下去，要是这时有人看到她的眼睛，一定会害怕的，但她望着手里的线团。

“你应该把你的爱人介绍我们认识，埃克多可以替他找个事，找个发财的机会。”

“不行。”贝姨说。

“为什么？”

“他是波兰人，一个亡命的……”

“一个叛党是不是？”奥当斯叫了起来。“噢！你好福气！……他可曾有过冒险的事呀？……”

“他为波兰打过仗。他在中学里教书，学生闹起革命来了，因为是公斯当丁大公荐的人，所以他没有赦免的希望……”

“教书？……教什么的？”

“教美术！……”

“是革命失败以后逃到巴黎的吗？”

“1833年，他穿过整个德国走来的……”

“可怜的小伙子！几岁啦？……”

“革命的时候刚好二十四，现在二十九……”

“比你小十五岁咧”，男爵夫人插了一句嘴。

“他靠什么过活的？”奥当斯问。

“靠他的本领……”

“啊！他教学生吗？……”

“他配？……”贝姨说，“他自己还在受管教，而且是严格的管教！……”

“他的名字呢？好听不好听？”

“文赛斯拉！”

“你们这般老姑娘，想象力真是了不起！”男爵夫人叫道，“听你说得这样有根有据，人家真会相信你呢，李斯贝德。”

“妈妈，这个波兰人一定是吃惯俄罗斯棍子的棍子是帝俄时代特殊的刑具，所以贝姨要给他尝尝家乡风味。”

三个人都笑开了，奥当斯把“噢！玛蒂尔特……”改成“噢！文赛斯拉，我崇拜的神喔！……”的唱起来……大家也就把斗嘴的事暂停片刻。歌剧《威廉·泰尔》有一段著名的唱辞：“噢！玛蒂尔特，我崇拜的神喔！……”

奥当斯走开了一会，回来的时候，贝姨望着她说道：

“哼！你们这般小姑娘，以为人家只会爱你们的。”

等到只剩下她们两个人了，奥当斯又说：

“嗨，只要你证明文赛斯拉不是Conte（童话），我就把那条黄开司棉披肩给你。”

“他的确是Comte（伯爵）！”

“所有的波兰人全是Comte（伯爵）Conte与Comte二字完全同音。当时以反抗帝俄而亡命在巴黎的波兰人，大都自称为贵族，故言波兰人全是伯爵，含有讥讽之意！”

“他不是波兰人，他是列……华……列多……”

“列多阿尼人是不是？”

“不……”

“列伏尼人是不是？”

“对啦！”

“他姓什么？”

“哎哎，我要知道你能不能保守秘密。”

“噢！贝姨，我一定闭上嘴巴……”

“能守口如瓶吗？”

“能！”

“能把你的灵魂得救做担保吗？”

“能！”

“不，我要你拿现世的幸福担保。”

“好吧。”

“那么告诉你，他叫作文赛斯拉·史丹卜克！”

“查理十二从前有一个将军是这个姓。”

“就是他的叔祖噢！他的父亲，在瑞典王死后搬到了列伏尼；可是他在1812年战役中丢了家业，死了，只留下一个可怜的八岁的儿子。公斯当丁大公看在史丹卜克这个姓面上，照顾了他，送他进学校……”

“说过的话我决不赖，”奥当斯接口道，“现在只要你给我一个证据，证明确有此人，我就把披肩给你！啊！这个颜色对皮肤深色的人再合适没有了。”

“你替我保守秘密吗？”

“我把我的秘密跟你交换好了。”

“好，我下次来的时候把证据带来。”

“可是要拿出你的爱人来才算证据啊。”奥当斯说。

贝德从到巴黎起，最眼热开司棉，一想会到手那条1808年时男爵送给太太，而后根据某些家庭的习惯，在1830年上从母亲传给了女儿的黄开司棉披肩，她简直有点飘飘然。十年以来，披肩已经用得很旧；但是这件藏在檀香匣里的珍贵衣饰，像男爵夫人的家具一样，在老姑娘看来永远是簇新的。所以她异想天开，带来一件预备送男爵夫人过生日的礼物，想借此证明她神秘的爱人并不是虚构的。

那礼物是一颗银印，印钮是三个埋在树叶中的背对背的人物，顶着一个球。三个人物代表信仰，希望，慈悲。他们脚底下是扭做一团的几只野兽，中间盘绕着一条有象征意味的蛇。要是在 1846 年，经过了雕塑家特福伏小姐、华葛耐、耶南斯德、福劳蒙·茂列斯等的努力，和李哀那一流的木雕大家的成就之后，这件作品就不稀罕了；但在当时，一个对珠宝古玩极有见识的女孩子，把这颗银印拿在手里把玩之下，的确要欣赏不置的。贝姨一边拿给她一边说："嗯，你觉得这玩意儿怎么样？"

以人物的素描，衣褶，动作而论，是拉斐尔派；手工却令人想起陶拿丹罗，勃罗奈斯基，琪伯尔蒂，却列尼，约翰·特·鲍洛涅等等的翡冷翠派的铜雕。象征情欲的野兽，奇谲诡异，不下于法国文艺复兴期表现妖魔鬼怪的作品。围绕人像的棕榈、凤尾草、灯芯草、芦苇：其效果、格调、布局，都使行家叫绝。一条飘带把三个人像的头联系在一起，在头与头的三处空隙之间，刻着一个 W，一头羚羊，和一个制字。

"谁雕的？"奥当斯问。

"我的爱人喽，"贝姨回答，"他花了十个月功夫，所以我得在铺绣工作上多挣一点儿钱……他告诉我，史丹卜克在德文中的意义是岩石的野兽或羚羊。他预备在作品上就用这个方式签名……啊！你的披肩是我的了……"

"为什么？"

"这样一件贵重的东西，我有力量买吗？定做吗？不可能的。所以那是送给我的。而除了爱人，谁又会送这样一个礼？"

奥当斯故意不动声色（要是贝德发觉这一点，她会大吃一惊的），不敢露出十分赞美的意思，虽然她像天生爱美的人一样，看到一件完美的，意想不到的杰作，自然而然的为之一震。她只说了一句：

"的确不错。"

"是不错；可是我更喜欢橘黄色的开司棉。告诉你，孩子，我的爱人专门做这一类东西。他从到了巴黎之后，做过三四件这种小玩艺，四年的学习和苦功，才有这点儿成绩。他拜的师傅有熔铜匠，模塑匠，首饰匠等等，不知花了多少钱。他告诉我，现在，几个月之内，他可以出名，可以挣钱了……"

"那么你是看到他的了？"

"怎么！你还当是假的？别看我嘻嘻哈哈，我是告诉了你真话。"

“他爱你吗?”奥当斯迫不及待的问。

“还用说吗!”贝姨变得一本正经的。“你知道，孩子，他只见过一些没有血色，没有神气的北方女人；一个深色的，苗条的，像我这样年轻的姑娘，会教他心里暖和。可是别多嘴！你答应我的。”

“可是临了这一个还不是跟以前的五个一样?”奥当斯瞧着银印，嘲笑她。

“六个呢，小姐。在洛兰我还丢掉一个，就是到了今天，他还是连月亮都会替我摘下来的。”

“现在这个更妙啦，他给你带来了太阳。”奥当斯回答。

“那又不能换什么钱。要有大块儿田地，才能沾到太阳的光。”

这种针锋相对的胡说八道，加上应有的疯疯癫癫的举动，合成一片痴笑的声音，使男爵夫人把女儿的前途，跟她眼前这种少年人的欢笑比照之下，格外觉得悲伤。

奥当斯给这件宝物引起了深思，又问：

“把六个月功夫做成的古董送你，他一定有什么大恩要报答你罗?”

“啊！你一下子要知道得太多了……可是告诉你……我要你参加一个秘密计划。”

“有没有你的爱人参加?”

“啊！你一心想看到他！要知道像你贝姨这样一个老姑娘，能够把一个爱人保留到五年的，才把他藏得紧呢……所以，别跟我腻。我啊，你瞧，我没有猫，没有鸟，没有狗，也没有鹦鹉；我这样一头老山羊总该有样东西让我喜欢喜欢，逗着玩儿。所以哪，我弄了一个波兰人。”

“他有须吗?”

“有这么长。”贝德把绕满金线的梭子比了一比。她到外边来吃饭总带着活儿，在开饭之前做一会。她又说：“要是你问个不休，我什么都不说了。你只有二十二岁，可比我还噜苏，我可是四十二啦，也可以说四十三啦。”

“我听着就是，我做哑巴好了。”

“我的爱人做了一座铜雕的人物，有十寸高，表现萨姆松斗狮。他把雕像埋在土里，让它发绿，看上去跟萨姆松一样的古萨姆松是希伯莱族的法官，以大力著称，相传他的体力都靠他的头发。现在摆在一家古董铺里，你知道，那些铺子都在阅兵场上，靠近我住的地方。你父亲不是认得农商部长包比诺和拉斯蒂涅伯爵吗？要是他提起这件作品，当作是街上偶尔看见的一件精美

“他爱你吗？”奥当斯迫不及待的问。

的古物——听说那些大人物不理会我们的金绣，却关心这一套玩意儿——要是他们买下了，或者光是去把那块破铜烂铁瞧一眼，我的爱人就可以发财了。可怜的家伙，他说人家会把这个玩意儿当做古物，出高价买去。买主要是一个部长的话，他就跑去证明他是作者，那就有人捧他了！噢！他自以为马到成功，快要发迹啦；这小子骄傲得很，跟两位新封的伯爵一样的骄傲。”

“这是学的弥盖朗琪罗，”奥当斯说。“他有了爱人，倒没有给爱情冲昏头脑，……那件作品要卖多少呢？”

“一千五百法郎！……再少，古董商不肯卖，他要拿佣金呢。”

“爸爸现在是王上的特派委员，在国会里天天见到两位部长，他会把你的事办妥的，你交给我得啦。您要发大财了，史丹卜克伯爵夫人！”

“不成，我那个家伙太懒，他几星期的把红土搅来搅去，一点儿工作都做不出来。呃！他老是上卢浮宫，国家图书馆鬼混，拿些版画瞧着，描着。他就是这么游手好闲。”

姨母跟甥女俩继续在那里有说有笑。奥当斯的笑完全是强笑：因为她心中已经有了少女们都感受到的那种爱，没有对象的爱，空空洞洞的爱，直要遇上一个萍水相逢的人，模糊的意念方始成为具体，仿佛霜花遇到窗外摇曳的枯枝就黏着了。她像母亲一样相信贝姨是独身到老的了，所以十个月以来，她把贝姨那个神话似的爱人构成了一个真实的人物；而八天以来这个幽灵又变成了文赛斯拉·史丹卜克伯爵，梦想成了事实，缥缈的云雾变为一个三十岁的青年。她手中那颗银印，闪耀着天才的光芒，像预告耶稣降生似的，真有符咒一般的力量。奥当斯快活极了，竟不敢相信这篇童话是事实；她的血在奔腾，她像疯子一般狂笑，想岔开姨母对她的注意。

“客厅的门好像开了，”贝姨说，“咱们去瞧瞧克勒凡先生有没有走……”

“这两天妈妈很不高兴，那头亲事大概是完了……”

“能挽回的；我可以告诉你，对方是大理院法官。你喜欢不喜欢当院长太太？好吧，倘使这件事要靠克勒凡先生，他会跟我提的，明天我可以知道有没有希望！……”

“姨妈，把银印留在我这儿吧，我不给人家看就是了……妈妈的生日还有个把月，我慢慢再还给你……”

“不，你不能拿去还要配一口匣子呢。”

“可是我要给爸爸瞧一下，他才好有根有据的和部长们提，做官的不能随便乱说。”

“那么只要你不给母亲看见就行了；她知道我有了爱人，会开我玩笑的……”

“你放心……”

两人走到上房门口，正赶上男爵夫人晕过去，可是奥当斯的一声喊叫，就把她唤醒了。贝德跑去找盐，回来看见母女俩相互抱着，母亲还在安慰女儿，说：

“没有什么，不过是动了肝阳——呕，你爸爸回来了，”她听出男爵打铃的方式，“别告诉他我晕过去……”

阿特丽纳起身去迎接丈夫，预备在晚饭之前带他到花园里去，跟他谈一谈没有成功的亲事，问问他将来的计划，让她参加一些意见。于洛男爵的装束气度，纯粹是国会派，拿破仑派；帝政时代的旧人是可以一望而知的：军人的架势，金纽扣一直扣到颈项的蓝色上装，黑纱领带，威严的步伐——那是在紧张的局面中需要发号施令的习惯养成的。男爵的确没有一点儿老态：目力还很好，看书不用眼镜；漂亮的长脸盘，四周是漆黑的鬓角，气色极旺，面上一丝一丝的红筋说明他是多血质的人，在腰带笼络之下的肚子，仍不失其庄严威武。贵族的威仪和一团和气的外表，包藏着一个跟克勒凡俩寻欢作乐的风流人物。他这一类的男子，一看见漂亮女人就眉飞色舞，对所有的美女，哪怕在街上偶然碰到而永远不会再见的，都要笑盈盈的做一个媚眼。

阿特丽纳看见他皱着眉头，便问：“你发言了吗，朋友？”

“没有；可是听人家说了两小时废话，没有能表决，真是烦死了……他们一味斗嘴，说话像马队冲锋，却永远打不退敌人！我跟元帅分手的时候说：大家把说话代替行动，对我们这般说做就做的人真不是味儿。……得了吧，呆在部长席上受罪受够了，回家来要散散心喽……啊，你好，山羊！……你好，小山羊！”

说罢他搂着女儿的脖子，亲吻，戏弄，抱她坐在膝上，把她脑袋靠着他肩头，让她金黄的头发拂着他的脸。

“他已经累死了，烦死了，我还要去磨他，不，等一会吧，”于洛太太这么想过以后，提高了嗓子问，“你今晚在家吗？”

“不，孩子们。吃过饭我就走。今天要不是山羊，孩子们，和大哥在这儿吃饭，我根本不回来的。”

男爵夫人抓起报纸，瞧了瞧戏目，放下了。她看见歌剧院贴着《劳白脱这魔鬼》。六个月以来，意大利歌剧院已经让玉才华转到法兰西歌剧院去了，今晚她是去的阿丽斯。这些动作，男爵都看在眼里，他目不转睛的瞅着妻子。阿特丽纳把眼睛低下，走到花园里去了，他也跟了出去。

“怎么啦，阿特丽纳？”他搂着她的腰，把她拉到身边紧紧抱着。

“你不知道我爱你甚于……”

“甚于贞妮·凯婷，甚于玉才华是不是？”她大着胆子打断了他的话。

“谁告诉你的？”男爵把妻子撒开手，退后了两步。

“有人写来一封匿名信，给我烧掉了，信里说，奥当斯的亲事没有成功，是为了我们穷。亲爱的埃克多，你的妻子永远不会对你哼一声；她早知道你跟贞妮·凯婷的关系，她抱怨过没有？可是奥当斯的母亲，不能不对你说老实话……”

于洛一声不出。他的太太觉得这一会儿的沉默非常可怕，她只听见自己的心跳。然后他放下交叉的手臂，把妻子紧紧搂在怀里，吻着她的额角，热情激动的说：

“阿特丽纳，你是一个天使，我是一个脓包……”

“不！不！”男爵夫人把手掩着他的嘴，不许他骂自己。

“是的，现在我没有一个钱可以给奥当斯，我苦闷极了；可是，既然你对我说穿了心事，我也只好把憋在肚里的苦处对你发泄一下……你的斐希叔叔也是给我拖累的，他代我签了两万五千法郎的借据！而这些都是为了一个欺骗我的女人，背后拿我打哈哈，把我叫作老雄猫的！……吓！真可怕，满足嗜好比养活一家老小还要花钱！……而且压制也压制不了……我现在尽可以答应你，从此不再去找那个该死的犹太女人，可是只要来一个字条，我就会去，仿佛奉着皇帝的圣旨上火线一样。”

“别难受啦，埃克多，”可怜的太太绝望之下，看见丈夫眼中含着泪，便忘记了女儿的事。“我还有钻石；第一先要救出我的叔叔来！”

“你的钻石眼前只值到二万法郎，不够派作斐希老头的用场；还是留给奥当斯吧。明天我去见元帅。”

“可怜的朋友！”男爵夫人抓着她埃克多的手亲吻。

这就算是责备了。阿特丽纳贡献出她的钻石，做父亲的拿来给了奥当斯，她认为这个举动伟大极了，便没有了勇气。

“他是一家之主，家里的东西，他可以全部拿走，可是他竟不肯收我的钻石，真是一个上帝！”

这是她的想法。她的一味温柔，当然比旁的女子的妒恨更有收获。

伦理学者不能不承认，凡是很有教养而行为不检的人，总比正人君子可爱得多；因为自己有罪过要补赎，他们就先求人家的宽容，对裁判他们的人的缺点，表示毫不介意，使个个人觉得他们是一等好人。正人君子虽然也有和蔼可亲的，但他们总以为德行本身已经够美了，毋须再费心讨好人家。而且，撇开伪君子不谈，真正的有道之士，对自己的地位几乎都有点儿介介于怀，以为在人生的舞台上受了委屈，像自命怀才不遇的人那样，免不了满嘴牢骚。所以，因败坏家业而暗自惭愧的男爵，对妻子，对儿女，对贝姨，把他的才华，把他迷人的温功，一齐施展出来。儿子和喂着一个小于洛的赛莱斯丁纳来了以后，他对媳妇大献殷勤，恭维得不得了，那是赛莱斯丁纳在旁的地方得不到的待遇，因为在暴发户的女儿中间，再没有像她那么俗气，那么庸碌的了。祖父把小娃娃抱过来亲吻，觉得他妙极了，美极了，他学着奶妈的口吻，逗着孩子咿咿呀呀，预言这小胖子将来比他还要伟大，顺手又把儿子于洛恭维几句，然后把娃娃递给胖奶妈。赛莱斯丁纳对男爵夫人递了个眼色，表示说："瞧这老人家多好呀！"不消说得，她会在自己的父亲面前替公公辩护的。

表现了一番好公公好祖父之后，男爵把儿子带到花园里，对于当天在议院里发生的微妙局面应当如何应付，发表了一套入情入理的见解。他教年轻的律师佩服他眼光深刻，同时他友好的口吻，尤其是那副尊重儿子，仿佛从此把他平等看待的态度，使儿子大为感动。

小于洛这个青年，的确是1830年革命的产物：满脑子的政治，一肚子的野心，表面却假装沉着；他眼热已经成就的功名，说话只有断断续续的一言半语，深刻犀利的字句，法国谈吐中的精华，他是没有的；可是他很有气派，把高傲当作尊严。这等人物简直是装着一个古代法国人的活动灵柩，那法国人有时会骚动起来，对假装的尊严反抗一下；但为了野心，他临了还是甘心情愿的闷在那里。像真正的灵柩一样，他穿的永远是黑衣服。

"啊！大哥来了！"男爵赶到客厅门口去迎接伯爵。自从蒙高南元帅故世之后，他可能补上那个元帅缺。于洛把他拥抱过了，又亲热又尊敬的搀着他走进来。

这位因耳聋而毋须出席的贵族院议员，一个饱经风霜，气概不凡的脑袋，花白的头发还相当浓厚，看得出帽子压过的痕迹。矮小，臃肿，干瘪，却是老当益壮，精神饱满得很，充沛的元气无处发泄，他把看书与散步来消磨光阴。他的白白的脸，他的态度举动，以及他通情达理的议论，到处都显出他朴实的生活。战争与战役，他从来不提；他知道自己真正的伟大，毋须再炫耀伟大。在交际场中，他只留神观察太太们的心思。

“你们都很高兴啊，”他看到男爵把小小的家庭集会搅得很热闹，同时也发觉弟媳妇脸上忧郁的影子，便补上一句，“可是奥当斯还没有结婚呢。”

“不会太晚的。”贝姨对着他的耳朵大声的叫。

“你自己呢，你这不肯开花的坏谷子！”他笑着回答。

这位福士汉战役中的英雄很喜欢贝姨，因为两个人颇有相像的地方。平民出身，没有受过教育，他全靠英勇立下军功。他的通情达理就等于人家的才气。一辈子的清廉正直，他欢欢喜喜的在这个家庭中消磨他的余年，这是他全部感情集中的地方，兄弟那些尚未揭穿的荒唐事儿，他是万万想不到的。他只知道家庭之间没有半点儿争执，兄弟姊妹都不分轩轾的相亲相爱，赛莱斯丁纳一进门就被当作自己人看待：对于这幅融融泄泄的景象，谁也不及他那样的感到欣慰。这位矮小的好伯爵还常常问，为什么克勒凡没有来。赛莱斯丁纳提高着嗓子告诉他：“父亲下乡去了！”这一次，人家对他说老花粉商旅行去了。

这种真正的天伦之乐，使于洛太太想起：“这才是最实在的幸福，谁也夺不了的！”

老将军看见兄弟对弟媳妇那么殷勤，便大大的取笑他，把男爵窘得只能转移目标去奉承媳妇。在全家聚餐的时候，男爵总特别敷衍媳妇，希望由她去劝克勒凡老头回心转意，不再记他的恨。看到家庭的这一幕，谁也不会相信父亲濒于破产，母亲陷于绝望，儿子正在担忧父亲的前途，女儿又在打算夺取姨母的情人。

三

到了七点，看见大哥，儿子，太太，女儿坐下来玩韦斯脱，男爵便动身到歌剧院替情妇捧场去了，顺手把贝姨送回家。她住在杜扬南街，借口地区荒僻，老是吃过饭就走的。凡是巴黎人，都会觉得老姑娘谨慎得有道理。

卢浮王宫的老殿旁边有这些破屋存在，只能说是法国人故意倒行逆施，要让欧洲人轻视他们的聪明而不再提防他们。这一下，也许是无意之间表现了高瞻远瞩的政治思想。我们把这一角的巴黎描写一番，决不能算是闲文，因为日后是无法想象的了。我们的侄儿辈，看到卢浮宫全部完成之后卢浮宫始建于13纪初叶，迄后代有增建，直至拿破仑三世治下，于1868年方始全部告成决不会相信在巴黎的心脏，面对着王宫，三个朝代在最近三十六年中招待过法国和欧罗巴名流的王宫前面，这等丑恶的景象居然存在了三十六年。

从通向阅兵大桥的小道起，直到博物院街为止，来到巴黎的人，哪怕是只耽留几天的，都会注意到十几座门面破烂，年久失修的屋子。当初拿破仑决定完成卢浮宫的时节，整个老区域都给拆掉，那些屋子是拆剩下来的残余。荒凉黝暗的老屋子中间，只有一条杜扬南街和一条杜扬南巷，住户大概只是些幽灵，因为从来看不见什么人。街面比博物院街低了许多，正好跟冷衣街一样平。四周围街面的高度，已经把屋子埋在地下，而在这一方面给北风吹黑的，卢浮宫高大的长廊，更投下永久的阴影，罩住了屋子。阴暗，静寂，冰冷的空气，低凹如土窑似的地面，把那些旧屋变成了地下坟场，变成了活人的墓穴。坐在车上经过这死气沉沉的地区，对那条狭窄的杜扬南街望一眼，你会觉得心都凉了半截，会奇怪谁敢住在这等地方，到晚上那条小街变了杀人越货的场所，巴黎的罪恶一披上黑夜的外衣而大肆活动的时候，该有什么事情发生。这个本身已经可怕的问题，还有更骇人的方面：因为把这些徒有其名的屋子环绕如带的，是黎希留街那边的死水洼，是蒂勒黎花园那边汪洋一片的乱石堆，是长廊那边的小园子和阴惨惨的木屋，是老殿那边一望无际的铺路用的石块，和拆下来的瓦砾。亨利三世和他那些丢了鞋子的宠臣，玛葛丽德的那些丢了脑袋的情人亨利三世是被刺死的，玛葛丽德为亨利三世之妹，以情人众多闻于世，大可在月光之下到这儿来跳舞；俯瞰着这片荒地的，还有一座教堂的圆顶，仿佛唯有在法国声势最盛的基督旧教才能巍然独存。借着墙上的窟洞，破烂的窗洞，卢浮宫四十年来叫着："替我把脸上的疮疤挖掉呀！"大概人家觉得这个杀人越货的场所自有它的用处，在巴黎的心脏需要有一个象征，说明这座上国首都的特点，是在于豪华与苦难的相反相成。为了这个缘故，那些废墟瓦砾，博物院街上那些丑恶的木屋，小贩摆摊的场所，或许比三个朝代的寿命更长久，更繁荣！

这些早晚总得拆毁的屋子，租金很便宜，所以从 1823 年起贝姨就住在这儿，虽然周围的环境使她必须在天光未黑之前赶回家。并且这一点也跟她日出而作，日落而息的乡下习惯很合适，农家便是这样的在灯火与炉子上面省掉一大笔开支的。冈巴赛莱革命后执政之一那座有名的宅子拆毁之后，有些屋子的视线扩大了，贝德便是住的这样一所屋子。

正当于洛男爵把小姨送到门口，说着"再会，小姨"的时候，一个少妇从马车与墙壁之间穿过，也预备进屋子。她矮小，苗条，漂亮，穿扮很讲究，身上发出一阵阵的幽香。她为了瞧瞧邻居的姊夫，顺便和男爵打了一个照面。可是那个风流人物，像巴黎人一朝碰上了想望已久而从未遇见的标准美人一样，立刻为之精神一振。他上车之前，故意慢条斯理的戴着手套，好借此偷偷的用眼睛盯着她。她的衣角，并非由于蹩脚的粗呢衬裙，而是由于另外的一点儿什么，摆动得怪有意思。

"这可爱的小女人倒大可以抬举一下，她不会白受我的。"他心里想。

陌生女子走到楼梯头，靠近临街的公寓门口，并没完全转过身来，只用眼梢向大门瞟了一眼，看见男爵站在那里出神，一副馋痨与好奇的神气。对于所有的巴黎女子，这有如无意之中遇到了一朵鲜花，她们都要不胜欣喜的拿来闻一下的。有些安分守己的漂亮妇人，在街头散步而没有碰上这一类的鲜花，回到家里就会无精打采。

年轻妇人急匆匆的走上楼梯。不一会，三楼公寓的窗子打开了，她和一个男人同时探出身来。秃顶的脑袋和并不怎么生气的眼神，表明那男人是她的丈夫。

"这些娘儿们多精灵！"男爵暗忖道，"她这是告诉我住址。可是太露骨了一点，尤其在这个区域。倒是不可不防。"

男爵踏上马车的时候抬了抬头，夫妇俩马上缩进身子，仿佛男爵的脸是什么鬼怪似的。

“他们像是认得我的，怪不得有这种举动了。”男爵想。

果然，车子往上走到博物院街，他又探出头去瞧瞧那个陌生女子，发觉她又回到了窗口。一经撞见，她又羞得赶紧倒退。男爵想：“我可以从山羊那里把她打听出来。”

参议官的出现，对这对夫妇是一个大大的刺激。丈夫从窗口回进去时说：

“唔，那是于洛男爵，我们的署长哟！”

“这么说来，玛奈弗，那个住在院子四层楼上，跟一个年轻人同居的老姑娘，便是他的小姨了？真怪，咱们直到今天才知道，还是碰的巧！”

“斐希小姐跟一个年轻人同居！……”公务员重复了一遍，“那是看门的造谣言。咱们不能随便乱说一个参议官的小姨，部里的大权都操在他手里呢。喂，来吃饭罢。我等了你四个钟点了！”

非常漂亮的玛奈弗太太，是蒙高南伯爵的私生女儿。他是拿破仑手下的一个名将，在故世之前六个月晋级为法兰西元帅的。她拿了两万法郎，嫁给一个陆军部里的小职员。在将军庇护之下，吃公事饭的小家伙，居然意想不到的升做了一级办事员；但正要升做副科长的时候，元帅死了，把玛奈弗夫妇俩的希望连根斩断。玛奈弗大爷本来没有什么财产，华莱丽·福丁小姐的陪嫁也花光了，一部分是还了公务员的债，一部分做了单身汉成家的开办费。因为手头不宽，尤其因为漂亮太太定要像在娘家一样的享用，他们只能在房租上划算。杜扬南街的地位，跟陆军部和巴黎闹市都离得不远，所以玛奈弗先生和太太都看中了，在这所斐希小姐的屋子里已经住了四年光景。

约翰·保罗·史丹尼斯拉·玛奈弗那一类的公务员，只有吃喝玩乐的精力，在别的事情上差不多是一个白痴。又矮又瘦的男人，头发胡子都是细长的，憔悴苍白的脸，皱纹不算太多，可是疲倦得厉害，眼皮红红的，架着眼镜，走路的样子鬼鬼祟祟，姿态举动更鬼鬼祟祟。总而言之，他的模样，只要想象一下为了风化案件上法庭的角色就行。

这对夫妇的公寓，是多数巴黎人家的典型，室内是一派冒充奢华的排场。客厅里：家具上包的是棉料的假丝线：石膏的小人像充作翡冷翠的铜雕；粗制滥造的吊烛台，烛盘是假水晶的，地毯里夹着大量的棉纱，连肉眼都能看见，说明它为什么价钱便宜；呢料的窗帘，没有三年的光鲜好维持；样样东西都显得寒酸，好似站在教堂门口的衣衫褴褛的穷人。

仅有的女仆招呼不过来的饭厅，令人作呕的景象有如内地旅馆的餐室：到处乌七八糟，堆满了油腻。

先生的卧房颇像大学生的屋子，一星期只打扫一次，一张单人床，一些单身汉的家具，同他的人一样黯淡，破落。室内到处杂乱无章，旧袜子挂在马鬃坐垫的椅背上，灰尘把椅子上的花纹重新描过了一道：这间不可向迩的卧房，说明主人对家庭生活满不在乎，而是在赌场、咖啡店或是什么旁的地方过日子的。

每间屋的窗帘都是给烟和灰熏黑了的，无人照顾的孩子随处扔着玩具。在几间邋遢得丢人的正屋中间，唯一的例外是太太的卧房。临街的一边和院子底上紧靠邻屋的一进之间，只有一边有屋子连着；这个厢房的地位，便是华莱丽的卧房和盥洗室。壁上很体面的糊着波斯绸，紫檀家具，羊毛地毯，那气派表明住的人是个漂亮女人，竟可以说是人家的外室。铺着丝绒单的壁炉架上，摆着一架时式座钟。一个陈设得还算体面的古董架，几只中国瓷器的花盆，种着些名贵的花草。床铺，梳妆台，嵌有镜子的衣柜，一些应有的小玩意儿，统统是时新的款式。

虽然以富丽与风雅而论，这是第三等的排场，而且已经是三年以前的，但一个花花公子也挑剔不出什么来，除非说它奢华得有点俗气。所谓艺术，一桌一椅之间所能流露的雅人深致，这儿是完全没有的。研究社会的专家，很可能从无聊的摆设上面意味到情人的流品，因为那些珍玩只能是情人送的，而在一个少妇的闺房内，永不露面的情人永远有他的影子。

丈夫、妻子、孩子，三个人用的晚饭，这顿迟开了四小时的晚饭，很可说明这个家庭的窘况。饭食是测量巴黎人家的财富最可靠的气温表。缺口的盘子碟子，锌制的刀叉既不铿锵又不光亮；一盘豆汁香菜汤，一盘番芋煨小牛肉，好些半红不红的汤水算是肉汁，一盘青豆，一些起码樱桃：这样的饭菜配得上这个漂亮女人吗？男爵看到了是会伤心的。在街口酒店里零沽的酒，污浊的颜色连灰暗不明的玻璃壶也遮掩不了。饭巾已经用过一星期。一切都显出屈辱，贫穷，夫妻俩对家庭的不关心。即是最普通的旁观者，一眼之间也会猜到他们业已到了一个悲惨的境地，生活的压迫使他们非玩一套骗局不可了。

华莱丽对丈夫一开口，我们就可明白晚饭迟开的原因；而且这顿饭居然能开出，还是靠了厨娘别有用心的好意。

“萨玛农不肯收你的借据，除非你出五分利，把你的薪水做抵押。”

署长的穷还瞒着人，除了公费之外，有两万四千法郎的官俸撑门面，小公务员的穷却真是到了山穷水尽的田地。

“你把我的署长勾上了。”丈夫望着妻子说。

“我想是吧。”她并没觉得那句戏院后台的俗语有什么难堪。

“咱们怎么办？”玛奈弗说。“明儿房东就要来封门。你父亲遗嘱都不留一张，竟自顾自的死了！真是！这些帝政时代的家伙，个个自以为长生不死，像他们的皇帝一样。”

“可怜的父亲只生我一个，”她说，“他多喜欢我！一定是伯爵夫人把遗嘱烧了的。他怎么会忘掉我呢，平时对我们一出手就是三千四千的！”

“咱们房租已经欠了四期，一千五百法郎！咱们的家具抵得了抵不了呢？莎士比亚说得好，这才是问题！”

“呕，再见，亲爱的，”华莱丽只吃了几口小牛肉，其中的原汁已经由厨娘孝敬给一个刚从阿越回来的大兵享受去了。“重病要用重药医！”

“华莱丽！你上哪儿？”玛奈弗拦着大门的去路。

“看房东去，”她说着，理了理帽子底下的头发卷。“你哪，你该想法联络一下那个老姑娘，倘使她真是署长的小姨的话。”

同一所屋子的房客不知道彼此的身份，在巴黎是常事，也最能够说明巴黎生活的忙乱。一个公务员每天清早就上班，回家吃过夜饭就上街，妻子又是一个爱繁华的女人，这样一对夫妻自然不会知道一个住在后进四层楼上的老姑娘，尤其那老姑娘有斐希小姐那样的习惯。

整幢屋子内，李斯贝德是第一个起身，她下楼拿她的牛奶，面包，炭，不跟任何人搭讪；太阳落下，她就跟着睡觉，她没有信札，没有客人，从来不到邻居那里串门。她过的是那种无名的，昆虫一般的生活，在有些屋子内，过了四年才发现四层楼上的一位老先生是认识服尔德①，特·洛齐哀，鲍雄，马赛尔，莫莱，莎菲·阿诺，法兰克林，劳白斯比哀的。玛奈弗夫妇能够知道一点贝德的事，是因为区域荒僻，也因为跟看门的有来往，那是他们为了境况关系不得不巴结的。至于老姑娘，以她的高傲，缄默，矜持，使看门的对她敬而远之，冷淡得很，表示那种下人们的反感。并且当门房的，认为租金二百五十法郎的房客，并不比他们地位高。贝德告诉甥女的心腹话既有事实根据，无怪看门的女人跟玛奈弗夫妇说体己话时，要把斐希小姐毁谤一阵，以为这样便是造她的谣言了。

---

① 服尔德：法国文学家、思想家伏尔泰（Voltaire，1694—1778）的旧译。

老姑娘从看门的奥里维太太手里接过烛台，走前一步，瞧瞧她上层的阁楼有没有灯光。在七月里这个时间，院子底上已经昏黑，老姑娘再不能不点灯睡觉了。

“噢，你放心，史丹卜克先生没有出去，他在家呢”，奥里维太太话中带刺的说。

老姑娘一声不响。在这一点上她还是乡下人脾气，凡是与她不相干的人的舆论，她一概不理；而且，正如乡下人眼里只看见村子，她所关心的只有几个贴身的人的意见。因此，她照样一股劲儿上楼，不是到自己屋里，而是走上阁楼。饭后上甜点心的时候，她藏起几个水果和一些糖食在手提包里，此刻要拿去给他，跟一个老处女带些好东西给她的狗吃一样。

房里点着一盏小灯，前面放着一个满贮清水的玻璃球，扩大灯光。奥当斯梦里的英雄，一个皮肤苍白，头发淡黄的青年，靠着一张工作台坐着。台上放满雕塑的工具，红土，扦子，座子，熔在模子内的黄铜等等。他穿着工衣，拿了一组泥塑的小人像在那里出神，好似一个寻章摘句的诗人。

“喂，文赛斯拉，我替你捎些儿东西来啦，”她说着把手帕放在工作台的一角，然后小心的从手提包中掏出糖食水果。

“你太好了，小姐。”可怜的亡命者声音很凄凉的回答。

“这是吃了清凉的，可怜的孩子。你这样的工作要动肝火啦。你不是干粗活儿的人……”

文赛斯拉不胜惊奇的瞧着老姑娘。

“你吃呀，”她又急躁的说，“别老瞪着我，把我当作你喜欢的雕像似的。”

听到这几句埋怨，青年人才认出他监护人的面目；他挨骂成了习惯，偶然的温柔反而使他受宠若惊。史丹卜克虽是二十九岁，却像有些淡黄头发的人一样，看上去只有二十三。这种青春气象——流亡生活的辛苦已经减少了它的鲜嫩——跟那张干枯板滞的脸放在一起，仿佛上帝错给了他们的性别。他站起来，去坐在一张黄丝绒面子的，路易十五式的旧沙发上，预备休息一下。老姑娘捡起一颗大枣子，温温柔柔的递给她的朋友。

“谢谢。”他接了果子。

“你累吗？”她说着又递给他一个。

“不是工作的累，而是生活的累！”

“哎哎，又在胡思乱想啦！”她带着气恼的口吻说。“你不是有一个善

“谢谢。”他接了果子。

神守护着你吗?”她又拿些糖食给他，很高兴的看他一样一样的吃。“你瞧，我在姊姊家吃饭，又想到了你……”

“我知道,”他用着又温柔又可怜的目光望着她，“没有你，我早已不在世界上了；可是小姐，艺术家得有点儿消遣……”

“呕！又来了！……”她打断了他的话，把拳头往腰间一插，眼睛里留着火。“你想在巴黎胡闹，糟蹋身体，学那些工人的样去死在救济院里！不成，不成，你先得挣一份家私，孩子，等你有了存款，才能作乐，才有钱请医生，有钱去玩儿，你这个好色鬼!”

这一串连珠炮似的训话，电火一般的目光，吓得文赛斯拉把头低了下去。哪怕嘴巴最刻毒的人，看到这一幕的开场，也会觉得奥里维夫妇说的斐希小姐的坏话全无根据。两人的语气，举动，目光，一切都证明他们秘密生活的纯洁。老处女表现的是粗暴而真实的母性。青年人像一个恭顺的儿子接受母亲的专制。这个古怪的结合，是由于一个坚强的意志控制了一个懦弱的性格，一种得过且过的脾气。斯拉夫民族这一点特性，使他们在战场上勇敢无比，而日常行事是意想不到的有头无尾，没有精神：其原因只能由生理学家去研究，因为生理学家之于政治，正如昆虫学家之于农业。

“要是我还没有挣到钱就死了呢?”文赛斯拉悲哀的问。

“死？……”老姑娘叫起来，“噢！我决不让你死。我有两个人的精力，必要的时候我可以把我的血分点儿给你。”

听到这两句火暴而天真的话，史丹卜克眼皮有点儿湿了。

“别伤心喽，我的小文赛斯拉,”贝德也感动了，“我的甥女奥当斯觉得你的银印还不差。得了罢，你的铜像包在我身上卖掉，那你欠我的债可以还清，你爱怎么就好怎么了，你好自由了！行啦，你可以笑啦！……”

“我欠你的债是永远还不清的，小姐,”可怜的家伙回答。

“为什么？……”优越的乡下姑娘又站在列伏尼人的地位跟自己对抗了。

“因为你不但管我吃，管我住，在患难中照顾我，而且你还给了我勇气！今日的我是你一手造成的，你常常对我很严，使我难受……”

“我？……你还想诗呀，艺术呀的胡扯，指手画脚的空谈什么美妙的理想，像你们北方人那样疯疯癫癫吗？美，才抵不过实际呢。实际，便是我！你脑子里有思想是不是？好吧！可是我，我也有思想……要是搅不出一点结果，想什么也是空的。有思想的，不见得比没有的强，倘使没有思想的人能够活动……与其胡思乱想，还是工作要紧。我走了以后，你做了些什么？……”

“你的漂亮甥女说些什么？”

“谁告诉你她漂亮？”李斯贝德气冲冲的质问，把野兽一般的妒意一齐吼了出来。

“你自己呀。”

“那是为要瞧瞧你那副嘴脸！你想追女人吗？呕，把你的欲望化到铜里去罢；好朋友，你要谈情说爱，还得好好的待些时候，尤其对我的甥女儿。这不是你吃得到的天鹅肉，她呀，她要配一个有六万法郎进款的男人……而且已经有在那里了……呦，床还没有铺呢！”她对隔壁的屋子望了一眼说，“噢！可怜的孩子！我把你忘了……”

精壮结实的姑娘立刻脱下手套，大衣，帽子，像老妈子一般很快当的，把艺术家那张单人床铺好。这种急躁，粗暴，与好心的混合，正可说明李斯贝德对这个男人的控制力，她早已把他当作自己的一样东西。人生不就是一忽儿好一忽儿坏的，把我们拴着吗？如果列伏尼人遇到的，不是李斯贝德而是玛奈弗太太，那么，她的殷勤献媚很可能带他走上肮脏的不名誉的路，把他断送掉。他决不会工作，艺术家的才具决不会发展。所以他尽管抱怨老姑娘利欲熏心，他的理性告诉他宁可接受这只铁腕，而不要学他的某些同胞，过着懒惰而危险的生活。

下面是两人结合的经过。那是女性的刚毅果敢，与男性懦弱无能的结合；这种性格的颠倒，据说在波兰是常有的。

在 1833 年上，斐希小姐逢到工作忙的时节，常常做夜工；有一次在清早一点钟左右，忽然闻到一阵强烈的碳酸气，同时听见一个人快要死去的呻吟。碳气和痰壅的声音，是从她两间屋子上面的阁楼来的。她猜想一定是那个青年人，住在空了三年的阁楼上的新房客，闹自杀。她很快的上楼，拿出洛兰人的蛮力顶开房门，发觉那房客在帆布床上打滚抽搐。她把煤气炉拈熄，窗子打开，大量的空气一吹进来，亡命者便得救了。然后，李斯贝德把他当病人一样安排着睡了，等他睡熟之后，她看到两间屋里除了一张破桌子，一张帆布床和两只椅子之外，简直没有东西，她马上明白了自杀的原因。桌上放着一张字条，她拿来念道：

我是文赛斯拉·史丹卜克伯爵，列伏尼省波勒列人。我的死与任何人无涉。科修斯科 18、19 世纪时波兰爱国志士说过："波兰人是完了！"这便是我自杀的理由。

身为查理十二麾下一个勇将的侄孙①，我不愿意行乞。衰弱的身体使我不能投军。我从德累斯顿到巴黎仅有的一百泰莱②德国旧货币名，昨天用完了，抽屉内留下的二十五法郎是付这里的房租的。

父母亲属都已故世，我的死用不到通知任何人。希望我的同胞不要责备法国政府。我并没声明我是亡命者，我从没要求过什么，也没有遇到别的流亡的人。巴黎谁也不知道有我这个人。

我到死都守着基督徒的信仰。但愿上帝赦免史丹卜克家最后一个子孙！

文赛斯拉

临死的人还付清房租这种诚实，把贝德深深的感动了；她打开抽斗，果然有二十五法郎在内。

"可怜的青年！"她叫道，"世界上竟没有一个人关心他！"

她下去拿了活计，到阁楼上来守护这个列伏尼的贵族。等到他醒来发觉有一个女人坐在他床边，惊讶是可想而知的；他还以为是做梦呢。老姑娘做着制服上的胸练，欣赏他的睡态，决心要照顾这可怜的孩子。然后，年轻的伯爵完全清醒了，她鼓励他，盘问他，想知道怎么样能够使他谋生。文赛斯拉讲完了一生的历史，说他过去的职位是靠他艺术方面的天赋；他一向爱好雕塑，但是学雕塑需要很长的时间，他没有钱支持；此刻他身体又吃不消做劳力的工作或是大件的雕塑。李斯贝德听了这些话莫名其妙，只回答说，在巴黎机会多得很，一个有志向的人应该在这儿活下去。从来没有勇敢的人在巴黎饿死的，只要有耐性。她又说：

"我不过是一个可怜的姑娘，一个乡下女人，居然也能够自给自足。你听我说，我有点儿积蓄，要是你肯认真工作，你的生活费，我可以一个月一个月的借给你；可是一定得十分严格的生活，决不能荒唐胡搅！在巴黎，一天只有二十五铜子也能吃顿饭，早上一顿我可以跟自己的一起做。另外我替你置办家具，你要学什么，我替你付学费。我为你花的钱，你给我一张正式的借据，等你挣了钱再还我。可是你不工作的话，我就不负责

---

① 查理十二（1682—1718）：瑞典军队统帅，瓦萨王朝第十任国王。

② 德累斯顿：德国萨克森州首府，是德国重要的文化、政治和经济中心。

任，不管你了。”

“啊！”可怜的家伙叫道，他还没有忘掉死亡的痛苦，“怪不得各国亡命的人都想跑到法国来，像炼狱里的灵魂都想走入天堂一样。到处都有热心人帮助你，连这种阁楼上都有！这样的民族真是了不起！亲爱的恩人，你是我的重生父母，我应当做你的奴隶！跟我交个朋友吧，他说着做出一副惹人怜爱的姿态，那是波兰人常有而被误认为奴颜婢膝的表情。”

“呕！不行，我太嫉妒，你要受罪的，可是我愿意做你的同伴。”

“噢！你不知道我在举目无亲的巴黎挣扎的时候，真想求一个人收留我，哪怕他是专制的暴君也好！我恨不得回去，让沙皇送我上西伯利亚！……现在你来做我的保护人吧……我一定好好的工作，虽然我本来不是坏人，我可以变得更好。”

“你能不能完全听我的话，教你干什么就干什么？”她问。

“行！……”

“那么我把你当作我的孩子，”她很高兴的说，“啊，我有了一个从棺材里爬出来的孩子了。好，咱们就开始。我要下楼去弄吃的，你穿起衣服来，听我拿扫帚柄敲你的楼板，你就下来跟我一块吃早饭。”

下一天，贝德送活计出去，向那些工场主人把雕塑这一行打听了一番。问来问去，她居然发现了佛洛朗和夏诺的工场，是专门熔铸、镂刻、制造考究的铜器和上等银器餐具的铺子。她带了史丹卜克去要求当雕塑的学徒。这提议当然有点儿古怪，因为铺子里只替巴黎最出名的艺术家代做浇铜工作，并没有人在那里雕塑。可是老姑娘的固执，终于把史丹卜克安插了进去，画点儿装饰图样。史丹卜克很快学会了这一部分的塑造，又独创一些新花式。他的确有天才。学完镂刻之后五个月，他结识了有名的史底曼，佛洛朗铺子的主任雕刻师。过了二十个月，文赛斯拉的本领超过了老师。但二年半中间，老姑娘一个钱一个钱聚了十六年的积蓄，全部花光了。一共是二千五百法郎的现洋！这笔本来预备做终身年金的款子，现在变了波兰人的一张借据。这时候李斯贝德只能像年轻时代一样的工作，来应付列伏尼人的开支。她一发觉手里拿的只是一张白纸而不是金洋，便急得没了主意，去找列凡先生商量了。十五年来，他已经和这位手下第一名能干女工交了朋友，做了她的参谋。听到这桩离奇的故事，列凡先生和列凡太太把贝德埋怨一顿，当她疯了，又大骂一阵亡命之徒，因为他们复国运动的阴谋，破坏了商业的繁荣，破坏了不惜任何代价都得维持的和平。然后夫妇俩怂恿老姑娘，去想法取得生意上所谓的保障。列凡先生说：

“这家伙所能给你的保障，只有他身体的自由。”

阿希尔·列凡是商务法庭的裁判，所以他又说：

“对于一个外国人，这不是开玩笑的事。一个法国人坐了五年牢，债没有还，照样会放出来，此时只有他的良心能够逼他料理债务，而他的良心是永远坦然的。可是一个欠债的外国人，进了监狱就休想出来。把你的借票给我，把它过户给我的司账员，教他向法院备案，把你们两人一齐告上，然后经过申辩之下，可以取得一个倘不偿付即可拘禁的判决；这些手续办妥之后，他对你要另签一份协议书。这样，你的利息可以一直算下去，而你也有了武器，随时随地可以对付那个波兰人了!”

老姑娘就让人家把手续办妥，告诉她的被保护人不要惊慌，那仅仅为了借一笔钱，不得不向一个放高利贷的债主提供的保证。这种托辞也是商务裁判给想好的。天真的艺术家，一味信任他的恩人，把官契法国政府的印花纸，专供订立正式契据之用拿来点了烟斗。他是抽烟的，像有什么悲伤或过剩的精力需要镇静的人一样。有一天，列凡先生拿一宗案卷给斐希小姐看了，说：

“现在文赛斯拉·史丹卜克给绑起来了，二十四小时之内，你可以送他进格里希监狱关到老死。”

诚实可敬的商务裁判，这一天因为做了一件坏善事而觉得很满意。在巴黎，行善真是方式繁多，上面那个古怪的名词的确代表某一种变格的善事。列伏尼人一朝给商业手续束缚停当之后，只有还清债务的一法了，因为那位有名的商人是把文赛斯拉当作骗子的。热心，正直，诗意，他认为在买卖上全是祸水。列凡觉得斐希小姐是上了波兰人的当，所以为了她的利益，特意去拜访史丹卜克最近才脱离的厂商。史底曼——他是靠了巴黎金银细工业中一般出色的艺术家的协助，把法国艺术推进到可以跟翡冷翠派和文艺复兴媲美的——恰巧在夏诺的办公室里①，碰上列凡来打听一个波兰亡命徒叫作史丹卜克的底细。

“你把史丹卜克叫作什么?”史底曼冷冷的反问。“或许是我从前的一个学生，年轻的列伏尼人吧?告诉你，先生，他是一个大艺术家。人家说我自以为狠得像魔鬼，那可怜的家伙却不知道他可以做一个上帝呢……”

“啊!”列凡先满意的哼了一声，然后他说，“我是赛纳州的商务裁

---

① 翡冷翠派：翡冷翠，意大利中部城市佛罗伦萨的旧译。翡冷翠派即佛罗伦萨画派，是意大利文艺复兴时形成的美术流派。代表人物有达·芬奇，米开朗基罗等。

判，虽然你对我说话不大客气……”

“噢！对不起，推事先生！……”史底曼举手行了一个礼。

“可是你的话使我很高兴，”推事往下说，“那么这年轻人将来是能够挣钱的了？……”

“当然，”夏诺老人回答，“可是要工作才行，要不离开这里，他早已挣了不少啦。没有法儿，艺术家都怕拘束。”

“因为他们感觉到自己的价值和尊严，”史底曼回答，“我不怪文赛斯拉独自去求名，想成为一个大人物，这是他的权利！可是他走了，我是大受损失的！”

“哎，哎，”列凡叫道，“这就是年轻人的野心，一出校门便自命不凡……干么不先得了利，再求名呢？”

“捞钱是要弄坏手的！”史底曼说。“我们认为，有了名才有利。”

“有什么办法！”夏诺对列凡说，“又不能束缚他们……”

“他们会咬断缰绳的！”史底曼又顶了一句。

“所有这般先生，”夏诺望着史底曼说，“才气高，嗜好也不少。他们乱花乱用，结交女人，把钱往窗外扔，再没功夫做他们的工作，再不把接下的订货放在心上。我们只能去找一批工匠，本领不如他们，可是一天比一天有钱。于是他们抱怨时世艰难，却不知要是他们肯卖力，黄金早已堆得像山一般高了……”

“哎，你教我想起”，史底曼说，“那个大革命以前的出版商吕米浓老头，他说：要是我能够使孟德斯鸠，服尔德，卢梭，老是穷得要命，把他们关在我的阁楼上，把他们的裤子锁在衣柜里，那时候，他们可以写出多少好书，让我大大的发笔财哩！——呕，要是美丽的作品能够像钉子一般制造出来，那么找掮客不就得了吗？废话少说，给我一千法郎！”

列凡老头回家的路上替斐希小姐很高兴，她是每星期一到他家吃饭的，那天正好能碰到她。

“要是你能教他好好的工作，”他说，“那你不但聪明，还可以交好运，你的钱，连本带利都能收回。这个波兰人是有本领的，会挣钱的，可是你得把他的裤子鞋子一齐藏起，不让他踏进大茅屋和洛兰德圣母院那些区域二处在巴黎均系娼妓集中地，把他的缰绳抓紧，放松不得。要不这样防着，你的雕塑家就会闲逛，你可不知道什么叫作艺术家的闲逛！简直该死，告诉你！我刚才亲眼看见，一千法郎一张钞票，一天就花完了。”

这段插曲，对于文赛斯拉和贝德两人之间的生活大有影响。当她想起老本靠不住了，而且常常以为丢定了的时候，异乡人吃她的饭，同时就得饱受一顿埋怨。好妈妈变做了后娘，老是呵斥这可怜的孩子，嘀嘀咕咕，一下子骂他工作不够劲，一下子怪他挑了一门没出息的行业。她不信，一些红土的模型，小小的人像儿，装饰的花样，雏形，能值什么钱。过了一会，她又不满意自己的严厉，用温存与体贴来挽回一下。可怜的青年，在这个泼妇手里受她乡下女人的压迫，只有长吁短叹的份儿，然后，得到一点眉开眼笑的款待和母性的殷勤，他又立刻心花怒放的得意起来。可是那种母性的殷勤，只是嘘寒问暖，纯粹属于物质方面的。他仿佛做妻子的，在暂时和好的阶段中受到一点儿温存，就忘记了一星期的怨气。就是这样，李斯贝德把这颗心彻底的收服了。喜欢支配人的性情，在老姑娘心中本来只是一只芽，如今很快的长发了。她的骄傲，她的喜欢活动，都得到了满足：可不是吗？她有了一个属于她的人，好由她埋怨，指挥，奉承，连他的快乐都由她管制，而且不用怕旁人竞争！她性格之中好的坏的同时发挥了出来。虽然她有时磨难可怜的艺术家，但另一方面，她有体贴入微的表现，像田里的野花一样可爱，她要他生活上一无欠缺才觉得快活，她肯为他拼命：这是文赛斯拉绝对相信的。正如一切高尚的心灵，可怜的青年永远只记得恩惠，而记不得这姑娘的坏处与缺点，何况她早已把过去的生涯告诉他，作为她性情粗暴的辩护。有一天，为了文赛斯拉丢下工作闲荡，老姑娘气极了，跟他大吵一场。

“你是属于我的！”她对他说。“你要是一个规矩人，就应当早早还我的钱，越早越好……”

这一下可惹动了文赛斯拉的贵族脾气，他脸色发了白。

“天哪！”她又说，“咱们眼见要没得吃了，只靠我这可怜的女人，一天挣三十个铜子”。

两个穷人你一句我一句，争得彼此都动了火，可怜的艺术家，破题儿第一遭怪他的恩人不该把他救活，教他做苦工，他说死了至少是休息，苦工可是比死还难受。他说要逃走了。

“逃走！……”老姑娘叫道，“啊！列凡先生料得一点不错！”

于是她一点不含糊的解释给波兰人听，她能够在二十四小时之内，送他到监狱里去过一辈子。这简直是当头一棒。史丹卜克沉着脸不做声了。下一天晚上，李斯贝德听见准备自杀的响动，便带着文件和一张正式收据上楼，眼睛湿漉漉的对他说：

“喂，孩子，请你原谅！别伤心啦，咱们分手吧，我把你磨得太苦了；

但望你偶尔想到我这个可怜的女人，使你有了谋生的本领。没有法儿的！你惹我发脾气；我会死的，可是没有我，你怎么办？所以我急切的巴望你做出一些能卖钱的东西。得了罢，我不要你还我钱了！……我就怕你的懒，你却叫作幻想，我怕你的想心思，眼睛瞪着天，不知糟掉了多少时间；我只盼望你养成工作的习惯。”

她这时的声调，眼神，态度，眼泪，把心胸高尚的艺术家感动了；他抓着恩人搂在怀里，吻着她的前额。

“把这些纸张收起来罢，”他带着高兴的神气回答。“干么你要送我进格里希？我不是为了感激你而关在这儿吗？”

他们共同生活中的这段波澜，发生在六个月以前，结果是文赛斯拉做成了三件作品：一件是存在奥当斯那里的银印，一件是放在古玩铺里的铜雕，还有一件是此刻刚好完工的精美的座钟——他正在旋紧模型上最后几只螺丝帽。

座钟上十二个时辰，很巧妙的由十二个不同的美女作代表，她们手搀手在跳舞，跳得那么狂那么快，以至爬在一堆花朵与叶子上面的三个爱神，只能抓住那个代表十二点的美女，她的宽大的外氅撕破了，给一个最大胆的爱神抓在手里。下面是一个点缀得极美的圆座，雕些神圣的野兽。其中有一只在张着嘴巴打呵欠，每到一个钟点，这大嘴巴中显出一幕景象，象征那个钟点上的日常生活。

李斯贝德为什么对列伏尼人那样的割舍不得，现在我们不难了解了：她要他快乐，却眼见他在阁楼上脸黄肌瘦的衰败下去。造成这可怕局面的原因是不难想象的。洛兰女人对这北方孩子的管束，像母亲一般温柔，妻子一般嫉妒，泼妇一般暴戾；她想出办法使他绝对不能到外边去荒唐胡闹：永远不让他身上有一个钱。她要把她的牺牲品兼伴侣，一个人独占，要他过着不得不规矩的生活，她不明白这种荒谬的欲望多么残忍，因为她自己就是过惯禁欲生活的。她对于史丹卜克的爱，一方面使她觉得不能嫁给他，一方面又不肯把他让给别的女人；她不能甘心情愿的只做他的母亲，而想到做他母亲以外的旁的角色时，她又觉得自己疯了。这些矛盾，这种残酷的嫉妒，这种独占一个男人的快乐，大大的搅乱了这个姑娘的心。为他疯魔了四年，她痴心妄想要把这矛盾的，没有出路的生活永远继续下去，可是以她这样的死抓不放，她所称为孩子的前途一定要断送了的。本能与理性的交战，促成了她的蛮横专制。她把自己的既不年轻，又不富有，又不美丽，在这个年轻人身上出气；然后，每次出完了气，她又觉得自己的不应该，便卑躬屈膝，温柔得不得了。她先要大肆斧钺，显出了她的威力之后，再想到献给偶像的祭礼。这恰好和《暴风雨》的情节相反，恶神卡里彭做了善神阿丽哀与泼洛斯班洛公爵的主宰。至于那思想高远，耽于冥想，贪闲好逸的不幸的青年，却像植物园兽槛里的一头狮子，无精打采的眼神，表示在他的保护人扫荡之下，他的灵魂只剩下一片荒凉。李斯贝德逼他做的苦工，并不能解决他感情上的饥渴。他的烦闷成了肉体的疾病，他苦恼得要死，却不能要求，也无法张罗一些零钱，去满足他往往必须满足的欲望。有些精力充沛的日子，苦闷的情绪使他格外气愤，他眼睁睁的瞪着贝德，仿佛一个口渴的行人，走在不毛之地的海岸上，瞪着海中的咸水。在巴黎的幽禁和贫穷结成的苦果，对于贝德却是其味无穷的享受。所以她战战兢兢的预料到，只消一点儿热情就能把她的奴隶抢走。她的专制与责备，使这个诗人只能成为一个制作小品的大雕塑家，但她有时还后悔当初不该培养了他自立的能力。

绝望的母亲，玛奈弗夫妇，可怜的亡命者，三方面都是过的悲惨生活，悲惨的方式那么不同而又那么实在。下一天，这三方面的生活都大起变化，为了奥当斯天真的热情，也因为男爵对玉才华的倒霉的痴情，出乎意外的告了一个段落。

四

快到歌剧院时，参议官呆了一呆，他看到班勒蒂哀街上的大厦阴森森的，没有警察，没有灯火，没有执事人员，没有阻止群众的木栅。他瞧瞧戏目，只见上面贴着一张白纸，写着几个大字：

因 病 停 演

他立刻奔向玉才华的寓所，她是像歌剧院所有的艺员，住在附近的旭夏街上的。

“先生，您找谁？”门房这一问，弄得他莫名其妙。

“怎么，你不认得我了？”男爵心里一慌。

“不是这个意思，先生，因为我奉命把您挡驾，所以才问您上哪儿。”

男爵打了一个寒噤。

“出了什么事呀？”他问。

“要是你爵爷走进弥拉小姐的公寓，您可以碰到勃里斯多小姐，皮克西渥先生，雷翁·特·洛拉先生，罗斯多先生，特·佛尼赛先生，史底曼先生，和一些香喷喷的女太太们，在那里喝进屋酒……”

“那么她在哪儿？……”

“弥拉小姐吗？……我不知道可不可以对您说……”

男爵把两枚五法郎的钱塞在门房手里。

“噢，她此刻在主教街，据说是埃罗维公爵送给她的屋子。”看门的放低了声音回答。

问明了屋子的号数，男爵雇了一辆马车赶去，看到一所双重大门的时式漂亮屋子，单是门首那盏煤气灯，已经显出奢华的气派来了。

男爵穿着他的蓝呢上装，白领带，白背心，浅黄裤子，漆皮靴子，在这座全新的乐园的门房眼中，很像一个迟到的客人。他的威武的气概，走路的功架，浑身上下都证明他是一个来宾。

于洛男爵

门房一打铃，列柱成行的廊下出现一名跟屋子一样新的当差，把男爵让了进去。他拿出帝政时代人物的姿态和口吻，吩咐道：

“把这张片子送给玉才华小姐……”

这位专门侍候女人的家伙，心不在焉的打量着那间屋子，发觉原来是一间外客厅，摆满了奇花异卉，家具陈设要值到两万法郎。当差的来请先生进里客厅，说等席面散了，大家喝咖啡的时候，主人就会出来。

帝政时代的奢华，当然亦是场面伟大，虽说为时不久，也非有大量的财富不办；男爵虽是经历过当年的盛况，对着眼前这间屋子也不免眼花缭乱的呆住了。三扇窗子外面，是一座神仙洞府似的花园，那种一个月内赶造起来的园子：泥土是搬来的，花木是移植来的，草皮仿佛是化学方法变出来的。他不但欣赏精雅的摆设，镀金的器具，最值钱的篷巴杜式的雕塑①，以及暴发户们不惜重价争购的，精美绝伦的绫罗绸缎；他更欣赏唯有天潢贵胄才有本领挑选、罗致、收买的东西：两张葛滦士，两张华多，两张梵·代克的头像，两张拉斯达尔的风景，两张杜·迦斯泼，一张伦勃朗，一张霍尔朋，一张牟利罗，一张铁相，两张泰尼埃，两张美兹，一张梵·华萨姆，一张阿伯拉罕·弥浓，一共是二十万法郎的名画。美妙的框子差不多值到画一样的价钱。

“啊！现在你明白了吗，糊涂虫？”玉才华说。

从一扇没有声响的门里，她提着足尖在波斯地毯上走过来，把她的崇拜者吓了一跳，原来他迷迷糊糊的愣在那里，耳朵里轰轰的响，除了丧钟以外听不见别的声音。

把这个大官叫作糊涂虫，足见那些女人的胆大妄为，连最伟大的人物都敢糟蹋；男爵听了，顿时两脚钉在了地上。玉才华穿着黄白两种色调的衣衫，为这个盛大的宴会装扮得那么得体，在珠光宝气的环境中，她的光辉也一点没有减色，倒像是一件稀世奇珍的宝物似的。

“多美噢，是不是？”她接着说。“公爵出钱不管事，跟人家合伙做生意，公司的股票涨了，他抛了出去，把赚来的钱都花在这里。我的小公爵真行！呃，只有从前的王公大臣才会点铁成金！饭前，公证人把屋契教我签字，连付款收据都附了来。今天的来宾都是些大佬：哀斯葛里浓，拉斯蒂涅，玛克辛，勒农古，梵奈伊，拉金斯基，洛却斐特，拉·巴番里纳；

---

① 篷巴杜式：篷巴杜即篷巴杜夫人，路易十五的著名情妇，社交名媛，极力推崇洛可可风格，篷巴杜式也是矫饰、奢侈和浮华的代表。

银行界来的有纽沁根，杜·蒂埃；还有安多尼阿，玛拉迦，加拉皮纳，匈兹。他们都在可怜你呢。对啦，朋友，我也请你，只是有一个条件，你先得一口气喝足他们的量，或是两瓶匈牙利，或是两瓶香槟，或是两瓶加泼。告诉你，我们都灌饱了，歌剧院非停演不可，我的经理咕啊咕啊的乱叫，像一只喇叭。"

"噢！玉才华！……"男爵叫道。

"还要跟我评理吗？多无聊！"她微笑着截住了他的话。"这座屋子连家具值到六十万，你说你值不值？你拿得出利息三万法郎的存折，像公爵那样裹在一个杂货铺的三角包裹里递给我吗？……你看他的礼送得多妙！"

"堕落到这个田地！"男爵这时的气愤，恨不得拿太太的金刚钻来跟埃罗维公爵斗一斗，即使只能打倒他一天一晚也是好的。

"堕落是我的本行！"她回答。"啊！你看你这种态度！干么不搅些出钱不管事的买卖？天！我的可怜的老雄猫，你该谢谢我呢：我离开你正是时候了，要不然你我非得吃掉你女人的生活费，你女儿的陪嫁，以及……啊！你哭啦。帝国完蛋啦！……我来向帝国致敬吧。"

她摆出一个悲壮的姿势，说道：

"人家叫你于洛！我可不认得你喽！……"

说完她进去了。

半开的门里，像闪电一般漏出一片强烈的光，夹着一阵越来越凶的闹酒的声音，和一股山珍海味的味道。

女歌唱家回头从半开的门里张了一眼，看见于洛一动不动的站在那儿，好比一座铜像，于是她又出来说：

"先生，我把旭夏街上的破烂东西让给皮克西渥的小姑娘勃里斯多了；要是你想去收回你的睡帽，你的鞋拔，你的腰带，和你染鬓脚的油蜡，我是关照他们还给你的。"

这几句缺德话使男爵马上走了出去，好似罗得当年走出峨摩拉城，却并没像他的妻子那样"回头一看"《旧约·创世纪》第十九章二十三："当时耶和华将硫磺与火……降与所多玛和峨摩拉……罗得的妻子在后边回头一看，就变成了一根盐柱"。

于洛怒不可遏，自言自语的一路走回家；家里的人还在那里静静的玩着两个铜子输赢的韦斯脱，和他出门的时候一样。一看见丈夫，可怜的阿特丽纳以为闯了祸，出了什么丢人的事；她把牌递给奥当斯，带了埃克多走进小客厅，五小时以前，克勒凡就在这儿预言贫穷是如何如何难堪的。

"你怎么啦？"她害怕的问。

“噢！请你原谅，让我把那些岂有此理的事告诉你听。”

他的怒火一口气发泄了十分钟。

“可是，朋友，”可怜的妻子忍着痛苦回答，“那样的女人本来就不懂得爱情，那种配得上你的纯洁、忠实的爱情！以你这般明白的人，怎么会想跟百万家财去拼呢?”

“亲爱的阿特丽纳！”男爵抓着妻子，把她紧紧的抱在怀里。

受伤的自尊心，给男爵夫人涂了一层止痛的油膏。

“当然，埃罗维公爵要没有财产，在她面前，他怎么能跟我比！”男爵说。

“朋友，”阿特丽纳拿出最后的勇气，“要是你一定少不了情妇，为什么不学克勒凡的样，找些便宜的，容易满足的女人？那不是我们大家都得益吗？需要，我是懂得的，可不了解虚荣心……”

“噢！你太好了！我是一个老糊涂，不配有你这样的太太。”

“我不过对我的拿破仑做一个约瑟芬罢了，”她悲哀的回答。

“约瑟芬不如你。来，我要跟大哥和孩子们玩韦斯脱去。我应该负起家长的责任，把奥当斯出嫁，结束我的荒唐生活……”

这种洒脱的态度大大的感动了阿特丽纳，甚至说：

“那女人丢掉我的埃克多，真是没有眼睛，不管她新找的是谁。啊！我哟，哪怕把世界上所有的黄金来换，我也不肯把你放手的。一朝得到了你的爱，怎么还舍得离开你呢！……”

男爵不胜感激的望着妻子，算是报答她盲目的信仰。于是她更加相信，温柔与服从是女人最有力的武器。可是她错了。把高尚的情操推之极端，其结果与邪恶的结果一样。拿破仑做成皇帝，因为他在离开路易十六丢掉脑袋与王国两步路的地方，开枪射击群众，而路易十六的丢掉脑袋与王国，是因为舍不得让一个名叫梭斯的人流血……

奥当斯把银印放在枕头底下，连睡觉的时候都不肯离开。下一天，她清早起来穿扮齐整，教人通知父亲一起身就到花园里去。

九点半左右，父亲依着女儿的要求，搀了她手臂，沿着河滨，穿过王家大桥，走到阅兵场。刚进铁栅要穿过那大广场，奥当斯说：

“爸爸，咱们应该装作溜达的样子。”

“在这个地方溜达吗？……”父亲带着笑话她的口吻。

“咱们可以装作到博物馆去；告诉你，那边有几家卖小古董，卖图画的铺子……”她指着一些木屋说，那是靠着杜扬南街转角儿所屋子的墙根盖的。

“你姨母住在这里呢……”

“我知道，别让她瞧见我们……”

“哎，你想干什么？”男爵走到离玛奈弗太太的窗子只有三十步左右的地方，忽然把她想起了。

奥当斯把父亲领到一家铺子的橱窗前面，正对南德府，坐落在沿着卢浮宫长廊一带的屋子的转角上。她走进店堂；父亲却站在外边，专心望着那小娘儿的窗子。昨天晚上，她已经在老少年心中留下印象，仿佛预先抚慰他将要受到的创伤似的，此刻他要把太太的主意来实地试验了。

“还是回头去找小家碧玉吧”，他想起玛奈弗太太生得那么十全十美，那么可爱，“有了这个女人，我可以马上忘掉贪得无厌的玉才华。”

以下是铺子内外同时发生的事实。

打量着意中人的窗子，男爵瞥见那个丈夫自己在刷外氅，同时伸头探颈的，似乎在广场上等着什么人。男爵怕他看见了将来会把他认出来，便转身背对杜扬南街，但仍旧把身子斜着一点，好随时张望。不料这一转身，竟劈面遇见了玛奈弗太太——她从河滨大道沿着屋子走过来预备回家，华莱丽看到男爵那副诧异的目光，也不免吃了一惊，羞怯的瞟了他一眼。

“好一个美人儿！简直教人魂灵出窍！”男爵嚷道。

“喂！先生，”她转过身来，仿佛决心要干一桩大事情似的，“你可不是于洛男爵吗？”

男爵点了点头，越来越诧异了。

“好吧，既然我们有缘碰上两次，我又很荣幸的引起了你的好奇心或是注意，那么请你不必魂灵出窍，还是高抬贵手，主持公道罢……我丈夫的命运就操在你老人家手里。”

“怎么的？”男爵很殷勤的问。

“他是你署里的一个职员，在陆军部，属于勒勃仑先生一司，高盖先生一科。”她笑着回答。

“我很乐意，太太……请教贵姓哪？”

“玛奈弗。”

“我的小玛奈弗太太，为了讨你喜欢，即使不公道的事我也愿意帮忙……我有一个姨妹住在你屋子里，这两天我会去看她，有什么要求，可以到她那儿告诉我。”

"请原谅我的冒昧，男爵；可是我不得不大胆的说这种话，我是没有依靠的。"

"啊！啊！"

"噢！先生，你误会了。"

她低下眼睛，男爵简直以为不见了太阳。

"我到了绝望的地步，但我是一个规矩女人，"她接着说。"六个月以前，我失去了唯一的保护人，蒙高南元帅。"

"啊！你是他的女儿吗?"

"是的，先生，可是他从来没有认我。"

"大概是为要留一份家产给你吧。"

"不，什么都没有，先生，因为找不到遗嘱。"

"噢！可怜的孩子，元帅是中风死的……好啦，别失望，太太。一个帝政时代的名将的女儿，我们应当帮助。"

玛奈弗太太很有风度的行了礼，暗暗得意自己的收获，正如男爵得意他的收获一样。

"她这么早从哪儿来呢?"他一边想一边分析她衣衫的摆动，在这上面，她的卖俏似乎过火了一点。"她神色疲倦，绝不是从澡堂子回来，何况她丈夫等着她。真怪，倒是大有研究的余地。"

玛奈弗太太进了屋子，男爵便想知道女儿在铺子里干些什么。他一边往里走一边还望着玛奈弗的窗子，几乎跟一个青年人撞个满怀。他脑门苍白，灰色的眼睛挺有精神，穿着黑外氅，粗布裤子，罩有鞋套的黄皮鞋，没头没脑的从铺子里奔出来；男爵眼看他奔向玛奈弗的屋子，走了进去。

奥当斯一进铺子，立刻认出那座出色的雕像，很显著的摆在桌子上，从门洞子望过去恰好居于正中的地位。即使没有以前那些事情，单凭这件大作奔放热烈的气息，也能吸引少女的注意。在意大利，奥当斯本人就能给人家塑成一座奔放热烈的雕像。

那种有目共睹，雅俗共赏的光彩，其程度并非在所有的天才作品中都相等的。拉斐尔的某几幅图画，例如《耶稣的显容》，福里诺教堂中的《圣母》，梵蒂冈宫中的几间壁画，并不教人一见之下就钦佩赞赏，像西阿拉宫中的《提琴师》，毕蒂美术馆中的几幅《陶尼肖像》与《埃西基埃的幻象》，菩该塞美术馆中的《耶稣手持十字架》，以及米兰勃莱拉博物馆中的《童贞女婚礼》。《先知约翰像》和罗马学会中的《圣路加为圣母画像》，就没有《雷翁十世像》与德累斯顿的《童贞女》那样的魔力。但它们的价值是相等的。不但如此，梵蒂冈宫中的壁画，《耶稣显容》，那些单色画，和三张画架上的作品，确是尽善尽美的最高成就。但这些杰作，必须由最有修养的鉴赏家聚精会神，加以深刻的研究，才能领会到它们所有的妙处；至于《提琴师》《童贞女婚礼》《埃西基埃的幻象》，都自然而然的从你的眼睛透入你的内心，占据一个位置；你不费一点气力，就欣然接受了它们。这不是艺术的极峰，而是神来之笔。这一点，可以证明古往今来的艺术品中，有一部分正如家庭中某些天赋独厚，天生美好，从来不使母亲生气，无往不利，无事不成功的孩子；换言之，有些天才的花，正好像爱情的花。

这一点儿奔放热烈——这是一个无法迻译的意大利字——确乎是初期作品的特点，是青年人慷慨激昂，才气横溢的表现；而这种慷慨激昂的气势，以后只有在兴往神来之际才能再现；但那时候的奔放热烈，不再是艺术家心中飞涌出来的了，不再像火山喷射烈焰一般的灌注在作品中了，而是艺术家靠了某些特殊情形恢复过来的，为了爱情，为了竞争，为了怨恨，更多的是为要支持以往的声誉而挤逼出来的。

文赛斯拉这座铜像，对于他以后的作品，就像《童贞女婚礼》之于拉斐尔全部的制作。一个天才初显身手的时候，有的是风流潇洒，有的是童年的朝气与丰满：在笑容可掬的酒窝，又白又红的皮肤下面，潜藏着生命的力量。这幅《童贞女婚礼》，欧也纳亲王是花了四十万法郎买下的，在一个没有拉斐尔作品的国家可以值到一百万。可是人家决不会花这个数目去买最美的壁画，虽然壁画的艺术价值更高。

奥当斯想到她少女的私蓄有限，不得不把赞美的情绪抑制着一点，她装作漫不经意问：

“怎么卖呢?”

“一千五百法郎。”古董商说着，对一个坐在屋角里圆凳上的青年，递了个眼色。

一看到于洛男爵的活宝，那青年不由得呆住了。这可提醒了奥当斯，觉得他便是作者，因为他痛苦苍白的脸上泛起一些红晕，听到有人问价，灰色眼睛就闪出一点儿光亮。瘦削的脸，她看作一个惯于禁欲生活的僧侣的脸：她喜爱那张粉红的有样的嘴巴，那个细巧的小下巴颏儿，斯拉夫族的柔软如丝的栗色头发。

“要是一千二，”她说，“我就教你送到我家里去了。”

“这是古物呀，小姐。”所有的古董商都以为这句话把一切小古董的妙处说尽了。

“对不起，先生，这是今年的作品”，她不慌不忙的回答，“我正要托你请作者到我们家去，要是你同意这个价钱；我们可以介绍他相当重要的定件。”

“作者拿了一千二，我拿什么？我是做买卖的啊。”店主老老实实说。

“啊！不错”，她带点儿轻视的意思。

“噢，小姐，你拿去罢！老板这方面由我安排就是了”，列伏尼人嚷着，已经控制不了自己。

奥当斯的美貌和对艺术的爱好，打动了他的心，他往下说：

“我就是作者，十天功夫，我一天到这儿来三次，看看有没有识货的人还价。你是第一个赏识的人，你拿去吧！”

“先生，那么过一小时你和掌柜的一起来……这是我父亲的名片”，奥当斯回答。

然后，趁掌柜的到里边拿破布包裹铜像的时候，她轻轻补上几句，使艺术家大为诧异，以为是在做梦：

“为你前途着想，文赛斯拉先生，这张名片不能给斐希小姐看见，也不能告诉她谁是买主，因为她是我的姨母。”

艺术家听了“我的姨母”这句话，竟有些头晕眼花：从天而降的掉下一个夏娃，他就以为看见了天堂。过去他梦想李斯贝德的漂亮甥女，正如奥当斯梦想姨母的爱人。刚才她进门的时候，他就想：“啊！她要是这样的人物才妙呢！”这样我们就不难了解两个爱人的目光了，那简直是火焰一般，因为纯洁的爱人是一点不会装假的。

“哎，你在这儿干什么？”父亲问他的女儿。

“我花掉了一千二百法郎的积蓄。呃，咱们走罢。”她挽着父亲的手臂。

“一千二百法郎！”

“还是一千三呢！……短少的数目要你给的。”

“这铺子能有什么东西，要你花那么多钱？”

“啊！就是这个问题！”快乐的姑娘回答，“要是我找到了一个丈夫，这个价钱不能说贵吧。”

“一个丈夫？在这个铺子里？”

“告诉我，爸爸，你会不会反对我嫁给一个大艺术家？”

“不会的，孩子。今天一个大艺术家是一个无冕之王：又有名又有利，那是社会上两件最大的法宝……除了德行之外，”他装着道学家的口气补上一句。

“是的，不错，你觉得雕塑怎么样？”

“那是挺要不得的一门，”于洛摇摇头，“才气要很高，还要有大佬做后台，因为雕塑唯一的主顾是政府。那是一种没有市场的艺术，现在没有大场面，没有了不得的产业，没有继承的王府，没有长孙田。我们只能容纳小幅的画，小件的雕像；艺术大有成为渺小的危险。”

“要是一个大艺术家找到了他的市场呢？”奥当斯问。

“那么问题解决了。”

“还有后台？”

“更好啦！”

“再加是贵族？”

“嗯！”

“是伯爵呢？”

“而他会雕塑？”

“他没有财产。”

“而他想靠奥当斯·于洛小姐的财产是不是？”男爵挖苦的说，他瞪着女儿，想从她眼睛里探出一个究竟来。

“这个大艺术家，又是伯爵，又会雕塑，刚才生平第一次看见了你的女儿，而且只有五分钟，”奥当斯很镇静的回答。“昨天，我的好爸爸，你正在国会里的时候，妈妈晕过去了，她说是肝气，其实是为了我的亲事没有成功，因为她告诉我，你们为了摆脱我起见……”

“她太爱你了，不会说这种话的……”

“这种不够圆滑的话，”奥当斯笑着把话接过来，“不，她没有用这个字眼；可是我，我知道一个待字闺中的女儿没有能嫁掉，对于有责任心的父母是一个沉重的十字架。所以妈妈想，如果找到一个有魄力有才具，只消三万法郎陪嫁就足够的男人，咱们就都称心如意了！总而言之，她觉得应当做一番准备功夫，教我能接受比较平凡的命运，不要一味追求太美妙的梦……这就是说，那头亲事是完了，并且没有陪嫁。”

“你母亲真是了不起。”父亲回答。他觉得非常惭愧，虽然一方面听了女儿这番心腹话也很高兴。

“昨天她告诉我，你答应她卖掉钻石，做我的陪嫁；可是我希望她留着，由我自己来找一个丈夫。现在我认为已经找到这样的人，合乎妈妈条件的女婿……"

"在这儿吗？……在阅兵场上！一个早上就找到了？"

"噢！爸爸，说来话长呢。"她狡猾的回答。

"好啦，孩子，原原本本说给你爸爸听罢。"他故意娇声娇气的装作镇静。

当父亲答应严守秘密之后，奥当斯把她和贝姨的谈话讲了一个大概。然后，回到家里，她把那颗银印拿给父亲看，证明她料事的聪明。父亲对于姑娘们在本能冲动之下所表现的聪明机巧，不由得暗暗佩服，因为他承认，那单相思一夜之间给天真的姑娘出的主意，的确简单得很。

"我刚才买的那件精品，你就可看到，快要送来了。而且亲爱的文赛斯拉要陪着古董商一块儿来……能够塑出这样东西的作者一定会挣大钱的，可是你得凭你的面子，替他招徕一座雕像，然后送他进学士院……"

"你瞧你急成这个样子！由你的意思，你在法定限期内就会结婚，就是说在十一天之内法定期限见前18页注……"

"要等十一天吗？"她笑着回答。"可是我五分钟之内就爱上了他，好像你当年一看见妈妈就爱上了一样！而且他也爱我，仿佛我们已经认识了两年。"她看见父亲做着一个手势，又说："是的，他一双眼睛简直是十大扎情书。再说，一经证明他确有天才之后，你和妈妈还会不要他吗？雕塑是最高的艺术啊！"她又是拍手又是跳。"噢，让我统统告诉了你罢……"

"难道还有旁的事吗？……"父亲笑着问。

多嘴而绝对的天真，教男爵完全放了心。

"还有一句最要紧的话呢。我没有认识他就爱上了他，可是从我一个钟点以前见到他之后，我简直疯了。"

"太疯了一点。"男爵说，他很高兴看到这种天真的热情。

"我告诉了你心里的话，你可不能责备我。你瞧，能够对爸爸嚷着'我有了爱人了，我快活了！'岂不痛快！你看吧，我的文赛斯拉是怎么样的。呕！一张不胜哀怨的脸！一对灰眼睛，全是天才的光辉！……又是一表人才！你认为怎么样？列伏尼是不是一个美丽的地方？……哼，让贝姨嫁给这个青年人！她可以做他母亲呢！……这不是害死人？……我才妒忌她帮了他的忙呢！我想她对我的婚姻一定不会高兴的。"

"好孩子，咱们什么都不能瞒你的母亲。"

"那么要把银印拿给她瞧了，而我是答应不欺骗贝姨的，她怕母亲

奥当斯

笑她。”

“你为了图章那么守信用，却不怕挖掉贝姨的情人！”

“我为了图章发过誓，却没有为图章的作者答应过一句话。”

这一节简单纯朴，大有古风的爱情，跟这个家庭的内幕非常配合，所以男爵把女儿对他的信任夸奖了一番，嘱咐她从此以后应当把事情交给懂得世故的父母去办。

“要知道，孩子，你姨母的那个爱人是不是伯爵，有没有合格的证件，他的品行有什么保证等等，都不是你能够决定的。至于你姨母，二十年以前已经回绝了五头亲事，现在不至于再从中作梗，那由我去对付就是了。”

“听我说，爸爸，要是你愿意我结婚，你得等到签婚约的时候，才可以向姨母提……这个问题我盘问了她有半年！……嗯，她真有点儿不可解的地方……”

“什么？……”父亲觉得很奇怪。

“关于她的爱人，只要我把话说得过分一些，哪怕是笑着说的，她的眼睛就不善。你去打听你的；我这方面让我自己来把舵。一切不瞒你，总可以放心了吧。”

“基督说：‘让小孩子到我这里来！’你便是回来的孩子中的一个。”男爵带着点取笑的口吻。

吃过午饭，外面通报说古董商和艺术家送东西来了。女儿突然之间的脸红，使男爵夫人先是不安，继而留神；而奥当斯的羞怯，眼中的热情，马上给母亲窥破了秘密，那是她年轻的心中按捺不住的。

史丹卜克浑身穿着黑衣服，在男爵眼中的确是一个很体面的青年。

“你能够雕一座大型的人像吗？”他拿着新买的作品问。

深信不疑的欣赏了一会，他把铜像递给不大懂得雕塑的太太。

“不是吗，妈妈，多美啊！”奥当斯咬着母亲的耳朵说。

“男爵，人像并没像处理这座时钟那样难，你瞧，掌柜的把这件作品也给带来了。”艺术家回答。

古蓝商忙着把爱神想抓住十二时辰的那个泥塑，安放在饭厅里的碗柜上。

“把这座钟留在这儿吧，”美丽的作品把男爵看呆了，“我要拿给内务部长和商业部长瞧瞧去。”

“这年轻人是谁啊，你感到那么大的兴味？”男爵夫人问女儿。古董商发觉少女和艺术家眼神之间有着默契，便装出内行的，莫测高深的神气说：

“一个艺术家要是有相当的资本利用这副模型，可以赚到十万法郎。八千法郎一座，只要卖掉二十座就行啦。每座本钱不过三千；把它们编上号码，再把模型毁掉，一定能找到二十个收藏家，肯买这件总数有限的作品。”

“十万法郎！”史丹卜克嚷着，把古董商，奥当斯，男爵，男爵夫人，一个一个的瞧过来。

“对呀，十万法郎！”古董商说，“我要有钱，我就花两万法郎把它买下来；模型毁掉之后，那就成了独一无二的财产……一个大佬会花三万四万的，把这件作品买去装饰他的客厅。艺术品中从没有过一座雅俗共赏的时钟，而这件作品，先生，的确解决了这个难题……”

“这是给你的，先生。”奥当斯给了古董商六块金洋每块值二十法郎，把他打发了。可是艺术家送他到门口嘱咐道：

“对谁都别说你到这儿来过。有人问你铜像送到哪儿，就说送给埃罗维公爵，那位有名的收藏家，住在华兰纳街的。”

古董商点了点头。男爵看见艺术家回进屋子，便问：

“你贵姓哪？”

“史丹卜克伯爵。”

“有证明文件没有？”

“有的，男爵，是俄文和德文的，可是没有经过官方签证……”

“你能不能塑一座九尺高的人像？”

“能，先生。”

“那么我要去跟几位先生商量，要是他们满意你的作品，我可以让你承揽蒙高南元帅的像，预备送入拉希公墓，立在他墓上的。陆军部和前帝国禁卫军军官，捐了一笔很大的款子，所以我们有挑选艺术家的权。”

“噢！先生，那是我的运气喽！……”史丹卜克对着接二连三的喜事愣住了，

“你放心，”男爵和颜悦色的回答，“我要把这座铜雕跟这个模型拿给两位部长去瞧，要是他们赏识的话，你就走运了……”

奥当斯抓起父亲的手臂，拼命的拧着。

“把你的文件拿来，你的希望，对谁都别提，连对我们的贝德老姨也不能说。”

“怎么！李斯贝德？”于洛太太终于明白了事情的结局，却猜不透所

用的方法。

“我可以替夫人塑一座胸像，证明我的能力……”文赛斯拉补上一句。他欣赏于洛太太的美，正在把母女两个比较。

“哎，先生，可能你的前程很远大呢，”男爵被史丹卜克文质彬彬的仪表迷住了，“不久你就会知道，在巴黎，一个人单靠他的才具是不会长久的，只有持久的工作才会成功。”

奥当斯红着脸，把一口装着六十块金洋的精美的阿尔基利钱袋，递给文赛斯拉。艺术家始终脱不了他的贵族气，看到奥当斯脸红，也不禁流露出羞怯的神色。

“这是不是你的作品第一次卖钱？”男爵夫人问。

“是的，太太，这是我艺术工作的第一次酬报，却不是第一次出卖劳力，因为我做过工人……”

“那么，希望我女儿的钱给你发个利市！”于洛太太回答。

男爵看见文赛斯拉老提着钱袋不收起来，便说：

“你放心收起来罢。这笔钱将来会由一个大佬还给我们的，说不定什么亲王之流，为了要谋这件美丽的作品，肯出几倍的价钱向我们收买的。”

“噢！爸爸，不行，我不肯出让的，哪怕是王太子要，我也不肯呢！”

“我可以替小姐另外雕一座更美的……”

“那不是这一座啦。”她说完又觉得说得太多了，羞得躲到花园里去了。

“那么我回家去把泥塑与阴模一齐毁掉罢！”史丹卜克说。

“好吧，你把文件拿来，不久我就有回音给你，要是一切都跟我预料的一样。”

听到这一句，艺术家不得不告辞了。对于洛太太和奥当斯行过礼——她特意从花园中进来受他这个礼——他到蒂勒黎花园中去溜了一会，暂时不能、也不敢回到阁楼上去受暴君的盘问，把他的秘密逼出来。

奥当斯的爱人，想象中一下子有了多少题材，又是群像又是人像；他觉得精神百倍，直有亲自斫凿大理石的力气，像那个也是身体娇弱的加诺伐一样意大利名雕塑家（1757—1822）。奥当斯把他改变了，他马上有了灵感。

“哎！哎！”男爵夫人对她的女儿说，“这是什么意思呢？”

“亲爱的妈妈，你刚看到咱们贝姨的爱人啦，现在是我的咯，我希望。……可是你得闭上眼睛，装作不知道。天！我本想瞒着你的，现在都给你说了罢……”

“好啦，再见，孩子们，”男爵拥抱了女儿跟妻子，“或许我要去看看山羊，从她那儿我可以知道很多事情，关于那个青年。”

“爸爸，留神哪！”奥当斯又嘱咐了一遍。

奥当斯讲完了她诗一般的故事，最后一节便是当天早上的情形，男爵夫人叫道：

“噢！孩子！亲爱的孩子，世界上最狡猾的还是天真！”

真正的热情自有它的本能。让一个好吃的人在一盘果子中挑，他不大会错的，甚至用不到看，就能抓到最好的。同样，让一般有教养的女孩子，绝对自由的去挑选她们的丈夫，要是所挑中的男人她们的确能得到，她们也难得会挑错。天性是百发百中，万无一失的。这一种的天性叫作一见生情。而爱情方面的第一眼，就等于千里眼。

男爵夫人的快乐，虽然为了母亲的尊严而多少藏起一点，也不下于女儿；因为克勒凡所说的奥当斯三种嫁人方式，她认为最好的一种似乎可以成功了。她觉得这桩奇遇就是她热烈的祈祷感动了上帝所致。

斐希小姐的奴隶，终于不得不回家了，他居然想出主意，把艺术家的快乐遮盖他爱人的快乐，表示他的得意是为了作品的初次成功。

“行啦！我那组像卖给埃罗维公爵了，他还要给我别的工作呢”，他把值一千二百法郎的金洋扔在了老姑娘的桌上。当然，他藏起了奥当斯的钱袋，揣在怀里。

“嗳，总算运气，”李斯贝德回答，“我已经累死了。你瞧，孩子，你这一行，钱来得多不容易，这是你第一次挣来的钱，可是辛苦了快五年了！这笔数目，仅仅足够还我自从积蓄换成你的借票以后，新借给你的钱。”她数过了钱又说：“可是你放心，这一笔我要完全花在你身上。现在咱们可以消消停停的过一年。一年之内，你可以还清债务，还可以有多余，倘使你老是这个劲儿干下去。”

文赛斯拉看见他的狡计成功了，便对老姑娘编了一套关于埃罗维公爵的故事。贝德回答说：

“我要教你照着时兴的款式穿黑衣服，内衣也得添新的，到你保护人那儿总得穿的像个样。再说，你也该找个屋子，比这个怕人的阁楼更大更合适的地方，好好的布置起来……”她把文赛斯拉打量了一番，又道：“瞧你多高兴！你简直换了一个人。”

“他们说我的铜像是一件杰作呢。”

“那么，再好没有啦！再做几件呀，”这个枯索而实际的姑娘，全不懂什么成功的喜悦，什么艺术的美，“已经卖掉的不用想了；应当再做点新的去卖。为这件该死的《萨姆松》，你花了两百法郎，人工和时间还没算上。你的时钟要浇铜的话，还得两千法郎。嗳，倘使你相信我，就该把那两个小孩替小姑娘戴菊花冠的东西完工，巴黎人一定喜欢的……我吗，我要到葛拉夫裁缝铺去，再上克勒凡先生家……你上楼吧，我要穿衣服了。”

下一天，男爵对玛奈弗太太简直害了相思病，便找了贝姨去，她开出门来看见是他，不由得吃了一惊，因为他从来没有登门拜访过。她心里想：“是不是奥当斯打我爱人的主意呀？……”隔天晚上，她在克勒凡家知道大理院法官的那头亲事完了。

“怎么，姊夫，你来这儿？这是你生平第一遭来看我，绝不是为了我的漂亮眼睛来巴结我罢？”

“漂亮眼睛！不错，”男爵回答，“我从来没有见过你那样的漂亮眼睛……”

“你干什么来着？在这种丑地方招待你，我多难为情。”

贝德住的两间屋的第一间，为她又是客厅，又是饭厅，又是厨房，又是工场。家具就像一些小康的工人家里的：几张草垫的胡桃木椅子，一张小小的胡桃木饭桌，一张工作台，几幅彩色版画，装在颜色变黑了的木框内，窗上挂着纱窗帘，一口胡桃木大柜子，地砖擦得雪亮，干净得发光。一切都纤尘不染，可是到处冷冰冰的情调，活像一幅忒倍赫的画，画上所有的，这里都有，连那灰灰的色调都不缺，那就是从蓝色变为苎麻色的糊壁纸。至于卧房，从来没有人进去过。

男爵眼睛一扫便什么都看清了，每件东西都留着庸俗的标记，从翻砂的炉子起到家用的器皿，他感到一阵恶心，想道：“所谓德行，就是这副面目！”

“我干什么来着？”他提高了嗓子回答。“你那么精灵，瞒不过你的，老实跟你说了吧。”他一边坐下，撩开一点叠裥的纱窗帘，从院子里望过去。“你这屋子里有一个挺美的美人儿……”

“玛奈弗太太！噢！我猜着了！”她一下子全明白了。“那么玉才华呢？”

“可怜！小姨，再没有玉才华喽……我给她撵走了，像一个当差似的。”

“那么你想？……”贝姨道貌岸然的瞪着男爵。一个假贞节的女人，老是迫不及待的要摆出她的道学面孔。

“玛奈弗太太是一个挺规矩的女人，一个公务员的太太，你跟他来往决不致有失身份，所以我希望你和她亲近亲近。噢！你放心，她对署长先生的小姨一定是十二分恭敬的。”

这时他们听到楼梯上一阵衣衫悉索的声音，同时还有极其细巧的皮靴的声音。到楼梯头，声音没有了。然后，门上敲了两下，玛奈弗太太出现了。

“小姐，对不起，冒昧得很，我昨天来拜访你，你没有在家。我们是邻居，倘使我知道你是男爵的令亲，我早就要来恳求你在他面前吹嘘吹嘘了。我看见署长先生来，就大胆的跟着来了；因为我丈夫说，男爵，明天部里就要把人事单子送给部长去批准了。”

她似乎有点儿激动，有点儿哆嗦，其实是因为她上楼时跑了几步的缘故。

“你别尽求情啦，美丽的太太，”男爵回答，“倒是我要请你赏脸，让我见见你呢。”

“那么，要是小姐愿意的话，就请到舍间去坐坐吧！”玛奈弗太太说。

“姊夫你先走，我等会儿去。”贝姨很世故的说。

那女人早已拿准，署长先生一定领会到她的意思，会来拜访的，所以她不但把自己装扮得跟这一类的会面非常合适，而且还装扮了她的屋子。从清早起，家里就供着赊买得来的鲜花。玛奈弗帮着他的女人收拾家具，又是刷，又是洗，把最小的东西都擦得雪亮。华莱丽要把自己放在一个新鲜的环境中，好讨署长的喜欢，而讨喜欢的程度要使她能够故意刁难，运用那些现代技巧，当他小孩子一般高高的拿着糖逗他。她已经看透了于洛。一个巴黎女人只要穷极无聊到二十四小时，连内阁都会推倒的。

这位帝政时代的人物①，在帝政时代的风气中混惯了，全不知现代风月场中的新玩意和新规矩。从1830年以后，时兴了一套不同的谈话，可怜的弱女子自称为给爱人的情欲做了牺牲品，做了裹扎伤口的慈善会女修士，甚至是忠心耿耿的天使。这一部新的恋爱经古罗马诗人奥维特（Ovide）著有

① 帝政时代：1804年，拿破仑称帝，改法兰西第一共和国为法兰西第一帝国，至1871年，法兰西第二帝国的拿破仑三世下台，法国为帝王制，故称帝政。

《爱经》一书，有名于世。故此处言新的恋爱经，大量引用福音书的辞藻来修炼魔道①。情欲是殉道的事业。彼此向往于理想，向往永恒，目的是要使自己受了爱情的洗练而益臻完善。所有这些美妙的说辞，其实只是一种借口，使你实际上欲情更炽，堕落得更彻底。这种虚伪是我们这个时代的特色，把谈情说爱的事完全污辱了。嘴里自命为一对天使，行事却尽量要做成一对魔鬼。在大家忙着拿破仑战役的时节，爱情是没有时间做这种分析的，1809 年时，它只求成功，跟帝国跑得一样快。在王政时代，美男子于洛回到脂粉堆里，先把几个好像陨星一般从政治舞台上倒下来的老相好，安慰了一些时候，而后，到了老年，他又做了贞妮·凯婷与玉才华之流的俘虏。

玛奈弗太太的战略是根据署长的前例，她的丈夫早已在部里打听清楚，报告给她，既然时下这套谈情的戏法对男爵是新鲜的玩意儿，华莱丽便决定了她的方针，而她这天上午的试验，果然是如愿以偿。凭着那些感伤的，传奇式，才子佳人派的手段，华莱丽没有给男爵什么希望，就空口白舌的替丈夫谋到了副科长的职位，和荣誉团的十字勋章。

这些小小的战争场面，少不了仙岩饭店几顿饭，几场戏，以及头巾，披肩，衣衫，首饰等等的礼物。既然杜扬南街的公寓讨人厌，男爵便暗中在华诺街一幢漂亮的时式住宅内，布置一个富丽堂皇的新的住家。

玛奈弗先生得到十五天假期，一个月内开始，理由是到本乡去料理一些私事，另外又到手一笔津贴。他决意上瑞士去做一个小小的旅行，研究一番那边的女性。

---

① 福音书：是以记耶稣生平与复活事迹为主的文件、书信与书籍。在基督教传统中，它通常意指《新约》圣经中的内容。

五

男爵固然关切他的小娇娘，也没有忘记他的晚辈。商务部长包比诺伯爵是个风雅人物：他花两千法郎定了一座《萨姆松》。条件是要毁掉模型，就是说，除了于洛小姐的那座之外，只剩下他一座《萨姆松》，时钟的模型送给一个亲王看了，大受赏识，愿意出三万法郎定下，但是不许再铸第二座。问了几个艺术家——史底曼也在内——都说能做这两件作品的作者，当然也能塑一个人像。于是蒙高南元帅造像基金会主席、陆军部长维森堡元帅，立即召集会议，决定把造像工程交给史丹卜克伯爵承接。对于这个连同行都在捧场的艺术家，次长拉斯蒂涅伯爵也希望有一件作品，结果把两个孩子替一个小姑娘加冠的那座美妙的像买了去，还答应在大石街上国营的大理石仓库内，拨一间工场给他。

这一下他可成了名，而在巴黎的成名是轰动一时的，如醉如狂的，要强毅笃厚之士才担当得起；不少才华早显的人都是给盛名压倒的。报章杂志都在议论文赛斯拉·史丹卜克伯爵，他本人和斐希小姐却一点儿不会得知。每天，贝德一出去吃饭，文赛斯拉就上男爵夫人那里待一二小时，除掉贝德到于洛家吃饭的日子。这样一直过了好几天。

男爵对史丹卜克伯爵的身份与人品得到了证实，男爵夫人，对他的性情与生活习惯都觉得满意；奥当斯，为了自己的爱情获得认可，为了未婚夫的声誉鹊起而得意非凡：他们不再迟疑，已经在讨论这头亲事了。至于艺术家，当然幸福到了极点；却不料华莱丽一不小心，差一点把大局破坏了。事情是这样的：

李斯贝德，因为男爵希望她多跟玛奈弗太太来往，好在这个小公馆里有一只眼睛，已经在华莱丽家吃过饭；华莱丽方面，也希望在于洛家中有一只耳朵，所以对老姑娘十分巴结。她甚至预先邀定斐希小姐，等她搬新屋子的时候去喝进屋酒。老姑娘很高兴多一处吃饭的地方，又给玛奈弗太太的甜言蜜语骗上了，居然对她有了感情。一切与她有关系的人，没有一个待她这么周到的。玛奈弗太太之于贝德，以小心翼翼的敷衍而论，正如贝德之于男爵夫人、列凡先生、克勒凡先生以及一切招待她吃饭的人。玛奈弗夫妇特意让贝姨看到他们生活的艰苦，以便赚取她的同情，还照例把苦难渲染一番：什么疾病呀，受朋友欺骗呀，千辛万苦，做了极大的牺牲，使华莱丽的母亲福丁太太到死都过着舒服生活呀。诸如此类的诉苦，不胜枚举。

“那些可怜虫！”贝德在姊夫于洛前面说，“你关切他们真是应该，他们值得帮助，因为他们又是好心，又肯吃苦。靠副科长三千法郎的薪水过日子，是不大够的；蒙高南元帅死了以后，他们欠着债呢！你看政府多狠心，教一个有妻有子的公务员，在巴黎尽二千四百法郎过活！”

一个年轻女子，对她表示很亲热，把样样事情告诉她，请教她，恭维她，似乎愿意受她的指挥，当然很快就成了怪僻的贝姨最亲信的人，比她所有的亲戚更密切。

至于男爵，他佩服玛奈弗太太的体统，教育，以及贞妮·凯婷与玉才华都没有的姿态举动，一个月之内他神魂颠倒，触发了老年人的痴情，那种表面上很有理性而实际是荒谬绝伦的感情。的确，在这个女人身上，他看不到讽刺，看不到酗酒，看不到疯狂的浪费，看不到腐败，既没有对社会成规的轻蔑，也没有女戏子与歌女们的放荡不羁，使他一再倒楣的那种性格。同时，娼妇们像久旱的沙土一般填不满的欲壑，他也逃过了。

玛奈弗太太变成了他的知己与心腹，哪怕他送一点极小的东西，她也要推三阻四，才肯收下。

“凡是职位，津贴，从政府得来的一切，都行；可是千万别污辱一个你说你爱的女人，”华莱丽说，“要不然，我就不信你的话……”她像圣女丹兰士眯着眼睛望天一样①，瞟了他一眼，然后补上一句，“而我是愿意相信你的。”

每送一件礼物，都像攻下一座堡垒或收买一个人良心那么费事。可怜的男爵用尽计谋，才能献上一件无聊的，但是价钱极贵的小玩意，他暗中庆幸终于遇到了一个贤德的女人，实现了他的理想。在这个原始的（那是他的形容词）居家生活中，男爵像在自己家里一样是一个上帝。玛奈弗先生万万想不到他部里的天神，居然有意为他的女人挥金如土，便甘心情愿

① 圣女丹兰士（1873—1897）：加尔默多会修女，其自传《一个灵魂的历程》影响巨大。

的替尊严的长官当奴才了。

玛奈弗太太，二十三岁，十足地道的，不敢为非作歹的小家碧玉，藏在杜扬南街的一朵花，当然不会有娼妓们伤风败俗的行为，那是男爵现在恨透了的。另一方面，他还没有见识过良家妇女扭捏作态的风趣，而胆怯的华莱丽就给他尝到这种若即若离，欲迎故拒的滋味。

两人既是这样的关系，无怪华莱丽会从他嘴里得知史丹卜克与奥当斯的婚事消息。在一个未作入幕之宾的情人，与一个不肯轻易做人情妇的女人之间，不免有些口舌与勾心斗角的争执，泄露出一个人的真情，正如练习击剑的时候，不开锋的刀剑，也像决斗时的真刀真枪一样紧张。所以深于世故的男人，要学名将特·多兰纳的样。华莱丽明明爱上了男爵，却几次三番的说：

“一个女人肯为一个不能独占的男人失身，我简直想不通。”

男爵的回答，是暗示女儿出嫁之后，他就可以自由行动。他屡次赌咒，说他和太太断绝关系，已经有二十五年。

“哼，大家都说她美得很呢！”华莱丽顶他，“我要有证据才会相信。”

“行，我会给你证据的。”男爵一听见华莱丽露了口风，快活得不得了。

“什么证据？要你永远不离开我才算数呐。”

说到这里，埃克多·于洛不得不把在华诺街布置住宅的计划揭穿，以便向华莱丽证明，他预备把属于正式太太的那一半时间交给她，因为文明人的生活据说是白天黑夜各半分配的。他说女儿嫁后，他就能不露痕迹的和太太分居，让她一个人呆在家里，男爵夫人可以在女儿和儿子媳妇那里消磨时间，他相信太太一定会听从他的。

“那时候，我的小宝贝，我真正的生活，真正的家庭，是在华诺街了。”

“我的天！你把我支配得这么如意！”玛奈弗太太说。“那么我的丈夫呢？……”

“那个臭东西吗？”

“跟你比起来，当然是啰！”她笑着回答。

玛奈弗太太听到年轻的史丹卜克伯爵的故事以后，一心一意想见见他，也许只是想趁他们还同住一所屋子的时候，向他讨些小摆设。这一点好奇心使男爵大不高兴，华莱丽只得发誓永远不对文赛斯拉望一眼。因为她放弃了这个念头，男爵送她一套质地细致的赛佛古窑茶具，作为补偿；

可是她的欲望照样在心里保留着，好似记在账上一样。因此，有一天，她请她的贝姨到房里喝茶，把话题扯到贝姨的爱人身上，想探探能否不惹是非而见他一面。

“我的乖乖，”她说，因为她们互相称为乖乖，“你为什么还不让我见见你的爱人呢？……你知道他很快的出了名吗？”

“他出名？”

“大家都在谈论他呢！……”

“呕！”李斯贝德哼了一声。

“他要雕我父亲的像，我倒很可以帮他的忙，使他作品成功。1809年，在华葛拉姆战役以前，桑恩替少年英俊的蒙高南将军画过一张极精的小型画像，这件作品给了我母亲，我可以供给他做参考，这是蒙高南太太拿不出来的……”

桑恩和奥古斯丁是帝政时代两个小型画的宗师。

“我的乖乖，你说他要雕一个人像？……”李斯贝德问。

“九尺高的人像，陆军部定的。啊！你怎么啦？倒是我告诉你这些消息？政府还要在大石街上，给史丹卜克伯爵一个工场，一所屋子。你的波兰人说不定要当大理石仓库的主任，两千法郎薪水，还有外快……”

“这些我都不知道，你怎么知道的？”李斯贝德终于从迷惘中清醒过来。

“告诉我，亲爱的贝姨，”玛奈弗太太扮着一副媚态，“你能不能做一个患难之交？愿不愿意咱们俩像姊妹一样？愿不愿意发誓，咱们俩有事谁都不瞒谁？你替我做间谍，我替你做间谍？……愿不愿发誓，在我丈夫前面，在男爵前面，永远不出卖我，永远不说出是我告诉你……”

玛奈弗太太突然停止了这个斗牛士的玩意儿，贝德使她害怕起来。洛兰女人的表情变得狰狞可怖。又黑又尖的眼睛，虎视眈眈的瞪着人。脸孔好似我们想象中的女巫，她咬紧牙齿不让它们打战，可怕的抽搐使她四肢哆嗦。她把铁钩一般的手，探到帽子里抓着头发，扶住她沉重的脑袋；她浑身在发烧了！脸上的皱裥好像火山爆发以后的裂缝，一场大火在其中冒烟：简直是一个惊心动魄的场面。

“哎！你干么不做声啦？”她声音异样的说，“我怎样对他，就怎样对你。噢！我连自己的血都肯给他！……”

“那么你爱他喽？……”

“当作儿子一样的爱！……”

“啊，”玛奈弗太太松了一口气，“既然是这种方式的爱，那么你要喜

“呕!”李斯贝德哼了一声。

出望外了，你不是要他幸福吗？”

李斯贝德像疯子一般很快的点了点头。

“一个月之内他要跟你的甥女结婚了。”

“奥当斯？”她敲着脑袋站起身来。

“啊！啊！你还是爱他的？”

“我的乖乖，咱们这交情是生死不变的了，”贝德说。“你有什么心上的人，我就认为神圣不可侵犯。你的坏处，我也当做德行。因为我用得着你的坏处！”

“那么你是跟他同居的了？”华莱丽嚷道。

“不，我只想做他的母亲……”

“那我莫名其妙了。照你的说法，人家就没有玩弄你欺骗你；看他攀了一门好亲事，成了名，你正应当快活！而且大势已去，你算啦罢。咱们的艺术家，每天只等你出门吃饭，就上于洛太太家……”

“阿特丽纳！”李斯贝德对自己说，“噢，阿特丽纳，我要报仇的，我要教你比我更难看！……”

“你瞧你脸孔白得像死人一样！”华莱丽叫道。“真有点儿什么事吗？……噢！我蠢极了！她们母女俩一定料到你要阻挠这件事，才瞒着你的；可是你既没有跟这个青年同居，你这些表现，我觉得比我丈夫的心还要糊涂……”

“噢！你，你不知道这套鬼把戏是怎么回事！他们下了毒手，要我的命了！伤心的事，我还受得不够吗？你不知道，从我有知觉的时候起，我就做了阿特丽纳的牺牲品！打的是我！疼的是她！我穿得像要饭的，她穿得像王后。我种地洗菜，她呀，十个手指只调理她的衣衫！她嫁了男爵，到巴黎来在皇帝的宫中出风头，我到1809年为止都呆在村子里，等一头门当户对的亲事，等了四年，他们把我接出来，可是教我去当女工，提的亲都是些公务员，上尉，跟门房差不多的男人！……二十四年功夫，我就吃他们的残羹剩饭！……现在你瞧，像《旧约》里说的，穷人的幸福只有一条羊，富人有一群羊，却把穷人的羊抢走了，连问也不问他一声。阿特丽纳抢掉了我的幸福！……阿特丽纳！阿特丽纳！我要看到你有一天陷在泥坑里，比我陷得更深！……奥当斯，我喜欢的奥当斯，竟把我欺骗了……还有男爵……噢，真是不可能的。你来，再说一遍，究竟哪些话是真的？”

“你静一下好不好，我的乖乖……”

“华莱丽，我的小天使，我会静下来，只要你拿证据给我！……”这个怪癖的姑娘坐了下来。

“《萨姆松》那座雕像就在你甥女那儿，你瞧这杂志上印的图；她是拿她的积蓄买的，捧他出头的就是男爵，他替未来的女婿把什么都弄到手了。”

李斯贝德瞧了瞧石印的图，又看到下面的一行字：于洛·特尔维小姐藏，她嚷道：

“凉水！……凉水！我的头像火烧一样，我要疯了！”

玛奈弗太太拿了水来，老姑娘脱下便帽，松开黑头发，把脑袋浸在水里，她的新朋友替她捧着脸盆；她把额角浸了好几次，才止住头部的充血。尔后，她完全恢复了控制力。

“别说出去，”她擦着脸对玛奈弗太太说，“这些事，一句都不能提……你瞧，我好了，什么都忘了，我想着旁的事了。”

玛奈弗太太瞧着贝德，心里想：“明儿她会进疯人院，一定的。”

“怎么办呢？”李斯贝德又说。“你瞧，我的乖乖，只能一声不出，低着头，往坟墓里走，好像水只能往下流。有什么办法？我恨不得把这批人，阿特丽纳，她的女儿，男爵，一股脑儿砸死！可是一个穷亲戚对有钱的人能做些什么？……这是拿土罐子砸铁罐子的老故事。”

“是呀，你说得不错，”华莱丽回答，“咱们只能尽量在干草堆上扒，扒得越多越好。这就是巴黎的生活。”

“嗳，完啦，丢了这个孩子，我很快会死的；我本想永远做他的母亲，跟他过一辈的……”

她眼里含着一包水，不作声了。华莱丽看到这个恶煞似的，火辣辣的姑娘还能有这样的深情，不由得打了一个寒噤。

“患难之中碰到你，总算得到一点安慰……”她抓着华莱丽的手说。“咱们彼此相爱，怎么再会分手呢？我永远不会跟你竞争，永远不会有人爱上我的！……那些肯要我的，无非贪图我姊夫帮忙……要讲魄力，我连天堂都能爬上去，可是消耗到哪儿去了？挣一口面包，挣一口水，到手一些破衣服和一个阁楼！呃！对啦，我的乖乖，这是殉道的苦行！我就这样的干瘪了。”

她突然停住，一道阴森森的目光瞪着玛奈弗太太的蓝眼睛，像尖刀似的直刺到这个漂亮女人心里。接着她又埋怨自己：

“唉，提它干么？我从来没有说过这么多话……”她停了一会，用一句儿童的口头禅说，“骗人的还是骗了自己！你说得好：还是把牙齿磨快了，尽量在干草堆上扒罢。”

“是啊，你这才对啦，我的乖乖，”玛奈弗太太被她的大发神经骇坏了，竟忘了这句名言原是自己说的，“人生几何，还是尽量的享受，利用人家来快活快活吧……我年纪轻轻，已经在这么想了！小时候我娇生惯养，父亲为了政治野心另外结了婚，差不多把我忘了，早先他是把我当心肝肉儿的，当作王后一般供养！可怜的母亲，郁郁闷闷的气死了，因为她教我做了多少好梦以后，眼看我嫁了一个三十九岁的，一千二百法郎的小公务员，又老又没心肝的浪子，作恶多端的坏蛋，像人家看你一样，把我当作一个升官发财的工具！可是临了，我发觉这个下流的男人还是最好的丈夫。他更喜欢街上的丑婆娘，我落得一个清净。虽然他的薪水都归他一个人花，可从来不问我的收入从哪儿来……”

说到此也轮到她突然停下，不作声了，她发觉心腹话说溜了嘴，又留意到李斯贝德聚精会神的听着，便觉得在吐露最后的秘密之前，还应当向对方多要一点儿保证。于是她说：

“你瞧，我的乖乖，我相信你到什么田地！”

李斯贝德马上做了一个记号，教她放了一百二十个心。一个人用眼睛用脑袋的动作起的誓，往往比在法庭上起的誓更庄严。

“表面上我样样都很正派，”玛奈弗太太把手放在李斯贝德手上，仿佛这样更可以放心一点，“我是正式结婚的女人，绝对自由，要是玛奈弗早晨上班之前，心血来潮的想来跟我打一声招呼，一看到我房门关着，他就悄悄的走开。他对孩子的感情，还不如我喜欢在蒂勒黎花园两座河神像下面玩耍的，那些大理石雕的孩子。晚上我不回家吃饭吧，他就舒舒服服的跟老妈子一块吃，因为老妈子是专门服侍老爷的。吃过晚饭他出门，到半夜或是一点钟才回来。可怜我一年以来，没有老妈子好使唤了，换句话说，我已经做了一年活寡妇……我只有过一次爱情，一次幸福……是一个走了一年的有钱的巴西人，要说我失节，就不过是这一遭！他回去变卖产业，预备换成现款住到巴黎来。他的华莱丽将来变成怎么样呢？哼，还不是一个垃圾？可是那只能怪他，不能怪我，为什么他老不回来呢？难道他沉在海洋里了吗，像我的贞操一样？”

“再见，我的乖乖，”李斯贝德突如其来的说，“咱们这是永远不分手的了。我喜欢你，敬重你，我是你的人了！我姊夫磨着我，要我搬到华诺街你的新屋子去，我不愿意，因为我猜到他这种慷慨的用意……”

"嗳，你可以监视我啦，我明白得很。"

"他的慷慨就是这个意思，"李斯贝德回答，"在巴黎，做好事多半是投机放账，正如忘恩负义多半是报仇出气！……对付一个穷亲戚，他们的行事就像拿着一块咸肉对付耗子。我会答应男爵的要求，这里的屋子我厌恶透了。哼！咱们俩又不是傻子，不会拣应该说的说，把不利于咱们的瞒起来吗？……所以，说话决不能大意，咱们的交情要……"

"要不怕考验！……"玛奈弗太太快活得叫起来，她很高兴有了一个防身的武器，有了一个心腹，有了一个老实可靠的姑妈之流的人。"告诉你，男爵在华诺街大兴土木呢……"

"自然罗，他已经花到三万法郎！我不懂他哪儿来的钱，那个唱歌的玉才华早已把他挤干了。噢！你运气不错。只要他的心给你这双又白又滑的小手抓住了，他连替你做贼都肯的。"

"我的乖乖，你新屋子里需要什么，尽管在我这个屋里拿……"玛奈弗太太说，这般娘儿们的乐观，其实只是不会打算的糊涂。"这个柜子，这口有镜子的大橱，地毯，床帷……"

李斯贝德快活得睁大了眼睛，简直不敢相信会到手这样的礼物。她嚷道：

"你一下子给我的，比我有钱的亲戚三十年间给我的还要多！……他们从来不问我有没有家具！几星期以前，男爵第一次上门，一看我屋里的寒酸相，就扮了一个有钱人的鬼脸……好吧，谢谢你，我的乖乖，我决不白受你，你等着瞧吧，看我怎样报答你！"

华莱丽把她的贝姨送到楼梯口，两人拥抱了一下。

"呸！一股寒酸气！"漂亮女子回进屋子的时候想，"我决不常常拥抱她，我的贝姨！可是得留神！要好好的敷衍她，可以利用她发财的。"

以纯粹巴黎女人的脾气，玛奈弗太太最讨厌辛苦；她像猫一般懒，到万不得已才肯奔跑。在她心目中，人生应当整个儿是享受，而享受又要不费一点儿事。她喜欢鲜花，只要有人送上门。她决不能想象去看戏而没有独用的包厢，而不是坐了车去。这些荡妇的嗜好，得之于她的母亲——在蒙高南将军逗留巴黎的时期，她是极其得宠的人，二十年间，多少人拜倒在她脚下；她挥霍成性，在穷奢极侈的生活中把什么都花光了，吃完了。从拿破仑下台之后，当年那种奢华生活的节目就没有人知道。可是帝政时代的大人物，狂欢的场面并不下于前朝的王公大臣。到王政复辟的时代，一般贵族都记得吃过亏，和财产被没收的事，所以除了一二例外，他们都变得省俭，安分，思前顾后，总而言之，庸庸碌碌，谈不到伟大的气派了。之后，1830 年的革命又把 1793 年开始的改革加以完成。从此法国只有显赫的姓氏，没有显赫的世家了，除非再有政治上的变动，而眼前还看不到这种迹象。一切都带着这种时代色彩。最聪明的人，财产是存的终身年金。家族观念是破坏完了。

华莱丽勾上（照玛奈弗的说法）于洛男爵的那一天，贫穷的鞭挞已经使她皮开肉绽，决意把自己的姿色作为猎取财富的工具了。所以这几天，她觉得应该学母亲的样，身边要一个忠心的朋友，可以把不能让贴身女仆知道的事告诉她听，教她代我们活动，奔走，思索，为我们做一个死而无怨，不嫌苦乐不均的奴隶。男爵要她跟贝姨结交的用意，她和贝姨看得一样明白。凭着巴黎女人可怕的聪明，她几小时的躺在便榻上，把人家的内心，情感，计谋，用她洞烛幽微的探照灯搜索过了，然后想出把奸细收买过来，变做自己的同党。奥当斯和艺术家的婚姻，也许是她有心泄漏的；她识得火暴的老姑娘的真性格，知道她抱着一腔热情无处发泄，便想笼络她，教她跟自己亲近。刚才那番对白，颇像游客往深山幽谷内丢下的一颗石子，测量它的深浅。等到在这个表面上那么怯弱，那么谦卑，那么驯良的姑娘身上，同时发现了一个伊阿谷和一个理查三世的性格伊阿谷为莎翁名剧《奥赛罗》中人物，挑拨奥赛罗妒杀妻子。理查三世为 1452—1485 间英王，杀兄子自立，以恐怖统治著称于史。此处乃指莎翁名剧，以理查三世为阴险残暴的典型人物，玛奈弗太太也不由得害怕起来。贝德当场恢复了本来面目。高斯人和野蛮人的性格，挣脱了脆弱的束缚，重新摆出它那副顽强高傲的姿态，好似果树上的桠枝，给儿童攀了下来又弹了上去。

凡是童贞的人，他的思想的迅速，周密，丰富，永远是社会观察家钦佩赞叹的对象。

童贞，正如一切违反人性的现象，有它特殊的生机，有它兼收并蓄的伟大。童贞的人，生命力因为不曾消耗，特别坚韧而持久。原封未动的各种机能，使他的头脑格外充实。这种人用到自己的肉体或灵魂的时候，不论是借助于行动还是借助于思想，肌肉就等于钢铁，机智就等于良知良能。他们有恶魔般的力量，或是神通广大的意志。

在这一点上，单以象征而论，童贞女玛丽亚的伟大，即超过一切印度、埃及和希腊的范型。童贞，伟大事物之母，在纯洁美丽的手中握着他世界的钥匙。这个庄严伟大，可敬可畏的非常人物，的确值得旧教教会的那些礼赞。

因此，一刹那间，贝德变成了野蛮的印第安人。而印第安人的陷阱是你逃不了的，他们的作假是你猜不透的，他们的器官特别灵敏，所以决断特别迅速。她浑身都是深仇宿恨，像意大利，西班牙，近东各民族的仇恨，绝对不能化解的。这一类的深仇与宿恨，加上极端的友谊与爱情，只有在阳光普照的地方才能遇到。但李斯贝德主要是洛兰女人，以欺骗为能事的。

她并不乐意做下面这一部分戏；只因为全无知识，她才做了一番古里古怪的尝试。她想象之中的监禁，和小孩子想象的没有分别，以为监禁就是禁止接见。殊不知禁止接见是监禁的最严厉的处分，而这个处分的特权是属于刑事庭的。

从玛奈弗太太屋里出来，李斯贝德赶去见列凡先生，在办公室内把他找到了。

“哎，列凡先生，”她说话之前插上了办公室的门销，“你料得不错，那些波兰人哪！……真是坏蛋……真是无法无天的家伙。”

“他们想放火把欧罗巴烧起来，”和平使者列凡先生抢着说，“想破坏商业，教做买卖的一齐破产，为的什么？为一个全是池沼的丑地方，到处是讨厌的犹太人，还有哥萨克人，乡下人，跟凶恶的野兽一类，不应该算做人的。这些波兰人看错了现在的时代了。哼，我们已经不是野蛮人了！亲爱的小姐，战争完啦，跟着那般国王一起完啦。在我们这时代得势的是商业，是实业，是中产阶级的智慧，荷兰不就是这样兴起来的吗？”他越说越兴奋了，“是的，咱们现在已经到了一个时代，各个民族应当合法的发挥他们的自由，用立宪制度的和平手段去争取一切；这就是波兰人不了解的，可是我希望……”说到这里，他看到女工的表情根本不懂这套政治理论，便换过话题：“啊，好小姐，你说的是？……”

“我把文件带来了，要是我不愿意丢掉我的三千二百一十法郎，就得把这个恶棍送到牢里去。”

“啊！我早告诉你了！”那位圣·但尼区域的闻人嚷道。

列凡的铺子，向邦斯兄弟盘过来之后，始终开在恶言街上的旧朗日府。这所屋子，是那个有名的世家在所有的勋贵都住在卢浮宫四周的时代起的。

“所以我一路来一路在祝福你呀！……”李斯贝德回答。

“要是不给他一点风声，明儿早上四点就可以关进去，”商务裁判翻了翻历本，查了一下日出的时间，“可是要等到后天的了，因为要关他进去，先要把催告的公事送达给他，这样……”

“真是糊涂法律，这样不是让债务人逃跑吗?”

“这是他应有的权利，”商务裁判笑着回答，“所以，我告诉你……”

“呕，公事由我送，”贝德截住了裁判的话，“对他说我要用一笔钱，债主要办这个手续。我知道波兰人的脾气，他会把公事原封不动的点烟斗的!”

“啊！妙极了！妙极了！斐希小姐！那么你放心，事情一下子就好办妥。可是别忙！把一个人关进监牢还不行，咱们用到法律是享受一种奢侈，目的是收回咱们的钱。你的钱归谁还呢?”

“谁给他钱，就是谁还。”

“啊！不错，我忘了，陆军部托他替我们的一个老主顾雕像。吓！本店替蒙高南将军办过多少军服，给他立刻拿到战场上去熏黑！真是个好人！付账从来不拖期的!”

一个法兰西元帅，尽管救过皇帝救过国家，在一个生意人嘴里，付账不拖期才是了不得的夸奖。

“那么好吧，星期六见，列凡先生，那时你请我舒舒服服吃一顿。喂，告诉你，我要从杜扬南街搬到华诺街去了。”

“好极了，你知道我虽然讨厌一切保王党的东西，可是看到你住的那些丑地方，心里真不舒服，真是的！它们污辱了卢浮宫，污辱了阅兵场。我喜欢路易·腓列伯，我崇拜他，他的王朝就靠我们这个阶级做基础，而他便是这个阶级的真正的，庄严的代表，我永远不会忘了，是他恢复了国家禁卫队，照顾了我们多少铺绣生意……”

“听你这么说，我奇怪你为什么还不当议员，”李斯贝德说。

“因为人家怕我拥护路易·腓列伯。我的政敌便是今上的政敌。呕！他真是一个高尚的人物，他的家庭又是多美满的家庭；而且，”他继续发挥他的高论，“他是我们的理想；那种生活习惯，那种俭省，一切的一切；可是完成卢浮宫的建筑，是咱们捧他上台的条件之一；国会已经通过了款子，却没有规定限期——不错，那也是事实——所以把咱们巴黎的心脏弄成这副丢人的样子……因为我在政治上是正中派，我才希望巴黎的正中换一个局面。你住的区域教人害怕，早晚你要教人家暗杀了的……哎，你的克勒凡先生当了团长啦，但望他又阔又大的肩章来照顾咱们才好。”

“今天我到他家里吃饭去，我替你把这件买卖拉过来就是了。”

李斯贝德以为把列伏尼人和社会隔绝之后，她便可独占。艺术家不再工作，就会被人遗忘，像埋入了坟墓一样，而只有她一个人能够进坟墓去看他。她快活了两天，因为她希望这一下对男爵夫人和她的女儿就是一个致命的打击。

克勒凡先生住在苏赛伊街，她的路由却是穿过阅兵桥，沿河滨走服尔德大道、陶尔赛大道、美猎街、大学街，再回头穿过协和大桥，走玛里尼大街。这个极不逻辑的路由是根据情欲的逻辑决定的，而情欲是永远跟人的腿捣乱的。贝姨在河滨大道上一路走的极慢，眼睛望着对河。她的计算一点不错。她出门的时候，文赛斯拉应当在穿衣，她预算她一走，他会立刻抄近路上男爵夫人家。果然，正当她沿着服尔德大道的石栏，眼睛死盯着塞纳河，身在右岸，心在左岸的辰光，她看见艺术家从蒂勒黎花园的铁门中出现，往王家大桥走去。一到桥边，她跟上了她的薄情郎，可决不会被发觉，因为情人赴约是难得回一回头的；她一直跟到于洛家门口，看他进去的神气完全是一个熟客。

这个最后的证据，更证实玛奈弗太太的报告，把李斯贝德气疯了。她走到新任团长府上的时候，一腔怒火简直可以使她动手杀人。她看见克勒凡老头在客厅里等他的孩子们，于洛儿子和于洛媳妇。

可是赛莱斯丁·克勒凡，赛查·皮洛多的承继人，是巴黎暴发户中最天真最实在的代表，咱们不能随随便便的闯入他的府上。克勒凡一个人就是另外一个天地，而且他在这幕家庭活剧中担任一个重要角色，所以应该比列凡多费我们一些笔墨。

在童年或是初见世面的时期，我们往往不知不觉的，自己造好一个模型。一个银行的跑街，走进东家的客厅，就梦想要有一间同样的客厅。如果二十年后他发了财，他在家所撑的考究场面，绝不是时兴的款式，而是他当年眼热的，过时的那一套。因妒羡往事而造成的种种笑料，我们无法完全知道，也不知道为了这一类暗中的竞争，在模仿偶像、费尽气力做前人影子的时候，闹过多少荒唐的事。克勒凡当助理区长，因为从前东家做过助理区长；他当民团团长，因为他看中赛查·皮洛多的肩章。在东家最走运的时代，建筑师葛兰杜奇妙的设计是他惊异赞叹的对象，所以他自己需要装修住宅的时候，就照他自己的说法，当场立刻，打开了钱袋去找葛兰杜，而那时的葛兰杜早已无人请教。这批过时的红艺术家靠落伍的信徒支持，不知还有多少时候好混。

葛兰杜的客厅装饰，是千篇一律的白漆描金，大红绸糊壁，他替克勒凡设计的当然不能例外。紫檀木家具的雕工，全是大路货的，没有一点儿

克勒凡

细巧的感觉；所以从工业展览会的时代起大概是指1797年的第一届工业展览会，巴黎的出品就比不上内地。烛台，椅子的靠手，火炉前面的铁栏，吊烛台，座钟，全是路易十五时代的岩洞式。呆呆板板放在屋子正中的圆桌，嵌着各式各种的意大利白石，这类罗马制造的矿物标本，像裁缝的样子板一样，教克勒凡所请的中产阶级的客人来一次赞一次。护壁板上挂有四幅画像，是克勒凡的，故世的克勒凡太太的，女儿和女婿的，都是在中产阶级里走红的画家，比哀·葛拉苏的手笔；他把克勒凡不伦不类的画成拜伦姿势。一千法郎一个的画框，和这些咖啡馆式的，真正艺术家见了摇头的富丽排场，刚刚合适。

有钱的人从来不肯错过一个表现俗气的机会。如果我们的退休商人，能像意大利人那样天生的知道什么叫作伟大，巴黎今天连十座威尼斯都能造起。就在现代，一个米兰商人还会在遗产中捐五十万法郎给米兰大寺，替穹窿顶上巨型的圣母像装金。加诺伐在遗嘱上写明，要他的兄弟造一座四百万的教堂，而兄弟自己又捐上一笔。一个巴黎的布尔乔亚（而他们都像列凡一样极爱他们巴黎的心脏的），会不会想到在圣母院塔上添补钟楼？可是没人承继而归给政府的遗产有多少，你们算一算吧。十五年来，克勒凡之流为了纸糊的板壁，金漆的石膏，冒充的雕刻等等所花的代价，可以把美化巴黎的工事全部完成。

客厅尽头是一间华丽的小书房，桌子柜子都是仿的蒲勒的紫檀雕工。全部波斯绸糊壁的卧房，也通连客厅。饭厅内摆着耀眼的胡桃木家具，壁上华丽的镜框内，嵌着瑞士风景画。克勒凡老头一直梦想要游历瑞士，未去之前，他先要在画上享受一番。

由此可见，克勒凡，前任助理区长，受过勋，民团上尉，把他倒楣东家即赛查·皮罗多，为巴尔扎克另一小说中的主角的大场面，如法炮制的再来一遍，连家具都一模一样。王政时代，一个倒了下去，一个无声无息的家伙爬了起来，并非由于命运的拨弄，而是由于时势的必然。在革命中，好像在海洋上的大风暴中一样，凡是实质的都沉到了底下，凡是轻飘的都给浪潮卷到了面上。赛查·皮洛多，保王党，得势而被人艳羡的人物，做了中产阶级的枪靶，而胜利的中产阶级便在克勒凡身上扬眉吐气。

这所租金三千法郎的公寓，堆满了凡是金钱所能买到的、恶俗的漂亮东西，坐落在一所旧宅子的二层楼上，在院子与花园之间。屋内一切都保存得像昆虫学家搜集的标本，因为克勒凡是不大住在这里的。

这个华丽的宅子，仅仅是野心的中产者的法定住址。他雇了一个厨娘，一个当差。逢到请客——或是为了联络政治上的朋友，或是为了向某些人摆阔，或是为了招待家族——他便向希凡酒楼叫菜，并且添两名临时工人。克勒凡真正的生活场所，是哀络绮思·勃里斯多小姐的家。她以前住在洛兰德圣母院街，后来搬到旭夏街，那是上文提过的。每天早上，退休商人（所有在家纳福的中产者都喜欢自称为退休商人）在苏赛伊街办两小时公事，余下的时间都去陪他的情妇，使她暗中叫苦。克勒凡跟哀络绮思小姐有固定契约，她每个月要供给他五百法郎的享受，不得延期。至于克勒凡吃的饭，和一应额外开支，都由他另外给钱。这种有奖契约——因为他送礼送得不少——对于名歌女玉才华的前任情人，不失为一个经济办法。有些鳏居的商人老在牵挂女儿的财产，克勒凡跟他们提到续娶问题，总说自备牲口远不如包月租现成的上算。可是旭真街的门房告诉男爵的话，证明克勒凡对于租来的马，并不计较马夫或跟班之流占用。

由此可见克勒凡的不续弦，嘴里说是为了女儿，实际是为了寻欢作乐的方便。他不三不四的行为，有一套仁义道德的理由做辩护。何况老花粉商在这种生活中（迫不得已的，放浪形骸的，摄政王派，蓬巴杜派的生活），还能够显显他阔绰的场面。克勒凡自命为眼界广阔，头脑开通的人，自认为慷慨豪爽，不花大钱的阔佬——扮这些角色所花的全部代价，每个月不过一千二到一千五。这并非他玩什么虚伪的手段，而仅仅是中产阶级的虚荣心作怪；虚伪也罢，虚荣也罢，结果总是一样。在交易所里，大家认为克勒凡了不起，尤其是一个会享福的快活人。在这一点上，克勒凡自认为大大的超过了皮洛多老头。

“哼，”克勒凡一看见贝姨就生气，“是你替于洛小姐做的媒吗？那个青年伯爵，你是为了她培养起来的吗？……”

“怎么，这件事好像教你生气似的？”李斯贝德尖利的眼睛直瞪着克勒凡。“你有什么好处要我的姨甥嫁不掉？据说她跟勒巴先生儿子的亲事是你给破坏了的？……”

“你是一个老成的好姑娘，对你不妨明说。你想，于洛大爷把我的玉才华抢了去，这种罪过我肯饶他吗？尤其是把一个规规矩矩的女人，我老来要正式娶她的女人，变做一个小淫妇儿，一个小丑，一个唱戏的！……哼，饶他！万万不能……”

“他可是一个好人哪，于洛先生。”贝德说。

“好，好得不能再好了！”克勒凡回答，“我不想难为他；可是我要回敬他，一定的。这个主意我决不动摇！……”

“敢情是为了这个，你不上于洛太太家去的?”

“也许……”

“哎！那么你是在追求我的堂姊喽?”李斯贝德笑着说。“我本来有点疑心呢。”

“她把我看得比狗都不如，当我坏蛋，甚至当我大逆不道!”他把拳头敲敲自己的脑门，“可是我一定成功。”

“可怜他丢了一个情妇，再要陪上一位太太，真是吃不消的！……”

“玉才华吗?”克勒凡叫起来，“玉才华不要他了?把他撵走了?赶跑了?……好啊，玉才华！玉才华，你替我报了仇！我要送你一对珠耳环，我的旧情人！……这些我全不知道。美丽的阿特丽纳约我到她家里去了一次，下一天我见到你，随后我上高倍伊勒巴家住了几天，今儿刚回来。哀络绮思闹脾气，硬逼我下乡，我知道她不要我参加旭夏街的进宅酒，她要招待那帮艺术家，戏子，文人……我上了当！可是我原谅她，因为哀络绮思真有意思，像那个唱滑稽戏有名的台耶才。这孩子刁钻古怪，好玩极了！你看，这是我昨天晚上收到的字条：

> 我的好人哪，旭夏街上的营帐搭好了，我招了一般朋友把新屋子的潮气吸干了。一切都好。你随时可以来。夏甲等着她的亚伯拉罕。

“哀络绮思会告诉我许多新闻，她一肚子都是那些浪子的故事。”

“我姊夫倒了楣，可并不在乎呢，”贝姨回答说。

“真的?”克勒凡像钟摆似的踱步突然停了下来。

“于洛先生上了年纪啦，”李斯贝德狡猾的提了他一句。

“我知道；可是咱们俩有一点相像的地方：于洛没有私情就过不了日子，”他又自言自语的说，“他可能回头去爱他的妻子，那对他倒是新鲜味儿，可是我的仇报不成了……你笑呢，斐希小姐……啊！你有些事情瞒着我！……”

“我在笑你的念头，”李斯贝德回答，“是的，我的堂姊还很漂亮，还能教男人动心，我要是男人，我就会爱她。”

“江山易改，本性难移！你拿我开心，哼！男爵一定找到了新的门道。”

李斯贝德点了点头。

“啊！他交了什么运，要不了一天功夫就找到了玉才华的替身!”克勒凡接着说。“可是我不奇怪，有一天咱们一块吃宵夜，他告诉我，他年轻时候，为不至于落空，经常有三个情妇，一个是他正预备丢掉的，一个是当令的，一个是为了将来而正在追求的。他准有什么风骚的女工预先养好在那里，在他的鱼塘里，在他的御花园里！他完全是路易十五派头，这家伙！噢！天生他美男子多运气！可是他也老了，已经有了老态……他大概是搅上了什么做工的小姑娘。”

“噢！不是的。”

“呃！怎么样我都不能让他成功！我没有办法把玉才华抢回来，这一类的女子永远不肯吃回头草，迁就她第一个爱人的。可是贝姨，我肯花到五万法郎，抢掉这个美男子的情妇，我要向他证明，一个肚子好当团长，脑袋好当巴黎区长的老头儿，决不让人家白白拐走他女人……”

“我的地位只许我听，不许我说，”贝德回答。“你跟我谈话尽可以放心，我决不泄漏一个字。干么你要我改变这种作风呢？那就没有一个人相信我了。”

“我知道，你是一个顶好的老姑娘……可是告诉你，事情也有例外的。譬如说，他们从来没有给你什么存折……”

“我有我的傲气，不愿意白受人家的钱。”

“嗳，要是你帮我出气，我就替你存一万法郎的终身年金。好姨子，玉才华的替身是谁，只要你说给我听了，你的房租，你的早点，你多喜欢的咖啡，统统就有了着落，你可以享受地道的莫加咖啡……嗯？嗯？真正的莫加多香噢！”

“虽说你一万法郎的终身年金每年有五百法郎利息，我觉得还是人家对我的信任要紧，因为你瞧，克勒凡先生，男爵对我挺好，要代我付房租咧……”

“哼，能有多久噢！你等着瞧吧。男爵哪儿来的钱？”

“那我不知道。可是他花了三万多装修新屋，给那位好出身的小太太……”

“好出身！怎么，还是一个上流社会的女人？坏蛋，他倒得意啦！怎么就轮到他一个人？”

“一个有夫之妇，极上等的。”贝姨又说。

“真的？”克勒凡一方面动了欲火，一方面听到上等女人这几个奇妙的字，睁大了眼睛，放出光来。

“真的，又会音乐，又是多才多艺，二十三岁，脸蛋儿又俏又天真，皮肤白得耀眼，一副牙齿像小狗的，一对眼睛像明星，一个美丽无比的额角……一双小巧玲珑的脚，我从来没有见过，不比她束腰的那片鲸鱼骨大。”

“耳朵呢？”克勒凡听到人家描写色情的部分，马上兴奋得了不得。

“上谱的。”她回答。

“是不是小手？……”

“告诉你，一句话说尽，这是女人之中的珍珠宝贝，而且那么端庄，那么贞洁，那么温存！……一颗美丽的灵魂，一个天使，雍容华贵，无美不备，因为她的父亲是一个法兰西元帅……”

“法兰西元帅！”克勒凡提高了嗓子直跳起来。“天哪！该死！混账！……啊！下流坯！——对不起，贝姨，我气坏了！……我愿出十万法郎，我相信……”

“是啊，我告诉你那是一个规矩的，正派的女人。所以男爵着实花了一笔钱。”

“他一个钱都没有啦——我告诉你。”

“可是他把她丈夫捧上去啦……”

“捧到哪儿？”克勒凡苦笑着问。

“已经发表了副科长，还要得十字勋章，做丈夫的还会不巴结吗？”

“哼，政府应当留点儿神，不能滥发勋章，污辱我们已经受过勋的人，”克勒凡忽然动了义愤，“可是他怎么能够左右逢源，这个讨厌的老男爵？我觉得我也不见得比他差呀，”他照着镜子，摆好了姿势。“哀络绮思常常说我了不起，而且在女人们决不撒谎的时候说的。”

“噢！”贝德回答说，“女人是喜欢胖子的，他们多半心地好。在你跟男爵之间，我，我是挑你的。于洛先生很风雅，生得漂亮，有气派；可是你呀，你生得结实，而且，呕……你似乎比他更坏！”

“真是奇怪，所有的女人，连那些虔婆都是喜欢坏男人的①！”克勒凡嚷着，得意忘形的走过来搂着贝姨的腰。

“问题不在这里，”贝德接着说，“要明白一个女人到手了那么些好处，决不肯为了区区小惠就欺骗她的保护人的；代价恐怕不是十几万法郎的事，因为这位小太太的丈夫两年之内会升做科长……可怜的小天使是为了穷才跳火坑的……”

---

① 虔婆：不正派的老婆子，犹言贼婆娘，含贬义。

克勒凡在客厅里踱来踱去，暴躁得不得了。他不作声，可是他的欲火受了李斯贝德的挑拨，简直坐立不安。这样的过了一会，他说：

“那么他对这个女人是割舍不得的了？”

“你自己去想罢！”李斯贝德回答。“据我看，他还没有揽上手！”她把大拇指扳着大白门牙，得的一声，响了一下。“可是已经送了一万法郎的礼。”

“噢！要是我能够赶在他前面，倒是一出好戏！”

“天哪！我真不应该对你多嘴的，”李斯贝德装作后悔的神气。

“不，我要教你那些亲属丢脸。明儿我替你存一笔终身年金，五厘利，你一年好有六百法郎进款，可是我意中人的姓名，住址，一切，你都得告诉我。我从来不曾有过一个上等女人，我平生大志就是想见识见识。谟罕默德天堂上的美女，比起我想象之中的上等女人，简直谈不上。总之，这是我的理想，我的痴情，痴情到觉得于洛太太永远不会老，”他这么说着，不知他这一套居然和18世纪的风流思想暗合。“喂，李斯贝德，我决定牺牲十万二十万的……啊！孩子们来了，他们正从院子里走进来。你告诉我的，我只做不知道，我可以对你赌咒，因为我不愿意男爵疑心你……这个女人，他一定喜欢得要命罗，我那老伙计！”

“吓！他魂都没有了！”贝德说，“他没有办法揽四万法郎嫁女儿，为了这次私情却容容易易的张罗了来。”

“你觉得那女人喜欢他吗？”

“他这种年纪！……”老姑娘回答。

“噢！我真糊涂！我自己就答应哀络绮思养着一个艺术家，像亨利四世允许他的情妇迦勃里哀跟贝尔格拉特私通。唉！一个人就怕老！老！——你好，赛莱斯丁纳，你好，我的贝贝，小娃娃呢？——啊！在这里！真是，他慢慢的在像我了——好哇，于洛，你好哇？咱们家里又要多一头亲事啦。”

赛莱斯丁纳和丈夫一齐望着李斯贝德对克勒凡递了个眼色，然后假惺惺的回答：

“谁的？”

克勒凡装作会心的神气，表示他虽然多了一句嘴，他会挽救的。他说：

“奥当斯的喽，可是还没有定局。我才从勒巴家回来。有人替包比诺小姐提亲，说给咱们那个大理院法官，他很想到内地去当院长呢……呕，咱们吃饭罢。”

六

七点，李斯贝德已经搭了街车回家，她急于要去看那个骗了她二十来天的文赛斯拉。她带给他一小篮水果，是克勒凡亲自装满的，他现在对他的贝姨格外亲热了。她奔上阁楼的速度，几乎喘不过气来。艺术家正在把一口匣子上的花纹收拾完工，预备送给他亲爱的奥当斯。匣盖四周刻着绣球花，中间有几个爱神在游戏奥当斯的名字与绣球花仅差一二字母。可怜这爱人，为了张罗一笔钱做这口孔雀石的匣子，不得不替佛洛朗－夏诺工厂做了一对火把座子，明明是两件精品，可是把所有权放弃了。

“这几天你工作太多了，好朋友，”李斯贝德一边说一边抹着他脑门上的汗，吻了他一下，“八月里忙成这个样子，我怕是危险的。真的，你要把身体搅坏了……喂，这是克勒凡先生家里的桃子，枣子……你不用这样辛苦，我已经借到两千法郎，要是你能够卖掉那座钟，没有意外，我们一定能还这笔债……可是我有点儿疑心那债主，他送了这张官契来。”

她把催告清偿与执行拘禁的公事，放在蒙高南元帅像的草样下面。文赛斯拉放下绣球花的泥塑吃水果，她把花枝拿在手里，问：“这好看的东西你替谁做的？”

“替一个首饰商。”

“哪个首饰商？”

“我不知道，是史底曼教我捏的，他等着要。”

“这是绣球花呀，”她声音异样的说。“怎么你从来没有替我做点儿什么？难道要弄一只戒指呀，小匣子呀，无论什么纪念品，竟是那么不容易吗？”她说的时候，恶狠狠的瞪着艺术家，他幸而低着眼睛没有看见。“你还说爱我呢！”

“你不相信吗，小姐？……”

“哼！听你小姐两字叫得多热烈！……你瞧，自从看见你快要死过去的那一天起，我心上除你之外就没有第二个人……我把你救活之后，你说你是我的了，我从没跟你提这句话，可是我自己许下了愿，没有忘记！我心里想：‘既然这孩子自愿交托给我，我要使他快活，使他有钱！’我可是做到了，替你找到了财路！”

“怎么的？”可怜的艺术家这几天得意忘形，又是太天真了，想不到人家给他上当。

“是这样的。”李斯贝德往下说。她看着文赛斯拉，越看越欢喜；他眼中表现的是儿子对母亲的爱，同时也流露出他对奥当斯的爱；这一点使老姑娘误会了。她生平第一次，发现一个男人眼中射出热情的火焰，以为是她引起的。

“克勒凡先生答应投资十万法郎，让我们开一个铺子，要是，他说，你肯娶我的话。胖老头儿竟有些古怪念头……你意思怎么样？”她问。

艺术家脸孔发白像死人一样，对恩人眨了眨黯淡无光的眼睛，把他所有的思想都表现了出来。他张着嘴愣在那里。

“再明白也没有，你这个表情是说我生得奇丑！”她苦笑着说。

“小姐，我的恩人对我是永远不会丑的；我对你的确极有感情，可是我还不到三十岁，而……”

“而我已经四十三！哼，我的堂姊于洛太太已经四十八，还能教人颠倒，可是她呀，她是美人！”

“小姐，相差十五岁，怎么过夫妻生活？为我们自己着想，就应该仔细考虑。我的感激决不下于你的恩惠。再说，你的钱不久也可以还你了。”

“我的钱！噢！你把我当作没有心肝的，放印子钱的债主。”

“对不起！可是你再三跟我提到钱的事……总之你是我的重生父母，请你不要毁了我。”

“你想离开我，我明白了，”她侧了侧脑袋，“你这个纸糊一样的人，哪儿来的勇气，胆敢忘恩负义？你居然不信任我，不信任你的本命星君？……我常常为了你工作到深更半夜！把一辈子的积蓄交给了你！四年功夫，我分给你面包，一个可怜的女工的面包，我什么都借给你，连我的勇气都给了你！”

“小姐，得了吧，得了吧！”他跪下来握着她的手，“不用多说了！三天以后，我会告诉你，把一切告诉你。”他吻着她的手，“让我，让我快活罢，我有了爱人了。”

“那么，好，你去快活吧，我的孩子。”她说着站了起来。

然后她吻他的额角，吻他的头发，那股疯狂的劲儿，像一个判了死刑的囚犯体味他最后半天的生命。

“啊！你是世界上最好的人，跟我爱人一样的了不起。”可怜的艺术家说。

“因为我还是爱你，所以为你的将来担心，”她沉着脸说，“犹大是自己吊死的！……负心人没有一个好收场！你一离开我，就做不出一件好东西！好吧，咱们不用谈婚姻，我知道，我是一个老姑娘，我不愿意把你青春的花，把你所说的诗意，扼杀在我葡萄藤似的臂膀里；可是，不谈婚姻，难道咱们就不能住在一块吗？听我说，我有做买卖的头脑，我可以工作十年，替你挣一份家业，因为我，我的名字就叫作省俭；不比一个年轻女人专会花钱，把你挣来的统统用光，你只能辛辛苦苦为她的快乐而工作。幸福只能给人回忆。我一想到你，就几小时的发愣……嗳，文赛斯拉，跟我住在一块吧……你瞧，我样样明白：你可以养情妇，养些漂亮女人，像那个想见见你的小玛奈弗一样的，我不能给你的幸福，她会给你。以后，等我替你积了一年三万法郎进款的时候，你再结婚。”

“你是一个天使，小姐，我一辈子忘不了今天这个时间，”文赛斯拉抹着眼泪说。

“你这样我才称心呢，孩子，”她望着他，快乐得飘飘然。

人的虚荣心都是极强的，李斯贝德以为自己得胜了。她做了那么大的让步，把玛奈弗太太都献了出来！她一辈子没有这么激动过，破题儿第一遭觉得欢乐浸透了她的心。要是同样的境界能够再来一次，她把灵魂卖给魔鬼都是愿意的。

“我已经订婚了，”他回答说，“我爱的那个女人是无论什么女人都比不上的。可是我对你永远像对我故世的母亲一样，现在如此，将来也如此。”

这句话仿佛一场暴风雪落在火山口上。李斯贝德坐了下来，沉着脸端详这个青年，这副美丽的相貌，这个艺术家的额角，这些好看的头发；凡是能在她心中，把按捺着的女性本能挑拨起来的特征，她都一样样的看过；然后，冒上来又隐了下去的泪水，把她的眼睛沾湿了一下。她好似中世纪墓上那些瘦小细长的雕像。

“我不来咒你，”她忽然站起身子，“你只是一个孩子。但愿上帝保佑你！”

她下楼，把自己关在了屋里。

“她爱我呢，”文赛斯拉心里想，“可怜的女人！她话中透露出多少热情！她疯了。”

这个生性枯索而实际的女人，做了最后一次挣扎想保存这个美与诗的象征，挣扎的剧烈，只有淹在水里的人拼命想游到沙滩那种泼辣的毅力，可以相比。

又隔了一天，清早四点半，史丹卜克伯爵睡得正好，听见有人敲他阁楼的门；他一开门，进来两个衣冠不整的人，又跟进第三个，是可怜的执达吏打扮，他说：

“你是文赛斯拉先生，史丹卜克伯爵吗？”

“是的，先生。”

“我是葛拉赛，商务警察……”

“什么事呢？”

“我们是来抓你的，先生，你得跟我们上格里希监狱……把衣服穿起来吧……我们很客气，连警察都不带，楼下有马车等着。”

“我们顾你的面子……想必你是大方的。”两个助理员中的一个说。

史丹卜克穿好衣服，走下楼梯，两个助理员一边一个抓着他的手臂；一上车，马夫立刻扬起鞭子，仿佛早已知道往哪儿去。半小时内，可怜的外国人给送进了监狱。他愣住了，连一句抗议都没有。十点，他被带到文书处，看见李斯贝德哭哭啼啼的，给他一点零钱，在牢里可以吃得好一点，租一个大一点的房间做工作。她说：

“孩子，你被抓的事对谁都不能提，不能写信告诉一个人，那你的前程完了，这桩丢脸的事一定得瞒着，我很快会把你救出来，我去张罗钱……你放心好了。你把工作用具开一个单子，我给你送来。你一定很快会释放的，要不我真急死了。”

“噢！你不止救了我性命！要是人家当我坏人，那我比死还糟糕呢。”

李斯贝德走出监狱，满心欢喜。她希望艺术家关了起来，跟奥当斯的婚姻就此完了；她预备对人说史丹卜克早已结过婚，靠他太太的奔走，得到恩赦，回俄国去了。根据这个计划，她下午三点上男爵夫人家，虽然那天不是她去吃晚饭的日子。她的姨甥在文赛斯拉应该来到的时间要怎样的坐立不安，她要去亲眼目击，享受享受。

“你来吃饭吗，贝德？”男爵夫人若无其事的问。

“是呀。”

“好！”奥当斯接着说，“我去吩咐他们准时开饭，你是不喜欢等的。”

奥当斯对母亲递了一个眼色教她放心，她预备去吩咐当差，等史丹卜克上门把他挡驾；可是当差不在家，只得嘱咐女仆，由她拿了活计坐在穿堂里。

“你怎么不提我的情人啦?”贝姨等奥当斯回进屋子，问。

“啊，我忘了。他怎么的，居然出了名!”她又咬着姨母的耳朵，“你应该快活啦，个个人都在谈论文赛斯拉·史丹卜克。”

“谈得太多了，他不定心啦，”她提高了嗓子回答。“我有力量管束他不让他在巴黎吃喝玩乐。可是艺术家有了这样的名气，听说沙皇尼古拉把他赦免了……”

“哦!”男爵夫人哼了一声。

“你怎么知道的?”奥当斯觉得胸口揪紧。

“跟他关系最密切的人，他的太太，昨天有信来。他想动身了；哼!他真傻，离开法国到俄国去……”

奥当斯瞪着母亲，脑袋往一边倒下；男爵夫人赶紧上前扶住，她晕了过去，脸色和她颈围的花边一样白。

“李斯贝德！你害死了我女儿！……你真是我们的祸水。”

“咦！这跟我有什么相干，阿特丽纳?”贝德站起来摆出恶狠狠的姿势，男爵夫人慌乱之下，没有注意到。

“是我错了!”阿特丽纳扶着奥当斯回答。“你打铃呀!”

这时客厅的门开了，她们俩同时转过头去，意想不到的看见了文赛斯拉。他来的时候，女仆不在，是厨娘开的门。

“奥当斯!”艺术家嚷着，立刻奔到三个女人前面。

他当着母亲的面，吻着未婚妻的额角，那种至诚的态度使男爵夫人一点儿不生气。这是比任何英国盐都灵验的急救药①。奥当斯睁开眼睛，看见文赛斯拉，脸上就有了血色。一忽儿她完全恢复了。

“啊，你们瞒着我!”贝德对文赛斯拉笑着说，表示她看到母女俩的表情才明白过来。她搀着奥当斯往园子里去，问道：“你怎么把我的爱人偷过来的?”

奥当斯把她的恋爱史一五一十讲给姨母听。她说父亲与母亲相信贝姨一辈子不会嫁人了，才允许史丹卜克来往。可是奥当斯天真到极点，把购买《萨姆松》像和认识作者的经过，都归之于偶巧，推说当初他只是要知道第一个买主的姓名才找上门的。不久，史丹卜克也走到花园里，为他

① 英国盐：嗅盐，给人闻后有刺激或恢复作用，英国维多利亚时代曾广泛使用。

很快获得释放的事对老姑娘谢了又谢。李斯贝德含糊其辞的回答，说债主并没肯定的答复，她预算要明天才能把他保出来；后来大概债主对于这种荒谬的行为自己觉得不好意思了，才提早解决了问题。此外，老姑娘表示很高兴，对文赛斯拉的幸福祝贺了一番。她当着奥当斯和她母亲的面，对史丹卜克说：

“坏东西！干么不早说你爱上了奥当斯，省得我落眼泪？我以为你要丢下你的老朋友，丢下你的保护人，实际却是要做我的姨甥婿了；从此你同我固然疏远，可是并不影响我对你的感情……”

说罢她亲了亲文赛斯拉的额角。奥当斯扑在姨母怀里，快活得哭了。

“我的幸福是你给的，”她说，“我一辈子都忘不了……”

男爵夫人看到事情解决得这样圆满，高兴极了。她拥抱李斯贝德，说：“贝姨，男爵和我一定要报答你这番恩德；你来，咱们到花园里去商量事情。”她说着把她搀着走了。

因此李斯贝德面子上到处做了好人；克勒凡，于洛，阿特丽纳，奥当斯，个个人都喜欢她。

“我们希望你不要再做工了，”男爵夫人说，“假定你除了星期日，每天挣两法郎，一年应该是六百法郎。我问你，你的积蓄有多少？”

“四千五百法郎。”

“可怜的妹子！”男爵夫人眼睛望着天，想到这笔钱是代表她三十年的辛勤熬苦，不禁动了怜悯的心。可是李斯贝德误会了，以为是她得意的姊姊笑她。所以正当阿特丽纳对幼年时代的魔王全无戒心的时候，她反而在宿恨上面加上一股怨毒。

“四千五，我们再添一万零五百，”阿特丽纳接着说，“产权归奥当斯，利息归你，那你可以有六百法郎进款了……”

李斯贝德表示喜出望外，拿手帕擦着眼泪回进客厅。奥当斯又告诉她，全家疼爱的文赛斯拉受到如何如何的提拔。

男爵回来，看见家里的人都到齐了，男爵夫人公然把史丹卜克伯爵称为姑爷，把婚期定在半个月之内，只等男爵核准。他一进客厅，立刻给太太和女儿包围，一个咬着他的耳朵，一个把他拥抱着。

“太太，你这样的拘束我，未免太过分了，”男爵板着脸说，“这桩婚事还没定局呢，”他对史丹卜克瞪了一眼，他马上脸色发白。

可怜的艺术家心里想：“不好了，我被捕的事给他知道了。”

“跟我来，孩子们，”父亲搀着女儿和她的未婚夫走进花园，到亭子里坐在一条生满青苔的凳上。男爵开口说：

“伯爵，你爱我的女儿，是不是跟我爱她的母亲一样？”

“有过之无不及，先生。”

“她母亲是一个乡下人的女儿，没有一个钱的。”

“我只要奥当斯小姐的人，根本不要什么嫁妆……”

“我相信你的话，”男爵微笑着说，“奥当斯的父亲是于洛·特尔维男爵，参议官，陆军部署长，特授二等荣誉勋章，他的哥哥是于洛伯爵，丰功伟业，眼见要晋级为法兰西元帅的。而且……她还有一笔陪嫁！……”

“不错，”一往情深的艺术家说，“在旁人眼中，我是存有野心的；可是哪怕亲爱的奥当斯是一个工人的女儿，我也会娶她……”

“我要知道的就是这个，”男爵接着说，“奥当斯，你走开，让我跟伯爵谈话。你看见了，他是真心爱你的。”

“噢，爸爸，我知道你刚才是开玩笑。”

等到只剩下他和艺术家两个人的时候，男爵开始说话了，声调既优美，姿态又动人。他说：

“亲爱的史丹卜克，我儿子结婚的时候，我给他二十万法郎，实际上可怜的孩子连两个小钱都没拿到。我女儿的陪嫁也是二十万法郎，你得承认如数收讫……”

“是的，男爵……”

“别忙。你先听我的。我们不能要求一个女婿为我们牺牲，像要求儿子一样。我的儿子知道我能够怎样帮助他，怎样照顾他的前程：他不久可以当部长，他的二十万法郎是容易找的。你可就不同啦！你可以拿到六万法郎的五厘公债，是你妻子的名义。这笔财产还得除掉一笔给李斯贝德的小数目，可是她活不长久的，她有肺病。这句话对谁都不能说；让可怜的姑娘安安宁宁的死吧。我女儿另外有两万法郎嫁妆；其中有她母亲六千法郎的钻石……”

“先生，你对我太好了！……”史丹卜克听得出神了。

“至于那余下的十二万法郎……”

“别说了，先生，”艺术家说，“我只要我亲爱的奥当斯……”

“听我说好不好，你这个急躁的孩子？至于那十二万法郎，我没有；可是你一定会到手的……”

“先生！……”

“你可以得之于政府，我向你担保，替你招揽定件。你瞧，不久你可以在大理石仓库有一个工场。你再拿几件美丽的作品去参加展览会，我设法送你进学士院。上边对我们弟兄俩好得很，我希望能替你招揽几件凡尔赛宫的雕塑，挣他三万法郎。你还可以接到巴黎市政府的，贵族院的，这儿那儿的，定件，你会忙不过来，要雇用助手呢。这样，我把你补足了。你看这种方式的陪嫁对你合适不合适，你考虑考虑自己的力量吧……”

“我觉得即使没有这些，我也能赤手空拳替太太挣一份家业！”高尚的艺术家回答。

“这我才喜欢啦，”男爵高声说，“年富力强的青年应当有这样的自信！为了一个女人，我连整个军队都会打败的！”他抓起青年雕塑家的手拍了一下，“好吧，我答应你了。下星期日签婚约，再下一个星期六上教堂，那一天是我太太的生日！”

“行啦！你未婚夫跟你父亲在拥抱了，”男爵夫人对脸孔贴在玻璃窗上的女儿说。

文赛斯拉晚上回去，方始明白他开释的经过。门房递给他一包东西，里面是债务文件，判决书上批明了收讫字样，另外附有一封信：

> 亲爱的文赛斯拉，我今天早上十点钟来看你，预备把你介绍给一位太子，他想见见你。一到那里，知道债主把你请到一个小岛上去了，岛上的首府叫作格里希宫堡。我立刻去找雷翁·特·洛拉，告诉他，你在乡下不能离开，为了短少四千法郎，而倘使你不能在太子那边露面，你的前程便危险了。幸亏勃里杜也在，这位天才尝过贫穷的味道，而且知道你的历史的。他们俩凑满了数，我便去找那个谋害天才的凶手代你付了债。因为我十二点钟非上蒂勒黎宫不可，不能亲自来看你恢复自由了。我知道你是君子，在那两位朋友前面我代你做了保，你明儿应当去看看他们。
>
> 雷翁和勃里杜不想要你的钱，只各人求你一座雕像，我觉得他们的主意不错。我是很想做你的敌手而实际只是你的同伴——
>
> 史底曼
>
> 附笔：我对太子说，你明天才能从外埠回来，他说：那么，就明天！

文赛斯拉·史丹卜克伯爵，在恩宠女神安排下的美梦中一觉睡到天亮。对于天才，这个瘸腿的女神，比正直之神与命运之神走得更慢，因为丘比特不许她把布条蒙着眼睛幸运女神是眼睛蒙着布条的。一般走江湖的摆的摊子，华丽的衣衫，和大吹大擂的号筒，都很容易骗她上当，使她分心去瞧他们的陈列品，把应当用来到冷角落里去寻访真才实学之士的时间，无形中浪费掉了。

在此，我们应当说明，于洛男爵用什么方法，筹措奥当斯的陪嫁，和装修玛奈弗太太新屋那笔庞大的开支。他的财政概念，证明那些浪子与情痴有的是神通，能够在惊风险浪中安渡难关。由此可见嗜好能给人不可思议的力量，使一般野心家，登徒子①，以及一切入了魔道的人，不时有一下精彩表现。

隔天早上，约罕·斐希老人替侄女婿借的三万法郎到了期，如果男爵不还这笔款子，约罕就得宣告破产。这个仁厚长者的七十老翁，头发已经雪白，是波那帕脱的信徒，认为拿破仑是太阳，于洛是太阳的光辉。他花八百法郎租了一间小小的铺面，经营粮秣生意，因为他对于洛的信心那么坚定，所以那天早上，在穿堂里和法兰西银行的当差来回踱步的时候，他一点不着急。他说：

"玛葛丽德去拿钱了，就在附近。"

穿着银绣镶边灰制服的当差，素来知道亚尔萨斯老人诚实可靠，预备把三万法郎的借据先丢下来，但老人硬留着他，说八点不曾到，时间还早呢。一忽儿听到街上有马车停下，老人立刻迎了出来，深信不疑的向男爵伸过手去。男爵把三万法郎钞票交给了他。

"你把车子停到前面去，等会我告诉你理由。"斐希老人说。他回来把钱点交给银行代表，说道："嗨，钱在这儿啦。"然后他亲自把来人送出大门。

等银行的人走远了，斐希才招呼车子回来，把尊贵的侄婿，拿破仑的左右手，领到屋里说：

"你要法兰西银行知道是你把三万法郎还给我的……吗？像你这样地位的人在借据上背书，已经太张扬了……"

"咱们到你小园子里去，斐希老头。"那位大官儿说。他坐在葡萄棚下打量老人，好似壮丁贩子打置一个代役的人："你还结实呢。"

---

① 登徒子：见于战国时楚国宋王《登徒子好色赋》，人们把登徒子作为好色者的代表。

“不错，还值得存终身年金。”矮小，干瘪，清瘦，神经质而目光炯炯的老人，很高兴的回答。

“你怕热天不怕？……”

“我喜欢热天。”

“非洲对你怎么样？”

“好地方！……很多法国人跟拿破仑去过。”

“为挽救咱们的前途，你得上阿尔基利去……”

“我这里的买卖呢？……”

“陆军部有一个退休的职员，要找个生计，他会把你的铺子盘下来的。”

“到阿尔基利去干什么？”

“供应陆军部的粮食，刍秣。我已经签好你的委任状。当地的粮价比我们限你的价要低百分之七十。”

“谁供应我呢？”

“征略军，土著税，回教教王，来源有的是。阿尔基利，虽然我们占领了八年，还是一个陌生地方。那里有大宗的谷子和干草。这些粮食属于阿拉伯人的时候，我们想出种种借口去拿过来；然后，到了我们手里，阿拉伯人又想尽方法夺回去。大家为了粮食打得很凶；可是谁也不知道双方抢劫的数目有多少。大平原上，人家没有时间像中央菜场那样，用斛子去量麦子，或是像地狱街上那样称干草。阿拉伯的酋长，跟我们的殖民地骑兵一样，喜欢的是钱，他们把粮草用极低的价钱出卖。可是军部有它固定的需要；它签的合同，价钱都贵得惊人，因为计算到搜集的困难和运输的危险。这是阿尔基利供应粮草的情形。新设的机关照例是一团糟，那边的粮食问题更是一篇糊涂账。没有十来年功夫，我们这批做官的休想弄出一个头绪来，可是商人的眼睛是精明的。所以我送你去发一笔财，仿佛拿破仑把一个清寒的元帅派出去当国王，让他包庇走私一样，亲爱的斐希，我的家业完了。这一年之内我需要十万法郎……”

“在阿拉伯人身上刮这笔钱，我觉得不能算做坏事，”亚尔萨斯老人泰然的回答，“帝政时代就是这样的……”

“受盘你铺子的人，等会就来看你，付你一万法郎，这不是尽够你上非洲了吗？”

老人点了点头。男爵又说：

“至于那边的资本，你不用操心，这个铺子余下的钱归我收，我要用。”

“你拿罢，你要我的老骨头也可以。”

“噢！不用害怕”，男爵以为叔岳窥破了他的什么秘密，其实老人并没有这种深刻的眼光，“至于土著税的事，决不会玷污你的清白，一切都靠地方当局；而那里的当局是我放出去的人，我有把握的。这个，斐希老叔，是永远不能泄漏的秘密；我相信你，我一切都对你直言不讳，一点儿不绕圈子。”

“好，我去，”老人说，“要待多久呢？……”

“两年！那时你可以有十万法郎，舒舒服服在伏越山中过日子了。”

“你要怎办就怎办，我的名誉就是你的，”小老头泰然的说。

“我就是喜欢你这等人。可是别忙，等你外侄孙女出嫁了再动身吧。她要做伯爵夫人了。”

什么土著税，征略军，以及退休职员受盘斐希铺子的钱，都是缓不济急，不能立刻充作奥当斯六万法郎嫁费（其中包括五千法郎的嫁妆），和为玛奈弗太太花的已付未付的四万法郎用途。还有他刚才送来的三万法郎，又是哪儿来的呢？是这样的。几天以前，于洛向两家保险公司合保了三年寿险，总数是十五万法郎。付清了保险费，拿了保险单，于洛和贵族院议员纽沁根男爵从贵族院开过会出来，同车去吃饭，他开口道：

“男爵，我要向你借七万法郎。你找一个出面的人，我把三年俸给中可以抵押的部分移转在他名下，一年两万五，总数是七万五。也许你要对我说：你死了怎办呢？”

纽沁根点了点头，表示确有这个意思。于洛便从袋里掏出一张纸：

“这是一张十五万法郎的保险单，我可以把其中的八万转移给你。”

“你丢了差事怎么办呢？……”百万富翁的男爵笑着说。

那一个非百万富翁的男爵立刻上了心事。

“放心吧，我这么提一句，无非表示我借这笔款子给你还是有交情的。大概你真是手头紧得很，银行里有你的背书呢。”

“我要嫁女儿，”于洛说，“我又没有财产，像所有老做官的一样。在这个无情无义的时代，对一些忠心耿耿的人，五百位议员永远不会像拿破仑那样慷慨的。”

“得了吧，你过去养着玉才华，毛病是出在这里！老实说，埃罗维公爵替你拿掉了荷包里的蛀虫，倒是真帮了你忙。我尝过这种滋味，所以同情你。”他这么说，自以为引了两句法国诗，“我做朋友的劝你，还是早早收场，免得丢了差事……”

这笔不清不白的交易，由一个放印子钱的伏维奈做中间人；他是专门代替大银行出面的做手，好似替鲛鱼做跟班的小鱼。这吸血鬼的徒弟极想巴结于洛这个大人物，便答应替他另外借三万法郎，三个月为期，可以转期四次，并且不把男爵的借据在外面流通。

盘下斐希铺子的人花到四万法郎代价，但是男爵答应他在巴黎附近的州里，给他一个承包军粮的差事。

当年拿破仑手下最能干的一个事务官，至此为止是一个最清白的人，为了情欲却搅成这篇糊涂账：剥削下属去还高利贷，再借高利贷去满足他的情欲，嫁他的女儿。这种挥霜的本领，这些殚精竭虑的努力，为的是向玛奈弗太太摆阔，对这个世俗的达南埃女神做一个丘比特。男爵为了自投罗网所表现的聪明、活动与胆气，连一个规规矩矩想成家立业的人也要自愧勿如。他办公之外，要去催地毯商，监督工人，察看华诺街小公馆的装修，连细枝小节也得亲自过目。整个身心交给了玛奈弗太太之后，他照样出席国会，仿佛一个人有了几个化身，使家里与外边的人都没有觉察他专心致志的经营。

阿特丽纳看见叔父渡过了难关，婚约上有了一笔陪嫁，只觉得很奇怪：虽然女儿在这样体面的情形之下完了婚，她暗中却是很不放心。男爵把玛奈弗太太迁入华诺街新居的日子，和奥当斯结婚的日子排在一天。到了婚期前夜，埃克多说出下面一段冠冕堂皇的话，打破了太太的闷葫芦——

“阿特丽纳，我们的女儿成了亲，关于这个问题的苦闷是没有啦。现在应该是收缩场面的时候了；因为再过三年，挨满了法定的年限，我就好退休，今后变成不必要的开支，咱们何必再继续？这里房租要六千法郎，下人有四个之多，咱们一年要花到三万。要是你愿意我料清债务——因为我把三年的薪俸抵押了，才筹到款子嫁奥当斯，还掉你叔父到期的借款……”

“啊！朋友，你做得对。”她亲着他的手插了一句。听了这番话，她的心事没有了。

“我想要求你做些小小的牺牲，”他挣脱了手，在妻子额上吻了一吻，“人家在伯吕梅街替我找到一所很漂亮很体面的公寓，在二层楼上，护壁板好得很，租金只消一千五，那儿你只需要雇一个女仆，至于我，有一个小当差就行了。”

“好的，朋友。”

“我们简简单单过日子，照样顾到场面，你一年至多花到六千法郎，我个人的用度归我自己设法……”

宽宏大量的妻子快活得跳起来，搂着丈夫的脖子叫道：

“我真高兴能够为你牺牲，多一个机会表示我对你的爱情！你也真有办法！”

“我们每星期招待一次家属，你知道我是难得在家吃饭的……你可以无伤大体的到维多冷家吃两顿，到奥当斯家吃两顿；我相信能够把克勒凡跟我们的关系恢复，每星期还可以上他那儿吃一顿；上面这五顿加上自己的一顿，便解决了一星期的伙食，何况多少还有点外边的应酬。”

“我一定替你省钱。”阿特丽纳说。

“啊！你真是女人之中的瑰宝。”

“伟大的埃克多！我到死都祝福你，因为你把奥当斯嫁得这么圆满……”

这样，美丽的于洛太太的家便开始降级，同时也开始了她弃妇的生涯，一如她丈夫对玛奈弗太太提供的庄严的诺言。

矮胖子克勒凡老头，不用说在签订婚约的日子必须要请来的，他做得仿佛从没有过本书开场时的那回事，对于洛男爵也没有什么过不去。赛莱斯丁·克勒凡显得一团和气，老花粉商的气息固然还是很重，但民团团长的身份增加了他不少威严。他说要在结婚舞会上跳舞。

“美丽的夫人，”他殷勤的对于洛太太说，“我们这辈人是什么都会忘记的；请你不要再把我挡驾，也请你不时赏光跟孩子们一块儿来。放心，我再也不说心里的话。我真糊涂，因为见不到你，我损失更大了。”

“先生，一个正经女人对你刚才暗示的那种话是不会听进去的。只要你不失信，我当然很高兴使两家言归于好，至亲断绝往来本来是很难堪的……”

“喂，你这个胖子多会生气噢，”男爵把克勒凡硬拉到花园内说，“你到处回避我，连在我家都是这样。难道两个风流教士为了一个女人吵架吗？嗯，真是，未免太小家子气了。”

“先生，我不是像你一般的美男子，凭我这点子微薄的本钱，你容容易易教我受的损失，我却不能那么容易的得到补偿……”

“你挖苦人！”男爵回答。

“吃了败仗总该有这点儿权利吧？”

以这样的语气开场，谈到结果，双方讲和了；可是克勒凡始终没有放弃报复的念头玛奈弗太太一定要参加于洛小姐的婚礼。要把未来的情妇包括在来宾之内，男爵不得不把署里的同事，连副科长在内都一齐邀请。这样，一个大场面的跳舞会是不能省的了。以精明的主妇身份，男爵夫人觉得举行晚会还比请喜酒便宜，而且可以多请客人。因此奥当斯的婚礼大吹大擂的很热闹。

法兰西元帅维森堡亲王和纽沁根男爵，做了新娘方面的证婚人；拉斯蒂涅与包比诺两位伯爵做了新郎方面的证婚人。此外，自从史丹卜克成名以来，流亡在巴黎的波兰名流都想交攀他，所以艺术家觉得也应当请他们。参事院与陆军部是男爵面上的客人；军界方面预备为福士汉伯爵捧场，决定推他们之中几个德高望重的领袖做代表。非请不可的客人一共有两百位，在这种情形之下，小玛奈弗太太渴想到这个盛会里露露头角，炫耀一番，也是应有之事了。

一个月以来，男爵夫人把钻石之中最精彩的一部分留做了妆奁，余下的都变了钱，作为女儿创设新家庭的开办费。一共卖了一万五千法郎，五千已经花在奥当斯的被服细软上面。为新夫妇置办家具陈设，以现代奢华的条件来说，区区一万法郎本算不得什么。可是小于洛夫妇，克勒凡老头，福士汉伯爵，都送了很重的礼，因为这年老的伯父早已留起一笔款子替侄女办银器。靠了这些帮忙，即使一个爱挑剔的巴黎女子，对新屋的陈设也无话可说了。青年夫妇的新居，租在圣·陶米尼葛街，靠近安伐里特广场。里面一切都跟他们的那么纯洁，那么坦白，那么真诚的爱情，非常调和。

吉日终于到了，那一天，对父亲如同对奥当斯与文赛斯拉一样是吉日：玛奈弗太太决定在她失身的下一天，也就是于洛小姐结婚的次日，在新居请进宅酒。

一生之间，谁没有经历过一次结婚舞会？每个人都能从贺客的神气与穿扮上面，把他们回想起来，觉得好笑。要是有什么社会现象能证明环境的影响的，结婚舞会就是一个显著的例子。某些人穿上逢年过节才穿的新衣，竟会影响到另一些平日穿惯漂亮衣衫的人，使他们也像把参加婚礼当作生平大典的人一样。你同时可以回想到：那些庄重的人物：把一切都看得无足轻重而照常穿着黑衣服的老年人；那般老夫老妻，脸上的表情，显出青年人才开始的人生，在他们已是饱经忧患的了；吃喝玩乐的欢娱，在这儿像香槟酒的泡沫；还有不胜艳羡的少女，一心一意夸耀行头的妇人，穷亲戚们狭窄的衣衫，刚好和浓妆艳服的人相映成趣；还有只想半夜餐的老饕，和只想打牌的赌客。一切都在这里，穷的，富的，眼热人的，被人眼热的，看破一切的，抱着幻想的，所有的人都像花坛里的青枝绿叶，烘托着一朵珍贵的名花：新娘。结婚舞会是整个社会的缩影。

正在最热闹的时候，克勒凡抓起男爵的手臂，咬着他的耳朵，仿佛极随便的说：

“喂！那个穿粉红衣衫，眼睛老盯着你的小娘儿多漂亮！……”

“谁?”

“玛奈弗太太，她的丈夫不是你提拔做副科长的吗?”

“你怎么知道的?”

“呕，于洛，我可以原谅你过去的事，要是你肯带我到她家里去，我吗，我也带你上哀络绮思家。个个人都在打听这个美人儿是谁。你敢说，你署里没有人知道她丈夫是怎么升级的吗？……噢！你这坏蛋运气不错！她决不止值个把科长的缺……我很乐意去候候她……行吗，你够朋友吗?”

“行，我答应你，决不小气。一个月之内，我请你跟这个小天使吃饭……告诉你，老伙计，跟她在一块儿，真像登天一样。我劝你学学我的样，趁早丢开那些鬼婆娘吧……”

贝姨搬到华诺街，住着三楼一个很体面的小公寓。她十点钟就离开舞会。回家去瞧瞧那两张存单，每张六百法郎利息，一张的所有权是史丹卜克伯爵夫人的，另外一张是小于洛太太的。为了这个缘故，克勒凡才能对于洛提到玛奈弗太太，知道大家不知道的秘密；因为玛奈弗先生旅行去了，知道这桩秘密的只有贝德，男爵和华莱丽三个人。

男爵不知谨慎，送了玛奈弗太太一套太贵族化，与副科长太太的身份太不相称的行头；在场的妇女都嫉妒华莱丽的美貌和衣着。她们躲在扇子后面交头接耳，因为署里都知道玛奈弗夫妇的穷；正当男爵看上太太的时候，丈夫还求过同事们帮忙。而且埃克多的得意，全部摆在脸上，因为华莱丽不但风头十足，并且庄重，大方，在全场艳羡的目光之下，不怕人家评头品足，没有半点女人们踏进社会的羞缩之态。

等到把太太，女儿，女婿送上了车，男爵就抽空溜走，把做主人的责任丢给了儿子和媳妇。他踏上玛奈弗太太的车陪她回家；但是她不声不响想着心事，简直是愁眉不展。

“我的幸福使你不快活吗，华莱丽?”他在车厢底上搂着她问。

“怎么，朋友，一个可怜的女子，即使因为遇人不淑而可以自由行动，在初次失身的时候也免不了百感交集，难道这是不应该的吗？……你当作我没有灵魂，没有信仰，没有宗教的吗？今天晚上你得意忘形，把我招摇得不成体统。真的，一个中学生也不至于像你这样轻浮，惹得那些太太们挤眉弄眼，冷一句热一句的刻薄我！哪有女人不爱惜名誉的？你这是害了我。啊，我是你的人了，除了对你忠实以外，再没有别的方法补赎我的罪过……你这个魔鬼！”她笑着给他拥抱了一下，“你知道你自己做的事。高盖太太，我们科长的女人，特意来坐在我旁边欣赏我的花边，说：这是英国货呀。你买来贵不贵？我回答说：我不知道，那是母亲传下来的，我没有那么多钱买这种花边！”

这样，玛奈弗太太把帝政时代的老风流迷昏了，竟以为她是第一次失身；他为了她如醉如痴，把所有的责任全忘了。她说她出嫁了三天，卑鄙的玛奈弗为了些无耻的理由，就把她丢在一边。从此她安分守己的过着独身生活，倒也很快活，因为她觉得婚姻是件可怕的事。她眼前的不快乐就是为此。

“要是爱情也像婚姻一样的话！……”她哭着说。

这些卖弄风情的谎话，所有处在华莱丽地位上的女子都会搬弄的，男爵听了却以为窥到了七重天上的玫瑰。所以正当浓情蜜意的艺术家与奥当斯，不耐烦的等待男爵夫人对女儿来一次最后的祝福，来一个最后的亲吻的时候，华莱丽却在那儿扭捏作态。

男爵快活到了极点，因为华莱丽的表现是最无邪的少女，又是最招淫荡的娼妇。早上七点，他回家去替补小于洛夫妇的苦工。跳舞的男男女女，尽跳那些没有完的四组舞，他们差不多全是生客，逢着婚礼就赖着不走的；赌客死占着牌桌不肯离开，克勒凡老头赢了六千法郎。

报纸上的本埠新闻版，登着这么一条小消息：

> 史丹卜克伯爵与奥当斯·于洛小姐，昨晨在圣·多玛教堂举行婚礼。新娘是参议官兼陆军部署长于洛·特尔维男爵令爱，名将福士汉伯爵的侄女。贺客极众，艺术界名流到有雷翁·特·洛拉，约瑟·勃里杜，史底曼，皮克西渥等。陆军部及参事院均有高级首长代表，国会两院人士亦到有不少；此外尚有波兰侨民领袖巴士伯爵，拉勒斯基等。文赛斯拉·史丹卜克伯爵为瑞典王麾下名将史丹卜克之侄孙，一度参与波兰革命，来法流亡，以艺术天才见称于世，近已获得半国籍许可，享有法国公民权云云。

由此可见于洛男爵虽是窘得不堪，面子上不可少的还是一样不少，连报纸上的宣传也照样有。嫁女儿的排场在各方面都跟娶媳妇的排场相仿。这场喜事，把关于署长经济情形的闲话冲淡了不少；同时，女儿的陪嫁又说明了他不得不借债的理由。

这件故事的引子，可以说是到此为止。对于以后的发展，以上的叙述好比文章中的前提，古典悲剧中的序幕。

七

在巴黎，一个女人决心拿姿色做职业做生意，并不见得就能发财。多少聪明伶俐，才貌双全的角色，都以纸醉金迷的生活开场，以穷途潦倒下场。因为一方面保持良家妇女的假面具，一方面存心榨取而献身于无耻的荡妇生涯，并不能就达到目的。走邪路也不是容易成功的。在这一点上，娼妓与天才相仿：必须因缘时会，才能使财富与才具并驾齐驱。大革命而没有那些出其不意的过程，拿破仑也做不了皇帝，只能做一个法倍尔第二17世纪名将。卖笑的美人而没有主顾，没有声名，没有背上堕落的十字架使人倾家荡产，那也等于天才埋没在阁楼上，等于科累佐的名画扔在下房里。所以，巴黎的荡妇，第一要找到一个富翁，对她疯魔到肯出足她的价钱。她尤其要保持与众不同的高雅，那是她的商标；还得有落落大方的举止，满足男人的虚荣心；要有莎菲·阿诺法国18世纪有名的女歌唱家（1744—1802）一般的才智，刺激麻木不仁的富翁；最后她要做得只对一个人钟情，使其余的好色鬼都看了眼红而对她更疯魔。

那些条件，这等女人叫作机会，在巴黎并不容易实现，虽然百万富翁，有闲阶级，厌倦一切的，和异想天开的人在巴黎有的是。上帝总算在这方面保护了公务员家庭与小布尔乔亚，因为他们的环境使那些条件更难实现。可是玛奈弗太太一流的人在巴黎还是不在少数，可以使华莱丽在这部风化史中成为一个典型。这般女人中间，有些是受真正的热情驱使，同时也迫于清寒，例如高维尔太太，和左翼最出名的演说家，银行家格雷，相处了那么些年；有些是受虚荣心煽动，例如特·拉·蒲特莱太太，虽然跟罗斯多私奔，大体上仍是守本分的；有些是因为要穿得好；有些是因为太微薄的薪水养不活家；政府的，或者说是国会的，吝啬，造成了多少苦难，败坏了多少人心。现在大家非常同情工人阶级的命运，认为他们被厂商剥削，可是政府比最贪心的实业家还要苛刻百倍，薪给的微薄简直到了荒谬的程度。你拼命工作，工厂至少按照你的工作给钱；但是对多少无名的忠诚的员工，政府给些什么？

一个有夫之妇荡检逾闲，固然是不可原恕的罪过；但也有程度之别。某些女人非但没有丧尽廉耻，还要遮掩过失，表面上做得循规蹈矩，像上文提到的两位太太；另外一批却在不贞之外再加上投机取巧的卑鄙心理。玛奈弗太太便是这一类居心叵测的娼妓，一开场就是不怕堕落的后果而堕落的。她们存心一面作乐一面弄钱，任何手段在所不惜，而且往往像玛奈弗太太一样有丈夫替她们招蜂引蝶，狼狈为奸。这些巾帼奸雄是最危险的女人，在所有巴黎女子的败类中间最是要不得。一个真正的娼妓，像玉才华，匈兹，玛拉迦，贞妮·凯婷之流，彰明昭著的地位就是一个警告，像公娼馆前面的红灯和赌场里的高脚灯一样刺眼。一个男人明知走到这里是走上了毁灭的路。但是装腔作势的正经，冒充的贤德，良家妇女假仁假义的做作（她给你看到一切只是日常琐碎的开支，面子上还不许你花天酒地的为她挥霍），却教你无声无息的毁灭。妙的是你一方面会自己譬解，一方面还不明白毁灭的原因。教人倾家荡产的倒是这种猥琐的家用账，而非大吃大喝的寻欢作乐。一个家长毫无威风的把财产断送了，等到穷途落魄的时候，连享尽繁华那种聊以自慰的念头都没有份。

这段议论，可以一针见血，揭穿许多家庭的内幕。玛奈弗太太这等人，在社会各阶层，甚至宫廷中都有；因为华莱丽是一个现实的人物，她的细枝小节都是从真实的人物身上采取得来的。不幸这幅肖像对谁的痼癖都医治不了：那些笑容可掬，幻想出神，满脸天真而一心想着金钱的天使，照样有人爱的。

奥当斯嫁了大约三年以后，到 1841 年上，于洛·特尔维男爵被认为收了心，像路易十五的外科医生所说的，老马归槽了；其实他为玛奈弗太太花的钱，比为玉才华花的多出两倍。华莱丽尽管永远穿得很整齐，却保持副科长太太应有的朴素；她的奢华是在家常便服上。这样，她把巴黎女子衣着方面的虚荣，为了亲爱的埃克多牺牲了。然而她上戏院的时候，永远戴着漂亮的帽子，穿着最漂亮的时装；男爵陪她坐着马车，定的是最好的包厢。

华诺街上的公寓，占着一幢新式屋子的整个二层楼，坐落在院子与花园之间。屋内一切都很朴素。讲究的是四壁糊的波斯绸与方便实用的漂亮家具。例外的是卧房，陈设的奢华就是贞妮·凯婷与匈兹一派。挑花的窗帘，开司棉的帷幕，金银铺绣的绸门帘；壁炉架上的时钟和烛台是史底曼设计的，古董架上摆满了珍奇古玩。于洛不愿华莱丽的香巢比玉才华的珠光宝气的艳窟逊色。客厅与饭厅两间主要的屋子，一间糊的大马色红绸，一间是雕花的橡木护壁。但是为了样样东西都求调和起见，男爵过了六个月又在浮表的奢华之外加上一些实质的奢华，添置许多贵重的用具，例如银器一项就值到二万四千多法郎。

玛奈弗太太的家，两年之中出了名，公认为打牌玩儿挺舒服的地方。华莱丽本人也很快的被称为可爱而风雅的女子。至于她骤然之间的境况宽裕，大家说是因为她的生身父蒙高南元帅，以信托方式留给她一笔巨大的遗产。华莱丽为未来着想，又在世俗的虚伪之上加上宗教的虚伪。她每星期日上教堂，参加一切宗教仪式：替穷人募化，为慈善机关服务，分发圣餐面包，向街坊施舍，全部是埃克多出的钱。因为她的起居行动，样样很端方得体，许多人以参议官的年龄为证，认定她与男爵的关系是纯洁的，说他是喜欢玛奈弗太太机灵的头脑，风雅的举止谈吐，差不多和路易十八喜欢文辞优美的情书一样。

男爵和外客在半夜十二点同时告退，过了一刻钟再回来。这桩秘密的秘密是这样的：

华诺街屋子的看门人是奥里维夫妇。屋主人本来在物色门房，男爵和屋主又是朋友，奥里维夫妇便从杜扬南街进账很少而住所破烂的地方，搬入华诺街这个收入优厚而极有气派的屋子。奥里维太太从前是查理十世家中管被褥内衣的，正统派失势之后，她丢了差事。她一共有三个孩子：最大的儿子，奥里维夫妇最疼爱的，已经在公证人那里当小书记。正当这个宝贝儿子要轮到六个月兵役，把美丽的前程耽误的时候，玛奈弗太太设法把他免除了，理由是体格有缺陷，这种缺陷，兵役审查会在部里的巨头咬着耳朵嘱托之下，是很容易找出来的。因此，查理十世的老马弁奥里维和他的妻子，为了于洛男爵和玛奈弗太太，连把耶稣重新钉上十字架都是肯的。

外边的人，既不知道巴西人蒙丹士·特·蒙德耶诺的事，当然无话可说。何况大家在那儿吃喝玩乐，焉有不袒护女主人之理？玛奈弗太太在种种娱乐嘉宾的手段之外，还有一件法宝，就是她的潜势力。例如格劳特·维浓，当了亲王维森堡元帅的秘书，希望以请愿委员的身份进参事院的，便是这个沙龙的常客，因为这儿有几位挺和气挺喜欢赌钱的国会议员来往。玛奈弗太太的集团是很谨慎很慢的凑起来的，分子都是意见相同，生活习惯相仿，以互相标榜与颂扬女主人为得计的人物。在巴黎，狼狈为奸的党羽才是真正的神圣同盟。利害关系的结合早晚要分裂，生活糜烂的人

华莱丽很快的被称为可爱而风雅的女子

永远契合无间。

玛奈弗太太迁居华诺街的第三个月，开始招待克勒凡。不久他当上本区区长，勋位也晋升一级。事先克勒凡曾大为犹豫：他一向穿着民团制服在蒂勒黎宫中大摇大摆，自以为和拿破仑一样的威武，要当区长就得脱下这身制服；但他的野心在玛奈弗太太鼓动之下，战胜了他的虚荣心。区长先生认为他与哀络绮思小姐的关系，已经跟他的官瘾太不相称。在登上区公所的宝座之前，他钟情的目标是瞒得很紧的。但是我们可以料想得到，克勒凡早已付过代价，对于玉才华被夺的仇恨有了恣意报复的权利：他在华莱丽·福丁名下（注明与玛奈弗先生是财产独立的）存了一笔款子，利息有六千法郎。华莱丽大概从母亲身上秉受了专做人家外室的天才，一眼就看透这个粗俗的崇拜者的性格。她知道克勒凡告诉过李斯贝德："我从来不曾有过一个上等女人！"她就是利用这句话，做成那笔五厘起息，年利六千法郎的交易。从那时起，她从来不肯在皮洛多的老跑街心目中减低她的声望。

当年克勒凡的娶亲是娶的财礼，太太是勃里地方一个开磨坊的女儿，她的遗产在克勒凡家产中占到四分之三。因为零售商的发财，靠买卖得来的，往往远不如靠商店与乡村经济的结合。巴黎四周大多数的庄稼人，磨坊司务，养牛的，种田的，都希望女儿攀一个柜台上的得意人物；零售商，首饰商，银钱兑换商，对他们是比公证人或诉讼代理人更理想的女婿，他们生怕公证人之流一朝得意之下，会瞧不起他们。克勒凡太太又丑又蠢又粗俗，不早不晚死得非常合时，她除了生过一个女儿以外，没有什么别的乐趣给丈夫。而好色的克勒凡，在经商的初期，由于事忙，也由于经济的限制，只有望梅止渴的一法。他和巴黎上等女人（用他的口头禅说）的接触，只限于铺子里的招呼迎送，私下欣赏一番她们的风度，穿扮的艺术，以及那些说不出的，一般人称为由于种气关系的气派。爬到能够与沙龙里的仙女们来往，是他青年时代就发下的宏愿，一直压制在心里的。所以得到玛奈弗太太的青睐，不但能鼓动他的幻想，并且还是攸关骄傲，攸关虚荣心与自尊心的一件大事。事情得手，野心更大了。他先是踌躇满志的得意了一番，然后心花怒放，快活得无以复加。玛奈弗太太给他见识到的那套本领，克勒凡连做梦也想不到的；因为玉才华与哀络绮思都没有爱过他，而玛奈弗太太觉得这个男人是她永远的财神，需要好好的哄他一哄。出钱买来的爱情，虚情假意比真实的爱情更动人。真实的爱情，常有麻雀一般啾啾喳喳的吵架，难免惹动真火，有伤和气；开开玩笑的吵架，却教人心眼儿痒痒的非常舒服。会面的稀少，使克勒凡的欲火永远维持热情的高潮。华莱丽老给他碰正经钉子，假装受良心责备，说她父亲在天之灵不知要把她如何看待。他必须去克服她那种冰冷的态度；一下子，狡猾的小娘儿似乎对这个伧夫的痴情让步了①，他自以为得胜了；一下子她又似乎悔恨交集，道貌岸然，扮起一副大家闺秀的面孔，拿出威严来把克勒凡压倒，因为克勒凡一开场就认定她是正经女人。最后，华莱丽还有一套独得之秘的温柔功夫，使克勒凡和男爵一样少她不得。当着众人的面，她又天真又纯洁，又庄重又慧黠，又有风情又有异国情调；但没有人的时候，她的作风比娼妓还要大胆，精灵古怪，花样百出。这种人前背后的对比，最合克勒凡一等人的口味。他很得意，以为她是为娱乐他一个人而表现的，他一面欣赏戏子，一面看着这套妙不可言的假戏，笑开了。

华莱丽把男爵也收拾得服服帖帖，用花言巧语的奉承，逼他露出衰老的本相；她的手段正好说明这等女人的居心险毒。得天独厚的体格，有如久攻不下的城堡，终有一天要暴露它的真情实况的。眼见帝政时代的美男子快要显原形了，她觉得还应当教他早一点出丑。在奸夫淫妇秘密结合了六个月之后，她对他说：

“老军人，你何必费事？难道你还有野心，想对我不忠实吗？你不修饰，我倒觉得反而好看。那些假装的风情，替我免了罢。你以为我爱你，是为了你靴子多抹了两个铜子的油蜡，为了你的橡皮束腰，为了你的背心，为了你的假头发吗？老实说，你越老，我越放心，我的于洛越没有被人抢去的危险！”

既然深信玛奈弗太太的爱情与至诚的友谊——他不是打算跟她同居到老的吗——他便听从这番体贴的忠告，不再染他的鬓角他的头发。有一天早上，魁伟的美男子埃克多，居然满头白发的出现了。玛奈弗太太告诉她亲爱的埃克多，说他头发根里白白的一条线，她已经见过不知多少次。那天她一见面便说：

“白头发配上你的脸真合适，相貌温和得多；你好看极了，可爱极了。”

这样一开端，男爵把皮背心，束腰，和一切扎束身体的家伙，全部摆脱了。肚子掉了下来，身体的臃肿显了出来。挺拔的橡树一变而为碉堡，动作的笨重简直可怕，男爵像路易十二一样骤然之间老了许多相传路易十二

① 伧（cāng）夫：粗野的人。

男爵肚子掉下来了，身体的臃肿显了出来

于五十二岁时娶英国年轻貌美的玛丽为后，三个月后即病故。依然漆黑的眉毛，还有一点儿美男子的影子，好似诸侯旧府的墙上留下一些雕塑的残余，暗示当年宫堡的气概。这种不调和的现象，使还很精神还很年轻的眼睛，配着紫膛膛的脸色格外突兀，因为在多年红润的脸上，粗硬的皱裥明明是情欲与自然苦斗的结果。于是于洛的身体变为一座壮美的残骸，生命的元气仿佛蔓藤野草似的表现在耳朵上，鼻子上，手指上，给人的印象有如罗马帝国的断垣残壁上面长着的青苔。

既然民团团长存心报复，想大张晓喻的教男爵败在他手里，华莱丽又怎么能周旋于克勒凡与于洛之间，使他们相安无事呢？这一点当由后文解答，眼前只要知道李斯贝德与华莱丽两人，安排好一套阴谋诡计，促成这个结果。玛奈弗，看见妻子在众星捧月，唯我独尊的环境中出落得更加娇艳了，便在众人面前装作死灰复燃，对妻子爱得发疯一般。这种妒忌虽然使玛奈弗大爷成为煞风景的人物，华莱丽爱情的布施，却因此大大的提高了身价。玛奈弗对署长是放心的，他已经衰退到昏聩老朽的程度。唯一使他看了有气的人，正是克勒凡。

大都市特有的糜烂生活，是罗马诗人描写过，而我们为了廉耻观念没有名字好称呼的；玛奈弗就被这种生活淘虚了身体，其丑恶有如蜡制的解剖标本。但是这个痨病鬼穿起上等衣料，两腿套在漂亮裤子里像竹竿般晃来晃去，干瘪的胸膛披上雪白而熏香的内衣，腐烂的人肉臭用麝香遮盖了。华莱丽要他跟财产，勋章，职位相称，教他按照宫廷习惯穿红鞋跟的靴子。这个行将就木的浪子的丑态，使克勒凡非常害怕，副科长一瞪白眼，他就受不了。想到玛奈弗，区长就做恶梦。不料坏蛋一发觉妻子与李斯贝德给了他这点威势，越发耀武扬威。身心糜烂的家伙，最后一条财路是客厅里的纸牌，他便尽量榨取克勒凡，而克勒凡以为既然偷了他老婆，对此有身份的公务员，理当情让三分。

眼见那骷髅似的下流东西，把不知底细的克勒凡吓得矮了半截，又眼见华莱丽那么瞧不起克勒凡，拿他当小丑一样开心：男爵自然认为他没有情敌的资格而经常请他吃饭了。

华莱丽，身旁有了两位情人保镖，加上一个嫉妒的丈夫站岗，引得她小圈子里的人个个眼红，个个馋涎欲滴。一般娼妓求之不得的最困难的成功，靠了丑史，靠了大胆，靠了在外招摇才能达到的成功，华莱丽在三年之中实现了，而且面上还很光鲜。她的美貌，当年埋没在杜扬南街矿山里的珍宝，好比一颗车工精美的钻石，给夏诺见了会镶成名贵的戒指的，市价业已超过它的价值；她在制造受难者了！……格劳特·维浓为她害着相思病。

我们和那些人物阔别了三年之后，这段补叙是少不得的，它也是华莱丽的一篇清账。下面是她的同党李斯贝德的清账。

贝姨在玛奈弗家中是一个兼做伴娘与管家妇的亲戚，但她决不像因境况关系而接受这种尴尬地位的人，会在主仆之间两面受委屈。李斯贝德与华莱丽的友谊是那么热烈，在女人之间那么少见，惹得刁钻促狭的巴黎人立刻加以毁谤。洛兰女子的阳性而枯索的性格，与华莱丽那种异国情调的柔媚性格，正好成为对比，而就是这个对比引起人家的坏话。玛奈弗太太无微不至的照顾她的朋友，无形之中增加了谣言的分量，其实她是有心替贝德安排亲事，而这头亲事，我们以后会看到，是让李斯贝德雪耻报仇，出尽恶气的。贝德简直经过一场大革命；华莱丽要装扮她，果然极有成绩。这个怪僻的姑娘，也戴上胸褡，显出细腰身了，光滑的头发也洒上生发水了，裁缝送来的衣衫不再改削就穿了，脚上套着讲究的小靴，灰色丝袜，一切都由供应商记入华莱丽的账上，由当事人照付。贝德经过这番改装，始终带着黄开司棉被肩，一别三年的人简直会认不得她。这另外一颗黑钻石，钻石之中最少见的，经过巧妙的车工与合适的镶嵌之后，教某些野心的公务员见了十二分赏识。初次遇到贝德的，都会不由自主的被她那股生辣的气息吸引。聪明的华莱丽为烘托这种气息，尽量利用贝德僵硬的身段，在装束上加意渲染，把她装成血腥的女修士英国小说中的人物一流：额上缠着头巾，陪衬那张橄榄色的干枯的脸，黑眼睛正好配上黑头发。贝德，仿佛从画框中走出来的，加拿赫与梵·伊克画的童贞女，或是拜占庭艺术中的童贞女，跟她们一样的呆强，板滞；而那些神秘的人物，原是和埃及女神与埃及雕塑家所作的神像同一类型的。她是一座能够行动的花岗石。有了老年的保障，贝德就有了兴致；她上哪家吃饭去，兴致也就跟着一起去。上面说过，她小公寓的房租是由男爵付的，所有的家具是她的朋友华莱丽把从前卧房与小客厅里的旧货送给她的。

“我开场是一个吃不饱的村姑，想不到现在变了时髦女人。”她说。

她继续替列凡先生做些最精细的绣作，说是为了不要浪费光阴。其实她的日常生活忙得很；只是乡下人的脾气，始终不肯扔掉吃饭家伙，在这一点上，他们像犹太人。

每日早上，天刚亮，贝姨便带了厨娘上中央菜场。在贝德的计划中，使于洛男爵倾家荡产的家用账，应当替她亲爱的华莱丽捞进一笔，而事实上也的确捞进一笔。

一般煽动的作家在下层阶级中散布的主义，实在是贻害社会的主义；从 1838 年起，没有一个家庭主妇不曾受到这种主义的恶果。家家户户，佣人的漏卮是今日一切财政漏卮中最严重的①。除了极少的例外——那些例外真有资格受蒙底翁道德奖金——厨子和厨娘都是内贼，拿工钱的，不要脸的贼，政府还殷勤备至的做他们的窝藏，鼓励他们偷盗，而篮头秤底这句老笑话，差不多认为厨娘的揩油是应当的。从前女仆舞弊两法郎去买政府奖券，现在要刮五十法郎存入储蓄银行了。可笑那般麻木不仁的清教徒，到法国来试验一下博爱主义，就以为把大众都感化成君子了！在主人的饭桌与菜市之间，设有秘密的关卡，巴黎市政府征收进口税，还远不如仆役们无货不税那么精密。除了一切食物要抽百分之五十的重税以外，他们还要零售商逢时过节送一份厚礼。连最上级的商人都得向这个秘密的权威低头：车商，首饰商，裁缝，没有一行不是忍气吞声的照给。你想监督他们吧，那些下人便毫不客气的把你顶回去，再不然假装不小心，给你闯些不大不小的祸，让你破财；从前是主人盘问他们的来历，现在是他们打听主人的底细了。这种风气的祸害，业已达于极点，法院虽用重典也是枉然；但只消定一条法律，限令仆役都要有一份工人身份证，包你灵效如神，积弊可以立刻肃清。仆役上工要提出身份证，主人辞工要批明辞歇的理由，这样以后，败坏的风俗才能遏止。一心关切国家大事的人，全不知巴黎的下层阶级堕落到什么田地：它的腐化，只有它满肚子的嫉妒可以相比。二十岁的工人，娶一个四五十岁、靠偷盗起家的厨娘的，不知有多少，这是统计上找不到的。这种婚姻的后果，从犯罪、种族退化、不合理的配偶生活三点来说，可以令人不寒而栗。至于仆役的偷盗所造成的经济损失，在政治观点上又是为害无穷。生活负担加了一倍，多数家庭都不能再有额外开支。而额外开支一方面在各国商业中占到半数，一方面也代表生活的精华。对许多人，书籍与鲜花之重要根本不下于面包。

李斯贝德是深知巴黎人家这个可怕的创口的，那一次在紧张的情形之下，她和华莱丽发誓结为姊妹，答应尽力帮她忙的时候，意思就是要替华莱丽当家。她在伏越山中找来一个外家方面的亲戚，当过南希主教的厨娘，极虔诚极方正的老姑娘。因为怕她在巴黎毫无经验，尤其怕她听人家

① 漏卮（zhī）：有漏洞的酒器，比喻使国家利益外溢的漏洞。

的坏主意，好多经不起诱惑的老实人不是这样学坏的吗？李斯贝德特地陪了玛丢里上中央菜场，教她怎样买东西。知道各种货色的实价使菜贩不敢欺负，不吃时鲜的菜而等平价的时候再买（例如鱼类），熟悉食物的行市，能够预料涨风而逢低买进：这种管家头脑，在巴黎对家庭经济是最重要的。玛丢里工资既高，外赏又多，自然爱护东家，愿意买得便宜了。近来她买菜的本领已经追上李斯贝德，李斯贝德也觉得她相当老练，相当可靠，除掉华莱丽请客的日子，不必再亲自出马。但请客是常有的事。男爵变得循规蹈矩，而对玛奈弗太太在短时期内越来越热，越来越贪恋，觉得越少离开她越好。先在这儿一星期吃四顿饭，以后他天天在这儿吃饭了。女儿出嫁半年以后，他按月给玛奈弗太太两千法郎作为他的伙食费。玛奈弗太太把她亲爱的男爵想招待的客人请来。而且晚饭老是预备好六客，男爵随时可以带三个不速之客回来。李斯贝德凭她的经济手腕，居然尽一千法郎把饭菜弄得非常丰腆，按月省下一千法郎交给玛奈弗太太。华莱丽的衣着费，是由克勒凡与男爵大量供给的，两位女朋友这方面又省下一千法郎一月。因此，那么纯洁那么天真的女人，有了大约十五万法郎的积蓄。她拿利息和每月的私房凑成资本，交给克勒凡运用，大大的赚了几笔，因为克勒凡很乐意让他的小公爵夫人分润一下他交易所里的好运。他把投机市场的切口和门道指点给华莱丽；像所有的巴黎女子一样，她很快的青出于蓝，超过了师父。李斯贝德，房租衣着都不用操心，拿了一千二百法郎利息一文不花，也有了五六千法郎的小资本，由克勒凡代为生利。

虽然如此，男爵与克勒凡两人的爱情，对华莱丽究竟是一副重担。人生之中有些事情，其作用有如钟声之于蜜蜂，能够把分巢的蜂集中起来；这件故事重新开场的下一天，华莱丽就是被这种事情惹得心烦意乱，跑上楼去找李斯贝德叹苦经，把话题当作吊在舌尖上的烟卷似的唠叨不休，这是女人们发牢骚的故伎。

“李斯贝德，告诉你，今天早上陪两小时克勒凡，真是受罪！恨不得教你去代一下！”

“不行哪，”李斯贝德笑道，“我是要童贞到老的了。”

“给这两个老头儿玩！有时候我真觉得丢人！唉！要是可怜的母亲看到我的话！”

“你把我当作克勒凡了。”

“告诉我，亲爱的贝德，你不会瞧不起我吧？……”

“呕！要是我长得好看，我也会……也会风流的。何况你！”

“可是你可以随心所欲，拣你喜欢的人，”玛奈弗太太叹了一口气。

“吓！玛奈弗能算人吗？他就是个尸首，早该埋掉的了；男爵好比你的丈夫，克勒凡是你的情人；我觉得你跟别的女人一个样儿，没有什么不正当。”

“不是的，我难受的不是这个，你不愿意理会我的意思……”

“噢！我明白！”贝德叫道，“你的心事就是我要报仇的事。你急什么！……我在用功夫哪。”

“我为文赛斯拉把身子都磨瘦了，连面都见不到！”华莱丽伸着手臂说。“于洛请他吃饭也不来！这狠心汉竟不知人家在疼他爱他！他的女人是什么东西？一堆漂亮的肉罢了！不错，她长得好看，可是我，我觉得我比她妖！”

“放心，孩子，他会来的，”李斯贝德的口气仿佛奶妈哄着一个急躁的孩子，“我一定要他来！……”

“什么时候呢？”

“也许这个星期之内。”

“噢！你多好！”

由此可见这两个女人合而为一了：华莱丽的快活，生气，所有的行为，哪怕是胡闹吧，都由两个人考虑成熟而后决定的。

李斯贝德一方面给这种荡泊生涯惹动了心火，大小事情替华莱丽出主意，一方面根据无情的逻辑，进行她的报仇大计。并且她也真喜欢华莱丽，把她当作女儿，当作朋友，当作情人，觉得她像生长海外的女人那样服从，像淫娃荡妇那样柔顺；她每天早上跟她拉拉扯扯，比跟文赛斯拉的聊天不知有趣多少，她们可以为了自己的刁钻促狭而乐一下了，把男人的糊涂取笑一番，或者把彼此的财产，算一算越来越多的利息。在李斯贝德的计划和新交的友谊中间，比从前对文赛斯拉的痴情，不知多出几许丰富的材料，好让她大肆活动。仇恨满足的快意是心灵最痛快最酣畅的享受。我们的心有如一座情感的矿山，爱是黄金，恨是铁。最后，华莱丽全盛时期的美艳，又是她十二分崇拜的，就像一个人崇拜自己所没有的东西一样；而这个美又比文赛斯拉的容易捉摸，不像他的那么冷。

快满三足年的时候，李斯贝德开始看到她暗中花尽心血所做的破坏工作有了进展。李斯贝德管思想，玛奈弗太太管执行。玛奈弗太太是一把刀，李斯贝德是操刀的手，而这双手越来越急的打击那个她越来越厌恶的家庭了，因为一个人的恨也像一个人的爱一样，会一天一天增加的。爱与恨是两种自生自发的情感；但两者之间，恨的寿命更长久。爱有限度，因为人的精力有限度，它的神通有赖于生命，有赖于挥霍；恨近乎死亡，近乎吝啬，它是一种活跃的，抽象的东西，超乎生命万物之外的。李斯贝德一找到自己的天地，所有的聪明才智都发挥了出来，像耶稣会教士一样神通广大。她脱胎换骨，完全变了一个人，容光焕发，梦想一跃而为于洛元帅夫人。

上面两位朋友把心事赤裸裸和盘托出的一幕，正发生在贝德从中央菜场回来之后，那天她是去采办材料做一席好菜的。玛奈弗垂涎高盖先生的位置，特地请他跟端庄的高盖太太吃饭，而华莱丽希望当晚就由于洛把科长辞职的问题解决。贝德正在穿扮，预备上男爵夫人家吃饭去。

“等你回来替我们沏茶，”华莱丽说。

“大概可以吧……”

“怎么大概？你打算睡在阿特丽纳一块，喝她的眼泪水吗？”

“要是真的，我决不反对，”李斯贝德笑道，“她遭了报应，我交了好运，我记得小时候的情形。大家得换换班。她要掉入泥坑，我要做福士汉伯爵夫人！”

于是李斯贝德出发上伯吕梅街去了；近来她上那儿，就像人家上戏院，专为找些刺激去的。

于洛替太太找的寓所，包括一个宽大的穿堂，一间客厅，和一间附带盥洗室的卧房。饭厅是跟客厅平行而相连的，四层楼上另有两间仆室一间厨房。这个住所对一个参议官兼陆军部署长还算不失体面。屋子，院子，楼梯，都很有气派。男爵夫人只能用她豪华的陈迹来装饰客厅、卧房和饭厅，便从大学街上的旧家具里挑出成色好的一部分搬来。可怜的太太也喜欢这些旧东西，它们见过她当年的幸福，有如千言万语，能给她安慰似的。她能在回忆中看到鲜花，正如她能在地毯上看出别人不易辨认的玫瑰花纹。

宽大的穿堂，摆着十二张椅子，一只风雨表，一只大火炉，挂着红边白布的长窗帘，很像衙门里那种简陋的穿堂；你一进去就会觉得难受，就会预感到这位太太的凄凉寂寞的生活。痛苦跟欢乐一样，会创造一种气氛的。走进人家的屋子，你第一眼就可以知道它的基调是什么，是爱情还是绝望。奇大无比的卧房，美丽的花胡桃木家具还是约各·台玛透设计的，全是帝政时代的雕工装饰，桌椅上的紫铜镶嵌，比路易十六式的黄铜装饰还要冷气逼人。男爵夫人坐在一张罗马式椅子里，前面摆着一张工作台，台脚是雕的斯芬克斯；她脸上血色已经褪尽，却假装快活，保持她皇后一般威严的风度，好似她保存那件家常穿的蓝丝绒衣服一样。看到她这副情景，你是会发抖的。她全靠高傲的灵魂支持她的身体，维持她的美貌。男爵夫人在这座冷宫里呆了一年，就对于她苦难的深广完全体味到了。

“埃克多把我丢在这儿，我的生活比一个乡下女人还好得多哩，”她对自己说。“他要我这样，好吧，就照他的意旨办吧！我是于洛男爵夫人，法兰西元帅的弟媳妇。我从来没有一丝一毫的过失，两个孩子都已成家，凭着白璧无瑕的妻子身份，回想着我过去的幸福，我大可以等死了。”

工作台高头的墙上挂着于洛的肖像，穿着帝国禁卫军后勤司令的制服，是1810年代勒番佛的手笔。桌上放着一部《耶稣·基督的仿效》，阿特丽纳的经常读物，逢到来客才扔下的。这个无可非议的玛特兰纳也在她的沙漠中静听圣灵的声音。

“玛丽哀德，太太好吗？”李斯贝德问开门的厨娘。

“噢！小姐，面子上还好，可是对你说不要紧，这样下去，她是不要老命了，”玛丽哀德咬着贝德的耳朵。“真的，你该劝劝她生活过得好一点。昨天太太吩咐早上只给她两个铜子的牛奶，一个铜子的小面包；晚上或是鳕白鱼，或是一块冷的小牛肉，她教我煮上一斤预备吃一个礼拜，当然是在她一个人吃饭的时候端出去……她一天伙食只肯花六个铜子。这怎么行！要是我把这一套告诉了元帅，他准会跟男爵吵架，不给他遗产的；你可是又好心又能干，你能够想办法……”

“干么不告诉男爵呢？”

“啊！好小姐，他有二十天二十五天不来了，你没有来的那个时期，他一直没有来过！再说，太太拿开差威吓我，不准我向先生要钱。但是说到痛苦吧……吓，可怜的太太真是一肚子的委屈！先生把她忘了这么久还是第一遭……每次打铃，她总奔到窗口张望……可是最近四五天，她坐在椅子里不动了。她在看书！每回上伯爵夫人家，她总吩咐我：玛丽哀德，要是先生来，告诉他我就在屋子里；你教门房跑一趟，我一定重重赏他酒钱！”

“可怜的姊姊！”贝德说，“听你这么说，我心都碎了。我天天跟姊夫提到她。可是白费！他说：不错，贝德，我是一个混蛋；太太是天使，我是魔鬼！我明天准去……结果他还是呆在玛奈弗太太家里；这女人把他败光了，他可把她当作心肝宝贝，简直离不开她。我只能尽我的力量！要没有我在那儿带着玛丢里帮忙，男爵的钱还要多花一倍；那时他既然什么都完了，也许早已把自己一枪打死。可是，玛丽哀德，男爵死了，阿特丽纳还能活吗？至少我想法在那里弥缝，不让姊夫吃掉太多的钱……”

“可怜的太太也是这么说；她知道欠你不少情分；她说她从前把你看错了……”

“啊！”李斯贝德叫了一声，“她没有说别的吗？”

“没有，小姐。要是你想使她快活，你得跟她多提提先生；她还羡慕你天天看到他呢。”

“里面没有人吗？”

“对不起，元帅在里面。噢！他天天来的，她告诉他早上才看到先生，因为他晚上回来很迟。”

“今天有什么好菜？”贝德问。

玛丽哀德半吞半吐不敢回答，洛兰姑娘望着她的那副眼神，她有些受不住。这时客厅的门开了，于洛元帅从里边直冲出来，对贝德望也不望的点了点头，百忙中把手里的纸张丢落在地下。贝德知道对聋子叫嚷是没用的，便捡起纸片奔到楼梯头；但她假做没有能追上元帅，回来把纸上写的铅笔字赶紧看了一遍：

> 大哥，埃克多给了我一季的家用，可是奥当斯有急用，我全部借给了她还不够解决困难。你能不能借我几百法郎？我不愿意再向埃克多开口；给他埋怨一句我就受不了。

“啊！”贝德心里想，“折辱到这步田地，她一定是山穷水尽了！”

李斯贝德走进去，看见阿特丽纳在哭，便马上过去搂住她的脖子，说：

“阿特丽纳，亲爱的孩子，我都知道了！元帅出门的时候，慌慌张张像一条猎狗，把这张纸丢落了……荒唐的埃克多一直没有给你钱吗？……”

“他准期给的，可是奥当斯有一笔急用……”

“而你今天连我们的晚饭都开不出来，”贝德截住了堂姊的话，“怪不得我跟玛丽哀德提到晚饭，她那么吞吞吐吐。阿特丽纳，别装傻了！好吧，我把积蓄给你。”

“谢谢你，好贝德，”阿特丽纳抹着眼泪回答，“这一回的周转不灵是短时间的。将来我已经想好办法。从今以后，我只消花二千四百法郎一年，连房租在内，这笔钱我一定有着落。贝德，你不能对埃克多露一句口风。他好哇?”

“噢！好得很！他像小雀子一样的开心，只想着他的妖精华莱丽。”

于洛太太望着窗外一株大雪松，李斯贝德一点儿猜不出她的眼神表示什么意思。

“你跟他提过没有，今天是大家在这儿吃饭的日子?”

“怎么不提? 可是玛奈弗太太今儿大请客，想解决高盖先生的辞职问题！她的事当然顶要紧喽！阿特丽纳，你听我说：你把我不受拘束的脾气当作凶恶。你丈夫一定要把你败光的。我本以为住在那边对你们大家都有好处，不料那女人坏到极点，会教他做些事，丢尽你们的脸呢。”

阿特丽纳身子一震，仿佛给人当胸扎了一刀。

“嗳，阿特丽纳，那是一定的。我非提醒你不可。所以咱们得想到将来！元帅老了，可是日子还长着哩，他有一笔很大的薪水，他的寡妇可以在他身后拿到一年六千法郎的恩俸，有了这笔款子，我负责养活你们一家！他信你的话，你得劝他老人家跟我结婚。我不是要当什么元帅夫人，那套空话，像玛奈弗太太的良心一样，我决不信；可是那么一来，你们都有饭吃啦。我看，奥当斯的面包也有问题，既然你还把自己的面包给她。”

说到这里，元帅进来了；老军人走得那么急，用围巾抹着脑门上的汗。

“我交给玛丽哀德两千法郎。”他凑着弟媳妇的耳朵说。

阿特丽纳从脸上红起一直红到头发根。两颗眼泪沿着长睫毛转动，她一声不出的紧紧压了压老人的手，他像得意的情人一样快活，继续说：

“阿特丽纳，我本想送你一样礼物；这笔钱不用还我了，你自己去挑一样喜欢的东西吧。”

他快活得忘其所以，过来抓着李斯贝德向他伸出的手亲了一下。

“你的事有希望，”阿特丽纳对李斯贝德说，尽她的可能笑了笑。

这时小于洛夫妇来了。

“弟弟来吃饭吗?”元帅的口气不大婉转。

阿特丽纳抓起铅笔在一小方纸上写道：

我等他呢。他早上答应回来吃饭的；如果不来，准是部长把他留住了，他忙得很。

写罢，她把纸递过去。她为元帅想出这种笔谈的方式，工作台上老是预备好铅笔和纸条。

“我知道，”元帅回答，“他为了阿尔基利忙得不可开交。”

奥当斯和文赛斯拉也来了。看到全家的人都在身边，男爵夫人不由得对元帅望了一眼，那意义只有贝德一个人懂得。

这个有了幸福的，有妻子爱、有社会捧的艺术家，出落得更俊美了。他的脸差不多圆了，美妙的身段烘托出真正贵族血统的特点。早熟的荣名，要人的身份，世俗对艺术家浮而不实的恭维，例如见面问好或是今天天气哈哈哈一类的俗套，促成了他的优越感；等到一朝才尽，这优越感就变为妄自尊大。荣誉团的十字勋章，更加强了他大人物的自信。

结婚三年，奥当斯对丈夫，有如一条狗对它的主人：他一举一动，她都用眼睛打问号；他到哪儿，她目光便转到哪儿，好似守财奴盯着他的金银财宝，她用钦佩与牺牲使他感动。她显然有母亲的天性，受母亲的点化。依然娇艳的容颜，给心中的隐忧蒙上了一重阴影，带点儿幽怨的诗意。

李斯贝德看到甥女进门，就感觉到她抑压已久的诉苦之声，快要不再顾虑而爆发了。在他们蜜月的初期，李斯贝德已经断定青年夫妇过于微薄的收入，绝对不能配合他们的热情。

奥当斯拥抱母亲的时候，彼此咬着耳朵，心贴着心，交换了几句；看她们摇头耸脑的神气，贝德猜到了她们的秘密。她想：

“好，阿特丽纳也得像我一样谋生了。我要知道她做些什么……那些美丽的手，要像我的一样尝尝苦工的滋味了。”

六点钟，大家走进饭厅。埃克多的刀叉也摆在那里。

“别拿走，先生有时很晚也会来的。”男爵夫人吩咐玛丽哀德。

“噢！父亲会来的，”小于洛对母亲说，“在议会里临走的时候，他答应我的”。

李斯贝德好比蹲在网中央的蜘蛛，在留神每个人的脸色。她是眼看奥当斯与维多冷下地的，他们的脸对她像镜子一样，可以一直看到他们年轻的心里去。维多冷偷觑母亲的神色，显见有点儿事要爆发而维多冷不敢说出来。年轻的名律师担着很大的心事。他端详母亲时那种痛苦，显出他敬爱母亲的深情。奥当斯，一心一意只想着自己的苦闷；半个月以来，李斯贝德知道她为了手头窘迫而发急，那是一生清白、凡事如意、有苦不能明说的少妇们初次受到经济压迫的焦急。所以贝德根本不相信母亲给过女儿什么钱。穷得无可奈何的人往往编造谎话去借钱，想不到素来方正的阿特丽纳也出此下策了。老元帅的耳聋已经使饭桌上冷清清的，加上奥当斯与维多冷心不在焉，男爵夫人一肚子不快活，愈加使这顿饭索然无味了。只有三个人在那里提着兴致：贝德，赛莱斯丁纳，文赛斯拉。奥当斯的爱情，激发了波兰人兴奋的性格，那种爱说爱笑爱热闹的脾气，使人家把他们叫作北方的法国人。他的精神，脸色，都说明他极有自信，而可怜的奥当斯，始终依照母亲的嘱咐，把日常生活的烦恼全数瞒着他。离开饭桌的时候，贝德对她的姨甥说：

“你应该很高兴了，妈妈给了你钱，让你渡过难关。”

“妈妈！”奥当斯觉得莫名其妙。“噢！可怜的妈妈，我倒想替她弄点钱呢！你不知道，贝姨，说来可怕，我疑心她在暗中做活呢。”

大家穿过黑沉沉的大客厅，向阿特丽纳的卧房走去，客厅没有点火，就只玛丽哀德端着饭桌上的灯在前面带路。维多冷碰了一下贝德和奥当斯的手臂；两人便让文赛斯拉，赛莱斯丁纳，元帅，和男爵夫人走进卧室，他们却在一个窗洞前面停下，围作一堆。

“什么事，维多冷？”贝德开口说。“我相信一定是你父亲出了乱子。”

“唉！正是！一个放印子钱的，叫作伏维奈，拿了父亲六万法郎的借据要告他，我在议院里想跟父亲谈谈这件糟糕的事，他理都不理，简直躲着我。要不要通知母亲呢？”

“万万不能，”贝德说，“她已经伤心透了，这一下可要她的命了，你得体贴她一点儿。你们还不知道她落到什么地步呢；没有你们的伯父，今天就吃不成这顿饭。”

“啊！我的天！维多冷，我们简直是禽兽了，”奥当斯对她的哥哥说，“贝姨告诉我们的，其实我们早该猜想到。我的夜饭要呕出来。”

奥当斯话没有说完，就拿手帕堵住嘴巴，唯恐哭出声来。

“我要那个伏维奈明天来看我，”维多冷往下说，“可是他未必肯接受我房产的抵押。这般家伙要的是现款，好再去盘剥别人。”

“把咱们的终身年金卖掉吧。”贝德对奥当斯说。

“一万五六千法郎做什么用！”维多冷回答。“这笔债有六万呢！”

“亲爱的姨母！”奥当斯拥抱着贝德，表示真心的感激。

“不必，贝姨，你那份小家产还是留起来吧，”维多冷也握了握手，“我明儿可以知道那家伙究竟是什么意思。要是我太太同意，我能够把告发的事拦下来，拖一拖。看到父亲的声望受到损害，真是！……真是太可怕了。陆军部长又要怎么说？父亲的薪水，三年以前就押出去了，要今年十二月才满期，眼前没法拿去做担保。伏维奈已经把借票展期十一次①，父亲付过多少利息，你们算算吧！这个窟窿非堵住不可。”

“要是玛奈弗太太能够离开他……”奥当斯恨恨的说。

“啊！还是不离开的好！”维多冷说。“父亲或许会去找别的女人；在这儿，至少最大的费用已经开发了。”

从前孩子们对父亲何等敬重，母亲又从旁把他们的敬意维持了多少年，如今却变成这种态度！他们已经把父亲看透了。

“没有我，你父亲还要糟呢”，贝德说。

“咱们进去吧”，奥当斯说，“妈妈细心得很，她会疑心的，咱们就得照贝姨说的，一切瞒着她……得装出快快活活的样子！”

“维多冷，你不知道你父亲这个喜欢女人的脾气，会把你们害到什么地步，”贝德说，“为你们将来的保障，还是让我跟元帅早点儿结婚吧。我等会就走，这件事你们今晚就该跟他提。”

维多冷走进卧室去了。

“喂，我的孩子，”李斯贝德轻轻的问她的姨甥女，“你呢，你的事又怎么啦?”

“明儿到我们家来吃饭吧，我们再谈，”奥当斯回答，“我不知道怎么办好，生活的艰苦，你是有经验的，你可以替我出点儿主意。”

正当全家聚在一块向元帅劝亲，而李斯贝德回到华诺街去的时候，华诺街公寓里出了一件大事，对玛奈弗太太一流的女人正好刺激她们作恶的力量，把魔法邪道如数施展出来。可是我们得承认，在巴黎，生活的忙乱使恶人也无暇单凭本能去作恶，他们只是靠了邪恶的帮助，抵抗外来的攻击。

---

① 展期：宽延日期。

八

玛奈弗太太客厅里，坐满了她的忠实信徒，刚刚安排好韦斯脱牌局，当差的，那个男爵荐来的退伍军人，进来通报道：

“蒙丹士·特·蒙德耶诺男爵来了。”

华莱丽暗中大吃一惊，赶快冲到门口叫着：

“啊！表哥！……”

走到巴西人前面，她轻轻的嘱咐他：

“你只当是我的亲戚，要不然咱们就散伙了！”然后她挽着他走到壁炉架前面，提高了嗓子：“啊！亨利，你还在吗？人家说你淹死了。我哭了你三年啦……”

“你好哇，朋友。”玛奈弗向巴西人伸着手说。巴西人的功架不愧为一个真正的百万富翁。

亨利·蒙丹士·特·蒙德耶诺男爵，从热带气候秉受得来的体格和皮色，就跟舞台上的奥赛罗一样，阴沉的气息非常可怕，但这纯粹是相貌作用；骨子里他极和善极温柔，生就那种给弱女子敲诈的性格。他脸上的骄横，精壮结实所表现的体力，所有的气势都是只向男人发挥而长女人威风的，她们就是最喜欢这一套，所以搀着情妇上街的男人，都要装得雄赳赳气昂昂的得意非凡。他的服装完全勾勒出他的身腰：蓝色上装，系着实心的金纽子，底下是黑裤子，细致的皮靴擦得雪亮，照着时行的款式戴着手套；这位男爵身上的巴西气息只有一颗价值十万法郎的大钻石，在富丽堂皇的蓝绸领带上像明星一般发光；白背心敞开一点，露出非常细洁的衬衫。鹰爪似的额角宛如半人半羊神的脑门，正是爱情极其固执的标识；黑玉般的头发，乱糟糟的赛似未经开发的森林，一对闪闪发光的明净的眼睛，狂野凶猛，似乎他的母亲怀孕的时期，受过什么豹子的惊吓。

这个葡萄牙民族留在巴西的优秀样品，背靠着壁炉架的那种姿态表示他是老巴黎；一手拿着帽子，一手放在壁炉架的丝绒毯上，他弯着身子跟

巴西人的登场

玛奈弗太太轻轻谈话，全不把那些讨厌的布尔乔亚放在心上，只觉得他们挤在客厅里大煞风景。

巴西人的登场，那副姿态那副神气，使克勒凡和男爵又诧异又着急。两人都有同样的表情，同样的预感。这对痴情汉的反应，因为同时表演的缘故，格外滑稽，可以教看得出内幕的聪明人发笑。克勒凡虽然当了巴黎区长，始终脱不了布尔乔亚和生意人气味①，他的表情不幸比他的同事更持久了一点，无意之中泄漏天机，给男爵看了去。这一下，对于存心要跟华莱丽算账的老情人，又是兜心一箭，多了一重打击。

“今晚上非见个分晓不可……”克勒凡理着牌也在那么想。

“你有的是红心红心是指纸牌的花色。韦斯脱牌即现代桥牌的前身！……”玛奈弗对他嚷道，“怎么放弃了？”

“啊！对不起，”克勒凡说着想重新抓起他丢下的牌。可是他心里仍在想：“这个男爵明明是多余的。华莱丽跟我的那个男爵勾搭，那是替我报仇出气；而且我有方法挤掉他，可是这个老表哪！……明明是多出了一个男爵，我不愿意人家拿我打哈哈，我要知道他究竟是什么样的亲戚！”

那天晚上，靠了唯有漂亮女人才有的好运气，华莱丽装扮得鲜艳无比，雪白的胸脯在镂花的轻绡下面发光，轻绡的色调黄里带红，衬托出美丽的肩膀上玉色缎子般的皮肤；那些巴黎女人不知用什么方法，长了肥美的肉还能保持窈窕。黑丝绒的长袍仿佛随时要从肩头卸落下来，她头上戴着花边，又堆满了鲜花。两条丰腴而玲珑的手臂，伸在花边鼓得老高的袖子外面。她好似那些美果，供在一张漂亮盘子里那么妖娆，教个个人馋涎欲滴。

“华莱丽，”巴西人咬着少妇的耳朵说，“你瞧，我一片诚心找你来了；我的叔叔死了，我比动身的时候家产又多了两倍。我要住在巴黎，老死在巴黎，陪着你，为着你。”

“轻一点，亨利！我求你！”

“吓！你要我把这些人从窗里摔出去吗？我今晚非同你谈一谈不可，尤其是我花了两天功夫才把你找到。我留在这儿了，是不是？”

华莱丽对她的假表哥笑了笑，说：

“你得记住，你是我姨母的儿子，她是在俞诺将军征伐葡萄牙的时候

① 布尔乔亚：资产阶级，是根据一些经济学思想学派，尤其是马克思主义，为社会所做的阶级划分中的富有阶级之一。

嫁给你父亲的。”

“我，蒙丹士·特·蒙德耶诺，曾祖是征略巴西的英雄，你要我扯谎?”

“轻一点，要不然咱们就散伙啦……”

“为什么?”

“玛奈弗疯疯癫癫的跟我死腻，你知道快死的人都要抓住最后的一个欲望……”

“这个下流东西?……我给他钱就是……”巴西人是知道玛奈弗底细的。

“你瞧你这么霸道!”

“啊!啊!你这些场面哪儿来的?……”巴西人终于发觉了客厅里豪华的气派。

她笑了出来:“亨利，你说话多难听!”

她给两道妒火中烧的目光盯得不好意思了，只得对两颗受难的灵魂望了望。牌桌上克勒凡是和玛奈弗一伙，对方是男爵和高盖。双方没有什么输赢，因为克勒凡与男爵都心不在焉，接一连二的打错牌。两个老人的痴情，在华莱丽调度之下隐藏了三年，这一下可完全暴露了；而她跟第一次使她心跳的、初恋的情人久别重逢，也隐藏不了眼中那点子快乐的光彩。这些幸运的男子，只消他们占有过的女人在世一天，就一天不肯放弃他们的权利。

一个是依仗财力，一个是凭借所有权，一个是靠年富力强，财产与优先权：处在这三道激烈的热情中间，玛奈弗太太指挥若定，好似拿破仑围攻芒都时的精神，除了要应付两支军队以外，照样想把城池围得水泄不通。满脸嫉妒的于洛，杀气腾腾，不下于蒙高南元帅当年指挥骑兵冲入俄军方阵时的气概。以美男子的资格，参议官从来不知道什么叫作嫉妒，正如缪拉将军从来不知道害怕。他自以为是风月场中的常胜将军。在玉才华那里，他是生平第一遭失败，但觉得那是由于女人的贪财；提到埃罗维公爵，他只承认输在百万家财手里，而非输在那个矮冬瓜手里。可是这次，他为了嫉妒顿时头晕脑胀，冲动到极点。他把身子从牌桌转向壁炉架的动作，像米拉鲍一样激烈；而当他放下纸牌，用挑战的眼光瞪着巴西人与华莱丽的时候，在场的人都存着又好奇又害怕的心，仿佛随时要演出动武的场面。冒充的老表望着参议官，好似打量一个大肚子的中国花瓶。这个局面拖下去是一定要闹事的。玛奈弗怕于洛男爵，正不下于克勒凡的怕玛奈弗，因为他决不肯以副科长的职位结束他的一生。为日无多的人总自以为前程远大，好像苦役犯总以为能够自由。这家伙不顾一切的要当科长。克勒凡和参议官那番没有声音的表演，也真有理由使他害怕，他便站起身来，咬着妻子的耳朵说了一句；于是出乎大家意料之外，华莱丽带了巴西人和丈夫进了卧室。

“玛奈弗太太对你提起过这个老表没有？”克勒凡问于洛。

“从来没有！”男爵答着话站了起来。他又补充上：“不玩了，我输两个路易，拿去吧，在这儿！”

他把两块金洋往桌上一扔，走去坐在便榻上，那神气明明是教大家走路。高盖夫妇俩唧哝了两句，离开了客厅，格劳特·维浓无可奈何也跟着他们走了。这两批一走，那些不识时务的客人也觉得无法再留。结果只剩下男爵和克勒凡，一声不出的僵在那里。后来，于洛竟忘记了克勒凡，蹑手蹑脚想去靠在房门上偷听，却又后退不迭的缩了回来，因为玛奈弗打开房门，脸上装作若无其事的样子，看见只剩了两个人表示很奇怪。

“怎么，不喝茶了吗？”他说。

“华莱丽哪儿去了？”男爵气咻咻的问。

“我的女人吗？她上楼到令姨那儿去了。”玛奈弗回答。

“干么把我们丢在这儿，去找那个蠢姑娘？”

“令姨从男爵夫人家回来，有点儿不消化，玛丢里来要了茶，华莱丽上去瞧瞧是怎么回事。”

“老表呢？……”

“走了！”

“真的？……”男爵问。

“是我把他送上车的！”玛奈弗扮了一个丑恶的笑脸。

街上传来马车驶过的声音。男爵根本把玛奈弗看做零，便上楼找李斯贝德去了。一个人在妒性大发之下，往往有些触机的念头。玛奈弗的无耻，男爵知道太清楚了，他疑心夫妇俩通同着闹鬼。

玛奈弗发觉只有克勒凡一个人了，便问：“那几位先生太太都怎么了？”

“太阳下山，鸡鸭进窝，”克勒凡回答，“玛奈弗太太不见了，她的跟班也就散了。来，咱们玩一会儿比盖法国的一种纸牌戏。”克勒凡想赖着不走。

他啊，他也相信巴西人还在屋里。玛奈弗跟他玩起牌来。区长的精明不下于男爵，他可以跟丈夫赌钱，在这儿无穷无尽的待下去，至于丈夫，自从赌场禁闭以后，只能靠交际场中的小赌局过过瘾。

男爵急急忙忙奔上贝姨的公寓；可是门关着，隔门问询的手续，使那些警觉而狡狯的女人尽有时间安排一个喝着茶闹病的场面。贝德病得很凶，把华莱丽吓坏了，唯恐有什么不测似的，所以男爵气冲冲的进来，华莱丽简直没有在意。遇到大吵大闹的时候，疾病是女人最常用的屏风。于洛偷偷的到处张望，贝姨卧室里并没一处可以藏起巴西人的地方。

“你的不消化，贝德，替我太太那顿夜饭增光不少，”他打量着老姑娘说。她明明是好好的，却装作一边喝茶一边胃脏抽搐，不住的作恶打嗝。

“幸而咱们的贝德住在我一起！没有我，可怜她命都没有啦……”玛奈弗太太说。

“你以为我装病是不是？……简直是侮辱……”贝德对男爵说。

“为什么？”男爵问；“敢情你知道我为什么上楼的？”他在眼梢里偷觑盥洗室的门，门上的钥匙给拿掉了。

“你在讲外国话吗？……”玛奈弗太太伤心的表情，仿佛她的温情与忠实都受了诬蔑似的。

“可是，亲爱的姊夫，的确是你把我害到这个地步的，”贝德一口咬定。

这句话转移了男爵的目标，他莫名其妙的瞪着老姑娘。

“你知道我对你怎么样，”贝德接着说，“我人住在这儿，就是真凭实据。我拼着一生最后的精力照顾华莱丽的利益，也就是你的利益。她这个家，照这个场面，比旁人家要省十倍的钱。没有我，哼！姊夫，你两千法郎决计不够，非得花上三千四千的。”

男爵表示不耐烦：“这些我全知道，你在种种方面照顾我们，”他说着，走到玛奈弗太太前面捧着她的脖子，“不是吗，亲爱的小娃娃？……”

“真的，”华莱丽嚷道，“我以为你疯了！……”

“好吧，你没有怀疑我的忠心，”李斯贝德又说，“可是我也爱我的姊姊阿特丽纳，我今天看见她在哭。她有一个月不看见你了！这太不像话了。你让可怜的阿特丽纳没有钱。你的女儿差一点晕过去，因为知道靠了你哥哥我们才有夜饭吃！今天你家里开不出伙食！阿特丽纳决意牺牲，预备自谋生路。她对我说：我可以跟你一样做工！这句话揪紧了我的心，想到1811年代的她和1841年代的她，三十年功夫！这样我的夜饭就下不去了……我熬着痛苦想挺过去；可是一到这儿，我真要死了……”

“你瞧，华莱丽，”男爵说，“为了爱你，我搅到什么地步！……在家里作了这样大的孽！”

“噢！所以我不愿意嫁人呀！”贝德幸灾乐祸作嚷着，“你是一个挺好的男人，阿特丽纳是一个天使，哪知赤胆忠心得到这种报应。”

“一个老天使！”玛奈弗太太轻轻补上一句，她又温柔又挖苦的望着埃克多。他却在那儿仔细端详她，好像预审官打量一个被告似的。

“可怜的太太！九个多月我没有给她钱了；为了你，华莱丽，我却照样张罗得来，而且付了什么代价！永远不会再有人这样爱你的，而你回过头来教我伤心！”

“伤心？那么你把幸福叫作什么？”

男爵不理会华莱丽的回答，继续说：“你从来没有提到那个所谓的老表，我不知道你们是什么关系。可是他一进门，我的心就像给人扎了一刀。尽管我盲目，我究竟不是瞎子。在你的眼里，他的眼里，我看得明明白白。那个猴子的眼皮中间闪出一点子光，射在你身上，而你的眼神……噢！你从来没有那样的瞧过我，从来没有！这桩秘密，华莱丽，早晚会揭穿的……为了你，我才第一遭懂得嫉妒的滋味，所以你不用奇怪我对你说的话……可是还有一桩秘密在云端里探出头来，那我觉得简直是下流……”

“你说罢！你说罢！”华莱丽嚷着。

“就是克勒凡，这堆臭肉，这个混蛋，也爱着你，而你接受他爱情的程度，使这个傻瓜居然当众显出他的痴情……”

“一共是三个了！还有旁的吗？”玛奈弗太太问。

“也许还有！”男爵回答。

“即使克勒凡爱我，那是一个男人应有的权利；即使我接受他的爱情，也是一个荡妇一个女人分内的事，你有许多地方不能满足她……所以，要你就连我的缺点一起爱，要就一刀两断。倘使你还我自由，你跟克勒凡都不许再来；我就挑上我的表哥，既然你认为我们有过姻缘。好罢，再见，于洛男爵。”

她站了起来，可是参议官抓住她的手臂逼她坐下。老人不能丢了华莱丽去再找一个，她对他比吃饭睡觉都更重要，他宁可糊里糊涂把疑问搁在那里，不愿看到有一点点证据，坐实华莱丽的不忠实。

“华莱丽，你不看见我为什么难受吗？我只要求你洗刷一下……只要你说出充分的理由……”

“好，那么你到楼下去等我，你总不见得想呆在这儿，看我们服侍你小姨子的那些手续吧？”

于洛慢吞吞的往外走去。

“老风流，你也不问问你孩子们的消息！”贝德嚷道。“你对阿特丽纳打算怎么办？我吗，我明天先把我的积蓄送过去。”

“至少，一个人对太太的白面包总不能不给，”玛奈弗太太微笑着说。

李斯贝德那种口吻，对他像玉才华的一样不客气，男爵却毫不在意的溜走了，反而觉得躲过了难堪的问话很高兴。

外门一上锁，巴西人出了盥洗室，他含着一包眼泪，一副可怜相。显而易见他什么话都听见了。

“我知道你不会再爱我了，亨利！”玛奈弗太太把手帕蒙着脸，哭了。

这是真正的爱情的呼声。女人绝望之下的哭哭啼啼总是那么有效，能够教男人回心转意、宽恕了事的，只要她年轻，貌美，袒胸露臂，穿着一举手就可显出夏娃本相的夜礼服。

“要是你爱我，干么不为我丢开一切呢？”巴西人问。

这美洲人像所有生长在大自然中的人一样，只知道单纯的逻辑，他搂着华莱丽的腰马上把客厅里的话接下去。

“你问我干么？……”她抬起头来，脉脉含情的眼神把亨利吸住了，“嗳，我的小乖乖，我是有夫之妇，我们是在巴黎，不是在美洲的荒地上，草原上。我的亨利，我的第一个爱人，独一无二的爱人，你听我啊。这个丈夫，陆军部的副科长，他要当科长，要得荣誉团四等勋章，我能阻止他这点儿野心吗？你知道他当时不干涉咱们是为的什么（快有四年了，记不记得，你这坏东西？……），现在为了同样的理由，玛奈弗硬要我接受于洛。这讨厌的臭官僚，呼气像海豹，鼻孔里长着须，年纪已经六十三，为了要年轻，三年中间反而老了十岁，这丑家伙，我只能等到玛奈弗升了科长，得了四等勋章之后才好把他一脚踢开……”

“当了科长，你丈夫的薪水加多少呢？”

“三千法郎。”

“我给他三千法郎终身年金，让咱们离开巴黎到……”

“到哪儿？”华莱丽有模有样的噘着嘴，那是女人对她们有把握的男人发威的表示，“只有在巴黎，咱们才能快快活活的过日子。我把咱们的爱情看得太重了，决不能让它在沙漠中冷掉，听我说，亨利，我在这个世界上只爱你一个人，这一点你不妨在你的老虎脑壳上记下来。”

女人把男人变做了绵羊，却永远使他们自以为狠似狮子，硬似钢铁。

“现在你得听我的！玛奈弗活不了五年，他连骨髓都烂到了家：一年十二个月，倒有七个月吃药，又是药茶，又是法兰绒内衣，总而言之，医生说他刀子已经架在脖子上，随时可以回老家；对一个健康的人最轻浅的病，对他都是致命的，血已经坏了，命根已经动摇。五年功夫我没有让他拥抱过一回，他是瘟疫！早晚我要做寡妇，这日子是不远的了。一个有六万法郎进款，我要他东他不敢说西的男人，早已向我求过婚；可是告诉你，哪怕你像于洛一样穷，像玛奈弗一样害着大麻疯，哪怕你打我虐待我，我还是嫁给你，我只爱你一个，我要姓你的姓。无论你要什么爱情的担保，我都可以给你。”

“那么今晚……”

“嗳，你这个巴西孩子，为了我从原始森林里跑出来的豹子，”她抓起他的手亲着，摩着，“能不能对你将来的老婆尊重一点？你说，我将来是不是你的老婆，亨利？”

“是的，”巴西人给那番疯疯癫癫的情话征服了。他跪了下来。

“好，亨利，”华莱丽抓着他的一双手，睁着眼睛死盯着他，“你能不能在这儿起誓，当着我最好的，唯一的朋友，我的姊姊李斯贝德的面，发誓在我守寡的期限满了以后正式娶我？”

“我向你赌咒。”

“这不算数。你得拿你母亲的骨殖①，拿她的灵魂得救赌咒，你得以圣母玛丽亚的名字，以你自己的灵魂赌咒！”

华莱丽知道巴西人起了这个誓一定会信守的，哪怕她将来怎样的堕落，怎样的下流。巴西人果然赌了这个庄严的咒，鼻子几乎碰到华莱丽雪白的胸脯，眼睛似乎受了催眠一般；他醉了，一个人花了四个月漂洋过海才看到他的情人，自然要醉了。

“好了，现在你替我安静一点。你得在玛奈弗太太身上，尊重一个将来的蒙德耶诺男爵夫人。别为我花一个钱，我不许你。你待在这儿，躺在外间那张小榻上，等到你可以离开的时候，我会亲自来通知你……明天早

① 骨殖：尸骨。

上，咱们一块儿吃早饭，到一点钟光景你走，好像是中午来看我的。不用怕，门房是我的人，好比我爹妈一样……我此刻下楼去招呼客人喝茶。”

她对李斯贝德递了个眼色，要她送到楼梯口。在那里，华莱丽咬着老姑娘的耳朵：

“这黑炭来得太早了一点！没有替你报奥当斯的仇，我决不甘心！……”

“你放心，亲爱的小妖精，”老姑娘吻着她的额角，“爱情和报仇是成双作对的，决不会不成功。奥当斯教我明天去，她手头紧得不得了。为了到手一千法郎，文赛斯拉会拥抱你一千次。”

于洛和华莱丽分手之后，一口气跑进门房，在奥里维太太前面突然出现。

“奥里维太太？……”

听到这威严的口吻，又看到男爵命令式的手势，奥里维太太走出门房，跟男爵走到院子里。

“你知道，将来能帮助你儿子弄到一个事务所的只有我；靠了我，他才当上三等书记，把法律也念完了。”

“是的，男爵，我们的感激，男爵可以相信的，没有一天我不祈祷上帝为男爵降福。”

“闲话少说，老妈子，要真凭实据。”

“有什么事要我办呢？”奥里维太太问。

“有个男人今晚坐了车来的，你认得不认得？”

奥里维太太当然认得那是蒙丹士；她怎么会忘了呢？在杜扬南街，每次他清早离开屋子，早得有点不像话的时候，总塞给她五法郎。倘使男爵问到奥里维先生，也许原原本本都可以问出来，可是奥里维睡觉了。在下等阶级中，女人不但比男人高明，而且差不多永远支配男人。奥里维太太久已决定，遇到两位恩人冲突的时候她应当怎么办，她认定玛奈弗太太的势力更大。

“认得？……不，我从来没有见过这个人！……”

“怎么！玛奈弗太太的表兄从来没有来看过她，在杜扬南街？”

“啊！她的表兄！……”奥里维太太嚷道。“说不定他来过，可是我刚才没有认出来。下一次，先生，我一定留神……”

“他等会要下来的，”男爵打断了奥里维太太的话。

“他早走啦，”奥里维太太这时全明白了，“车子不在这儿啦……”

“你看见他走吗?”

“怎么不看见?他对他的跟班说:上大使馆!”

这个语气,这番保证,使男爵不胜欣慰的叹了一口气,他抓着奥里维太太的手握了一握。

“谢谢你,奥里维太太;可是还有……还有克勒凡先生。”

“克勒凡先生?您这是什么意思?我不明白。”

“你听我说!他爱着玛奈弗太太……”

“不会的,男爵!不会的!”她合着一双手。

“他爱着玛奈弗太太!”男爵一口咬定。“我不知道他们怎么办的;可是我要知道。要是你查出他们私情的线索,包你儿子当公证人。”

“男爵,别这样多心,”奥里维太太说,“太太是爱您的,而且只爱您一个;她的佣人知道得清清楚楚,我们都说您是世界上最有福的人,因为,不用说啦,您知道太太好到怎么样……啊!真是太好了!……她每天十点钟起床;她吃早饭,过后她花一个钟点梳妆,这样就到了下午两点;那时她上蒂勒黎花园散步,那是无人不知,无人不晓的,到四点她回家等您来……噢!这些都安排得像时钟一样。她什么事都不瞒她的贴身老妈子,她的贴身老妈子兰纳又什么事都不瞒我。是的,兰纳不会瞒我的,因为她对我儿子很好……所以您瞧,要是太太跟克勒凡先生有什么不清不楚,我们一定会知道的。”

男爵满面红光的回到玛奈弗太太那儿,以为这个下贱的娼妇,跟海中的美人鱼一样狡诈、一样美丽、一样有风情的尤物,只爱他一个人。

克勒凡与玛奈弗正开始第二局比盖。克勒凡当然是输的,像一切心不在焉的赌客一样。玛奈弗知道区长心不在焉的原因,老实不客气趁火打劫:他先偷看要抓的牌然后换牌;先偷看对家手里的牌然后出张。每把输赢是一法郎,男爵回进去时他已经刮了区长三十法郎。

“嗯,只有你们两个吗?那些人呢?”男爵很奇怪没有一个旁人在场。

“你的好脾气把大家都吓跑了,”克勒凡回答说。

“不是的,那是为了我女人的表哥,”玛奈弗插嘴道。“他们以为华莱丽和亨利分别了三年,应当多谈谈,所以很识趣的溜了……要是我在,我会把他们留下的;可是也不行,李斯贝德每次都是十点半来招呼喝茶的,她一闹病,什么都弄糟啦……”

“李斯贝德真的不舒服吗?”克勒凡气冲冲的问。

“人家这么说就是,”玛奈弗不关痛痒的态度,表示他根本不把女人当做人。

区长望了望钟，算出男爵在贝德那儿耽搁了三刻钟。看到于洛的得意，克勒凡觉得埃克多，华莱丽，和李斯贝德都有嫌疑。

“我刚看过她，可怜的姑娘病得很凶。”男爵说。

“好朋友，你这红光满面的气色，倒像是幸灾乐祸似的。据说你的女儿是承继她的是不是？你简直换了一个人。你走的时候脸色像奥赛罗，回来像圣·泼栾圣·泼栾为卢梭小说《新哀络绮思》中的男主角，为于丽的情人……我倒很想瞧瞧玛奈弗太太的脸……”

“你这些话是什么意思？”玛奈弗理好了牌往克勒凡前面一放。

这个四十七岁就形销骨立的家伙，死气沉沉的眼睛居然发出光来，冷冰冰软绵绵的腮帮透出一些黯淡的颜色，没有牙齿的嘴巴张开一半，灰黑的舌头上堆着一泡白沫，像铅粉又像干酪。脓包这一发火，把区长吓坏了；他已经是命若游丝，决斗的时候大不了一拼完事，不像克勒凡冒着整个身家财产的危险。

“我说，”克勒凡回答，“我想瞧瞧玛奈弗太太的脸，而且我并没说错，你瞧你现在的脸多难看。真的，你丑死了，亲爱的玛奈弗……”

“你可知道你不客气吗？”

“四十五分钟赢了我三十法郎的人，我才不会觉得他好看呢。”

“啊！要是你十七年前看到我……”

“那时你是小白脸吗？”克勒凡问。

“就为这个我倒了楣，要是长得跟你一样，我也当上议员当上区长了。”

“对，”克勒凡笑道，“你跟妖精打架打得太多了。人家拜财神去求金银，你却是拜了媒婆讨药吃！”

克勒凡说罢哈哈大笑。玛奈弗失了面子会生气，对这一类粗俗恶劣的玩笑却不以为忤；那是他和克勒凡针锋相对说惯的。

“不错，我吃了女人的大亏；但是老实说，今朝有酒今朝醉，管它寿长寿短，那是我的口诀。”

“我可是喜欢福寿双全的，”克勒凡回答。

玛奈弗太太进来，看见丈夫跟克勒凡打着牌，连男爵一共只有三个人；她一眼之间就摸到区长的心事，立刻定下了步骤。

“玛奈弗，我的乖乖！”她过来靠着丈夫的肩膀，把美丽的手指撩拨他灰得邋里邋遢的头发，撩来撩去也盖不了他的脑袋。“夜深了，你该睡了。你知道明天要吃泻药，医生吩咐的，七点钟兰纳就得端药茶给你……你想活下去，就得放下你的比盖……”

“咱们算五分吧？”玛奈弗问克勒凡。

“行，我已经有两分了。”

“这一场还有多少时候？”华莱丽问。

“十分钟。”

“十一点啦。真是，克勒凡先生，你好像要把我丈夫害死似的。至少快一点吧。”

这句双关话教克勒凡，于洛，连玛奈弗自己都笑起来。

“你出去，亲爱的，”华莱丽咬着埃克多的耳朵，“到华诺街上去溜一会，等克勒凡出了门你再回来。”

“我还是从正门里出去，打盥洗室走到你房里；你教兰纳替我开门。”

“兰纳在楼上招呼贝德。”

“那么我上贝德那儿等好不好？”

这两个办法对华莱丽都有危险。她算好要跟克勒凡有一番口舌，不愿意于洛待在房里把话听去……贝德那儿又有巴西人等着。

“哎哟，你们这些男人，心血来潮的时候，走不进屋子，就恨不得把屋子都烧掉。贝德那个样子怎么能招留你呢？……你怕在街上伤风，是不是？……去吧，要不就不用来啦！……”

“各位再见，”男爵提高嗓子招呼了一声。

老人的自尊心禁不起一激，他决定拿出老当益壮的气概到街上去等。因此他就出去了。

玛奈弗预备去睡觉了，装作亲热的样子抓着老婆的手，华莱丽跟他握手时做了一个暗号，意思是说：“替我把克勒凡打发走！”

“克勒凡，再见。别跟华莱丽坐得太久啊。我是很嫉妒的……我妒性发得晚，可是来势不小……我等会再来看你有没有走。”

“咱们有点生意要谈，我不会待久的，”克勒凡回答。

“说话轻一点！你要什么？”

华莱丽两句话是两种口气，她又高傲又鄙薄的瞪着克勒凡。

克勒凡，替华莱丽卖过多少力，想拿来丑表功的，吃不住她盛气凌人的眼睛一瞪，马上又变得卑躬屈膝。

“那个巴西人……”

克勒凡给华莱丽满面瞧不起的，目不转睛的瞪着，吓得说不下去了。

“怎么呢?”她说。

“那个老表……”

“不是老表。在众人前面，在玛奈弗前面，他才是老表。即使他是我的情人，也轮不到你开腔。一个市侩买一个女人来报仇，在我看，还比不上一个出钱买笑的男人。你根本不是爱我，只认我是于洛的情妇。你买我，就像买一支手枪打你的敌人一样。我需要钱，我就卖了!”

“你没有履行交易的条件，”克勒凡恢复了生意人面目。

“啊！你要向于洛揭穿你抢了他的情妇，表示你报了玉才华的仇?……这就是你卑鄙的证据。你嘴里说爱我，当我公爵夫人，实际你是要丢我的脸！哼，朋友，你想得不错，我这个女人比不上玉才华。她不怕出丑，而我，我只能作假，只配抓到广场上去揍一顿。唉！玉才华有她的本领跟财产做保障。至于我，唯一的武器只有规矩本分四个字：至今我还是一个有头有脸，恪守妇道的女人；给你一张扬，我怎么办?我有钱的话，倒也罢了！可是眼前我至多只有一万五千进款，对不对?”

“比这个多得多呢，两个月到现在，我把你的积蓄在奥莱昂铁路股票上赚了一倍。”

“嗯，在巴黎，要人家敬重，起码得有五万法郎进账。我下了台，你是毋须赔偿损失的。我要什么?要给玛奈弗升做科长；他可以有六千法郎薪水；已经服务了二十七年，再过三年，要是他死了，我可以拿到一千五百法郎的恩俸。你得了我多少好处，多少温柔，你竟等不及！……还亏你管这个叫作爱情!”

“即使我开场的时候别有用心，”克勒凡回答，“后来我的确死心塌地做了你的小猫小狗。哪怕你拿脚踩我的心，把我压扁了，吓坏了，我还是爱你的，我从来没有这样的爱过别人。华莱丽，我爱你像爱赛莱斯丁纳一样！为了你，我可以不顾一切……嗳！咱们太子街的约会不妨从一星期两次增加到三次。”

“哎哟！你返老还童了，好家伙……”

“让我把于洛赶走，羞辱一顿，替你打发掉，”克勒凡不理会她的刻薄话，自顾自说下去，“别再让巴西人进门，你整个儿交给我，包你不会后悔。我可以马上给你利息八千法郎的终身年金，五年之后，你对我不变心的话，再把产权过户给你……”

“老是生意经！赠送一道，布尔乔亚竟永远学不会！你想一辈子拿了存折，把爱情一节一节的收买过来，像驿站上换马似的！……啊！掌柜的，卖头发油的！你样样东西都要贴上标签！埃克多告诉我，埃罗维公爵把利息三万法郎的存单送给玉才华的时候，是放在杂货商的三角包里的！哼，我胜过玉才华十倍！啊！爱情啊！”她拈着头发卷儿照镜子。“亨利是爱我的，只要我眼珠一转，他会捻死你像捻死一只苍蝇似的！于洛也爱我的，他让老婆睡草垫！得了吧，你去做你的好爸爸吧。哦！你除了原有的家私，还有三十万法郎做寻欢作乐的资本，简直是一笔私蓄，而你还在一心一意加增这个数目……”

“为了你啊，华莱丽！我现在就送一半给你！”他说着跪了下来。

“吓，你还在这里！”鬼怪似的玛奈弗穿着睡衣出现了。“你这是干什么呀？”

“他侮辱了我向我讨饶。他看到无计可施，想拿钱来收买我……”

克勒凡恨不得像戏台上一样，有扇门让他一钻钻到台下去。

“起来吧，亲爱的克勒凡，”玛奈弗笑着说，“你这样成何体统！看华莱丽的神气，我知道是没有危险的。”

“你去放心睡觉吧，”玛奈弗太太说。

克勒凡心里想：“她真机灵，真了不起！她救了我！”

玛奈弗回进卧房，区长便抓起华莱丽的手亲吻，掉了几滴眼泪在她手上，说道：

“全部给你吧！”

“哎，这才叫作爱情，”她咬着他的耳朵。“那么以德报德，我也拿爱情回敬你。于洛在下面街上。可怜的老头儿，等我在窗口摆上一枝蜡烛就进来。我现在允许你去告诉他，你是我唯一的爱人；他一定不信，那时你带他上太子街，拿证据给他看，奚落他一场；我允许你这么做，我命令你这么做。老东西好不讨厌，惹我心烦。你把他留在太子街过夜，细磨细琢的收拾他，报你玉才华的仇。于洛也许会气死；可是咱们救了他的妻子儿女，免得他们家破人亡。于洛太太在做工过日子呢！……”

“噢！可怜的太太！太惨了！”克勒凡露出了一点慈悲的本性。

“要是你爱我，赛莱斯丁，”她把嘴唇碰了一下克勒凡的耳朵，轻轻的说，“你得留住他，要不我就糟了。玛奈弗起了疑心，埃克多身边有大门钥匙，打算回来的！”

克勒凡把玛奈弗太太搂在怀里，快活之极的出去了：华莱丽依依不舍的送他到楼梯口；然后，好似受着磁石的吸引，一直陪他到二楼，又一直送到楼梯下面。

为了你啊，华莱丽！我现在就送一半给你！

“我的华莱丽！你上去，不能落在看门的眼里！……你去呀，我的性命财产都是你的了……我的公爵夫人，你上去呀！”

大门关上，华莱丽轻轻的叫奥里维太太。

“怎么，太太，你在这里！”奥里维太太不由得愣住了。

“把大门上下的销子都插上，今晚别再开门。”

“是，太太。”

插上销子，奥里维太太把男爵想收买她的事对华莱丽讲了一遍。

“你对付得好，我的奥里维，咱们明儿再谈。”

华莱丽像箭头似的奔上四楼，在李斯贝德门上轻轻敲了三下，然后回到屋里吩咐兰纳，对一个刚从巴西来的蒙丹士，一个女人决不肯错过机会的。

“呕！呕！只有大家闺秀才会这样的爱！”克勒凡对自己说，“她走下楼梯，楼梯就给她的眼睛照得发亮，她身不由主的跟着我呢！玉才华从来没有这一手！……玉才华，真是狗皮膏药！”他又露出跑街的口吻。“我说什么？啊，狗皮膏药……天哪！有朝一日我在王宫里也会说溜了嘴呢……真的，华莱丽要不把我教育起来，我简直上不了台……还念念不忘想充大佬！……啊！了不起的女人！她冷冷的把我眼睛一瞪，我就七荤八素，像害了肚子疼……喝，何等的风度，何等的机灵！玉才华从来没有使我这样的动过感情。还有多少难画难描的妙处！……啊！是了，那边不是我的老伙计吗？”

他在巴比仑街的暗陬瞥见高个子的于洛①，微微伛着背，沿着一所正在盖造的屋子溜过去；克勒凡径自奔上前去。

“你早，男爵，已经过了半夜了，朋友！你在这儿干什么呀？……淋着毛毛雨散步，在咱们这年纪可是不行的。我好心劝你一句：大家回府算了吧；老实告诉你，窗口的蜡烛火不会出现的了……”

听到最后一句，男爵才觉得自己有了六十三岁，也发觉大氅已经淋湿。

“谁告诉你的？”

“华莱丽啊，不是她还有谁？咱们的华莱丽现在只跟我一个人了。咱们这是一比一和局，男爵；你要举行决赛的话，我一定奉陪。你不能生气，你知道我有言在先，要报复的，你花三个月抢掉我的玉才华，我夺你

① 陬（zōu）：角落。

的华莱丽是花了……呃，这些甭提啦。现在我要独享权利了。可是咱们照样是好朋友。”

“克勒凡，别开玩笑，”男爵气得声音都喊不出，“这个事儿是性命进出的。”

“咦！你这么来的！……男爵，你难道不记得，奥当斯出嫁的时候你对我说的话吗？——难道两个老少年为了一个女人吵架吗？那多俗气，多小家子气！……——咱们是，不消说，摄政王派，蓝衣派，篷巴杜派，18世纪派，岩洞派，黎希留元帅派，可以说是‘男子可畏’派！……”

克勒凡尽可把这一套文学名辞搬弄下去，男爵听着他，像一个刚开始听不见声音的聋子。在煤气灯下看见敌人的脸发了白，胜利者才闭上嘴。在奥里维太太那番声明之后，在华莱丽瞟着他的最后一眼之后，这一下对男爵真是晴天霹雳。

“我的天！巴黎有的是女人！……”他终于叫了起来。

“当初你把玉才华抢去以后，我对你就是这么说的，”克勒凡回答。

“哎，克勒凡，这是不可能的……你拿出凭据来……我有大门的钥匙能随时进去，你有吗？”

男爵走到屋子前面，把钥匙插进锁孔，可是纹风不动，他推了一阵也是无用。

“别深更半夜的惊动四邻了，”克勒凡很安静的说，“呵，男爵，我的钥匙比你的好得多呢。”

“拿证据来！拿证据来！”男爵痛苦得快要发疯了。

“跟我来，我给你证据。”克勒凡回答。

于是依照华莱丽的吩咐，他带了男爵穿过希勒冷－贝丁街，向河滨大道走去。倒霉的参议官走在路上，仿佛一个明天就得宣告破产的商人。华莱丽的心术坏到这个地步，他怎么也想不出理由；他以为落了人家什么圈套。走过王家大桥，他看到自己的生活那么空虚，那么不堪收拾，债台高筑，搅得一团糟，他几乎动了恶念，想把克勒凡推到河里，然后也跟着跳下。

到了当时街面还没有放宽的太子街，克勒凡在一扇便门前面停下。门内是一条走廊，地下铺着黑白两色的石板，旁边有一列柱子，走廊尽头是楼梯间和门房，像巴黎许多屋子一样靠里面的小天井取光。这天井跟邻居的屋子是公用的，可是半边大半边小，分配很不平均。正屋是克勒凡的产业，后面有几间厚玻璃盖顶的偏屋，因为紧靠邻屋，不能起得太高。突出的楼梯间与门房，把几间偏屋完全遮掉，在外面一点儿看不见。

偏屋一向租给临街两个铺面之中的一个，派作堆栈，工场，和厨房之用。克勒凡把这三间屋子收回，教葛兰杜改成一个经济的小公馆。进口有两处，一处是街面上那个卖旧家具的铺子，那是房租低廉而论月的，预备房客不知趣的时候好随时撵走；一处是长廊墙上有扇非常隐蔽，差不多看不出的门。小公寓包括饭厅，客厅，和卧室，都从上面取光，一部分造在克勒凡的地上，一部分造在邻居的地上。除了卖旧家具的商人以外，房客都不知道有这个小天堂存在。给克勒凡收买好的看门女人，是一个出色的厨娘。夜里无论什么时候，区长先生可以在这所经济的小公馆里出入，不用怕人家刺探。白天，一个女人穿得像上街买东西的模样，拿了钥匙，可以毫无危险的走进克勒凡那儿；她看看旧货，还还价，在铺子里进去出来，万一给人家碰上了也不会引起疑心。

等到克勒凡点上小客厅的烛台，男爵对着那个精雅华丽的场面愣住了。老花粉商把屋子的装修全权交托给葛兰杜，老建筑师拿出全副本领，设计成篷巴杜式，一共花了六万法郎。

“我要把这个地方收拾得使一个公爵夫人都要出惊……”克勒凡对葛兰杜说。

他要有一所巴黎最美的乐园供养他的夏娃，他的大家闺秀，他的华莱丽，他的公爵夫人。

“一共有两张床。”克勒凡指着一张便榻对于洛说，便榻下面，像柜子的大抽斗似的可以拉出一张床，“这里一张，卧室里还有一张所以咱们俩好在这儿过夜。”

“证据呢？”男爵问。

克勒凡端起烛台把朋友带进卧房。在双人沙发上，于洛瞥见华莱丽的一件漂亮睡衣，在华诺街穿过的。区长在一口嵌木细工的小柜子上拨了一下暗锁，掏了一会，找出一封信交给男爵：“你念吧。”

男爵接过一张铅笔的便条，写的是：“我白等了你一场，你这个老糊涂！像我这样的女人决不等一个老花粉商的。又没有预备下饭菜，又没有纸烟。我要你赔偿损失。”

“不是她的笔迹吗？”

“我的天！”于洛垂头丧气坐了下来。“她所有动用的东西都在这儿，噢，她的睡帽，她的软底鞋。哟！哟！告诉我，从什么时候起的？……”

克勒凡会心的点点头，在嵌木细工的小书桌内翻出一堆文件。

“你瞧，朋友！我是1838年12月付的包工账。前两个月，这座美丽的小公馆已经落成。”

参议官把头低了下去。

“你们怎么的？她一天所花的时间，每个钟点我都知道的。”

“那么蒂勒黎花园的散步呢？……”克勒凡搓着手，得意的很。

“怎么？……”于洛张着嘴合不拢来。

“你所谓的情妇上蒂勒黎花园，从一点散步到四点是不是？可是眼睛一霎，她在这儿啦。你该记得莫利哀的戏吧①？告诉你，男爵，你的绿头巾一点也不虚假莫利哀有一出趣剧，叫作《幻想的绿头巾》。”

于洛无可再疑了，他沉着脸一声不出。凡是聪明强毅的男人，遭了祸事都会自己譬解的。精神上，男爵好似一个黑夜里在森林中找路的人。不声不响的发愁，消沉的气色的变化，一切都教克勒凡担上心事，他并不要他的合伙老板送命。

“我对你说过了，朋友，咱们这是一比一，来决赛吧。你要不要决赛，嗯？谁有本领谁赢！”

“为什么，”于洛自言自语的说，“为什么十个漂亮女人至少七个是坏的？”

男爵心绪太乱，无法解答这个问题。美，是人类最大的力量。而一切力量，要没有平衡的势力，没有阻碍而自由发挥的话，都会走上漫无限制与疯狂的路。所谓专制，便是滥用权力。女人的专制则是她想入非非的欲望。

“你没有什么好抱怨，老伙计，你有着最漂亮最贤德的妻子。”

“这是我的报应，”于洛对自己说，“我不知道赏识太太的好处，使她受苦，而她是一个天使！噢！可怜的阿特丽纳，人家代你报了仇！她一声不出，孤零零的在那里熬着痛苦，她才值得我敬重，值得我爱，我应该……唉，她还是那么美，那么纯洁，又跟少女一样了……呕，几曾看见过一个女人比华莱丽更贱，更卑鄙，更下流的？”

“她是一个女棍，一个淫妇，应该抓到夏德莱广场上去抽一顿。可是好朋友，倘使我们真是蓝衣派，黎希留元帅派，篷巴杜派，杜·巴里派，十足地道的18世纪派，那么我们的世界上是根本不该有警察的。”

“怎么样才能博得人家的爱呢？……”于洛自言自语的发问，根本不

---

① 莫利哀：法国喜剧作家莫里哀（Molière，1622—1673）的旧译。

听克勒凡的话。

“唉，朋友！要人家爱就是我们的糊涂，”克勒凡说，“她对我们不过是敷衍敷衍，因为玛奈弗太太比玉才华还要坏一百倍……”

“而且更贪！她教我花了十九万两千法郎！”

“多少生丁呢？”克勒凡摆出银行家的架子，觉得这数目还渺乎其小。

“你明明不是爱她。”男爵伤心的说。

“我吗，我受用得够了，她刮了我三十多万呢！……”

“这些都花到哪儿去了？”男爵把手捧着脑袋。

“要我们齐了心，学那些青年人的办法，合伙凑点钱养一个便宜的婊子，决计花不了多少……”

“这倒是一个主意！”男爵回答，“唉，她老欺骗我们；胖老头，你觉得那巴西人是怎么回事？……”

“啊！老油子，你说得不错，咱们都受了骗，像……像公司里的股东一样！……所有这些女人都是不出面的老板！”

“那么窗口的蜡烛等等是她跟你说的了？”

“我的好家伙，”克勒凡摆好了姿势，“咱们都做了冤大头！华莱丽是一个……她要我留你在这里……我明白得很……她留着她的巴西人……啊！我不要她了，你抓住她手，她就用脚来要你！吓！真是下流坯！不要脸！”

“她比娼妓还不如，”男爵说，“玉才华，贞妮·凯婷，还有权利欺骗我们！她们原是拿卖笑当职业的！”

“可是她呀，她装作圣女，装作贞节！喂，于洛，你还是回到太太跟前去，你的事搅得很糟，外面说你有些借票落在一个放印子钱的伏维奈手里，他是专门向婊子们放债的。至于我，良家妇女的味道也尝够了。在咱们这年纪，还要这些妖精干什么？老实说，要她们不欺骗我们是绝对办不到的。男爵，你已经有了白头发，装了假牙齿。我吗，我的神气像小丑。还是去揽我的钱吧，钱决不欺人。每半年开一次的国库，固然对大家都一视同仁，但它至少给你利息，而这个女人却吃你的利息……跟你，我的老伙计，我可以平分秋色，满不在乎；可是一个巴西人，说不定带些要不得的殖民地货色来呢……”

“女人真是一个不可解的谜！”男爵说。

“我能够解答：咱们老了，巴西人又年轻又漂亮……”

“是的，不错，我承认我们老了。可是，朋友，这些妖艳的娘儿们脱衣服的时候，眼睛骨碌碌的打转，一边卷头发一边从手指缝里对你乖乖的笑一笑，她们挤眉弄眼，花言巧语，看我们忙着正经，便说我们爱她爱得不够，想尽方法教我们分心。这种美人儿，试问怎么丢得下？”

“是啊，这是人生唯一的乐趣……”克勒凡嚷道，“啊！一张小娃娃似的脸对你笑着，对你说：我的亲亲，你知道不知道你多可爱！我的确跟旁的女人不同，不像她们专爱小白脸，爱那些抽烟的，像下人一样俗气的人！他们依仗年轻，总是又狂又骄傲！……一下子来了，道了一声好又不见了。我吗，你以为我轻佻，我可不要那些小娃娃，宁可挑五十上下的男人，他们有长性，他们忠心，知道一个女人是不容易找到的，他们会赏识我们的好处……所以我爱你啊，你这个坏东西！……——她们说着还加上一大套千娇百媚的做功……吓！就像市政会议的节目一样虚假……”

“假话往往比真话好听，”男爵看着克勒凡学做华莱丽的神气，回想到她几幕迷人的表演。“编造谎话，在戏装上缝些发亮的铜片，总是下过一番功夫的……”

“而咱们就是勾上了这些女骗子！”克勒凡恶狠狠的说。

“华莱丽是一个仙女，”男爵嚷道，“她使我们返老还童……”

“啊！是的，她是一条你抓握不住的鳗鲤，但是一条最好看的鳗鲤，又白又甜，像糖一样！而且精灵古怪，花样百出！啊！”

“是呀，是呀，她真是机灵！”男爵再也想不起他的太太了。

两位同事睡觉的时候，成了世界上最好的朋友，互相把华莱丽的妙处一件一件的想起来，想起她声音的抑扬顿挫，她的撒娇，她的手势，她的怪腔怪调，她的捉摸不定的念头和捉摸不定的感情；因为这个爱情的艺术家颇有些兴往神来的表演，仿佛一个歌唱家有一天会唱得比另一天更好。两人温着迷人的春梦，在地狱的火光照耀之下睡熟了。

下一天早上九点，于洛说要上部里办公，克勒凡有事要下乡，他们一同出门，克勒凡向男爵伸着手说：

“你不会跟我过不去吧？咱们俩谁都不再想玛奈弗太太了。”

“噢！完啦完啦！”于洛表示不胜厌恶。

十点半，克勒凡三脚两步爬上玛奈弗太太家的楼梯。他发现那混账女人，那迷人的妖精，穿着妖冶的便装，跟亨利·蒙丹士·特蒙德耶诺男爵和李斯贝德，一同吃着精美的早餐。克勒凡虽然看到巴西人觉得不大好受，却照样请玛奈弗太太给他两分钟时间，让他面奏机密。华莱丽带了克勒凡走进客厅。

“华莱丽，我的天使，”痴情的克勒凡说，“玛奈弗是活不久的；要是你对我忠实，等他一死，咱们就结婚。你考虑考虑吧。我替你把于洛打发掉了……你估计一下，巴西人是不是抵得了一个巴黎的区长，他为了你预备爬上最高的位置，眼前已经有八万以上的进款了。”

“让我考虑一下吧。我两点钟到太子街再谈；可是你得乖乖的！并且，别忘了昨天答应我的款子。”

她回到饭厅，背后跟着克勒凡，他很高兴想出了独占华莱丽的办法；可是在他们短短的谈话期间，于洛男爵也为了同样的计划来到了。参议官像克勒凡一样要求面谈片刻。玛奈弗太太站起身子回进客厅，对巴西人笑了一笑，意思是说：“他们都疯了，难道他们都不看见你吗？”

“华莱丽，”参议官开口道，“我的孩子，这老表是美洲的老表……”

“噢！不用提了！”她截住了男爵的话。“玛奈弗从来不是，将来也不是，也不可能再是，我的丈夫了。我第一个爱的、唯一的男人，出其不意的回来了……这不是我的错！可是你把亨利跟你自己仔细瞧一瞧吧。然后你再问问自己，一个女人，尤其她真有爱情的时候，她该怎么挑。朋友，我不是人家的外室。从今天起，我不愿意再像苏查纳一样服侍两个老头儿了。要是你舍不得我，你跟克勒凡可以做我们的朋友；可是一切都完了，我已经二十六，从此我要做一个圣女，做一个端庄贤德的女人……像你的太太那样。”

“原来如此！嘿！你这样对我，我这次来倒像教皇似的，预备宽宏大量，样样都原谅你呢！……那么好，你的丈夫永远不会当科长，也不会得四等勋章……”

“咱们等着瞧吧！”玛奈弗太太用一副异样的神情望着于洛。

“咱们先别生气，”于洛绝望之下又说，“我今晚再来，咱们好商量的。”

“只能在李斯贝德那里……”

“就李斯贝德那里！……”痴愦的老人回答。

于洛和克勒凡一同下楼，闷声不响直到街上；到了阶沿，彼此望了望，苦笑一下。

“咱们是两个老疯子！……”克勒凡说。

“我把他们撵走了，”玛奈弗太太重新坐上饭桌对贝德说，又对亨利·蒙丹士笑着，“除了我的豹子以外，我从来没有爱过别人，也永远不会爱别人。李斯贝德，我的孩子，你不知道吗？……我为了穷而堕落的事，亨利都原谅了。”

“那是我的错，”巴西人说，“我早该汇十万法郎给你的。”

“好孩子！”华莱丽嚷道，“我那时该做工的，可是我的手天生的不配做活……你问问李斯贝德吧。”

巴西人出门的时候是世界上最快乐的男人。

中午，华莱丽和李斯贝德在富丽堂皇的卧室里谈话，那个阴险的巴黎女人，正在把她的装扮加一番最后的润色。房门闩上，门帘拉严，华莱丽把晚上、夜里、早上的经过，从头至尾说了一遍。说完了，她问贝德：

“你听了满意吗，我的宝贝？将来我怎么办，做克勒凡太太，还是蒙丹士太太？你看怎么样？”

“克勒凡以他那样的荒唐，决不能活过十年，蒙丹士可年轻。克勒凡大概能给你三万法郎进款。让蒙丹士等罢，他做了你的心肝宝贝，也该知足了。这样，到三十三岁光景，我的孩子，你保养得漂漂亮亮的，再嫁给你的巴西人，凭了六万法郎的进款，你一定能当个数一数二的角色，何况还有一个元帅夫人替你撑腰……”

“不错，可是蒙丹士是巴西人，永远干不出大事来的。”

“我们这时代是铁路的时代，”李斯贝德回答，“外国人在这儿早晚都得抖起来的。”

“等玛奈弗死了，我们再看着办吧。他的病也拖不久的了。”

“他的老毛病正是他的报应……呃，我要上奥当斯家去了。”

“好，你去吧，”华莱丽回答说，“替我把艺术家找来！三年功夫进不了一尺一寸，咱们两人也够丢脸的了！文赛斯拉和亨利，我的痴情就只有两个对象。一个是为了好玩，一个是为了爱情。”

“今天你多美！”贝德过来搂着华莱丽的腰，亲了亲她的额角。

“你所有的快乐，财产，装扮……我看了都觉得高兴，自从咱们结了姊妹那一天起，我才有了真正的生活……”

“等一下，你这个雌老虎！”华莱丽笑着说，“你的披肩歪着呢……教了你三年，还不会用披肩，亏你还想当于洛元帅夫人！……”

九

穿着薄呢小靴，灰色丝袜，上等料子的绸衣衫，头上盘着发辫，戴一顶黄缎夹里的丝绒帽，李斯贝德穿过安伐里特大街往圣·陶米尼葛街走去，一路盘算奥当斯的刚强能否因气馁而屈服，也考虑文赛斯拉的爱情，能否因斯拉夫人的杨花水性到了无所不为的阶段而动摇。

奥当斯和文赛斯拉住着一个楼下的公寓，在圣·陶米尼葛街尽头，快到安伐里特广场的地方。这屋子从前是度蜜月最合适的场所，现在却半新半旧，家具陈设都到了秋季。新婚夫妇是最会糟蹋东西的，他们无意之中糟蹋周围的一切，像糟蹋他们的爱情一样。一味的自得自满，他们想不到将来，那是真要担上了儿女的责任才操心的。

李斯贝德到的时候，奥当斯刚刚把小文赛斯拉穿好衣服，带到花园里。

“你好，贝姨。”奥当斯自己来开门。厨娘买东西去了；收拾屋子兼管孩子的女仆正在洗衣服。

“你好，亲爱的孩子，”李斯贝德拥抱了奥当斯，“文赛斯拉是不是在工场里？”她又咬着耳朵问。

“不，他跟史底曼和夏诺在客厅里谈话。”

“咱们别跟他们在一块儿行吗？”

“来，到我房里去。”

卧房墙上白地红花绿叶的波斯绸，给太阳久晒之下，和地毯一样褪色了。窗帘好久没有洗过。满屋子的雪茄烟味。文赛斯拉既是天生的贵族，又成了艺术界的巨头，把烟灰到处乱弹，沙发的靠手上，最美丽的家具上，触目皆是，显得他是家庭中的宠儿，可以为所欲为，也表示他有钱，毋须爱惜东西。

“好，谈谈你的事情吧，”贝德看见漂亮的甥女倒在椅子里不出一声，“怎么啦，孩子？你脸上没有血色。”

李斯贝德穿过安伐里特大街往圣·陶米尼葛街走去

“外面新登了两篇文章，把文赛斯拉攻击得体无完肤；我看了就藏了起来，免得他灰心。人家说蒙高南元帅的大理石像糟透了，他们恶毒得很，故意赞美浮雕部分，恭维文赛斯拉的装饰天才，借此加强他们的意见，说正宗的艺术是与他无缘的。史底曼禁不住我苦苦央求，说了老实话，他承认他的意思跟一般艺术家，批评家，和公众的舆论完全一致。中饭以前他在花园里对我说：要是文赛斯拉在明年的展览会中拿不出一件精品，他就得放弃大型的雕塑，只做一些小品，小人像，首饰，珍玩，和高等金银细工！——这个判决使我难受极了，因为文赛斯拉永远不肯接受这个意见的，他有多多少少美妙的理想……”

“可是我们不能拿理想去开发伙食账呀，”李斯贝德插言道，“我从前跟他说得舌敝唇焦……付账是要钱的。而钱是要靠做成的东西换来的，做成的东西又要讨人喜欢才有人买。要谋生，雕刻家的工作台上摆什么群像人像，还不如有一个火把座子，壁炉前面的挡灰架子等等的模型；因为这些东西是人人需要的，不比人物的像要等上几个月才能碰到一个收藏家，换到钱……”

“你说得不错，亲爱的贝姨！你跟他说吧；我，我没有勇气……况且像他对史底曼说的，倘使他再去干装饰艺术，做小品雕塑，就得放弃学士院，放弃大创作，而凡尔赛，巴黎市，陆军部，给我们保留的三十万法郎工程，也就不用提啦。你瞧，那些想把工程抢过去的人，教人写出两篇该死的文章，使我们受到这样的损失。”

“可怜的孩子，这可不是你的理想啊！”贝德亲着奥当斯的额角，“你要他做一个在艺术界称霸的贵族，做一个雕塑界的领袖……是的，说来多好听……可是要做这样的梦，非得一年有五万法郎的进款，而你们现在只有两千五，在我活着的时候；将来我死了，你们也只有三千。”

奥当斯涌上几滴眼泪，贝德瞧着恨不得上去舐干，好像猫舐牛奶一样。

下面是他们初婚时期的简史，一般艺术家读了也许不无裨益。

劳心的工作，在智慧的领域内追奔逐鹿，是人类最大努力之一。在艺术中值得称扬的——艺术二字应当包括一切思想的创造在内——尤其是勇气，俗人想象不到的勇气，而我这番说明也许还是第一次。受着贫穷的压迫，受着贝德的钳制，好似一匹马戴上了眼罩，不能再东张西望，给这个狠心的姑娘、贫穷的代表、平凡的命运、鞭策之下，文赛斯拉虽是天生的诗人与梦想者，也居然从观念过渡到实践，不知不觉的跨过了艺术领域中的鸿沟。空中楼阁的设想一些美妙的作品，是挺有趣的消遣，好比吞云吐雾，抽着奇妙的雪茄，也好比荡妇过着随心所欲的生活。幻想中的作品，有着儿童一般的妩媚，有着欣欣向荣的喜悦，芬芳娇艳不下于鲜花，浆汁的饱满不下于未曾到口的美果。这便是所谓玄想和玄想的乐趣。凡是能用言语把胸中的计划形容出来的，已经算了不起的人。这种能力，一切艺术家与作家都有。可是生产、分娩、抚育，完全是另一件事。那是每天晚上喂饱了奶给孩子睡觉，每天早上以无穷的母爱去拥抱他，不怕肮脏的舐他弄他，永远把撕破的衣衫换上最漂亮的。换句话说，艺术家不能因创作生活的磨难而灰心，还得把这些磨难制成生动的杰作，是雕塑吧，要能和所有的眼睛说话；是文学吧，跟所有的智慧交谈；是绘画吧，唤起所有的回忆；是音乐吧，打动所有的心。要达到这些目标，便全靠制作和制作的苦功。手要时时刻刻的运用，要时时刻刻听头脑指挥。然而，正如爱情的有间歇性，头脑也不能随时随地都有创造的准备。

这种创作的习惯，可以叫作不知厌倦的母爱（拉斐尔最懂得这个伟大的天性），也可以叫作脑力方面的母性，是极难养成而极易丧失的。灵感，是天才的女神。她并不步履蹒跚的走过，而是在空中像乌鸦那么警觉的飞过的，她没有什么飘带给诗人抓握，她的头发是一团烈火，她溜的快，像那些白里带红的鹤，教猎人见了无可奈何。所以工作是一场累人的战斗，使精壮结实的体格一则以喜一则以惧，往往为之筋疲力尽。现代一个大诗人提到这种可怕的劳作时，说："我拿到工作就绝望，离开工作又难受。"世俗的人听着吧！如果艺术家不是没头没脑的埋在他的作品里，像罗马传说中的哥多斯冲入火山的裂口，像兵士不假思索的冲入堡垒；如果艺术家在火山口内不像地层崩陷而被埋的矿工一般工作；如果他对了困难呆着出神，而不是一个一个的去克服，像那些童话中的情人，为了要得到他们的公主，把层出不穷的妖法魔道如数破尽；那么，作品就无法完成，只能搁在工场里腐烂，生产不可能了，艺术家唯有眼看自己的天才夭折。洛西尼，这个与拉斐尔可称为兄弟行的天才，以他穷困的早年和他富裕的成年相比，就是一个显著的例子。伟大的诗人所以和伟大的军人得到同样的酬报，同样的桂誉，同样的桂冠，就为这个理由。

天性耽于幻想的文赛斯拉，在李斯贝德专横的控制之下，为了生产，学习，工作，消耗过多少精力，一朝享受到爱情与幸福，便立刻有了反响。他的本性又抬头了。斯拉夫民族的懒惰，闲散，优柔寡断，从前给老师的戒尺赶得无处存身的，此刻又舒舒泰泰的占据他的精神了。最初几个月，艺术家爱着妻子。奥当斯与文赛斯拉，逞着名正言顺的，幸福的，过度的爱情，疯疯癫癫的恣意享受。那时奥当斯第一个教文赛斯拉丢开工作，雕塑是她的情敌，她还为了战胜情敌而得意呢。可是艺术家一受女人的爱抚，他的才气就烟消云散，毅力会崩溃，强悍的意志会动摇。六七个月过去了，艺术家的手没有再拿凿子的习惯。等到生活的压迫使他非工作不可，等到纪念像委员会主席维森堡亲王，要看他的雕像了，文赛斯拉便搬出那句懒人的老话："我要开始了！"于是他胡扯一阵，天花乱坠的形容他的艺术计划，把奥当斯听得出神，更加爱她的诗人了。她心目中已经看到一座庄严伟大的蒙高南元帅像。当然蒙高南是刚强英武的理想化，骑兵的典型，像缪拉一样勇敢。吓！一看到这座雕像，等于看到了拿破仑全部的武功！而且是何等了不起的手法！稿图是容易设计的，铅笔是很听话的。

至于真正的人像，他先造出了一个可爱的小文赛斯拉。

赶到要上大石街工场去捏粘土，做一个雏形试一试的时候，打岔的事可就多啦：一下子为了亲王的时钟，非到法劳朗—夏诺工场去一趟不可，作品正在那里镂刻呢；一下子又是满天上云，光线不合；今儿有事出门，明儿家庭聚餐，且不提那些或是精神不得劲或是身体不得劲的日子，以及和娇妻说笑玩儿的日子，直要元帅维森堡亲王生了气，说事情要重新考虑了，才把他的模型逼了出来。又经过委员会几次三番的埋怨和措辞严厉的催促，才看到了石膏像。每做一天工作，史丹卜克回来总是非常疲倦，怨这种泥水匠的苦工，怨身体的不行。结婚第一年，家里还过得相当舒服。史丹卜克伯爵夫人对丈夫如醉如痴，在爱情满足而得意忘形之下，诅咒陆军部长；她亲自去见他，告诉他伟人的作品不能像大炮一般制造，政府应该像路易十四，法朗梭阿一世，雷翁十世那样听天才支配。可怜的奥当斯以为她臂弯中的男人是一个斐狄阿斯①，对文赛斯拉像母亲一样护短，把爱情变做了盲目的崇拜。

"你不用忙，"她对丈夫说，"我们的将来全靠这座像，你从从容容的，做出一件杰作来吧。"

她也上工场。痴情的史丹卜克便丢下工作，七小时中花了五小时对妻子描写他的雕像。这样，他一共花了十八个月方始完成这件他自以为的杰作。

---

① 斐狄阿斯：希腊大雕刻家。代表作有丘比特雕像。

浇好石膏以后，奥当斯眼见丈夫花了那么些精力，健康受了影响，把身体，手臂，手都折磨够了，当然觉得作品美极了。父亲根本不懂雕刻，男爵夫人也一样的外行，都大声叫好，说是杰作；陆军部长被他们请了来，受了他们的催眠，对于那座配着适当的光线，衬着绿布幔的石膏像，也表示满意。不幸在1841年的展览会中，这件作品在那般气不过文赛斯拉爬得太快的人嘴里，引起了一片嬉笑怒骂的批评。史底曼想从旁指点，文赛斯拉却认为嫉妒。奥当斯觉得报纸上的指摘全是醋意作怪。史底曼这个热心朋友，拉人写了几篇文章，驳斥那些批评，说从石膏翻成大理石的时候，雕塑家往往大加改削，所以将来还得拿出大理石像来展览。格劳特·维浓说："在石膏翻成大理石的过程中，往往精华变成糟粕，朽腐化为神奇。石膏像是手稿，大理石像是印好的书。"

两年半中间，史丹卜克造了一座人像和一个孩子。孩子是美妙绝伦，人像是不堪入目。

亲王的时钟与蒙高南像，还掉了青年夫妇的债。那时史丹卜克对于应酬，看戏，意大利剧院等等，都上了瘾。他关于艺术的讨论出神入化，在上流社会心目中，他是一个高谈阔论，以批评与说明见长的大艺术家。巴黎自有一般靠清谈过日子的天才，以博得交际场中的荣誉为满足。史丹卜克一味模仿这些迷人的太监，对工作一天天的厌恶。想开始一件作品的时候，他先看到所有的困难，教自己心灰意懒。灵感，那点子创造狂，一看到这个萎靡不振的情人便溜之大吉。

雕塑和戏剧一样，是一切艺术中最难而又最容易的。只消把一个模特儿依样葫芦的捏下来，便可成为一件作品；但是要给它一颗灵魂，把一个男人或女人造成一个典型，那简直和普罗曼德盗取天上的灵火一样困难。雕塑史上这一类的成功，是和大诗人同样寥寥可数的。弥盖朗琪罗①、弥盖·高仑、约翰·古雄、斐狄阿斯、帕拉西丹尔、波里克兰德、比越、加诺伐、亚尔倍·丢勒，和弥尔敦、维奚尔、但丁、莎士比亚、太斯、荷马、莫利哀等等都是兄弟行。雕塑的规模之大，只要一座雕像就能造成一个人的不朽，仿佛斐迦洛、勒佛莱斯和玛侬·雷斯谷，一个人物就足以使菩玛希，李查逊，和泼莱伏神甫名垂千古。浅薄的人（艺术家总是太重视他们的意见）说雕塑是只靠裸体存在的，从古希腊灭亡以后它就消灭了，

---

① 弥盖朗琪罗：米开朗琪罗（Michelangelo Buonarroti，1475—1564）的旧译，法国文艺复兴时期伟大的绘画家、雕塑家、诗人。

现代的服装使雕塑根本不可能。殊不知古代雕塑家的杰作中间，有的是全部穿衣的人像，如《波里尼》《于里》等，而这一类的作品，我们发现的还不及原来的十分之一。其次，真爱艺术的人不妨到翡冷翠去看看弥盖朗琪罗的《思想家》，到玛杨斯的大寺中去看看亚尔倍·丢勒的《童贞女》——在紫檀木上，在三重衣衫之下，雕出一个生动的女人，微波荡漾的头发，那种柔软的感觉决非人间的梳妆所能比拟。外行人看过之后，都会承认天才能够在衣服上，铠甲上，长袍上，留下一缕思想，给它们一个血肉之体，正如一个人在衣饰上能表现他的性格和生活习惯。关于这一点，在绘画上独一无二的成就只有拉斐尔。而雕塑所要实现的就是拉斐尔这种成就。要解决这个难题，只能靠有恒的，孜孜矻矻的工作①；因为物质的困难要绝对克服，手要不辞劳苦，磨炼得随心所欲，而后雕塑家方能和他所要表达的对象，那个不可捉摸的精神境界，肉搏。在小提琴上吐露心曲的巴迦尼尼，倘使三天不练习，他的乐器便会像他所说的，丧失它的音域：这是说明在琴，弦，弓，与他之间，有着极密切的关系；这一点关系破灭了，他就会突然之间变成一个普通的提琴家。持续不断的工作是人生的铁律，也就是艺术的铁律；因为艺术是最精醇的创造。所以伟大的艺术家与诗人，既不等订货，也不等买主，他们今天，明天，永远在制作，从而养成劳苦的习惯，无时无刻不认识困难；凭了这点认识，他们才和才气，才和他们的创造力打成一片。加诺伐是在工场中起居生活的，像服尔德在书斋中一样。荷马与斐狄阿斯，想来也是如此。

伟大的人物都走过了荒沙大漠，才登上光荣的高峰；文赛斯拉·史丹卜克被李斯贝德幽禁在阁楼上的时节，已经踏上那一段艰苦的路。可是幸福，借了奥当斯的面目，教诗人回复了懒惰，回复了一切艺术家的常态：因为他们的懒惰是胡思乱想，照样忙得很。那有如土耳其总督在后宫中的享受：他们溺于幻想，醉心于智慧的游戏。像史丹卜克一流的大艺术家，受着梦想的侵蚀，可以名副其实的称为梦想家。这批自我麻醉的瘾君子个个以穷途潦倒收场；但在冷酷的环境鞭策之下，个个可以成为大人物。而且这些半吊子的艺术家非常可爱，博得人人喜欢，个个恭维，比着有个性，有蛮劲，反抗社会成法的真正的艺术家，反而显得高明。因为大人物是属于他们的作品的。他们对一切的漠不关心，对工作的热诚，使愚夫愚妇把他们当作自私，因为大家要他们和花花公子穿起同样的衣服，过着随

① 孜（zī）孜矻（kū）矻：勤勉不懈。

波逐流而美其名曰循礼守法的生活。大家要深山中的狮子像侯爵夫人的哈巴狗一样的梳理齐整，洒上香水。这些很少对手而难得遇到对手的人，势必离群索居，与世隔绝，在大多数人眼里变得不可解了，而所谓大多数原是些傻瓜，愚夫愚妇，妒贤害能的人，与浅薄无聊的人。经过了这番分析，处在例外的大人物身旁，一个女人应该负起怎样的任务，你们可以明白了吧。她应当像五年中间的李斯贝德，再加上爱，又谦卑、又体贴、永远在那里侍候着、微笑着的爱。

奥当斯鉴于母亲的痛苦，受着贫穷的压迫，终于后悔无及的，发觉了她过度的爱情无意中所犯的错误。但她不愧为她母亲的女儿，一想到要文赛斯拉受罪，她就心疼；她太爱他了，不能做她亲爱的诗人的刽子手，可是眼见悲惨的日子快要临到，临到她，她的孩子，和她的丈夫头上。

贝德看见姨甥的漂亮眼睛含着泪，便说："啊！啊！你不能绝望。你哭出一杯子眼泪也换不到一碗汤！缺多少呢？"

"五六千法郎。"

"我至多只有三千。此刻文赛斯拉在干什么？"

"有人出六千法郎，教他和史底曼合作，替埃罗维公爵做一套点心盘子。欠雷翁·特·洛拉和勃里杜两位的四千法郎，夏诺答应代付，那是一笔信用借款。"

"怎么？你们拿了蒙高南元帅纪念像和浮雕的钱，还没有还这笔债？"

"唉，这三年中间我们每年花到一万二，收入只有两千四。元帅的纪念像，除掉一应开支，净到手一万六。老实说，要是文赛斯拉不工作，我们的前途简直不堪设想。啊！要是我能够学会雕塑，我才会拼命去抓粘土呢，"奥当斯说着，伸出一双美丽的手臂。

由此可见少女并没在少妇身上变质。奥当斯眼睛发着光，依旧是那副刚强剽悍的性格；她的精力只能用来抱孩子，她觉得委屈。

"啊！亲爱的小乖乖，一个懂事的姑娘要嫁一个艺术家，必须等他发了财而不是在他要去发财的时候。"

这时她们听到史底曼和文赛斯拉的脚声和谈话，他们送走了夏诺，又回进屋子。史底曼，这个在新闻记者、有名的女演员和时髦的交际花中间走红的艺术家，是一个漂亮青年，因为华莱丽有心罗致，已经由格劳特·维浓引见过。史底曼刚和大名鼎鼎的匈兹太太分手，几个月以前她嫁了人，到内地去了。华莱丽和李斯贝德，从格劳特维浓嘴里听到这个消息，认为这个文赛斯拉的朋友大有拉拢的必要。可是史底曼为了避嫌疑，难得上史丹卜克家，而他和格劳特·维浓那次上华诺街，贝德又不在场，所以这一天贝德还是与他初次见面。她把这个知名的艺术家打量之下，发觉他望着奥当斯的那种眼神，很可能派他去安慰奥当斯，要是文赛斯拉欺骗太太的话。的确，在史底曼心中，倘使文赛斯拉不是他的老朋友，这位年轻的伯爵夫人倒是一个挺可爱的情妇；但是朋友的义气把这个欲望压下去了，使他不敢多到这儿走动。贝德注意到他那种拘谨的态度，正是男人见了一个不好意思调戏的女人的表示。

“这个青年人长得挺不错哪，”贝德咬着奥当斯的耳朵。

“真的？我从来没有注意到……”

“史底曼，我的好朋友，”文赛斯拉咬着他的耳朵说，“咱们之间不用客套，我有事跟这个老姑娘商量。”

史底曼向两位女士告辞之后，走了。

“事情谈妥了，”文赛斯拉送客回来说，“可是这活儿要花六个月功夫，咱们先得有六个月的粮食。”

“我有钻石呢。”年轻的伯爵夫人像一切疼爱丈夫的女子一样，拿出那种了不得的热诚。

文赛斯拉眼中亮出一颗眼泪。他坐下抱着妻子，回答说：

“噢！我会工作的。让我做些大路货应市，做一件订婚的礼物，或是做几座人物的铜雕……”

“亲爱的孩子们，”李斯贝德说，“你们将来是承继我的，我一定留一笔大大的财产给你们，要是你们肯促成我跟元帅的亲事——而且事情倘使成功得早，你们跟阿特丽纳都可以寄饭在我家里。啊！咱们可以快快活活的一块过日子。至于眼前，听我一句老经验的话：千万不能上当铺，那是借债的末路。我亲眼看见穷人到了展期的时候付不出利息，把东西全部送了人。我可以替你们借到五厘起息的钱，只要写张借票就行。”

“真的？那我们得救了！”奥当斯说。

“那么，我的孩子，你让文赛斯拉去见一见债主，她是看我面子才借的。我说的是玛奈弗太太；只要恭维她几句，她就挺高兴帮你们忙，因为她像暴发户一样好虚荣。亲爱的奥当斯，到那边去一下吧。”

奥当斯望着文赛斯拉，神气就像待决的囚徒踏上断头台。

“格劳特·维浓介绍史底曼去过。据说是一个挺有意思的地方。”

奥当斯把头低了下去。她心中的感觉只有一个字可以说明，那不是一桩痛苦，而是一种病。

“哎，亲爱的奥当斯，你得学一学人情世故！”贝德懂得奥当斯的态度是什么意思，“要不然你得跟你母亲一样，呆在冷宫里，像加里泼梭在于里斯动身以后那样的哭哭啼啼，而且到了那个年纪，还没有丹兰玛葛来安慰你呢！……”她学着玛奈弗太太那套缺德话。“你得把世界上的人当作家用的器具，有用就拿过来，没用就扔掉它。孩子们，把玛奈弗太太先利用一下，过后再离开她得了。文赛斯拉多爱你，难道你还怕他有野心，对一个大你四五岁，像一束苜蓿一样干枯，而且……”

“我宁可当掉我的钻石。噢！文赛斯拉！你不能去……那里是地狱！”

“奥当斯说得不错！”文赛斯拉一边说一边拥抱他的妻子。

“谢谢你。朋友，”年轻的妻子快活到了极点。“贝姨，你瞧，我的丈夫是一个天使！他不赌钱，我们到处都是一块儿去，要是他能尽心工作，那我真是太幸福了。干么要到父亲的情妇家里去，她榨光了父亲的钱，害得我们英勇的母亲好苦！”

“孩子，害你父亲的不是她，先是那个歌女，后来是你的婚事！天哪，玛奈弗太太对他很有好处呢，哼！……可是我不应该说这些话的……”

“你替谁都要辩护，亲爱的贝姨……”

孩子在花园里哭喊，把奥当斯叫了去。屋内只留下贝德和文赛斯拉。

“你太太是一个天使！文赛斯拉，你得好好的爱她，永远不能让她伤心。”

“是的，我多爱她，所以把我们的境况都瞒着她，可是李斯贝德，对你不妨直说，即使把太太的钻石送进了当铺，还是无济于事。”

“那么向玛奈弗太太去借啊……劝劝奥当斯让你去，或者，老实说，别给她知道，你自顾自去！”

“我就是这么想，”文赛斯拉说，“我刚才说不去，是免得奥当斯难受。”

“你听着，文赛斯拉，我太喜欢你们两个了，不能不把危险预先告诉你。要是上那儿去，你得十二分留神，因为那个女人是一个妖精；个个人一看见她就爱上她；她那样的坏，那样会迷人！……她有艺术品那样的魔力。你借了她的钱，可不能把你的灵魂做抵押。要是我的甥女儿受了欺骗，我要一辈子的过意不去……呃，她来了！咱们别提了，你的事由我去安排就是。”

“你得谢谢贝德，”文赛斯拉对妻子说，“她答应把积蓄借给我们，救我们的急。”他对贝德递了一个眼色，贝德懂了。

“那么我希望你开始工作，我的宝贝，嗯?”奥当斯说。

“呕！明天就动手!”

“就是明天这两个字害了我们。”奥当斯笑道。

“啊！亲爱的，你自己说吧，是不是每天都有打岔，都有阻碍，都有事儿?”

“是的，你说得不错。”

“我这儿有的是念头！……”史丹卜克敲了敲脑袋，“噢！我要教所有的敌人出惊。我要做一套餐具，16世纪德国式的，幻想派的！我要捏出许多草虫，安放许多孩子，穿插许多新奇的，名副其实的喷火兽，实现我们的梦境！……啊，这些我都拿稳了！做出来一定是又精工，又轻巧，又复杂。夏诺临走听得出神了……我就需要人家鼓励，最近那篇关于蒙高南纪念像的文章，使我灰心到了极点。”

那天，在奥当斯走开一会只剩李斯贝德与文赛斯拉两人的时候，艺术家和老姑娘商量好，准下一天就去拜访玛奈弗太太，要就是太太答应他去，要就瞒着她去。

华莱丽，当夜得知了这个胜利的消息，逼着男爵把史底曼，格劳特·维浓，和史丹卜克请来吃饭。她现在可以随心所欲的支配他，就像那些女人支配老年的男人，有办法教他们跑遍全城，把谁都央求得来满足她们的利益或虚荣。

下一天，华莱丽全副武装，那种打扮是巴黎女人挖空心思来卖弄她们的姿色的。她把自己细细端详，好似一个男人去决斗之前，把虚虚实实的剑法温习一遍。没有一丝皱痕，没有一条褶裥。华莱丽把皮肤收拾得像凝脂白玉，那么柔软，那么细腻。再加上几颗惹眼的痣。大家以为18世纪的美人痣业已失传或者过时，其实并不。现在的女人比从前的更精明，会运用大胆的战略勾引人家的手眼镜。某人第一个发明缎子结，中间扣一颗钻石，整晚的引人注目；某人又开始复古，戴上发网，或在头发中间插上一支匕首形的别针，教人联想到她的束袜带；某人用黑丝绒做袖口；某人又在头巾上缀坠子。等到这一类的勾心斗角，卖弄风骚或表示爱情的战术，演变为中下阶级的时候，心思巧妙的创造者又在发明别的玩意了。华莱丽存着必胜的心，那晚点了三颗痣。她用药水淡黄头发染成灰黄。史丹卜克太太的头发是赭黄的，华莱丽要显得处处地方与她不同。经过了这番改造，她浑身有点儿特别刺激的，异样的情调，使她的信徒们暗暗惊奇，

那种打扮是巴黎女人挖空心思来卖弄她们的姿色的

蒙丹士甚至问她："你今晚怎么的？……"此外她戴了一条相当宽阔的黑丝绒项链，衬托她白的胸脯。第三颗痣，像我们祖母时代的款式，贴在眼睛下面法国妇女的痣是用薄绸剪成各种花式，贴在脸上的。在当胸口最可爱的部位，系一朵最美丽的蔷薇，教所有三十以下的男人不敢正视。

"这不是可以上谱可以入画了吗？"她一边说一边对镜子做各种姿态，活像一个舞女练习屈膝的动作。

李斯贝德亲自上中央菜场；那顿夜饭，应当像玛丢里在主教款待邻区教长时做得一样精美。

史底曼，格劳特·维浓，史丹卜克伯爵，差不多在六点光景同时到了。换了一个普通的或是老实的女人，听见渴望已久的人来到是一定会马上出见的；可是从五点起已经在卧室里等待的华莱丽，有心把三位客人丢在那儿，明知他们不是在谈论她就是在心里想她。客厅的布置是由她亲自指挥的，精巧的小玩意安排得非常著目，那些除了巴黎别处制造不出的东西，暗示女主人的风度，好似代她通名报姓一般。用珐琅质和珠子镶嵌的小古董；盆子里盛着各式可爱的戒指，赛佛窑或萨克斯窑的名瓷，是由法劳朗与夏诺精心装配的，还有小人像，画册，零零星星的古玩，都是痴心的男人在定情之初，或是重修旧好的时节，重价定做得来的。华莱丽为了诸事顺利，快乐得有些飘飘然。她答应克勒凡在玛奈弗死后嫁给他；而痴心的克勒凡已经在她名下存了一笔利息有一万法郎的款子，那是他当初想献给男爵夫人的资金，三年中在铁路股票上所获的盈利。因此华莱丽有了三万二千法郎的收入。克勒凡又新许了一个愿，比奉送他的盈利更重要的愿。在两点到四点，给他的公爵夫人（他给特·玛奈弗太太起了这个外号，来补足他的幻象）迷得魂灵出窍的高潮中——因为华莱丽在太子街的表现打破了她的纪录——他认为需要把她的海誓山盟多多栽培，便许下心愿，说要在巴培德街买一所精致的小住宅，是一个冒失的包工造好了，亏了本预备出卖的。华莱丽已经看到自己住着这所前有庭院后有花园的公馆，外加自备马车！

"我问你，哪一种安分守己的生活，能够在这么短短的时间轻而易举的得到这些？"她装束快完时对李斯贝德说。

贝德那天在华莱丽家吃饭，为的是把一个人不能自己说的话代说出来。玛奈弗太太满面春风，不卑不亢的走进客厅，后面跟着贝德，浑身穿着黄黑两色的衣服，用画室里成语来说，替她做着衬底。

"你好，格劳特。"她对那个曾经名动一时的批评家伸过手去。

格劳特·维浓，像多少旁的男子一样，变成了一个政客，这个新名词是用来指初登宦途的野心家的。1840年代的政客，差不多等于18世纪的神甫，少了他便不成其为沙龙。

“亲爱的，这一位是我的姨甥婿史丹卜克伯爵。”李斯贝德把华莱丽只装不曾瞧见的文赛斯拉介绍了。

“我一见便认得是伯爵，”华莱丽风致嫣然的对艺术家点了点头，“在杜扬南街我时常看见你，我也很荣幸的参观你的婚礼。”她又对贝德说：“亲爱的，只要见过一次你从前的孩子，就不容易忘掉的。”接着她招呼了雕塑家：“史底曼先生真是太好了，我这么仓促的邀请，居然肯赏光；可是紧要关头是谈不到礼数的！我知道你是他们两位的朋友。跟生客同桌是顶扫兴的事。我特意约你来陪他们，可是下次你得专程来陪陪我，是不是？……你答应我啊……”

她和史底曼踱了一会，仿佛只关心他一个人。陆续来的客人有克勒凡，于洛男爵，和一个叫作鲍维沙的议员。这位内地的克勒凡，给人家找来充数的那种家伙，在国会里是跟在参议官纪罗与维多冷·于洛后面投票的。他们两人想在庞大的保守党内组织一个进步分子的小组。纪罗早在玛奈弗太太家走动，她竟想把维多冷·于洛也找得来。可是至此为止，清教徒式的律师总是推三阻四拒绝父亲和岳父的邀请。他觉得在一个使母亲落泪的女人家里露面是一桩罪恶。维多冷·于洛跟政治上的清教徒不同，正如一个虔诚女子同满嘴上帝的人不同。鲍维沙，从前阿尔西地方的帽子商，想学会一套巴黎作风，在议会里从不缺席，仿佛会场中的石柱一样。他在可爱的奇妙的玛奈弗太太门下受训：受了克勒凡的催眠，听着华莱丽的指导把他当作榜样，当作老师，样样请教他，请他介绍裁缝，模仿他，学他的姿势；总而言之，克勒凡是他的大人物。华莱丽，在这些人物和三个艺术家环绕之下，再由李斯贝德陪衬之下，在文赛斯拉眼中特别显得了不起，因为一往情深的格劳特·维浓还在他面前替玛奈弗太太打边鼓。

“她兼有特·孟德农夫人和尼侬的长处！”那位当过批评家的说。“讨她喜欢不过是一个黄昏的事，只消你有才气；可是得到她的爱，那不但使你扬眉吐气，而且做人也有了意义。”

华莱丽表面上对老邻居的冷淡，大大的挑拨了他的虚荣心。但她不是有心如此，因为她并不识得波兰人的性格。这个斯拉夫人的脾气，有一方面很像儿童；凡是出身野蛮，自己并未真正文明而突然厕身于文明人之列的种族，都是如此。这个民族像洪水泛滥似的占据了地球上一片广大的土地。它居住的荒凉地带是那么辽阔，使它自由自在，不像在欧罗巴那样肩摩踵接；可是没有思想的摩擦，没有利害的冲突，也就没有文明的可能。乌克兰，俄罗斯，多瑙河平原，凡是斯拉夫族所在的区域，是欧亚两洲之间、文明与野蛮之间的接壤地带。所以，波兰人虽是斯拉夫族内最有出息的一支，仍脱不了年轻民族的幼稚与反复无常的性格。它有勇气，有才情，有魄力；可是染上了轻浮之后，它的勇气，才情，魄力，就变得既无条理，又无头脑。波兰人的动摇不定，可以比之于吹在它那片池沼纵横的大平原上的风；虽然有扫雪机一般的威力，能够把房屋村舍席卷而去，但像大风雪一样，一遇到池塘就在水中溶化了。人总免不了感染环境的影响。和土耳其人不断战争的结果，波兰人爱上了东方的豪华富丽，他们往往为了华美的装饰而牺牲必需品，浓妆艳服，穿扮得像女人；其实气候的酷烈使他们的体格不下于阿拉伯人。在苦难中才显得伟大的波兰人，能咬紧牙关听打，教打的人筋疲力尽，他们19世纪的历史，等于初期基督徒历史的重演。倘使波兰人那么爽直那么坦白的性格，能有十分之一英国人的狡狯，今日双首鹰徽帝俄的国徽统治的地方，都可以移归白鹰徽波兰的国徽管辖。只要些少的权术，波兰就不会把奥国从土耳其人手中救过来，让它日后侵略自己，也不会向重利盘剥、把它搜刮一空的普鲁士借债；同时也不致在第一次被瓜分的时候，因内讧而自行分裂。大概波兰诞生受洗之时，一般善神对此可爱的民族赐了许多优点，可是冷落了那有名的恶煞加拉鲍斯，而一定是加拉鲍斯对波兰下了毒咒，说："好吧，我的姊妹们给你的赠品，你留下吧；可是你永远不会知道自己要些什么！"即使波兰在反抗俄罗斯的英勇斗争中得胜了，它现在也会自相残杀，像他们从前在议会中争夺王位一样。这个民族的美德，仅仅是不怕流血的勇气。一定得找出路易十一那样的人路易十一为15世纪法国国王，以英明权诈著称。一生事业在于削弱贵族，扩张王权，接受他，让他来一下专制的统治，它才有救星。波兰在政治上的表现，就是多数波兰人在日常生活中的表现，尤其在大难临头的时候。所以，文赛斯拉·史丹卜克，三年以来爱着妻子，也知道妻子把自己当作上帝一样，一看到玛奈弗太太对他似理非理，就不由得大不服气，认为非使她青睐相加不可了。比较之下，他觉得华莱丽胜过自己的太太。奥当斯是一堆美丽的肉。像华莱丽对贝德所说的，玛奈弗太太却是肉体中有精神，有淫荡的刺激。奥当斯的忠诚，在丈夫看来是对他应当有的感情；他很快就忘了死心塌地的爱情是无价之宝，正如借债的过了相当时间会把借来的钱当做自己的。忠贞的节操变做日常的面包，而私情有如珍馐美果一般诱人。一个目中无人的女子，尤其是一个危险的女子，能够刺激好奇心，仿佛香料能够提出食物的鲜味。而且，华莱丽表演得那么精彩的骠劲，对享了三年现成福的文赛斯拉还是一桩新鲜玩意。总之，奥当斯是太太，华莱丽是情妇。许多男人都想兼有这个同一作品的两个不同的版本；其实一个男人不懂得把妻子化作情妇，便是他庸驽谫陋的证据。在这方面见异思迁是无能的标记。恒久才是爱情的灵魂，才是元气充沛的象征，有了这种气魄才能成为诗人。一个人应当把妻子化作所有的女人，正如十七世纪晦涩的诗人把一个人物作为几个人物的象征。

李斯贝德看见姨甥婿着了迷，便问他："喂，你觉得华莱丽怎么样？"

"妙不可言！"

"只怪你不听我的话。啊！我的小文赛斯拉，要是你当初不跟我分手，你早已做了这个美人鱼的情夫，等她丈夫死了，你可以娶她，四万法郎的进款现现成成是你的了！"

"真的？……"

"当然真的，"李斯贝德回答，"可是小心！我早警告过你了，千万别自投罗网！哦，开饭了，你搀着我进去吧。"

再没有比这番话更摇惑人心的了。因为波兰人的脾气，是只要一看到悬崖绝壁，就会跳下去的。这个民族真有骑兵的天才，不论是怎样的险阻，它都相信能够冲锋陷阵，得胜而归。贝德仿佛在马腹上踢了一脚，挑起他的虚荣心，饭厅的场面又加强了一脚的作用，在闪闪发光的银器照耀之下，史丹卜克见识到巴黎奢华的极致。

"唉，我应该娶一个赛里曼纳的赛里曼纳为莫利哀的剧中人物，为风骚、美丽、机智、狡狯的典型。"他心里想。

吃饭的时候，男爵一团和气，因为看到女婿在场而很高兴，但更高兴的是，以为一答应玛奈弗替补高盖的位置，就能使华莱丽回心转意，对他忠实。史底曼用他那一套巴黎人的诙谑，和艺术家的谈锋，跟殷勤的男爵周旋。史丹卜克当然不甘落后，他卖弄才情，谈笑风生，尽量的炫耀，觉得满意；玛奈弗太太好几次对他微笑，表示领会他的妙处。精美的菜，大量的酒，终于把文赛斯拉在此欢乐的陷入坑中完全淹没了。饭后他带着酒意往便榻上一躺，身心双方的快感使他融化了，而那么轻盈，那么芬芳，千娇百媚可以教天使堕落的玛奈弗太太，居然过来坐在他身旁，越发使他喜出望外。她弯着身子和他低低的谈话，几乎要碰到他的耳朵。

"今晚我们不能谈正事，除非你留在最后。在你，我，李斯贝德之间，我们尽可由你的便，把事情办妥……”

“啊！太太，你是一个天使！”文赛斯拉用同样的口吻回答。“我真是糊涂透顶，没有听李斯贝德的话……”

“什么话呢?”

“在杜扬南街的时候，她说你爱着我……”

玛奈弗太太把文赛斯拉瞟了一眼，不胜羞怯的突然站了起来。一个年轻美貌的女人，决不肯让一个男人对她存着唾手可得的心。把恋慕之情硬压在心头而假作端庄的举动，比最疯狂的情话更来得意义深长。

所以，文赛斯拉在情欲大受挑拨之下，对华莱丽越发殷勤了。出名的女人便是众人企慕的女人。就因为此，女戏子有那么大的魔力。玛奈弗太太知道有人在打量她，便做得像一个受人喝彩的女演员一样：她仪态万方，博得人人叫好，个个称羡。

“怪不得我老丈那样的疯魔，”文赛斯拉对贝德说。

“你这句话，文赛斯拉，教我一辈子都要后悔，不该帮你借这一万法郎。难道你也要像他们一样为她发疯吗?”她指着那般客人说。“你得想想，你要做老丈的情敌了。再想想你要教奥当斯多么伤心。”

“不错，奥当斯是一个天使，我是一个魔鬼！”

“家庭里有了一个已经够了。”李斯贝德回答。

“艺术家是不应该结婚的。”史丹卜克嚷道。

“这就是我在杜扬南街说的。你应该把你的铜像，你的杰作，当作孩子的。”

“你们在谈些什么呀?”华莱丽走过来和贝德站在一块，“替我招呼茶吧，贝姨。”

由于波兰人夜郎自大的脾气，史丹卜克想做得跟这位沙龙中的仙女非常亲热。他先目中无人的把史底曼，格劳特·维浓，克勒凡，瞪了一眼，然后抓着华莱丽的手，硬要她在便榻上和他一同坐下。

“伯爵，你真是王爷气派！”她半推半就的说。

于是她坐在他身旁，特意给他看到那朵胸前的蔷薇。

“唉！我要是王爷，就不会以借债的身份到这儿来了。”

“可怜的孩子！我记得你在杜扬南街做夜工的情形。你真有点儿傻。你的结婚，未免饥不择食。你一点不认识巴黎！瞧你现在落到什么地步！你不听贝德的忠告，也不接受一个巴黎女子的爱，她才是老巴黎呀。”

“不用提了，我蠢极了。”

"你要一万法郎不成问题，亲爱的文赛斯拉；可是有一个条件。"她抚弄着美丽的头发卷。

"什么条件?"

"就是我不收利息……"

"太太!"

"噢! 不用急；你可以送我一座人物的铜雕。你已经开始采用萨姆松的故事，干么不把它完成呢? ……你可以表现达丽拉割掉犹太大力士头发的一幕! ……既然你有志做一个大艺术家——你听我的话，一定成功——你一定懂得这个题目。那是要表现女人的威力。在这个场合，萨姆松是不足道的。他不过是无知无觉的蛮力罢了，热情才能毁灭一切。大力士赫格利斯不是坐在翁法丽膝下纺过纱吗? 现在这个副本——你们是不是这样说的，嗯? ……"她问格劳特·维浓与史底曼，他们是听到谈论雕塑而走过来的，"你想，现在这个副本要比希腊神话美多少! ……这段神话究竟是希腊从犹太传来的呢，还是犹太从希腊传来的?"

"啊，太太，你提出了一个严重的问题! 那是要知道圣经的各个部分是什么时代写成的。伟大的，不朽的斯宾挪莎①，有人无聊的说他是无神论者，实际他却用数学证明了上帝的存在，他呀，他说《创世纪》和涉及政治史的部分是属于摩西时代的，他拿出哲学的证据指出后人添加的段落。因此他在犹太教堂门口给人刺了三刀。"

"想不到我这样博学，提出了一个这么艰深的问题!"华莱丽因为和文赛斯拉的密谈受了打扰，大为扫兴。

"女人靠了本能是无所不知的。"格劳特·维浓回答。

"那么你答应我了?"她像痴心的少女一样小心翼翼的拿着史丹卜克的手。

"这是你的造化，朋友，"史底曼嚷道，"太太会向你要作品……"

"什么作品呢?"格劳特·维浓问。

"一座小小的铜雕，"史丹卜克回答，"达丽拉割掉萨姆松的头发。"

"那可不容易对付，因为那张床……"格劳特·维浓发表他的意见。

"相反，那真是太容易了。"华莱丽笑道。

"啊，希望你把雕像做起来吧! ……"史底曼说。

---

① 斯宾挪莎：犹太裔荷兰籍哲学家斯宾诺莎（Baruch de Spinoza，1632—1677）的旧译。

"太太本人就是值得雕塑的!"格劳特·维浓俏皮的瞟了华莱丽一眼。

"你瞧，我理想中的布局是这样的，"华莱丽接着说。"萨姆松醒来的时候，头发全没有了，好似许多戴假头发的花花公子一样。他坐在床边，所以他的下身只要大略表明一下就行，堆上一些衣服，衣褶等等。他那时仿佛玛里于斯站在加太基废墟上，交叉着手臂，低着头，一句话说尽，就是拿破仑在圣·埃兰纳岛①!达丽拉跪着，有点像加诺伐雕的玛特兰纳。女人一朝毁了她的男人，一定是十分疼他的。照我的意思，那犹太女子对一个威武有力的萨姆松是害怕的，但他变了一个小娃娃，她就爱他了。所以，达丽拉忏悔她的过失。想把头发还给情人。她不敢看他，但她居然笑盈盈的望着他了，因为她知道萨姆松的软弱就是已经宽恕的表示。这一组像，再加上凶猛的于第斯，女人的性格就完全解释清楚了。德行砍掉脑袋，邪恶只割掉头发。诸位，小心你们的假头发啊《圣经》载，犹太女英雄于第斯为救祖国而诱杀敌将福洛番纳，故言德行砍人脑袋!"

她丢下两位艺术家走了，让他们和批评家异口同声的赞美。

"不能再妙了!"史底曼嚷道。

"噢!"格劳特·维浓说，"我从没见过这样聪明这样迷人的女子。才貌双全，多难得!多难得!"

"你跟女作家加米叶·莫班是知交，尚且下这种断语，我们还有什么可说的?"史底曼说。

克勒凡从头至尾在那里听着，特盘离开牌桌走过来:

"亲爱的伯爵，要是你把华莱丽塑成达丽拉，我出三千法郎买你一座。哎，哎，三千法郎，我吃的!"

"我吃的!这句话是什么意思?"鲍维沙问格劳特·维浓。

"要太太肯做模特儿才行……"史丹卜克对克勒凡指着华莱丽。"你先去问问她。"

这时华莱丽亲自端了一杯茶递给史丹卜克。那不止表示尊重，而是偏宠。女人请喝茶的方式，包括许多不同的语言，在她们是最拿手的。所以，这个礼数表面上虽是极简单，但她们行此礼数的动作，姿势，眼神，口吻，声调，大有研究的余地。从"你喝茶吗?你要不要喝茶?来一杯茶吧?"这一类冷淡的口气和对于掌管茶壶的人的吩咐，一直到像后宫的妃

---

① 圣·埃兰纳岛：圣赫勒拿岛（Saint Helena）的旧译，是大西洋中的一个火山岛，隶属于英国，拿破仑在这里流放直到去世。

子一般从桌上棒了一杯茶，走向她心目中的苏丹，以诚惶诚恐的态度，用娇滴滴的声音，脉脉含情的目光献上去：这期间，一个生理学家可以观察到全部女性的情感，从厌恶或冷淡起，直到倾吐疯狂的热情为止。女人可以随心所欲的从中表现她的情感：或是轻蔑到近乎侮辱，或是俯首帖耳类乎东方女奴。华莱丽不只是一个女人，而且是一条化身为女人的蛇，她亲手捧了茶走到史丹卜克面前，就等于完成了她的妖法。艺术家站起身来，手指和华莱丽的轻轻一碰，凑着她的耳朵说：

“你要我喝多少杯茶我都喝，因为要看你这个端茶的姿势！……”

史丹卜克这种露骨的表示，她早已等得不耐烦了，可是临了她又装作若无其事。

“你说什么模特儿呀?”她问。

“克勒凡老头出三千法郎，向我定一座铜雕。”

“他？花三千法郎买一座铜雕?”

“是的，要是你肯做达丽拉的模特儿。”

“我想他根本没有懂，”她说，“我做了达丽拉的模特儿，他拿全部家产来还不卖给他呢，因为达丽拉是要袒胸露臂的……”

跟克勒凡的摆姿势一样，所有的女子都有一个得意的姿态，一个令人倾倒的，研究到家的姿态。在交际场中，有的永远望着她们内衣的花边，把外衣的肩头扯动一下；有的望着墙壁高处的嵌线，卖弄她们眼珠的光彩。玛奈弗太太，不像旁人一样做面部表情。她一个翻身走向茶桌，到李斯贝德那边去。这个舞女摆动衣裙的动作，当年征服了于洛，此刻诱惑了史丹卜克。

“你的仇报成了，”华莱丽咬着贝德的耳朵说，“奥当斯要哭得死去活来，一辈子的后悔不该抢掉你的文赛斯拉。”

“我没有当上元帅夫人，就算不得报仇，可是现在他们都盼望这件事成功了……今天早上我去过维多冷家。我忘了告诉你了。小于洛夫妇向伏维奈赎回男爵的借票，把屋子做抵押，借了七万二千法郎，五厘起息，三年为期。房租的收入没有了；小于洛夫妇要苦三年。维多冷垂头丧气，把他老子看透了。克勒凡对这件孝顺的行为一定要生气，跟女儿女婿就此翻脸也说不定。”

“男爵现在大概没有办法弄钱了吧?”她一边向于洛装着笑脸，一边凑着贝德的耳朵说。

“我看他是搅光了；但他到九月里又可以支薪了。”

“他还有寿险保单，展期过了！嗯，玛奈弗升科长的事非赶紧不可；今晚我要狠狠的逼他一逼。”

“姨甥，”贝德过去对文赛斯拉说，“你该走了，我求你。你太不像话，这样的望着华莱丽简直要害她了，她的丈夫嫉妒得厉害。千万不能学你岳父的样，回去罢，奥当斯一定在等你……”

“玛奈弗太太要我留在最后，咱们三个好商量事情。”

“不行；款子我给你送过来吧，她丈夫老瞪着你，还是早走为妙。明儿早上十一点，你把借票送来；那时玛奈弗这小子上了办公室，华莱丽不用操心了……你要她做雕像的模特儿是不是？……你先到我家里来……”贝德发觉史丹卜克的眼睛正在向华莱丽打招呼：“啊！我知道你心心念念的想搅女人。华莱丽固然漂亮得很，可是你不能教奥当斯伤心啊！”

结过婚的男人一有野心，哪怕只是逢场作戏，越听到人家提起他太太，便越是跃跃欲试。

一〇

文赛斯拉到一点才回家。奥当斯从九点半起就开始等。九点半至十点，她留神马车的声音，心里想文赛斯拉到夏诺·法劳朗家吃饭从来不会这么晚回来的。她在儿子的摇篮旁边缝缀东西，现在她自己缝缝补补，免得教人做一天散工了。十点至十点半，她起了疑心："他真的在夏诺·法劳朗家吃饭吗？他今儿戴上最漂亮的领带，最体面的别针。他花了那么多时间穿扮，好似一个女人要装得比天生的还要俏……噢！我疯了，他爱我的……他不是来了吗！"

可是她听到的那辆车没有停下又去远了。从十一点到半夜，奥当斯害怕到万分，因为他们的区域很冷落。她想：

"要是他走回来，说不定会发生什么意外！……撞在阶沿上，或者掉在窟窿里，都可以送命。艺术家都是粗心大意的！……也可能给路劫的强盗拦住！……他第一次让我一个人在家待了六个半钟头……呃，我急什么？他明明只爱我一个人。"

在所谓精神领域中，真正的爱情能产生不断的奇迹；就凭这一点，在夫妻相爱的家庭中，男人就应当对妻子忠实。一个女子对于心爱的丈夫，仿佛梦游病者受到了催眠的人摆布，不复感受周围的环境，而意识到在梦游病中所窥到的现象。热情可以使女人神经过敏到出神的境界，她的预感等于先知眼中的幻影。她知道自己受骗了，可是她不相信自己，怀疑自己。她否认她先知预见的力量。这种爱情的极致是应当崇拜的。心胸高尚的人，倘能赏识这种神妙的现象，就不会对妻子不忠实。秀美通灵的女子，灵魂的表现到了这种境地，教人怎么能不崇拜呢！……清早一点，奥当斯忧急的程度，使她一认出文赛斯拉打铃的方式，马上冲到门口，把他搂在怀里，像慈母一般抱着他，半晌才开出口来：

"啊！你终究回来了！……朋友，以后你上哪儿我都跟你一块去；我再也受不了这种等待的痛苦……我看到你撞在阶沿上，砸破了脑袋！又看

他花了那么多时间穿扮……

到你给强盗杀死！……真的，再来一次，我一定会发疯的……没有我跟着，你玩得很高兴吗？坏东西！”

“有什么办法，我的好乖乖！皮克西渥是笑话百出；雷翁·特·洛拉还是那样滔滔不竭，还有格劳特·维浓，蒙高南元帅的纪念像，只有他写了一篇捧场文章。还有……”

“没有女客吗？”奥当斯紧跟着问。

“就是老成的法劳朗太太……”

“你说在仙岩饭店，结果却在他们家里？”

“是的，在他们家里，我早先弄错了……”

“你回来没有坐车？”

“没有。”

“那么你是从小塔街走回家的？”

“史底曼跟皮克西渥陪我一路走一路谈，从大街走到玛特兰纳教堂。”

“大街，协和广场，蒲高涅街，一路上都很干吗，嗯？你脚上一点没有泥浆。”奥当斯打量着丈夫的漆皮鞋。

外面下过雨，但从华诺街到圣·陶米尼葛街，文赛斯拉是不会弄脏鞋子的。

“你瞧，这儿是五千法郎，夏诺很慷慨的借给我的。”文赛斯拉急于要岔开近乎审问一般的问话。

他早已把十张一千法郎的钞票分做两包，一包给太太，一包自己留下，因为他还有奥当斯不知道的五千债务。他欠着助手和工匠的钱。

“现在你不用着急了，亲爱的，”他拥抱了妻子，“明儿我就开始工作！噢，明儿我八点半出门上工场。为了起早，我想马上去睡觉，你答应我吧，好贝贝？”

奥当斯心里的疑团消灭了。她万万想不到事情的真相。玛奈弗太太！她根本没有这念头。她替文赛斯拉担心的是那些交际花。皮克西渥，雷翁·特·洛拉，是两个出名胡闹的艺术家，听见他们的名字她就担忧。

下一天早上，看见文赛斯拉九点钟出了门，她完全放心了。她一边替孩子穿衣服一边想：

“他上工啦。嗯，不错，他挺有劲呢！好吧，我们即使没有弥盖朗琪罗那样的荣誉，至少也够得上却里尼！”

给一厢情愿的希望催眠之下，奥当斯以为前途乐观得很；她对着二十个月的儿子咿咿哑哑的逗他发笑。十一点光景，没有看见文赛斯拉出门的厨娘，把史底曼让了进来。

“对不起，太太，怎么，文赛斯拉已经出去了?”

“他到工场去了。”

“我特意来跟他商量我们的工作呢。”

“让我派人去找他，”奥当斯请史底曼坐下。

她很高兴有此机会，好留住史底曼打听一下昨天晚上的详细情形。史底曼谢了她的好意。她打铃要厨娘到工场去请先生回来。

“你们昨天玩得很痛快吧？文赛斯拉过了一点钟才回家。”

“痛快？……也说不上，”艺术家回答，他昨晚本想把玛奈弗太太勾上的。“一个人要有了目标才会在交际场中玩得很高兴。那玛奈弗太太极有风趣，可是轻狂的厉害……”

“文赛斯拉怎么碰到她的？……”可怜的奥当斯强作镇静，“他一点没有提起。”

“我只告诉你一点，我觉得她极有危险性。”

奥当斯脸色发了白，像一个产妇。

“那么，昨天……你们是在玛奈弗太太家……不是在夏诺家……而他……”

史底曼不知道自己闯的什么祸，只知道的确闯了祸。伯爵夫人话没有说完，就晕了过去。艺术家打铃把贴身女仆叫来。正当路易士设法把太太抱到卧房去的时候，她浑身抽搐，大发肝阳，情形非常严重。史底曼无意中揭穿了丈夫的谎，还不信自己的话竟有这等力量，他以为伯爵夫人身体本来不行，所以稍不如意就会引起危险。不幸，厨娘回来大声报告，说先生不在工场。伯爵夫人在发病的当口听见了，又开始抽搐。

“去把老太太请来！越快越好！”路易士吩咐厨娘。

“要是我知道文赛斯拉在哪儿，我可以去通知他。”史底曼无可奈何的说。

“在那个女人家里呀！……”可怜的奥当斯叫道，“他今天的穿扮就不像到工场去。”

热情往往使人有那种千里眼似的本领。史底曼觉得她的想法不错，便奔到玛奈弗太太家。那时华莱丽正在扮演达丽拉。他很机警，决不说要见玛奈弗太太；他急急的走过门房，奔上三楼，心里想：“如果说要见玛奈弗太太，一定回说不在家。如果冒冒失失说找史丹卜克，准会碰钉子；还是开门见山为妙！”门铃一响，兰纳来了。

“请你通知史丹卜克伯爵要他回去，他太太快死了！”

兰纳跟史底曼一样机灵，假痴假呆的望着他。

“先生，我不明白你说的……”

“我告诉你，我的朋友史丹卜克在这里，他的太太晕过去了。为了这种事，你去惊动女主人是不会错的。”

史底曼说完就走，心里想：“哼！他的确在这里！”

史底曼在华诺街上等了一会，看见文赛斯拉出门了，便催他快走，把圣·陶米尼葛街的悲剧说了一遍，埋怨史丹卜克不曾通知他瞒着隔夜的饭局。

“糟啦糟啦，”文赛斯拉回答，“我不怪你。我完全忘了今天跟你有约会，又忘了告诉你，应该说昨天是在法劳朗家吃饭。有什么办法！华莱丽把我迷昏了；唉，亲爱的，为她牺牲荣誉，为她受罪，都是值得的……啊！她……天哪！现在我可是为难啦！你替我出出主意吧，应当怎么说？怎么辩白？”

“替你出主意？我一点主意都没得，”史底曼回答。“你太太不是爱你的吗？那么她什么话都会相信。告诉她，说我上你家的时候，你到了我家去。这样，今天早上你的模特儿事件总可以敷衍过去了。再见吧。”

在希勒冷—贝丁街转角，李斯贝德得到兰纳的通知，赶上了史丹卜克。她担心波兰人的天真，怕他和盘托出，牵连自己，便叮嘱了几句，使他快活得跟她当街拥抱。她准是教了艺术家什么妙计，让他渡过这个闺房之中的难关。

奥当斯一看见急急忙忙赶到的母亲，立刻嚎啕大哭。郁积一经发泄，肝气就减轻了许多。她说：

“亲爱的妈妈，我受了骗！文赛斯拉，向我发誓不到玛奈弗太太家去的，昨天竟在那儿吃饭，直到清早一点一刻才回来！……你知道，隔夜我们并没有吵嘴，而是大家讲明了。我对他说了那么动人的话，告诉他：我是嫉妒的，不忠实的事会把我气死；我生性多疑；他得尊重我这些弱点，因为那都是为了爱他的缘故；我有母亲的血，可也有父亲的血；一知道受了欺骗，我会发疯，我会报复，把他、我、孩子，一齐玷辱；而且我也会杀了他然后自杀的！这样说过之后他还是去，此刻又在她那儿！……这个女人要把我们个个人都害死！昨天，哥哥嫂子抵押了产业，才收回七万二千的借票，为那个婊子欠的债……真的，妈妈，人家要告爸爸，把他关起来了。那该死的女人刮了父亲的钱，教你流了多少泪，还不够吗？干么还要抢我的文赛斯拉？……我要去把她一刀扎死！”

奥当斯气坏了，不知不觉把应当瞒着母亲的秘密泄漏了出来，于洛太太听了伤心至极，可是以她那样伟大的母亲，照样忍着自己的痛苦，把女儿的头捧在怀里，不住的亲吻。

“孩子，等文赛斯拉回来，就什么都明白了。事情不至于像你所想的那么严重！我，亲爱的奥当斯，我也受过骗。你觉得我美丽，安分，可是你爸爸已经把我丢了二十三年，为了那些贞妮·凯婷，玉才华，玛奈弗！……你知道吗？……”

“你！妈妈，你！……你忍受了二十……”

她想到自己的念头，不说下去了。

“孩子，学学我的榜样吧。温柔，驯良，可以使你良心平安。一个男人临死会对他自己说：我太太从来没有给我一点儿痛苦！……上帝听到这些最后的叹息，会替我们记下来的。要是我大哭大闹像你一样，结果怎么样？……你父亲会恼羞成怒，也许会离开我，不会怕我伤心而有所顾忌，我们今天所受的苦难，可能提早十年；给人家看到夫妇分居，不成为一个家，那是多难堪多丢人的事。你哥哥跟你，都不能成家立业……我牺牲了自己，那么勇敢的牺牲了，要没有你父亲最后这一桩，人家还以为我很幸福呢。我故意的，勇敢的扯谎，至此为止保全了你的父亲：他还受人尊重，可是我看得清清楚楚，这一回老年人的痴情的确太过分了。他的疯魔，恐怕早晚要把我的屏风推倒，显露我们的真相……我把这个屏风撑持了二十三年，躲在后面吞声饮泣，没有母亲，没有知己，除了宗教以外没有别的帮助，而我给家庭撑了二十三年的面子……”

奥当斯瞪着眼听着母亲。平静的语调，含垢忍辱的精神，把少妇初次受伤的刺激解淡了，她眼泪像泉水一般涌上来。震于母亲的伟大，她肃然起敬的跪下，抓着母亲的衣裾亲吻，好似虔诚的旧教徒吻着殉道者圣洁的遗物。

“起来吧，奥当斯；有你女儿这样的表示，多少伤心的回忆都消灭了！只有你的痛苦压着我的心，来，靠在我怀里吧。可怜的女儿，你的快乐是我唯一的快乐；为了你的绝望，我把永远埋在心头的秘密泄露了。是的，我预备把痛苦带入坟墓，像多穿一袭尸衣似的。为了平你的气，我开了口……求上帝原谅我吧！噢！我什么都可以牺牲，只求你的一生不要像我的一样！……我相信，男人，社会，变化莫测的人事，世界，上帝，都要我们拿最残酷的痛苦，作为爱情的代价。我用二十三年的绝望和连续不断的悲伤，偿还我十年幸福的债……”

“你还有十年，亲爱的妈妈，我只有三年！”多情而自私的女儿回答。

“孩子，你并没有损失什么，等文赛斯拉来吧！”

“妈妈，他扯了谎！他骗了我……他告诉我决计不去的，可是他去了。他还是在他儿子的摇篮前面说的！……”

“男人为了作乐，什么卑鄙、懦怯、罪恶的事都做得出，好像是他们生性如此。我们女人天然倾向于牺牲。我以为我的苦难完了，却又来了；因为我料不到要在女儿身上受到双重的痛苦。你应当拿出勇气来，一声不出！奥当斯，你得向我发誓，有苦只告诉我一个人，绝对不在第三者前面流露……噢！你得学学你母亲的傲气。”

这时奥当斯听见丈夫的脚声，她发抖了。

“我上史底曼家去，他却到这儿来了。”文赛斯拉进门就说。

“真的？……”可怜的奥当斯恶狠狠的挖苦他，正如一个受了伤害的女人把说话当作刀子一般的用。

“是啊，我们刚在路上碰到。”文赛斯拉装出一副惊讶的样子。

“那么昨天呢？……”

“唉，我的乖乖，那我骗了你，听凭你母亲来裁判吧……”

这一下的坦白把奥当斯的心放松了。一切真正高尚的女子，都喜欢真话而不喜欢谎话，不愿意她们的偶像失掉尊严，而是以受偶像控制为荣的。

俄国人对于他们的沙皇，也有这种心情。

“听我说，亲爱的母亲……”文赛斯拉接着说，“我多么爱我温柔贤惠的奥当斯，不得不把我们的艰难瞒她一部分。有什么办法！她还在喂奶，悲伤对她是很不好的。妇女在这个时期所遭遇的危险，你是知道的。她的美貌，娇嫩，健康，都受到威胁。瞒着她能算错吗？她以为我们只欠五千法郎，可是我还另外欠五千……前天，我们简直到了绝望的地步……世界上没有一个人肯借钱给艺术家的。他们既不放心我们的幻想，也不放心我们的才具。我到处碰壁。李斯贝德答应把积蓄借给我们。”

“可怜的姑娘！”奥当斯嚷道。

“可怜的姑娘！”男爵夫人也嚷着。

“可是李斯贝德的两千法郎有什么用？……在她是倾其所有，在我们是无济于事。于是贝姨讲起了玛奈弗太太，那是你知道的，奥当斯，说她为了爱面子，为了受到男爵多少好处，不愿意收利钱……奥当斯想把钻石送进当铺，可以押几千法郎，可是我们缺一万呢。这一万法郎，不用利息，一年为期，又在那里呀！……我心里想：别让奥当斯知道，去拿了来吧。那女人教岳父请我昨天去吃饭，她表示李斯贝德已经提过，钱不成问题。还是让奥当斯为了没有钱而苦闷呢，还是去吃这顿饭呢？我毫不迟疑的决定了。事情就是这样。怎么，二十四岁的奥当斯——娇嫩，纯洁，贤惠，我一向当作我的幸福我的光荣的，从结婚以来我没有离开过的——竟以为我，什么？会丢下她去爱一个猪肝色的，干瘪的，滥污的女人？”他用上画室里这个不堪入耳的俗语，迎合妇女的心理，故意把那女的骂得狗血喷头，表示真的瞧不起她。

“啊，要是你父亲会对我说这种话！……”男爵夫人嚷道。

奥当斯不胜怜爱的扑上去，勾住丈夫的脖子。

“对啦，要是你父亲说了这种话，我就是这样对他。”接着男爵夫人又换了严重的口气，“文赛斯拉，刚才奥当斯几乎死过去。你看多么爱你。可怜她整个儿交给你了，”说着她深深的叹了口气，心里想：“她的幸福与苦难，都操在他手里。”那是所有的母亲在女儿出嫁时都想到的。她又高声说：“我觉得我的苦已经受够，应当看到孩子们快乐的了。”

“放心，亲爱的妈妈，”文赛斯拉看见一场大祸结束得如此容易，高兴到极点。“两个月之内，我一定把这笔钱还给那该死的女人。有什么办法！”他用一种波兰人的可爱的风度，又说了一遍这句纯粹波兰人的口头禅，“有时候一个人不得不向魔鬼借钱。归根结底，这还是自己家里的钱。人家客客气气请了我，要是板起面孔不理，我还能借到这笔代价多高的钱吗？”

“哟！妈妈，爸爸害得我们好苦呀！”奥当斯叫道。

男爵夫人把手指往嘴唇上一放，奥当斯立刻后悔自己的失言：母亲以咬紧牙关不发一言的态度包庇着父亲，倒是由女儿来第一个加以责备。

“再见，孩子们。雨过天晴了，你们不能再生气喽。”

送走了男爵夫人，文赛斯拉夫妇俩回到卧房。

“把昨天晚上的情形讲给我听吧！”奥当斯说。

她一边听一边觑着文赛斯拉的脸，女人在这种情形之下自然还有许多脱口而出的问句。奥当斯听完了他的话，不禁上了心事，她意味到风月场中自有魔鬼般的诱惑，使艺术家流连忘返。

“文赛斯拉，你老实说！……除了史底曼，格劳特·维浓，佛尼赛，还有谁？……总之你很得意，嗯……”

“我？……我只想着我们的一万法郎，暗暗的说：那奥当斯不用急啦！”

这番盘问使他累得不得了，他趁着奥当斯一时高兴，问道：

“那么你，小乖乖，万一你的艺术家对不起你了，你怎么办？……”

“我吗，”她装作坚决的神气，“我就找史底曼，当然不是为了爱他！”

“奥当斯！”史丹卜克冷不防的站起来，像做戏似的，“你没有找上他，我早把他杀死了。”

奥当斯扑向丈夫，紧紧抱着他，跟他亲热了一阵：

“啊！你是爱我的，文赛斯拉！行啦，我放心了！可是别再提玛奈弗。从此你不能再踏进那个陷人坑……”

“我发誓，亲爱的奥当斯，我只要到还钱的时候再去……”

她撅着嘴板着脸，但这不过是借此撒娇而已。文赛斯拉经过这样一早晨，乏味已极，便不管太太撅嘴，怀中揣着铅笔稿，径自上工场做《萨姆松与达丽拉》的泥塑去了。艺术家正在一股劲儿捏好粘土的时候，奥当斯唯恐弄假成真，惹恼文赛斯拉，也赶到了工场。一看见太太，他赶紧抓起湿布把雏形遮了，搂着奥当斯：

“啊！咱们没有生气吗？小乖乖？”

奥当斯看到湿布盖着的泥塑，没有作声；可是离开工场之前，她回来抓起湿布把雏形瞧了一眼，问：

“这是什么？”

“一组人物，偶然想起的。”

“干么藏起来不给我看呢？”

“预备完工之后再给你看。”

“那女的倒好看得很！”奥当斯说。

无数的疑虑又在她心头涌起，好似印度地方一夜之间就长起了高大茂密的植物。

大约过了三星期，玛奈弗太太对奥当斯大生其气。这一类的女人也有她们的自尊心，她们要人家亲吻魔鬼的足趾，最恨正人君子不怕她们的魔力，或胆敢跟她们斗法。文赛斯拉绝足不上华诺街，甚至在华莱丽做过模特儿以后，也不照例去踵门道谢。李斯贝德每次上史丹卜克家都找不到人。先生和太太整天在工场里。贝德直接上大石街，赶到小鸟们的窠里，看见文赛斯拉精神抖擞的在工作；她从厨娘嘴里知道太太从来不离开先生。文赛斯拉给专制的爱情拴住了。这么一来，华莱丽单为自己着想，也跟贝德一样把奥当斯恨如切齿。女人对于你争我夺的情人是决不肯放松的，正如男人对于好几个公子哥儿都在追求的女人决不死心一样。所以，凡是涉及玛奈弗太太的议论，同样可以应用到为多数女人垂青的男子，他们实际就等于一种男妓。华莱丽的任性变成了疯狂，她尤其要她的那组人像，想有朝一日亲自到工场去看文赛斯拉，却不料出了一件大事，一件对这等女人可以称为战果那样的事情。华莱丽的宣布这个私人消息，是在跟贝德和玛奈弗一起用早餐的时候。

“喂，玛奈弗，你可想到你再要做一次爸爸了吗？”

“真的？你有了身孕？……噢！那我得拥抱你一下……”

他站起身来，绕过桌子，他女人探出头去把额角给他的方式，使他的亲吻刚好滑在她头发上。

“这一下，我的科长，我的四等勋章，都跑不掉啦！啊！我的乖乖，我可不愿意让史丹尼斯拉吃亏！可怜的孩子！……”

“可怜的孩子？……”贝德叫道，“你七个月不看见他了；我到寄宿舍去看他，人家还把我当作他的母亲呢，这家里只有我一个人在招呼他！……”

“这孩子每季要花我们三百法郎！……”华莱丽说，“可是玛奈弗，这一个是你亲生的！他的膳宿费应当在你薪水里出支……至于将来的一个，不但没有开支，还会把我们救出苦难呢！……”

“华莱丽，”玛奈弗学着克勒凡的姿势，“我希望男爵负责照顾他的儿了，别再加重一个小公务员的负担；这次我要跟他认真了。所以你也得保保险，太太！想法子要他写一封信，提到他晚年得了的喜事，因为他对我升科长的事太不痛快了……”

说完，玛奈弗到部里去了。靠了署长的交情，他挨到十一点光景才去应卯；并且因为他是出名的饭桶，又不喜欢工作，他在部里也很少办公事。

他走了，李斯贝德和华莱丽彼此望了一会，好似两个卜卦的人推详卦义。然后两人哈哈大笑。

“嗳，华莱丽，可是真的？还是做戏？”

“有肉体为证！”华莱丽回答，“奥当斯惹我冒火了！昨天夜里，我打定了主意，要把这个孩子当作炸弹一样扔到文赛斯拉家里去。”

华莱丽回到卧房，后面跟着李斯贝德。她拿出一封写好的信交给

186 她看：

> 文赛斯拉，我的朋友，我还是相信你的爱情，虽然你快有二十天不来看我。这表示你瞧不起我吗？达丽拉觉得不是的。大概还是由于你女人的专制吧！你不是说你已经不爱她了吗？文赛斯拉，以你这样的大艺术家，决不能这样受人控制的。夫妇生活是断送光荣的坟墓……瞧瞧你自己，还像不像杜扬南街的文赛斯拉？你把我父亲的纪念像做坏了，可是你情人的本领远过于艺术家的本领，你对付蒙高南的女儿倒是成功的：亲爱的文赛斯拉，你做了父亲了！倘使在我这种情形之下你不来看我，你在朋友前面一定要被认为薄幸；可是我太爱你了，永远没有诅咒你的勇气。我还能说永远是你的华莱丽吗？

"你看怎么样？我想把这封信，等只有咱们亲爱的奥当斯一个人在工场里的时候送去，"华莱丽问李斯贝德，"昨天晚上我听史底曼说，文赛斯拉今天十一点要到夏诺那儿去跟史底曼商量事情；那么这个臭婆娘是一个人在那里了。"

"你来了这样一手之后，"李斯贝德回答说，"为了体统，我不能再公然做你朋友了，我得跟你分手，不该再跟你见面，甚至也不该跟你说话。"

"不错；可是……"

"噢！你放心；等我当了元帅夫人，咱们照样可以来往了；现在他们都希望这件事成功；就剩男爵一个人没有知道，你得劝劝他。"

"说不定我不久要跟男爵闹僵啦。"

"只有奥里维太太能把这封信确确实实送到奥当斯手里，"李斯贝德说，"到工场之前，要她先上陶米尼葛街。"

"噢！咱们的小娇娘一定在家的，"玛奈弗太太打铃，教兰纳去找奥里维太太。

这封致命的信送出了十分钟，于洛男爵来了。玛奈弗太太像描一般扑上去，勾住了老人的颈项。

"埃克多，你做了父亲了！"她咬着他的耳朵，"你瞧，吵了架讲了和，反而……"

男爵将信将疑的愣了一下，华莱丽马上把脸一沉，急得男爵什么似的。他直要再三盘问，才把千真万确的证据一件一件的逼出来。等到老人为了虚荣而相信之后，她提到玛奈弗的威吓了：

只有奥里维太太能把这封信确确实实送到奥当斯手里

“真的，我的老军人，你的代表，或者说咱们的经理，你再不发表他的科长跟四等勋章，可不行啦；你教他受了损失；他喜欢他的史丹尼斯拉，那小畜生是他生的，我顶讨厌了。除非你愿意给史丹尼斯拉利息一千二百法郎的存款——当然是产权归他，利息归我咯。”

“我要给存款，也宁可给我的儿子，不给那个小畜生！”男爵说。

这句不小心的话——我的儿子这几个字好像一条泛滥的河，越涨越大——到一小时谈话的末了，变成了正式的诺言，男爵答应拿出一千二百法郎存息的款子给未来的孩子。随后，在华莱丽嘴巴里，表情上，那句诺言好像小娃娃手里的一个鼗鼓①，给她颠来倒去的搬弄了二十天。

正当于洛男爵，快活得像刚结婚一年巴望有个儿子的丈夫似的，走出华诺街，奥里维太太把那封非面交伯爵不可的信教奥当斯拦了去。少妇花了二十法郎代价才截下这封信。自杀的人的鸦片，手枪，煤，总是自己出钱买的。奥当斯把信念了又念；她只看见白纸上涂着一行一行的黑字；除了这张纸以外，世界只有漆黑的一片。大火把她的幸福之宫烧毁了，明晃晃的照着纸，四下里是沉沉的黑夜。正在玩儿的小文赛斯拉的哭喊，好像来自一个幽深的山谷，而她自己在一个高峰上。仅仅二十四岁，以她全盛时期的姿色与纯洁忠贞的爱情，居然受了侮辱，那不只是中了利刃，简直要了她的命。第一次的打击纯粹是神经性的，肉体受不住妒性的挤逼而抽搐；但是千真万确的事实是打击心灵的，肉体已经给消灭了。奥当斯在这种煎熬之下过了十分钟。母亲的影子在脑海中掠过，突然使她心情为之一变：她沉住了气，恢复了理性。她打铃把厨娘叫来：

“你跟路易士两个，赶快把我所有的东西，跟孩子用的一齐包扎起来。限你们一小时。预备好了，去雇一辆车，再来通知我。不用多嘴！我离开这儿，把路易士带走。你跟先生留在这儿，好好伺候他……”

她回到房里写了一封信：

伯爵，附上的信足以说明我离家的理由。你看到这几行的时候，我已经不在你家里了，我带着孩子去依靠母亲。

不要以为我还有考虑的余地。倘使你认为这是青年人的冲动，鲁莽，爱情受了伤害的反应，那你完全错了。

半个月来，我对人生，爱情，我们的结合，我们相互的义务，都

① 鼗（táo）鼓：拨浪鼓。

深深的思索过了。母亲的牺牲，我全部知道了，她对我说出了她的痛苦！二十三年以来，她没有一天不过着坚忍卓绝的生活，可是我自己觉得没有力量学她的样，并非因为我爱你不及母亲的爱父亲，而是为了性格关系。我们的家会变成地狱，我会失掉理性，甚至会玷辱你，玷辱我自己，玷辱我们的孩子。我不愿意做一个玛奈弗太太；在她那种生涯中，以我的个性恐怕会一发不可收拾的。不幸我是一个于洛，不是一个斐希。

只身独处，不看见你的荒唐之后，我可以把得住自己，尤其是照顾着孩子，在勇敢伟大的母亲旁边。她的一生，对我骚扰不宁的心绪会发生影响的。在她身旁，我可以做一个良母，好好抚育我的孩子，依旧活下去。在你家里，妻子的意识可能压倒母性，无穷尽的争吵会弄坏我的性情。

我宁可立刻死掉，不愿意做二十五年的病人，像母亲一样。你在三年专一的不断的爱情之后，能够为了你岳父的情妇而欺骗我，将来你还有什么女人不爱？啊！先生，这种沉湎女色、挥霍无度、玷辱家长的身份、丧失儿女的尊敬、结果是耻辱与绝望的生活，你竟开始得比我父亲更早。

我绝不是绝无挽回的。固执到底的情感，是生活在上帝耳目之下的脆弱的生命不应该有的。如果你能以孜孜不倦的工作获得荣名与财富，如果你能放弃娼妇，不走下流混浊的路，你仍可以找到一个无负于你的妻子。

我相信你有旧家的骨气，不致要求法律解决。所以，伯爵，请你尊重我的意志，让我住在母亲身边，你千万别上门来。那个无耻的女人借给你的钱，我全部留给了你。再见！

奥当斯·于洛

这封信在极困难的情形之下写成，奥当斯止不住流泪，止不住热情被腰斩的呼号。凡是遗嘱式的书信里极意铺张的爱情，奥当斯想用平淡朴素的口吻表白出来，所以她几次三番的搁笔。心在叫喊，在怨叹，在哭泣；可是理性控制了她的思想。

路易士来通知一切都已准备停当，少妇便慢慢的往小花园，卧房，客厅，到处走了一遭，瞧了最后一眼。然后她叮咛备至的嘱咐厨娘，务必好好照顾先生，如果诚实不欺，日后必有重赏。然后她上车回娘家，心碎肠断，哭得使女仆都为之难受，她把小文赛斯拉如醉如狂的亲吻，显出她始终爱着孩子的父亲。

从李斯贝德嘴里，男爵夫人已经知道女婿的过失大半是岳父造成的，所以看见女儿归来并不惊异。她赞成这种办法，答应把她留下。阿特丽纳，眼见温柔与牺牲从来没有能阻拦埃克多——她对他的敬意业已开始淡薄——觉得女儿换一条路走也有理由。二十天内，可怜的母亲接连受了两次重创，其痛苦远过于她历年所受的磨难。男爵已经使维多冷夫妇应付为难；他又，据李斯贝德的说法，促成了文赛斯拉的荒唐，教坏了女婿。这位家长的尊严，多少年来靠了太太的溺爱才勉强维持的，如今却是扫地了。小于洛夫妇并不痛惜金钱，而是对男爵存了戒心，有了顾虑。这种显而易见的情绪，使阿特丽纳非常难受，预感到家庭的分裂。靠了元帅的资助，她把女儿安顿在饭厅里，把穿堂改做了饭厅，像许多人家一样。

文赛斯拉回到家里，读完了两封信，颇有悲喜交集之感。被太太寸步不离的厮守之下，他对于这种贝德作风的新监禁，早已存下反抗的心。在爱情中沉溺了三年，最近半个月他也在思索，觉得家庭的重负有些受不了。刚才史底曼向他道喜，说华莱丽为他害了相思病；史底曼的居心是不问可知的，他觉得应当把奥当斯丈夫的虚荣心捧它一捧，才有机会去安慰他遗弃的太太。文赛斯拉为了能够回到玛奈弗太太跟前而满心欢喜；但也回想到纯洁美满的幸福，回想到奥当斯的尽善尽美，她的贤惠，她的天真无邪的爱情，的确很舍不得。他想奔到岳母家中去央告讨饶，但跟于洛和克勒凡一样，结果是去见了玛奈弗太太，把妻子的信带给她看，证明她闯了祸，预备拿这件不幸的事去要挟情妇，勒索欢情。在华莱丽家，他碰到了克勒凡。得意非凡的区长在客厅里踱来踱去，一派思潮起伏，心神不定的样子。他摆好姿势，话到了嘴边又咽了下去。他红光满面，走到窗洞前面把手指弹着玻璃。他大为感动的，不胜怜爱的瞧着华莱丽。幸而李斯贝德走进来给了克勒凡一个机会。他附在她耳边说：

"贝姨，你知道没有？我做了父亲啦！我觉得对赛莱斯丁纳不像从前那么喜欢了。噢！心爱的女人给你生一个孩子，那真是！灵肉一致的结晶品呀！噢！你可以告诉华莱丽，我要为了这个孩子大大的干一番，我要他有钱！她说根据许多预兆是一个男孩子！要是真的，我要他姓克勒凡，我要跟公证人去商量。"

"我知道她多爱你，"贝德说，"可是为了你们的将来，你得稳重一点，别老是摇头摆尾的。"

趁李斯贝德和克勒凡在一旁唧唧哝哝，华莱丽乘机向文赛斯拉要回了她的信，咬着他的耳朵，几句话就使他转悲为喜：

“你自由啦，朋友。哼，大艺术家可以结婚吗？有自由有幻想，才有你！好啦！我多爱你，亲爱的诗人，包你不会想太太。可是倘使你像许多人一样要保全面子，我可以负责教奥当斯回来，在短时期内……”

“噢！要是办得到的话！……”

“那我是有把握的，”华莱丽摆出一副俨然的神气，“你可怜的岳父，从哪方面看都是完了；为了自尊心，他希望面子上还有人爱他，还有一个情妇，对这一点他虚荣透顶，因此我完全可以支配他的。男爵夫人还很爱她的老头儿埃克多（我感觉上仿佛老是在讲《依里阿特》荷马史诗《依里阿特》中有一人物名埃克多的故事），所以两老可以劝奥当斯回心转意。可是，倘使你不想在家里再有什么风波，切勿再隔上二十天不来看你的情妇……那我要急死的。孩子，一个世家子弟把一个女人害到这个地步，总该对她表示敬意，尤其在她煞费周章要保全名誉的当口……好，在这儿吃饭吧，小天使……你要知道，唯其因为你犯了这桩太惹眼的过失，我应当特别对你冷淡。”

当差的通报蒙丹士男爵来了；华莱丽跑过去迎接，咬了一会耳朵，把嘱咐文赛斯拉特别持重的话也嘱咐了他一遍；因为巴西人那天装出一副外交家的态度，来配合那个使他快乐之极的消息，他吗，他相信孩子绝对是他的！……

当情夫的男人都有特殊的虚荣心，华莱丽针对虚荣心所定的战略，使四个男人在她的饭桌上个个欢天喜地，兴高采烈，自认为最得宠的男人。玛奈弗在李斯贝德前面，把他自己也包括在内，开玩笑说：五个干爷都自以为孩子的亲爷。

只有于洛男爵一人，到场的时候脸上有着心事。原因是这样的：离开办公室之前，他去看人事处长，和他同事三十年的一位将军。高盖已经答应辞职，他便提到发表玛奈弗为科长的事。他说：

“亲爱的朋友，在我们没有商妥，得到你同意之前，我不愿意向元帅讨这个情。”

“亲爱的朋友，”人事处长回答说，“我大胆提醒你一句，为你自己着想，你不应当坚持这个任命。我的意见早已对你说过。部里对你跟玛奈弗太太的事已经太关切了，这一下更要闹得满城风雨。至于你我之间，我不愿意揭你的疮痛，也不愿意有什么事不帮你忙，我可以行动为证。要是你坚持，非教高盖让位不可——而这个，对部里的确是一个损失，他是

1809年进部的——我可以请半个月假，下乡一趟，让你在元帅前面便于行事，他对你真像对儿子一样。那么我可以不算赞成也不算反对，同时我也不至于做了一件有亏职守的事。”

“谢谢你，你的话我去考虑一下。”

“我所以敢说这番话，亲爱的朋友，是因为这件事对你个人的利害关系大，对我的职权或自尊心的关系小。第一，元帅是主人。第二，朋友，外边批评我们的事多得很，也不在乎多一桩少一桩！我们不是没受过攻击。王政时代，发表过多少官员都是拿钱不做事的！……而且咱们是这么多年的弟兄……”

“是的，”男爵回答，“就是不愿意伤了咱们宝贵的老交情，我才……”

“好吧，”人事处长看到于洛为难的脸色，“我出门旅行一趟就是了……可是小心！你有的是敌人，就是说有人眼红你这个肥缺，而你只有一座靠山。啊！要是你像我一样当着议员，就不必顾虑了；所以你得留神……”

这番极见交情的话，给参议官一个极深刻的印象。

“喂，劳伊哀，究竟有什么事？别跟我藏头露尾了！”

那个他叫作劳伊哀的，望着于洛，抓起他的手握着说：

“以咱们这样的老朋友，我不能不劝你一句。你想保持地位，就得自己留好后步。换了我，我非但不要求元帅把玛奈弗接替高盖，反而要仰仗他的大力，设法保住参议官的职位，那是可以太平无事的当下去的。至于署长那块肥肉，宁可扔给逐鹿的人让他们去抢。”

“怎么！元帅会忘了……”

“朋友，元帅在内阁会议中费了那么大的力支持你，没有人再想把你免职了；可是这句话已经提过！……所以你不能授人把柄……我不愿意再多说。现在你还来得及提条件，譬如当参议官兼贵族院议员之类。要是等久了，或是给人拿住了什么，那我就不敢担保了……究竟要不要我去旅行呢？”

“不忙，让我先去见元帅，再托我哥哥到老总前面探一探口风。”因此男爵上玛奈弗太太家时的心绪是可想而知的；他几乎忘了老年得子的事，劳伊哀刚才拿出朋友的真情点醒了他。可是华莱丽的影响，使男爵吃饭吃到一半也附了大家的兴，而且因为要忘记他的心事，起哄得格外厉害。可怜虫想不到那天晚上已经夹在他的幸福和人事处长所说的危险中间无处可逃，就是说在玛奈弗太太与他的地位之间，他必需有所选择。

十一点光景，客厅里高朋满座，正是晚会顶热闹的时节，华莱丽带了埃克多坐在便榻的一角咬着他的耳朵：

“我的好人，你女儿因为文赛斯拉到这里来了大生其气，丢下他不管了。奥当斯脾气这么坏！你不妨向文赛斯拉把那个糊涂姑娘写给他的信要来看看。他们夫妇的分居，人家一定要说是为了我，你想这对我多么不利，良家妇女攻击人的时候就是用的这种手段。我除了把一个家弄得宾至如归以外，又没有别的错；她却装作吃了大亏，把罪名加在我头上；真是岂有此理！要是你爱我，你得把小夫妻劝和，替我洗刷清楚。我又不稀罕招待你女婿，是你把他带来的，替我带回去吧！要是你在家里还有一点儿威严，你很可以教你太太转圜。你替我告诉她，告诉你那个老伴：如果人家冤枉我拆散夫妻，离间家庭，说我养了丈人又养了女婿，那么老实不客气，我有我的作风，要名副其实的把她们干一下！贝德不是在说要离开我了吧？……她觉得家庭比我更要紧，那我不怪她。她跟我说，除非小夫妻和好，她不能再在这儿待下去。咱们可有趣啦，开销要加上三倍！……”

男爵听见女儿出了事，便说：“噢！这个吗，我会去安排的。”

“好，那么再谈第二件……高盖的位置呢？”

“这个，”男爵眼睛低了下去，“就不说办不到，也是很难很难！……”

“办不到？”玛奈弗太太咬着男爵的耳朵，“亲爱的埃克多，你还不知道玛奈弗铤而走险，会做出什么事来呢。我现在完全落在他手里；利之所在，他是像多数男人一样不顾廉耻的；就因为他卑鄙，无能，所以仇恨的心特别狠。你如今把我弄成这个局面，我只好由他处分。我不得不跟他敷衍几天，可能他从此守在我屋里不走呢。”

于洛听到这里不禁大跳一下。

“他只有当了科长才肯把我放松。这是他卑鄙，可也是势所必然。”

“华莱丽，你爱我吗？”

“在我眼前这种情形之下你还提出这种问句，简直是下等人的侮辱……”

“嗳，要是我尝试一下，光是尝试一下，去向元帅要求玛奈弗的位置，我马上就得下台，玛奈弗马上就得开差。”

“我以为你跟亲王是知交呢！”

“当然，他对我不能再好了，可是孩子，元帅上面还有别人……譬如说，还有内阁会议……多等一些时候，多绕几个圈子，我们才好达到目的。要成功，必须等人家有求于我；那时我可以说：好，礼尚往来，公平交易……”

“可怜的埃克多，要是我把这些话告诉玛奈弗，他一定会跟我们捣乱的。要你就自己去对他说，教他等吧，我不管。噢！我知道要倒霉了，他有办法治我的，他要守在我屋里……喂，别忘了孩子那笔存款。”

于洛觉得自己的快乐受了威胁，便把玛奈弗邀到一边；一想到这痨病鬼会呆在他漂亮女人的屋里，他害怕得不得了，以至他素来对待玛奈弗的气焰，也破题儿第一遭收了起来。

“玛奈弗，我的好朋友，今天我们谈到了你的问题！你一下子当不成科长……要等些时候。”

“我要当科长的，男爵。”玛奈弗斩钉截铁的回答。

“可是，朋友……”

“我要当科长的，男爵，”玛奈弗冷冷的重复一遍，望望男爵又望望华莱丽，“你使我女人不得不来迁就我，我就把她留下了；因为，我的好朋友，她可爱得很呢，”他刻薄万分地补上一句。“我是这儿的主人，不像你在部里做不了主。”

男爵那时心里的痛苦，好似最剧烈的牙齿痛，几乎把眼泪都掉下来。在扮演这短短一幕的时间，华莱丽咬着亨利·特·蒙丹士的耳朵，告诉他玛奈弗的意思，以便把蒙丹士暂时摆脱几天。

四个信徒中间，唯有克勒凡不受影响，他有他那所小房子；所以他摆出一副得意忘形，肆无忌惮的神气，全不理会华莱丽挤眉努目的警告。他五官七窍，没有一处不表示他为父之乐。华莱丽过去凑着耳朵埋怨了他一句，他却抓着她的手回答说：

“明天，我的公爵夫人，你的公馆好到手啦！……因为明儿是正式标卖的日子。”

“那么家具呢？”她笑着问。

“我有一千股凡尔赛铁路股票，一百二十五法郎买进的；我得到内幕消息，两条路线要合并，股票好涨到三百法郎。你的屋子将来要装修得像王宫一样！……可是你得专心向我一个人，是不是？……”

“是的，胖子区长，”她笑着说，“可是你放稳重一点！你得尊重将来的克勒凡太太。”

“亲爱的姊夫，”贝德过来对男爵说，“明天一早我就上阿特丽纳家；你明白，我再留在这儿不像话了。我替你哥哥管家去吧。”

“我今晚回家。”

“那么我明儿来吃中饭，”李斯贝德笑着回答。

她知道明天家里那一幕不能少了她这个角色。她清早就上维多冷家报告奥当斯与文赛斯拉的分居。

男爵十点半左右回去，碰上玛丽哀德与路易士忙了一天正在关大门，所以不用打铃就进去了。为了不得不规规矩矩回家，他满肚子不高兴的，径自走向太太的卧房。从半开的门内，他瞥见她跪在十字架下一心一意在祷告。她那个极有表情的姿态，大可作为画家或雕刻家杰作的模特儿，使他们成名。阿特丽纳激昂慷慨的，高声念着：

"我的上帝，求你大慈大悲，指点他回头吧！……"

原来男爵夫人在那里为她的埃克多祈祷。此情此景，跟他刚才离开的景象多么不同；她的祷告又显然是为了当天的事，男爵感动之下，叹了一口气。阿特丽纳满面泪痕的回过头来，真以为祷告有了灵验，纵起身子，欣喜若狂的抱住了她的埃克多。以妻子而论，阿特丽纳早已兴趣全无，苦恼把她的回忆都赶跑了。她的心中只剩下母性，家庭的名誉，一个基督徒的妻子对一个误入歧途的丈夫的最纯洁的感情，那是女人万念俱灰之后始终不会消灭的。这些情绪我们都不难猜想得到。

"埃克多！你还会回来吗？上帝能不能哀怜我们这一家？"

"亲爱的阿特丽纳！"男爵把太太扶在他身旁一张椅子里坐下，"我从没见过像你这样圣洁的女子，我久已配不上你了。"

"不用你费什么事，朋友，"她拿起于洛的手，她拼命发抖，好似害了什么神经性的拘挛，"你一举手之间一切都可以恢复旧规……"

她不敢往下再说，觉得每句话都像责备，而她不愿意这次会面给她的快乐有一点儿残缺。

"我是为了奥当斯回来的，"男爵接着说，"这孩子轻举妄动，对我们的影响可能比我为华莱丽的痴情更糟。咱们明儿再谈。玛丽哀德说奥当斯已经睡觉，不用惊动她了。"

"对。"于洛太太说着，只觉得一阵心酸。她猜到男爵回来不是为了看看家里的人，而是另有作用。"明儿再让她歇一天吧，可怜的孩子教人看了也不忍，整整哭了一天。"

下一天早上九点半，男爵教人通知了女儿，在空荡荡的大客厅里等着。他踱来踱去的盘算用什么理由才能克服这个最难克服的固执，受了侵犯决不甘休的少妇，心念之坚正如一个清白无辜的青年，既不懂得情欲与势利的玩意儿，也不懂得社会上委曲求全的苦衷。

"我来了，爸爸！"不胜痛苦、脸色惨白的奥当斯，声音还在发抖。

于洛坐在椅子上，搂着女儿的腰，硬要她坐在他的膝盖上，吻着她的额角：

“嗳，孩子，夫妻之间一吵嘴，咱们就发脾气了吗？……一个有教养的姑娘决不如此。我的奥当斯不应该事先不请示父母，自顾自采取决绝的行动，像离开家庭，抛弃丈夫一类的事。要是你来看了贤惠的母亲，你决不致使我这样伤心！……你不知道社会的可怕。人家可以说是你丈夫把你送回娘家的。像你这样在母亲膝下长大的孩子，比旁的孩子长成得更慢，因为你不了解人生！像你对文赛斯拉那种天真活泼的热情，什么都不加考虑，单凭一时的冲动。心里一有气，头脑就昏了。一个人为报仇，能够忘记了法庭，把巴黎放火烧了起来。我做父亲的活了这么一把年纪，等到我说你有失体统，你可以相信我的话是不错的；而我还没跟你提到我的辛酸我的痛苦呢，因为你把罪名加在一个女人头上，可是你既不知道那女人的心，更不知道她的敌意可能狠毒到什么地步……唉，你啊，那么坦白，天真，纯洁，你什么都没有想到；你可能受到污辱，受到毁谤。并且，我的小天使，你把玩笑当了真；我，我敢向你担保，你的丈夫根本没有什么错。玛奈弗太太……”

至此为止，男爵像外交家一样把责备说得非常婉转。他安排好一个巧妙的引子，然后提到那个名字；可是奥当斯一听到名字，就像给人触到了伤口似的浑身一震。

“你听我说，我是有经验的，我一切都看在眼里，”男爵不许女儿开口，继续说他的。“那位太太对你丈夫很冷淡。你是上了当，不信，我可以拿证据给你看。昨天，哪，文赛斯拉在那儿吃饭……”

“在那儿吃饭？……”奥当斯站了起来，不胜厌恶的望着父亲。“昨天！看过了我的信还？……噢！天哪！……干么我要结婚，不进修道院？可恨我有了孩子，我的生命已经不属于我了！”说到这里她嚎啕大哭了。

这些眼泪落在于洛太太的心上，她从房里出来把女儿抱在怀里，哀痛之下，便胡乱的说了一大堆慰问的话。

“呦，哭起来了！……”男爵心里想，“本来什么都顺顺当当的！现在，女人一哭不就完了吗？”

“孩子，”男爵夫人说，“听你爸爸说呀！他是爱我们的，得啦……”

“呃，奥当斯，我的好孩子，别哭了，你要哭得难看了。哎，哎，拿出一点理性来。乖乖的回家去，我保证文赛斯拉永远不再上那儿走动。如果对心爱的丈夫，原谅他最轻微的过失，也算得是牺牲的话，我就要你牺牲一下。我要你看在我的白头发面上，看在你所孝敬的母亲面上……你总不愿意我到了老年再过辛酸的日子吧？……”

奥当斯像疯子一样，奋不顾身的扑倒在父亲脚下，把没有拴好的头发都抖散了，绝望的伸着手求告：

“父亲，你要我的命了！要我的命也可以，至少得让它清清白白的，我一定很高兴的献给你。可是别教我羞辱了自己，犯了罪再死！我不像母亲！我不能把侮辱吞下去！要是我回家，妒性发作起来，我会把文赛斯拉杀死，或者做出更要不得的事。请你不要把我力量做不到的事逼我。不要在我活着的时候哭我！因为至少我要发疯……我觉得马上要发疯了！昨天！昨天！看了我的信他还上那女人家里吃饭！……别的男人是不是这样的？……我愿意把性命献给你，可不要教我含羞蒙垢而死！……说他的过失轻微？……跟这个女人有了孩子还是过失轻微？”

“孩子？”于洛倒退了两步，“呃！这明明是开玩笑！”

这时维多冷和贝姨一齐来到，看到这副景象都愣住了。女儿伏在父亲脚下。男爵夫人一声不出，母女的天性与夫妻的感情使她左右为难，吓得只会落眼泪。

“李斯贝德，”男爵抓了老姑娘的手，指着奥当斯，“你正好来帮我忙。可怜的奥当斯气糊涂了，以为玛奈弗太太爱上了文赛斯拉，其实华莱丽只想要一座雕像。”

“《达丽拉》！”奥当斯叫道，“我们结婚到现在，他一口气赶成的作品就只有这个。他老人家不能为了我，为了他的孩子工作，却一股热忱的替这个贱人工作……噢！父亲，把我杀了吧，你每句话都是一把刀。”

李斯贝德向维多冷和男爵夫人摇摇头，意思之中是指男爵不可救药。

“听我说，姊夫，你要我住在玛奈弗太太楼上替她当家的时候，我根本不知道她的为人，可是三年之中我知道了很多事情。这女人真是一个婊子！她的卑鄙无耻，只有她那个丑恶下贱的丈夫比得上。你蒙在鼓里。给这些人当冤大头，你才不知道他们要把你害到什么田地呢！我不能不对你说个明白，因为你已经陷入泥坑……”

听到李斯贝德这么说，男爵夫人和女儿望着她的眼风，活像那些虔婆感谢圣母救命时的眼风。

“她，这个该死的女人，想拆散你女婿的家庭；有什么好处？我不知道，我没有那种聪明去了解这些那么恶毒，那么下流的阴谋诡计。玛奈弗太太并不爱你的女婿，但是要他屈膝，出她的恶气。我刚才狠狠的骂了她一顿，一点不曾冤枉她。她是一个毫无廉耻的娼妓，我已经告诉她，我要离开她的屋子，要顾全我的名誉……第一我是这个家庭里的人。我知道甥女离开文赛斯拉的消息，我就来了！你把华莱丽当作圣女，她可的确是这件悲剧的罪魁祸首；我还能在这种女人家里待下去吗？亲爱的奥当斯，”她一边说一边故意碰了碰男爵的手臂，“也许上了当，因为这一类的女人，单为要一样小古董就不惜牺牲别人整个的家庭的。我不信文赛斯拉真有什么罪过，但是他生性懦弱，我不敢担保他将来不给她灌上迷汤。我已经下了决心。你要送在这女人手里的，她会教你睡草垫。我不愿意由我来帮你倾家荡产，我在那儿住了三年就是想挽救这一点。姊夫，你受了骗。只消你敢坚决声明，绝对不管那下流的玛奈弗升级的事，你等着罢，包你出事！他们为此预备好一套把戏要你出丑呢。”

李斯贝德把姨甥扶起，热烈的拥抱她，咬着她的耳朵说：

“亲爱的奥当斯，拿定主意！”

男爵夫人拥抱她的贝德妹妹，因为代她出了气而表示很感激。当着父亲，全家都不出声；以他的聪明，他自然懂得这个静默的意义。他脑门上、脸上，布满了狂怒的气息：根根血管都暴起，眼睛发了红，脸色青一块白一块。阿特丽纳赶紧扑在他脚下，抓了他的手：

“朋友，朋友，别生气啊！”

“你们都不把我当人了！”男爵流露出一句良心的呼声。

我们自己做的错事总是肚里有数。我们几乎老是以为受害的人对我们一定恨如切齿；而尽管我们多方作假，一受到突如其来的责罚，我们的嘴巴或是脸色自然会招供，好似从前的罪犯在刽子手面前招供一样。

“我们的孩子，”他继续招供，“结果变成了我们的仇敌。”

“父亲。”维多冷叫着。

“你打断了你父亲的话！……”男爵瞪着儿子大吼一声。

“父亲，听我说，”维多冷声音很坚决很清楚，正是清教徒议员的声音，“我知道应该怎么尊重您，永远不会对您失掉敬意。我永远是您最卑恭最服从的儿子。”

凡是到国会旁听过的人都知道：用这种叠床架屋的话缓和对方的怒气，以拖延时间，是议会战术的惯技。维多冷接着说：

“我们决不是您的敌人；我跟岳父克勒凡闹翻，因为向伏维奈赎回了六万法郎借票，而这笔钱，不消说是在玛奈弗太太手里。噢！父亲，我决不埋怨您，”他看见男爵做了一个手势，便补上一句，“我只附和贝姨的意见，并且请您注意，虽然我对您的忠诚是盲目的，无限的，不幸我们的财源是有限的。”

“又是钱!”痴情的老人给这番理由驳倒了，往一张椅子上倒了下去，“而这还是我的儿子！……你的钱，会还你的，先生!”说着他站了起来。

他往客厅的门走去。

“埃克多!”

这声叫喊使男爵回过头来，突然老泪纵横的面对着妻子，她绝望之下用力抱住了他，说：

“你别这样的走呀……别生着气离开我们。我一句都没有说你啊，我！……”

一听到这悲壮的呼声，孩子们一齐跪倒在父亲脚下。

“我们都爱你的。”奥当斯说。

李斯贝德一动不动好似石像一般望着这些人物，傲然微笑。这时候于洛元帅进了穿堂，已经听到他说话的声音了。全家的人都知道非瞒住他不可；当时的景象便立刻换了一幕。两个孩子赶紧站起，而个个人都在设法遮掩他们的情绪。

玛丽哀德在门口和一个兵吵了起来，他叫叫嚷嚷的吵急了，厨娘只得走进客厅说：

“先生，有一个从阿尔基利回来的军需兵，一定要跟您说话。”

“让他等着。”

“先生，”玛丽哀德凑着主人的耳朵，“他要我轻轻的告诉您，说是为了您叔叔的事。”

男爵打了一个寒噤，以为两个月来私下问叔岳要的钱，预备还债的钱，送到了。他丢下家人奔向穿堂，看见来人是一张亚尔萨斯人的脸。

“是于洛男爵吗?”

“是啊……”

“是男爵自己吗?”

“是啊。”

军需兵一边说一边从军帽夹层里掏出一封信，男爵急急的拆开，念道：

侄婿青览①：我非但没法送上十万法郎，连我的地位都无法维

① 青：疑当作“亲”。

持，如果你不采取断然行动救我的话。有一位检察官跟我们找麻烦，满嘴仁义道德，对我们的机关胡说八道。没有办法教这个臭官儿住嘴。要是陆军部让那些法官支配，我就完啦。送信的人是可靠的，你得设法给他升级，他替我们出过力。别让我落在乌鸦嘴里乌鸦是骂法官，因法官穿黑衣！

这封信对男爵不啻晴天霹雳。他看出那是文武衙门开始明争暗斗（阿尔基利至今还是这种情形），必须立刻想出办法应付当前的乱子。他要军需兵明天再来，说了些给他晋级之类的好话，把他打发走了，他回进客厅。

“大哥，你好，我马上要走了！”他对元帅说。“再见，孩子们；再见，阿特丽纳。”——“贝德，你怎么办呢？”

“我吗，我去替元帅管家。这个也罢，那个也罢，我总得一辈子替你们当差。”

“我没有跟你商量好之前，你先不要离开华莱丽。”于洛咬着贝姨的耳朵吩咐。——“再见，奥当斯，你这个不听话的小鬼，放明白一点；我有了紧急公事，你的问题以后再谈。你想一想吧，我的小猫咪。”他说着把她拥抱了一下。

他离家时显而易见那么慌张，使太太和孩子们都非常着急。

“贝德，”男爵夫人说，“我们要知道埃克多有些什么事，我从来没有看见他慌成这个样子；你在那个女人家再待两三天吧；他对她是无话不谈的，我们可以打听出他为什么突然变色。你放心，你跟元帅的亲事我们会安排的，那是非办不可的了。”

“我永远不会忘了你今天这股勇气。”奥当斯拥抱着贝德说。

“你替可怜的母亲出了一口气。”维多冷说。

元帅看见大家对贝德这般亲热，只觉得莫名其妙；贝德却把这一幕向华莱丽报告去了。

这一段描写，使一般清白纯洁的人，看到玛奈弗太太一流的女子对于家庭的种种祸害，看到她们用什么方法去侵害表面上渺不相关的，可怜的贤德的女人。如果把这些纠纷移到上层社会，把君王的情妇所能促成的乱源想象一下，那么，一个律身谨严，持家有法的贤君所能加惠于人民的，也就不难了解了。

一一

巴黎每个部会是不准妇女入内的小城；但其中有的是谰言妄语，明枪暗箭，仿佛照样挤满了女人。经过了三年，玛奈弗先生的地位是揭穿了，亮出来了，司里科里都在问："高盖的缺，玛奈弗补得上补不上呢？"正如从前国会里纷纷议论："王太子的优俸法案通得过通不过呢？"

大家留意人事处的动静，把于洛男爵署里的一切都细细推敲。精明的参议官，把玛奈弗升级以后的抢手早已拉拢好，那是一个极会办事的人，男爵告诉他，只要他肯代做玛奈弗的工作，将来一定可以补缺，玛奈弗是行将就木的人了。所以那个公务员也在暗中帮玛奈弗活动。

于洛穿过等满了人的会客室，瞥见玛奈弗愣着那张苍白的脸坐在一角。他第一个就把玛奈弗叫了进去。

"你有什么要求，朋友？"男爵藏起了心中的不安。

"署长，各科的同事都在笑我，因为人事处长今天请了病假，出门一个月。等一个月，这意思还不明白吗？你使我的敌人把我打哈哈，铜鼓给人家敲一边已经够了；两边敲的话，署长，是会敲破的。"

"亲爱的玛奈弗，一个人要万分耐心才能达到目的。你即使能够升科长，也要等两个月以后。我自己要巩固地位的时候，怎么能要求一桩教大众起哄的事？"

"你下了台，我永远升不成科长了，"玛奈弗冷冷的说，"你得把我发表，反正是这么回事。"

"照你说，我得为了你牺牲？"

"要不然，我对你太失望了。"

"你太玛奈弗脾气了，玛奈弗先生！……"男爵站起来，指着门叫他出去。

"我给您请安，男爵。"玛奈弗恭恭敬敬回答。

"混账透了！"男爵对自己说，"竟像限时限刻的逼债，拿封门来

副科长玛奈弗

威吓。”

两小时以后，男爵刚好对格劳特·维浓嘱托完毕，请他上司法部，探听一下管辖约罕·斐希的司法当局的情形，兰纳却推开署长室的门，送进一封信，说立等回音。

“派兰纳到这儿来！”男爵心里想，“华莱丽简直疯了，她要牵累我们大家，连该死的玛奈弗的升级都要弄糟了！”

他送走了部长的私人秘书，拆开信来：

> 啊！朋友，你不知道我刚才受到怎样的欺侮！固然你给了我三年幸福，这一下我可付足了代价！他从办公室回来暴跳如雷，简直教人发抖。平时他已经丑恶万分，今天更是像魔鬼一样。他咬牙切齿恐吓我说，如果我再让你来，他就永远盯着我。可怜的朋友，从此我不能再招待你了。你看我的眼泪呀，信纸都湿透了！你还看得清我的字吗，亲爱的埃克多？啊，我有了你的心，身上又有了你一块肉，却不能再看见你，要跟你断绝，那不要了我的命吗？你得想到咱们的小埃克多！别丢掉我啊，可是你，千万不能为了玛奈弗玷污你的声名，不能对他的威胁让步！啊，我现在对你的爱情是我从来未有的！你为你的华莱丽所做的牺牲，我都回想起来，她不会，永远不会忘恩负义的，你是、永远是，我唯一的丈夫。我曾经要求你为几个月后出世的小埃克多，存一笔利息一千二百法郎的款子，现在这件事不用提啦……我不愿意你再花一个钱。再说，我的财产也永远是你的。
>
> 咒骂还在我耳边。贝德本想离开我的，看我可怜，答应再留几天。啊！如果你爱我像我爱你一样，埃克多，你就得告老，我们把彼此的家庭，烦恼，藏着多少仇恨的家属，统统丢开，和李斯贝德一同住到一个美丽的地方去，例如布勒塔尼，要是你喜欢。在那边，我们闭门谢客，与世隔绝，可以快快活活的过日子。你的养老金，加上我名下所有的一些，足够应付的了。你近来变得嫉妒了，好吧，那时你的华莱丽只陪埃克多一个人了，你不用再像上回那样怄气了。我永远只有一个孩子，而这个孩子是我们的，我向你保证，亲爱的老军人。真的，你万万想不到我气成什么样子，因为你想不到他怎样对我，对你的华莱丽说了多少下流话，我不能玷污笔墨告诉你：身为蒙高南的女儿，这种话我一辈子都不应该听到一句。噢！他大发兽性，把我当作了你，百般作践，我恨不得有你在场好治他一治。我父亲在的话，

一定会把这个混蛋一刀两断：而我，我只能像一个女人所能做到的：拼命的爱你。所以，我的爱人，在我现在这种悲痛的情形之下，我无论如何丢不下你。是的！我要偷偷的看你，天天看你！我们女人是这样的，你恨他，我也跟着恨他了。我求你，要是你爱我，千万不要升他做科长。让他到死只做一个副科长！……此刻我心绪已乱，他的咒骂还在我耳边。贝德本想离开我的，看我可怜，答应再留几天。

我的心肝，我不知道怎么办。我只想一走了事。我素来喜欢乡下，或是布勒塔尼，或是西南几省，随你挑，只要我能够自由自在的爱你。可怜的宝贝，我也替你叫苦！因为你只能回到你的老伴身边，去看她的哭哭啼啼：想来那魔鬼也对你说过，他要日夜守着我：他还提起警察局呢！你千万不要来！我知道，他要拿我当敲诈的工具时，什么事都做得出的。所以我想把你对我慷慨的赠予一齐还给你。啊！我的埃克多，我可能卖弄风骚，使你觉得轻佻，可是你还没有认识你的华莱丽：她喜欢磨你，但是她爱你，在多少人中只爱着你。你来看你的小姨是没有人能阻止的，让我跟她商量我们相会的办法。我的好宝贝，求你写一个字条来安慰安慰我，既然你自己不能来……（噢！要是我能把你留在咱们的便榻上，要我牺牲一只手都是愿意的。）有你一封信等于有了一道护身符，请你写几个字给我，表现一下你高尚的心胸，我过后把信还给你，因为我们必须谨慎小心，他到处乱翻，我没处隐藏你的信。总之，你得安慰你的华莱丽，你的妻，你的孩子的母亲。唉，天天看到你的人，竟不得不跟你写信！所以我对贝德说：过去我真不知道自己的幸福。好宝贝，我多爱你，希望你多多爱我。

你的华莱丽

“哎哟，多少眼泪！……”男爵看完了信对自己说，“她的签名都看不清了。”——“她怎么啦?”他问兰纳。

“太太在床上抽搐，大发肝阳，简直缩做了一团，那是写完信才发作的。噢！她哭呀哭呀……先生叫骂的声音在楼梯上都听得见。”

男爵慌慌忙忙，拿起公事信笺写了下面一封信：

你放心吧，我的天使，他到死只能当一个副科长！你的主意妙极，咱们可以离开巴黎，带着咱们的小埃克多快快活活的过日子。我准定告老，可以在什么路局内找一个好差事。啊！可爱的朋友，你的信使我返老还童！噢！我要从头做起，你等着瞧吧，我要给咱们的孩子挣一份家业。你的信比《新哀络绮思》还要热烈百倍①，我读了之后竟发生了奇迹：我本以为对你的爱情已经达到最高峰，现在才觉得我更爱你了。今晚上你可以在贝德那边看到。

你的永远的　埃克多

兰纳把回信带走了，这是男爵写给他可爱的朋友的第一封信！这样紧张的情绪，跟正在远处里酝酿的风波恰好成为一个对比。但那时男爵满以为叔岳约罕·斐希所受的威胁业已解除，只牵挂自己的亏空问题了。

拿破仑党人的特性之一是信仰武力，认为武官总在文官之上。阿尔基利既是陆军部的势力范围，于洛当然更不把检察官放在心上，一个人总改不了过去的习气。当年帝国治下各大城市的首长、州长，那些内地的小皇帝，对过境的禁卫军都是远道迎送，趋奉唯恐不及的：试问一个禁卫军的长官，怎么能忘了这些亲身经历的威风？

四点半，男爵径自奔到玛奈弗太太家；上楼的时候像青年人一样心儿乱跳，老问着自己："我看得到她吗？看不到她吗？"早上自己家中的一幕，太太跪在他脚下的情景，他哪里还想得起？华莱丽的信，藏在一只薄薄的皮夹中间揣在怀里，从此不离身的了，那封信岂非证明他比一个风流后生更受人疼爱吗？打过了铃，倒霉的男爵听见玛奈弗的拖鞋声，和痨病鬼一连串的咳嗽声。玛奈弗一开门，摆好姿势，指着楼梯，跟早上男爵指精办公室的门一模一样。他说：

"你太于洛脾气了，于洛先生……"

男爵还想往里走，玛奈弗却从袋里掏出一支手枪，把子弹上了膛。

"参议官先生，一个人像我这样下贱的时候，你认为我下贱是不是？——出卖名誉的价钱不能全部收足，他是不怕进监牢做苦役的。你愿意打架，好吧，咱们来拼一拼，随时随地都可以。不准再来，不准你进这扇门：我已经把你我的情形报告了警察局。"

然后他趁着男爵发愣的当口把他推了出来，关上了门。

"该死的奴才！"于洛一边想一边上楼去找李斯贝德，"噢！现在我明白那封信了。我一定要带着华莱丽离开巴黎。她可以陪我到老，给我

---

① 新哀络绮思：法国作家卢梭书信体小说《新爱洛绮丝》的旧译名。

送终。”

贝德不在屋里。奥里维太太告诉于洛，说她上男爵夫人家找他去了。

“可怜的姑娘，想不到她会像今天早上那样聪明。”男爵心里想着，从华诺街走向伯吕梅街。

走到华诺街和巴比仑街转角，他回头望了望丈夫仗着法律的宝剑把他赶出来的伊甸园。华莱丽在窗口目送于洛；他一抬头，她便扬起手帕，该死的玛奈弗却打落了她的便帽，一把硬拖了进去。参议官眼里不禁亮起一颗泪珠。

“近七十的人了，受人家这样的爱！还眼看她被虐待！”他对自己说。

李斯贝德是到家里来报告好消息的。阿特丽纳和奥当斯已经知道，男爵不愿在部里当众丢人，拒绝发表玛奈弗的科长，这样一来，那个变了于洛死冤家的丈夫一定要把他撵出门外的了。不胜快慰的阿特丽纳，吩咐夜饭要弄到使她的埃克多觉得比华莱丽家更好：忠心的李斯贝德就在帮玛丽哀德解决这个难题。贝德此刻是全家崇拜的偶像：母女俩都吻着她的手，衷心喜悦的告诉她，元帅已经答应请她做管家了。

“亲爱的，从管家到太太，还不容易吗？”阿特丽纳说。

“维多冷跟他提起婚事的时候，他没有说不，”奥当斯补上一句。

男爵在家给招呼得那么殷勤，那么恳切，表示家里的人对他多亲热，他只得把满腹辛酸闷在肚里。元帅也来吃饭。饭后，于洛并不走。维多冷夫妇也来了。大家凑了一桌维斯脱。

“埃克多，你好久没有跟我们这样玩儿了！……”元帅一本正经的说。

在溺爱兄弟的老军人口中，这句暗示埋怨的话给大家一个深刻的印象。这弦外之音把心头巨大的伤口揭开了，把每个人的隐痛点穿了，使彼此都有同感。到八点，男爵要送贝德回去，答应送去就来。

“嗳，贝德，他竟然虐待她！”他到了街上说，“我现在更爱她了！”

“啊！我从来想不到华莱丽会这样爱你的！她轻佻，风骚，喜欢教人家追求、对她玩一套谈情说爱的喜剧，像她所说的：但她真心对待的只有你一个。”

“她有什么话要你告诉我呢？”

“啊，你听着。你知道她对克勒凡是相好过的；那不能怪她，唯有这样她才有老年的保障，但她心里厌恶他，并且差不多已经完了。可是她还留着小房子的钥匙。”

"吓，太子街!"欣喜欲狂的于洛叫起来，"单凭这一点我就情愿她养着克勒凡……我去过那儿，我知道……"

"钥匙在这儿，你明天就去配一个，配两个也可以，只要你来得及。"

"以后呢？……"于洛大有馋涎欲滴之概。

"明儿我再到你家吃饭，你把华莱丽的钥匙还我，克勒凡老头随时会向她要回的，后天你们可以相会啦，以后的事你们面谈就是了。你们可以放心，那边有两个出口。要是克勒凡，他是像他自己所说的，摄政王派，要是碰巧他从走廊进来，你们可以从铺子里出去，反过来也是一样。你瞧，老混蛋，这都是靠我的力量。你怎么报答我？……"

"由你说就是!"

"好，那么你不要反对我跟你哥哥的亲事!"

"什么！你！于洛元帅夫人！你福士汉伯爵夫人!"男爵大为诧异的喊，

"阿特丽纳不是男爵夫人么？……"贝德用着尖酸的，恶狠狠的声音回答。"听我说，老桃花，你明明知道你的事情搅到什么田地了！

你家里的人可能没有饭吃，掉在泥坑里呢……"

"我就怕这个!"于洛不由得毛骨悚然。

"要是你哥哥死了，谁养你的太太跟女儿？法兰西元帅的寡妇至少有六千法郎恩俸是不是？所以，我的结婚，只为了保险你的妻子女儿不至于饿肚子，你这个老糊涂!"

"我没有想到这么远！那么我去劝哥哥吧，因为我们都相信你的……你去告诉我的天使，说我把性命献给她了！……"

男爵看贝德走进了华诺街，便回家打他的韦斯脱，当晚宿在家里。男爵夫人快慰之极，丈夫好像恢复了家庭生活，半个月光景，他每天早上九点上衙门，下午六点回来吃饭，黄昏也在家里跟大家一起。他带着阿特丽纳和奥当斯看了两回戏。母女俩做了三台感恩弥撒，求告上帝既然把她们的丈夫与父亲送回了，但望把他永远留在家里。

一天晚上，维多冷看见父亲去睡觉了，对母亲说：

"嗳，咱们多快活，爸爸回来啦，所以我跟我的女人决不爱惜我们的钱，只要这局面能维持下去……"

"你父亲快上七十了。我看出他还在想玛奈弗太太，可是不久会忘掉的，对女人的疯狂不像赌博，投机，或者吝啬，它是有期限的。"

美丽的阿特丽纳——因为她虽然上了五十岁，经过了多少伤心事，还是很美——在这一点上可想错了。好色的人，天赋异禀，使他们爱的机能远过于爱情的界限，差不多永远是年轻的。在那个安分老实的时期内，男爵上太子街去了三次，他的表现绝对没有七十岁。情欲复炽，返老还童，他不惜把荣誉，家庭，一切，毫无遗憾的奉献给华莱丽。可是华莱丽完全变了一个人，从来不提到钱，不提给他们孩子的存款；相反，她愿意拿黄金给他，她爱于洛，好像一个三十六岁的妇人爱一个又穷又风流又多情的法科学生。而可怜的阿特丽纳还以为重新征服了她的埃克多！第三次幽会的终了，又定了第四次约会，有如从前意大利喜剧院完场的时候报告下一天的节目。时间约在早上九点。到了那快活的一天（痴情的老人就为了这种快乐的希望才勉强忍受家庭生活的），清晨八点左右，兰纳上门求见男爵。于洛怕出了什么乱子，赶紧出去找站在门外不肯进来的兰纳。那忠心的女仆递给他一封信：

我的老军人，此刻不要上太子街，我们的魔鬼病了，我要服侍他。你改在今夜九点去吧。克勒凡在高倍依勒巴家，决不会带什么女人上小公馆的。我安排好今天夜里抽身出来，可以在玛奈弗醒来之前赶回。如何，即盼见复。也许你老婆不像从前那样听你自由了。据说她还挺美，说不定你会欺骗我的，你这个老风流！信阅后即毁，我什么都不放心呢。

埃克多写了一封短短的回信：

我的爱人，我早已和你说过，二十五年以来我的太太从来不妨碍我寻欢作乐的。为了你，我一百个阿特丽纳都肯牺牲！今晚九时准到克勒凡庙堂去恭候我的女神。但愿副科长快快死掉！免得我们长此分离：千万珍重。

你的　埃克多

晚上，男爵对太太说要陪同部长到圣·格罗去办公，清早四五点才能回来。于是他上太子街去了。那正是六月将尽的时节。

很少人一生中真正经验过引颈就戮的感觉①，那些在断头台上遇赦回来的囚徒，当然可以计算在内，但有些做梦的人，的确在梦中活灵活现的体味过这种临死的惨痛，他们什么都感觉到，连刀子架在脖子上的感觉都有，直到天亮惊醒，才算把他们释放……可是，清早五点，男爵在克勒凡那张华丽的床上所经历的感觉，比缚上刑台、面对一万个人、两万道目光的感觉，更要可怕得多。华莱丽睡的姿态极美。唯有真美的女人才会在睡熟的时候不失她的美，华莱丽就够得上这个资格。这是艺术跑进了自然界，简直是一幅活的图画。男爵在平卧的姿态中，目光离地约有三尺，他仿佛一个人忽然惊醒过来想到什么念头似的，眼光漫无目的地在那儿乱转，无意之间停在房门上，那是由出名的艺术家杨画满了花卉的。男爵并没像临刑的罪犯一般看到两万道目光，而只看到一道比广场上的两万道更尖利的目光。这种温柔乡中的恐怖感觉，当然比死囚的感觉更难得，要是临到那般急性子的英国人，准会闹一场大病的。男爵平躺着，的的确确出了一身冷汗。他想不相信，但那只杀气腾腾的眼睛开始说话了！门背后有唧唧哝哝的声音。男爵觉得庙堂里有了人是没有问题的了，心里想：

“也许只是克勒凡跟我开玩笑！”

房门打开了。尊严的法律，在布告上仅次于王徽的，当时法国政府布告及法律文件，均以“兹以法律马国王陛下之名……”开始。但在文字上端另有王徽图案，故言“严的法律，在布告上仅次于王徽的……”化身为一个矮小的警察局长，跟着是一个瘦长的治安法官，带路的是玛奈弗大爷。警察局长，下面是一双翻鞋面扣着套结的鞋子，上面是一个头发稀少的黄脑壳，活现出一个嘻嘻哈哈，爱说爱笑，对巴黎生活了如指掌的老狐狸。他的眼睛，透过眼镜，露出一副俏皮狡猾的表情。治安法官是诉讼代理人出身，风月场中的老手，对被告非常眼热。

“男爵，请你原谅我们公事公办！”警察局长说。“我们受理了原告的申请才来的。打开屋子的时候有治安法官在场作证。我知道你的身份，也知道女的是谁。”

华莱丽睁开惊异的眼睛，像女戏子在舞台上表演发疯似的大叫一声，在床上扭作一团，仿佛中世纪魔鬼上身的人穿了硫磺衣受火刑的样子。

她跳起来，在三位看客前面像一道白光似的闪过，蹲在小柜子后面，手捧着脸。

---

① 引颈就戮：伸长脖子等着被杀。指从容就义，毫不畏惧。

一个矮小的警察局长……露出一副俏皮狡猾的表情
治安法官是……风月场中的老手，对被告非常眼热

“完了！死了！……”她叫着。

“先生，”玛奈弗对于洛说，“要是玛奈弗太太发了疯，你就不只是一个淫棍，而且是一个杀人犯……”

一个人在一张既不属于自己也不是租赁得来的床上，跟一个同样不属于自己的女人在一起，给人当场拿住，他怎么办呢？是这样的：

“法官，局长，”男爵很威严的说，“请你们顾全这可怜的女人，她可能精神错乱……你们等会再做笔录，大门想必关上，她跟我都跑不了的，在我们这种情形之下……”

两位公务员接受了参议官的命令。于洛抓着玛奈弗的手臂，拉他到身旁轻轻的说：

“你来跟我说话，混蛋！……杀人犯不是我，是你！你要当科长，得四等勋章吗？”

“这是主要条件，署长。”玛奈弗点点头。

“都给你就是，先去安慰一下你的老婆，把这些人打发走。”

“不行哪，”玛奈弗很机灵的回答，“这几位先生还要做备案笔录，没有这个可以拿去告发的证件，我怎么办？大官儿专门骗人，你偷了我老婆，却没有把我升科长。男爵，我限你两天之内办妥。还有信……”

“信！……”男爵打断了玛奈弗的话叫起来。

“是啊，那些信，证明我女人肚里的孩子是你的……你明白没有？有了这个杂种，我的儿子将来分家不是吃亏了吗？你得拿出一笔存款赔偿这个损失。我不会多要，那是儿子的事，与我不相干，我又不稀罕当什么父亲！我！两千法郎利息的存单就行了。明天早上我要补上高盖的缺，国庆日受封的名单上要有我的名字……要不我就把今天的笔录送检察署。我总算宽宏大量了吧，你说？”

“天哪！好漂亮的女人！”治安法官对警察局长说，“她要发了疯，可是社会的大损失呢！”

“她一点不疯。”警察局长故意郑重其事的回答。

干警察的对一切都是怀疑的。

“于洛男爵落了人家的圈套。”局长有心提高了声音，让华莱丽听见。

华莱丽把局长瞪了一眼，要是她眼中的火气能够飞射过去，可能一瞪之下就把他瞪死。局长却微微笑着，因为华莱丽也中了他的计。玛奈弗和男爵把全部条件谈妥了，教他女人到房里穿好衣服。男爵披着件睡衣走到外间来，对两位公务员说：

“保守秘密的话跟两位可以不用多说了吧？”

两人弯了弯腰，局长在门上轻轻敲了两下，书记便进来坐在小柜子前面，把局长低声念出的笔录写下来。华莱丽还在那里哭得很伤心，她穿扮完了，男爵进房去穿衣。这期间，笔录也写完了。玛奈弗预备带着女人走了，可是于洛认为这是最后一面，便做了一个手势，要求跟她说几句话。

“先生，我为你太太花的代价，你该允许我跟她告别了吧……自然是当着你们众人的面。”

华莱丽走过来，于洛咬着她的耳朵说：

“现在只有逃的一法：可是怎么联络呢？咱们已经被人出卖了……？”

“还是托兰纳！可是好朋友，这样闹过以后，咱们不能再见面了。我丢尽了脸。人家还要对你说我的坏话，你会相信的……”

男爵做了一个否认的姿势。

“你会相信的；我倒要谢谢老天，因为那样你不至于想我想得太苦了。”

玛奈弗过来把他女人带走，凑在男爵耳边说：“他没有当副科长当到死！”

然后他又恶狠狠的说：“够了，太太：我尽管对你软心肠，却不能在众人前面做傻瓜。”

华莱丽离开克勒凡公馆的时候，对男爵临去秋波做了一个媚眼，他以为还在爱他呢。法官殷勤的搀着玛奈弗太太的手臂，送她上车。男爵还得留下签字，张着嘴愣在那里。这时只剩警察局长一个人了。参议官签了字，局长从眼镜上面抬起眼睛，俏皮的望着他。

“男爵，你对这位小太太喜欢得不得了，嗯？”

“算我晦气，你瞧……”

“要是她不爱你呢？欺骗了你呢？……”

“我知道的，先生，就在这儿……我们当面说明了，克勒凡跟我……”

“啊！你知道这儿是区长的小公馆？”

“知道。”

局长把帽子掀了一掀，向老人告辞。

“你真是多情，我不说了。对根深蒂固的嗜好，我决不多嘴，正如医生碰上根深蒂固的病决不下手……我看见过银行家纽沁根先生也染上这一类的嗜好……”

“他是我的朋友，”男爵回答，“我跟那个美人儿哀斯丹常常一块儿吃饭的，她的确值得他花两百万。”

“不止！这位老银行家的嗜好还送了四条命呢！噢！这一类的疯魔真像霍乱一样。”

“你这是什么意思呢？”参议官对于这个弦外之音的劝告有点儿不痛快。

“干么我要扫你的兴？在你的年纪还能有幻想是不容易的。”

“让我醒醒吧！”参议官叫着。

“过后人家又会骂医生的，”局长笑道。

“求你，局长，你说呀……”

“那么告诉你，这女人是跟丈夫串通的……”

“噢！……”

“先生，十桩案子总有两桩是这个情形。嘿！我们一看就知道。”“说他们串通有什么证据？”

“先是那丈夫，”精明的局长跟揭惯创口的外科医生一样镇静，“那张坏蛋的扁面孔就摆明着一副敲诈的嘴脸。其次，你不是有一封那女人写给你提到孩子的信，你看得很重的吗？”

“是啊，我看得很重，老带在身上的，”男爵一边回答，一边往袋里掏那口永不离身的小皮夹。

“不用掏了，”局长的口气仿佛在庭上控诉一般，“你的信在这儿。我要知道的事，现在全知道了。玛奈弗太太一定晓得皮夹里藏的东西。”

“只有她一个人知道。”

“果然不出我所料……这就是那小女人串通的证据。”

“怎么呢？”男爵还不肯相信。

“我们来的时候，男爵，混账的玛奈弗先进来，在那个家具上拿到这封信，”局长指着小柜子说，“一定是他女人预先放好的。放的地方明明是夫妻俩事先约定的，只有她能在你睡熟的当口偷到那封信；因为那女人的信，加上你给她的信，在提起公诉的时候是最重要的证件。”

局长拿出那天兰纳送到部里的信，给男爵看。

“这是案卷的一部分，请你还我，先生。”局长说。

“那么先生，”于洛的脸完全变了样，“这简直是有计划的卖淫。我现在确实知道她有三个姘夫了①!"

"看上去就是这种货！嗨，她们不是都站在街上的。等到她们有了自备车马，在沙龙里或是自己家里干这一行的时候，就不是论法郎论生丁的了。你刚才提到的哀斯丹小姐，服毒自杀了的，吞掉几百万呢！……你要是相信我，男爵，你一定会勒马收缰。这最后一局教你破费得够了。那混蛋丈夫有法律撑腰……没有我，那小女人还会把你钓回去呢。"

"谢谢你，先生。"男爵说着，还在勉强保持他的尊严。

"先生，戏文完啦，咱们要关门了。请你们把钥匙还给区长吧。"

于洛回到家中，失魂落魄，差不多要倒下来，一些可怕的念头把他搅昏了。他唤醒了他的高尚、圣洁、纯粹的妻子，把三年的历史统统倒在她心里，嚎啕大哭，像一个给人家夺去了玩具的孩子。这个老少年的忏悔，这篇辛酸而丑恶的史诗，阿特丽纳听了又是感动，又是欢喜，她感谢上天给他这下子最后的打击，以为从此丈夫可以在家里收心了。

"李斯贝德看得不错，她早已对我们说过了，"于洛太太声音很温和，没有加上不必要的埋怨。

"是的！唉！那天我就该听她的话，不该再逼可怜的奥当斯回家去顾全那个……噢！亲爱的阿特丽纳，咱们得把文赛斯拉救出来，他已经跌入泥坑，越陷越深啦!"

"可怜的朋友，小家碧玉对你也不比女戏子合适，"阿特丽纳笑了笑说。

男爵夫人看到她埃克多改变的样子吓坏了。当他受难，伤心，被痛苦压倒的时候，她只有仁爱，慈悲，恨不得把自己的血都拿出来，使埃克多快活。

"跟我们在一块儿吧，亲爱的埃克多。你告诉我，那些女人用什么方法把你笼络到这样的？我可以努力的学……干么你不训练我来迎合你的心意呢？难道我不够聪明吗？人家觉得我还相当的美，还有被追求的资格。"

许多已婚的女子，贤妻良母的女子，在此都可能发问：为什么那些男人，对玛奈弗太太一流的女人会那样慷慨，那样勇敢，那样哀怜，却不愿把自己的妻子，尤其像于洛太太这样的妻子，当作他们痴情的对象？这是人的最大的神秘。爱情是理性的放纵，是伟大心灵的享受，阳性的，严肃的享受；肉欲是街头巷尾出卖的，庸俗猥琐的享受；两者是同一事实的两

① 姘夫：非夫妻关系而发生性行为的男性，对应的女性称为姘妇。

面。能同时满足两种天性的两种口味的女子，和一个民族的大军人，大作家，大艺术家，大发明家，同样难得。优秀人士如于洛，伧夫俗物如克勒凡，对于理想与淫乐，同样感到需要，他们都在访求这个神秘的两性混合物，访求这个稀世之珍，而它往往是一部上下两册合成的作品。这种追求是社会造成的一种堕落。当然，我们应当认为婚姻是一桩艰苦的事业，它就是人生，包括人生的劳作与牺牲，但这些牺牲是要双方分担的。荒淫无度的人，那些觅宝的探险家，虽不像社会上别的作奸犯科的人受到重罚，他们的罪过却是相等的。这番议论并非说教的闲文，而是为许多无人了解的灾祸做注解。再说，本书的故事，它自身就有多方面的教训。

男爵马上赶到亲王维森堡元帅家，他最后一条出路就是元帅这个靠山了。

三十五年来受着这位老英雄的知遇，他可以随时晋见，亲王起床的时节，他就能直入寝室。

“哎！你好，亲爱的埃克多，”那位宅心仁厚的名将招呼他。“你怎么啦？担着心事的样子。国会不是休会了吗？啊！又打过了一仗！我现在提到这个，好像从前提到咱们的会战一样。对啦，报纸也把国会的开会叫作大开论战的。”

“不错，元帅，我们碰到很多麻烦，这是时代的苦闷。有什么办法！世界就是这个样。每个时代有它的难处。1841 年代最大的不幸，是王上跟部长都不能放手做事像当年皇帝一样。”

元帅对于洛扫了一眼，鹰隼一般的目光所表现的那种傲气，那种清楚的头脑，那种深刻犀利，显得他虽然上了年纪，伟大的心灵依旧保持着它的坚毅与刚强。

“你有什么事求我吗？”他带着轻松的神气。

“我逼不得已，要求您特别开恩，把我的一位副科长升做科长，还要给他一个四等勋章……”

“他叫什么？”元帅闪电似的目光把男爵瞪了一眼。

“玛奈弗！”

“他有位漂亮太太可不是？你女儿结婚的时候我看见过……要是劳伊哀……可是劳伊哀不在……埃克多，我的孩子，这是为了你寻欢作乐。怎么！你还乐此不疲！啊！你真是替帝国禁卫军挣面子！这就叫作当过军需，存货充足！……不谈这件事好不好，我的孩子，这种风流事不便当公事办。”

"唉，元帅。这是一桩倒霉事儿，闹成风化案子了①，您总不愿意我给抓进警察局吧?"

"哟！该死!"元帅叫了一声，皱起眉头，"你说罢。"

"我好比一个狐狸跌入了陷阱……您一向对我多么好，求您救我一救，别让我丢这个脸。"

于洛便把他的倒霉事儿尽可能用最风趣的，满不在乎的态度说了一遍。末了他说：

"亲王，您愿意让您的好朋友，我的哥哥，气死吗?您能眼见手下一个署长，一个参议官，受这个耻辱吗?玛奈弗是一个下流东西，咱们两三年内就要他退休。"

"两三年，你说得那么轻松！好朋友！……"元帅回答。

"可是，亲王，帝国禁卫军是不朽的啊。"

"第一批晋级的元帅眼前只剩我一个了。埃克多，听我说。你不知道我对你多关切：你等着瞧罢！等到我离开陆军部的时候，咱们一同离开。唉，你不是议员，朋友！许多人都在谋你的位置，没有我，你早已下台了。是的，我费了多少口舌才你保住……好吧，我答应你两桩要求：在你这个年纪，这个地位，再去坐在被告席上，我是受不了的。可是你太不爱惜名誉了。倘使这次的任命教人家起哄，我们一定是众矢之的。我，我才不理呢；可是你呀，你脚底下又多了一根刺。议院下次开会的时候，你可站不住了。五六个有势力的人都在钻谋你的缺份，你能够保住，全靠我推论的巧妙。我说，你一朝退休，出了缺，一个人固然是乐意了，却得罪了其余五个，远不如让你摇摇晃晃的再拖两三年，我们倒在议会里可以挣到六票之多。大家在内阁会议上听得笑了，认为老禁卫军的老头儿——像人家所说的——应付议会的战术也相当高明了……这些我都明明白白告诉你了。并且你头发也花了……居然还能闹出这种乱子来真是了不起！高打少尉养情妇的时代，在我是已经恍如隔世了维森堡亲王未受封时，姓高打，行伍出身时的官阶是少尉，故自称高打少尉!"

元帅说罢，打铃叫人。

"那个笔录非毁掉不可!"他又补上一句。

"爵爷，你对我像对儿子一样！我本来不敢向您开口。"

元帅一看见他的副官弥多弗莱进来，便说："我总希望劳伊哀在这里，

---

① 风化：风俗教化。

我要找他回来——啊，弥多弗莱，没有你的事了——至于你，老伙计，去教人把委任状办起来，我签字就是了。可是这该死的坏蛋，作恶的果实休想保持长久。我要教人监视他，稍有差池，马上把他当众开刀。现在你没事了，亲爱的埃克多，你自己检点检点吧。别惹你的朋友生厌。委任状上午就送回给你，四等勋章我提名就是……你今年几岁啦?”

“七十岁差三个月。”

“好家伙!”元帅笑着说。“凭你这种精神倒应该晋级呢，可是，天哪！咱们不是路易十五的朝代。”

这些都由于义气的作用。拿破仑手下几位硕果仅存的宿将之间，就有这等同胞的义气，他们仿佛老是在战地上扎营野宿，需要彼此相助，对付所有的人，抵抗所有的人。

“再讨一次这样的情，我就完啦。”于洛穿过院子的时候想。

这位倒霉官儿，又去看特·纽沁根男爵。他本来只欠一笔极小的小数目了，这次又向他借了四万法郎，拿两年薪水作抵；但纽沁根要求，徜使于洛中途退休，就得把养老金来抵充，直到本利清偿为止。这笔新的交易，像上次一样由伏维奈出面。他又另外向伏维奈签了一万二千法郎的借票。下一天那份该死的笔录，丈夫的状子，信件，全部给销毁了。在大家筹备国庆的忙乱期间，玛奈弗大爷敲诈得来的升级，居然无人注意，报纸上也只字未提。

一二

李斯贝德，表面上跟玛奈弗太太闹翻了，搬到于洛元帅家。在上面那些事情以后十天，老姑娘跟老将军的婚约由教堂公布了。为了说服老人，阿特丽纳把埃克多不堪收拾的经济情形告诉了他，还求他绝对不要跟男爵提，因为，她说，男爵近来愁眉苦脸，心绪恶劣，丧气到了极点……

"唉，他也到了年纪了！"她又补上一句。

因此李斯贝德是胜利了！她马上要达到她野心的目的，完成她的计划，出尽她的怨气。一想到多少年来瞧她不起的家庭，要由她来高高在上的加以控制，她快乐极了。她决定要做她的保护人的保护人，养活这些倾家荡产的亲族，成为他们的救命星君。她照着镜子对自己行礼，叫自己伯爵夫人或元帅夫人！阿特丽纳和奥当斯要在艰难困苦中度她们的余年，至于她贝姨，将要出入宫廷，在社会上领袖群伦。

不料出了一件惊人的大事，把蹲在社会的峰尖上洋洋自得的老处女，一个筋斗摔了下来。

就在颁布第一道婚约公告的当天，男爵得到了非洲的信息。又是一个亚尔萨斯人上门，问明确是于洛男爵本人之后，交出一封信，留下住址走了。男爵只念了开头几行，就好似给雷劈了一样：

侄婿青及：照我的计算，你收到此信应当在八月七日前后。假定我们所要求的援助要你花三天功夫，再加路上的半个月，我们就要到九月初一了。

如果事情能在这个限期内办妥，你的忠心的约罕·斐希的名誉，生命，还可以得救。

这个要求，是你派来做我帮手的职员提出的。大势所趋，我不是上重罪法庭，就是受军法审判。你知道约罕·斐希是永远不上任何法庭的，他会向上帝的法庭自首。

男爵只念了开头几行，就好似给雷劈了一样

我觉得你那个职员是个坏蛋，可能拖累你，但他像骗子一样聪明。他说你应当说服人家，派一个视察，一个特别委员，到这儿来调查弊端，追究罪犯，加以惩处。但我们和法院之间，有谁先来缓冲一下呢？

如果你的委员能够带着你的全权命令尽九月初一赶到，如果你能够汇二十万法郎来补足我们的存底，我们现在说是存在远地方的，那么在会计方面我们可以被认为毫无弊病。

你可以把阿尔基利任何一家银号的汇票写我的抬头，托来人带回。他是可靠的，是我的一个亲戚，决不会想知道他带的是什么东西。我已经安排好他的回程。倘使你毫无办法，那么为了一个替我们的阿特丽纳造福的人，我是死而无怨的。

爱情的悲苦与欢乐，结束他风流生活的横祸，使于洛男爵忘记了可怜的约罕·斐希，虽然眼前这个紧急的危险，早已在第一封信中报告得明明白白。男爵心乱如麻的离开餐室，让自己在室厅里一张长沙发上倒了下来。倒下去的势头太猛烈了，他昏昏沉沉的愣在了那里。他直着眼瞪着地毯上的玫瑰花纹，根本忘了手里还有约罕·斐希那封致命的信。阿特丽纳在卧室内听见丈夫像一块石头一般倒在沙发上，声音那么怪，以为他中风了。她害怕得不能动弹不能呼吸，只能从门里望到外间的镜子中，看见埃克多软瘫在那里。她轻手蹑脚的走过来，埃克多也没有听见，她走近去，瞥见了信，拿来念了，立刻四肢发抖。她的神经在这样的剧烈震动之下，从此没有能完全恢复。几天之后，她老是浑身哆嗦，因为第一阵的刺激过后，她需要从本原中迸出力最来有所行动，以致引起了神经的反应。

“埃克多！到我屋子里去，”她说话的声音只像呼一口气。“别给女儿看到你这副样子！来吧，朋友，来吧。”

“哪儿来二十万法郎呢？我可以要求派格劳特·维浓去当查办委员。他是很机灵很聪明的人……那不过是一二天功夫就好办了的手续……可是二十万法郎，我儿子又拿不出，他的屋子已经做了三十万押款。大哥至多只能有三万法郎积蓄。纽沁根只会对我说风凉话！伏维奈吗？……上次为那无耻的玛奈弗的孩子凑数目，他借给我一万法郎已经不大乐意。完了完了，我只能跑去跪在元帅前面和盘托出，让他说我下流，挨一顿臭骂，这样也许下台的时候还不至于当众出丑。”

“可是埃克多，这不光是破产，并且是身败名裂！我可怜的叔叔会自杀的。你要杀，也只能杀我们，可不能做凶手害死别人呀！拿出勇气来，还是有办法的。”

“一点没有！”男爵说，“政府里没有一个人能筹出二十万法郎，哪怕为了挽救一个内阁！……噢，拿破仑！还会有第二个拿破仑吗？”

“叔叔呀！可怜的人哪！埃克多，咱们不能让他身败名裂的自杀啊！”

“路是还有一条，”他说，“可是渺茫得很……是的，克勒凡跟他女儿翻了脸……唉！他的确有钱，只有他能……”

男爵夫人忽然灵机一动，说道：“喂，埃克多，还是送掉你的妻子吧，却不能送掉咱们的叔叔，你的哥哥，跟全家的名誉！对啦，我可以把你们统统救出……噢，我的天！该死的念头！我怎么会想到的？”

她合着手，跪在地下做了一个祷告。她站起来一看见丈夫脸上喜出望外的表情，不禁又动了那个邪念。于是阿特丽纳垂头丧气，像呆子一样。

“好，朋友，你去吧，赶到部里去，”她从迷惘中惊醒过来叫着，“想法子派一个委员，非派不可。把元帅哄骗一下！等你五点钟回来，我也许会……是的！我一定替你把二十万法郎端整好。你的家庭，你做人的名誉，做参议官、做行政官的名誉，你的清白，你的儿子，一切都可以得救了，可是你的阿特丽纳是完了，你永远见不到她的了。埃克多，朋友，”她跪了下来，抓着他的手亲吻，“祝福我呀，跟我说声再会呀！”

这番话说得那么沉痛，于洛把她扶起来拥抱着，问道：

“我不明白你什么意思！”

“你明白了，我就要羞死了，再不然这最后的牺牲，我要没有勇气去做了。”

“太太，开饭了。”玛丽哀德来通知。

奥当斯过来向父母问好。老夫妻俩还得装作若无其事的去吃饭。

“你们先去，我就来！”男爵夫人说。

她坐下写了一个字条：

亲爱的克勒凡先生，我有事恳求你，希望你马上劳驾一次。你素来热心，想必不致令人久待。

阿特丽纳·于洛

女儿家的老妈子路易士正在伺候开饭，男爵夫人吩咐她：“路易士，把这封信交给看门的，要他照信上的住址立刻送去，讨一个回条来。”

男爵正在看报，把一张共和党的报纸授给太太，指着一段消息说：

“不知道还赶得及吗？”

那是一段措辞激烈的简讯，为报纸专门用来调剂一下它们的政治滥调的。

本报阿尔基利访员消息：奥朗省的军粮供应，弊端百出，已由司法当局着手侦查。渎职情事业已查明属实，犯罪人员亦已侦悉。倘不严厉惩治，则中饱舞弊，克扣军粮所致士兵之损害，将尤甚于阿拉伯人之枪弹与气候之酷烈。该案发展，待有详细消息，再当披露。阿尔基利之行政机构，如1830年宪章所规定，即欠周密，舆论界曾一再指摘，今兹事端，足证各报过去言论并非过虑云云。

“我要穿起衣服上部里去，”男爵离开饭桌时说，“时间太宝贵了。每分钟都有一个人的性命出入。”

“噢，妈妈，我没有希望了。”奥当斯喊着。

没有办法再止住眼泪，她把一份美术杂志递给母亲。于洛太太看见一幅铜版的图，印着史丹卜克伯爵雕的《达丽拉》，下面注着玛奈弗太太藏。文章的作者只署一个维字，但最初几行就显出了格劳特·维浓的文才与有心讨好的意味。

男爵夫人说了声：“可怜的女儿！……”

母亲这种近乎冷淡的口吻，使奥当斯大吃一惊，她望了一眼，发觉母亲脸上的表情比她自己的还要痛苦百倍，便过去抱了母亲问：“妈妈，你怎么啦？什么事呀？难道咱们还会比现在更苦吗？”“孩子，我觉得跟我今天的痛苦相比，过去一切可怕的苦难都不算一回事。什么时候我可以不再受苦了呢？”

“到了天国的时候，妈妈！”奥当斯回答。

“来，好孩子，你来帮我穿衣……噢，不……我不愿意这一回的梳妆要你来帮忙。你叫路易士来吧。”

阿特丽纳回到房里，照着镜子。她又辛酸又好奇的把自己打量一番，暗暗问自己：“我还好看吗？……还有人为我动心吗？……有没有皱裥呀？……”

她撩开美丽的淡黄头发，露出太阳穴……皮肤还像少女一般娇嫩。阿特丽纳再进一步露出肩膀来瞧了瞧，满意之下，她做了一个骄傲的姿势。

凡是美丽的肩膀，它的美是女人身上最后消失的美，尤其在一个生活纯洁的女子。阿特丽纳仔细挑出她最好的衣着行头；可是一个虔诚贞节的女人，尽管加上许多卖弄风情的花样，穿扮起来还是那股幽娴贞静的气息。灰色的新丝袜与后跟镂空的缎鞋有什么相干，既然她不知道应用的艺术，不懂得在紧要关头把一只美丽的脚往衣裾外面探出几分，而衣裾又在空中高举着一点引人遐想！她穿上她最漂亮的印花纱衣衫，短袖敞领；但她看到自己过于袒露又害怕起来，把美丽的手臂裹上一重浅色的轻纱，胸部肩部又加上一条绣花的披肩。她觉得英国式的长发纷披太露骨，便戴一顶漂亮的便帽冲淡一下；可是戴帽子也罢，不戴帽子也罢，她会不会把金黄色的头发卷儿轻弄慢捻，借此展览她的纤纤玉手教人欣赏呢？……犯罪的意识，明知故犯跳入火坑的准备工作，使这位圣洁的女子浑身发烧，暂时恢复了一下青春的光彩。这就等于她的胭脂花粉。她眼睛发亮，皮肤发光。她非但没有做到迷人的风度，反而有股妖气使她自己看了作恶。她曾经教李斯贝德叙述文赛斯拉背弃妻子的经过当她知道玛奈弗太太一个黄昏，一刹那之间就把艺术家钓上的时候，不禁大为讶异的问：

“这些女人有什么诀窍呢？”

对这个问题，贞节的女子真是好奇到了极点，她们又要保守自己的清白，又想具备淫荡的魔力。

“她们就是会迷人，那是她们的职业，”贝姨回答。“你不知道，那天晚上的华莱丽，简直可以教一个天使为了她入地狱。”

“告诉我她们用的什么方法。”

“那个玩艺儿没有理论，只有实际的经验。”李斯贝德俏皮的说。

男爵夫人想起这段对话，很想请教一下贝姨，可是来不及了。可怜的阿特丽纳，既不会点一颗别出心裁的美人痣，或是当胸系一朵蔷薇，也想不出什么装扮的技巧，能够教男人死灰复燃；结果只是穿扮得很讲究而已。淫娃荡妇，也不是你想做就做得到的！莫利哀在《爱情的怨恨》中，借那个有见识的仆人葛罗·勒南的嘴，俏皮的说过一句话：“女人是男人的杂烩汤。”这个譬喻表示爱情中也有烹调一样的技术。贞节的妇女像荷马史诗中的一席盛宴，等于把肉放在炽旺的炭火上生烤。荡妇却是名厨加兰默的出品，葱姜酱醋，五味俱全加兰默为19世纪法国名庖，曾为泰勒朗、沙皇、奥皇等等的掌膳，著有食谱传世。男爵夫人不能也不会学玛奈弗太太的样，把雪白的胸脯衬着花边，像佳肴美馔一般捧出去。她不懂某些姿态的诀窍，不懂某些眼神的效果。总之，她没有她的杀手锏。贤德的太太尽管装扮来，装扮去，始终拿不出什么去吸引登徒子那双精明的眼睛。

要在人前庄重而在丈夫面前妖冶，只有天才才办得到，而这等女子是不多的。这是夫妇之间长期恩爱的秘诀，在一些缺乏那种双重奇才的女子，只觉得长期恩爱是一个不可解的谜。假定玛奈弗太太是端庄贤德的话，她便是特·贝加尔侯爵夫人16世纪有名的意大利贵妇，一名维多丽亚·高龙巴，为弥盖朗琪罗知交！这批伟大的名媛淑女，德貌双全的狄阿纳·特·博济哀一流，的确是寥寥可数的。

这部惊心动魄的巴黎风化史开场的一幕，现在又得重演一遍，所不同的是，当年民团上尉预言的苦难，把角色颠倒了。于洛太太等待克勒凡时的心情，便是三年前他坐在车中向路人微笑时的心情。更可怪的是，男爵夫人就在预备委身失节的时候，也没有改变她忠于自己忠于爱情的主意；而她的委身失节又是最鄙俗的一种，远不如热情冲动的失节，在某些批评者心目中还可以得到原谅。

她听见外边铃响，心里想："怎么样才能做一个玛奈弗太太呢?"

她忍住了眼泪，虚火上升，脸色通红；这个可怜的高尚的女人，发愿要彻头彻尾做一个荡妇!

克勒凡走上宽大的楼梯。想道："这位好太太有什么鬼事求我呢？呃！大概要提到我跟赛莱斯丁纳和维多冷的争执吧，可是我决不让步！……"

他跟在路易士后面走进客厅，看到四壁萧然的景象，不禁对自己说："可怜的女人！……好像一幅名画给一个不懂画的人扔在了阁楼上。"

克勒凡看见商务部长包比诺伯爵常常买画买雕像，也想自命风雅，做一个有名的收藏家；其实那般结交艺术家的巴黎豪客，对艺术的爱好只限于拿二十个铜子去换二十法郎的作品。阿特丽纳对克勒凡妩媚的笑了笑，指着面前的一张椅子请他坐下。

"美丽的太太，我来领教啦。"克勒凡说。

成了政客的区长改穿黑衣服了。在这套衣服上面，他的脸好似一轮满月高高的挂在深色的云幕之上。他的衬衫，明星似的扣着三颗珠子，值到五百法郎一颗，教人瞻仰他胸部的魁伟，他常常说："我将来一定是个讲坛上的健将!"那双又大又粗的手从早起就戴着黄手套。纤尘不染的漆皮靴，说明他是坐单匹马的棕色小车来的。三年以来，野心改变了克勒凡的姿势。像大画家一样，他的作风到了第二期。逢到大场面，去拜访维森堡亲王，上州公署，或是看包比诺伯爵等等，他便依照华莱丽的传授，一只手随随便便的拿着帽子，一只手很俊俏的插在背心的挂肩里面，一方面跟人家颠头耸脑，挤眉弄眼，做出许多表情。这一套新姿势是俏皮的华莱丽教他的，她借口要使区长返老还童，给他多添了一副可笑的功架。

“我请你来，亲爱的克勒凡先生，”男爵夫人声音慌慌张张的说，“是为了一件极其重大的事……”

“我猜到了，太太，”克勒凡做出一副老奸巨猾的神气，“可是你的要求是办不到的……噢！我不是一个野蛮的父亲，不是一个像拿破仑说的，从头到脚都死心眼儿的吝啬鬼。美丽的太太，听我说。要是孩子们为了自己破产，我会帮他们忙；可是替你的丈夫做担保，太太！……那不是去填一个无底洞吗？把屋子做了三十万押款，为了一个不可救药的父亲！糊涂的孩子，他们搅光了！又不曾大吃大喝的玩过！他们现在的生活，只靠维多冷在法院里挣的那一点了。你令郎就会说废话！……哼！他想当部长呢，这位小博士，咱们全家的希望！好一条救生船把自己都拖下了水。要是他为了应酬议员而欠债，为了争取票数，扩张势力而闹亏空，那我会对他说：‘朋友，钱在这里，你尽管拿！’可是替他老子付荒唐账！——那些荒唐我不是早对你预言过了吗？……啊！他老子使他再也爬不上去……将来倒是我要当部长呢……”

“唉！亲爱的克勒凡，问题不是为了咱们一片孝心的孩子……唯其你对维多冷和赛莱斯丁纳横了心，我更要疼他们，把你盛怒之下给他们的悲伤解淡一些。你的惩罚孩子是因为他们做了一件好事！”

“是的，做了一桩不应该做的好事，就等于做了半桩恶事！”克勒凡很得意他的辞令。

“亲爱的克勒凡，所谓做好事，并不是在钱多得满起来的荷包里掏点出来送人！而是为了慷慨而省吃俭用，为了做善事而吃苦、而预备人家忘恩负义！不花代价的施舍，上帝是不承认的……”

“太太，圣徒尽可以进救济院，他们知道那是天堂的大门，我，我，我是一个凡夫俗子，我怕上帝，我更怕贫穷的地狱。没有钱，在眼前这个社会组织里是最要不得的苦难。我是这个时代的人，我崇拜金钱！……”

“从世俗的眼光看，你是对的。”阿特丽纳回答。

她真是离题十万八千里，而她一想到叔父，就觉得自己像圣·洛朗躺在火刑台上①，因为叔父拔枪自杀的情景已经在她眼前了。她低下眼睛，然后又抬起来把克勒凡望了一眼，像天使一般温柔，却不是华莱丽那种富于诱惑性的淫荡。早三年的话，这一个动人的眼风是会教克勒凡魂灵出窍的。她说：

“我觉得你从前还要豪爽得多……你提到三十万法郎的时候，口气像王爷一样……”

克勒凡瞅着于洛太太，觉得她有如一朵花事阑珊的百合，不免隐隐约约起了一点疑心，但他对这位圣洁的女人的敬意，使他马上把那点疑心压了下去，不敢想到什么风流的念头。

“太太，我并没有改变；可是一个做过花粉生意的，当起王爷来也是有条有理，非常经济的，不但事实如此，而且应当如此；他对付一切都保持这种井井有条的观念。我们可以为了寻欢作乐立一个户头，放一笔账，把某些盈利拨过去；但是动血本！……那简直是发疯了。孩子们应得的财产，他们母亲的一份和我的一份，绝对少不了；可是他们总不至于要我闷死，要我做修士，做木乃伊吧！……我是喜欢及时行乐的！要享福到老的！凡是法律，感情，家庭要我尽的义务，我都尽过了；正如到期的票据我无不交割清楚。孩子们处理家务能像我一样，我也就满足了；至于眼前，只消我的胡闹，那我并不否认，只消我的胡闹，对谁都不损害，除了那般户头之外（对不起！你是不懂这个交易所的俗语的）……孩子们就没有一句话好责备我，而且在我死后照样有笔可观的遗产到手。他们关于自己的老子，能这样说吗？他一下子伤了两个，把他的儿子和我的女儿一齐害上了……”

男爵夫人越说，离题越远了：

“你对我的丈夫非常过不去，可是你会跟他做好朋友的，倘使他的太太意志薄弱的话……”

她对克勒凡飞了一个火辣辣的眼风。她像丢蒲阿再三再四用脚踢着摄政王一般丢蒲阿为法国17—18世纪大政治家，为路易十五未成年时的指政王的老师兼心腹，辅佐摄政王当国。相传某次摄政王微服出外，与丢蒲阿偕行，伪装丢之仆人。在外时丢即以仆役对待，屡加足踢，致摄政王后悔不该伪装仆役。政王以好色著名，本书中所谓摄政王派即指此，做得太露骨了，使风流的花粉商又动了好色的念头，心里想：

---

① 圣·洛朗：罗马帝国时期，基督教派的圣·洛朗因为穷人的事得罪了当权者被处于火刑而死。

“她是不是想对于洛报复呢？……是不是觉得我当了区长比民团上尉高明呢？……女人真古怪！”

于是他摆出他第二种姿势，色迷迷的瞅着男爵夫人。她接着说：

“似乎你气不过他，因为你追求一个贞节的女人碰了钉子，而那女人是你喜欢到……甚至……甚至想收买的。”她低声补上一句。

“而且是一个了不起的女人，”克勒凡意义深长的对男爵夫人笑了一笑，她低下眼睛，腿毛都湿了。“因为，这三年中间你受罪不是受够了吗，嗯，我的美人儿？”

“我的痛苦别提了，亲爱的克勒凡，那不是血肉做的人所能受的。噢！要是你还爱我，你可以把我从今天的泥洼中救出来！是的，我是在地狱里！谋杀帝王的凶手给人车裂那种毒刑，跟我受的刑罚相比，还是微乎其微，因为他们只有肉体被分裂，而我，我的心都给撕破了！……”

克勒凡的手从背心的挂肩里拿出来，把帽子放在工作台上，不再摆姿势了；他在那里微笑！他笑得那么傻头傻脑的，男爵夫人误认为是他发了善心的表示。

“你眼前这个女人并不是绝望，而是她清白的名誉做着最后的挣扎，而是不惜任何牺牲要避免惨案，我的朋友……”

为了怕奥当斯闯进来，她去把门销插上了；同时就凭了那股冲动，她跪在克勒凡脚下抓着他的手亲吻，说道：

“救救我吧！”

在她的想象中，这商人还有几分义气，所以她忽然存了一个希望，想求到二十万法郎而仍保全自己的清白。

“你从前想收买贞节的，现在请你收买一颗灵魂吧！……”她疯子似的望了他一眼，“你可以相信我做人的诚实，我的坚贞不拔的操守你是知道的。做我的朋友吧！救救我们一家，免得它破产，羞辱，绝望，别让它陷在泥坑里，陷在血溅的泥里！……噢！别问我理由！”她做了一个手势不让克勒凡开口，“尤其不要对我说：我老早对你预言过了！那是幸灾乐祸的朋友说的。好吧！……请你答应我，你不是爱过她吗？她卑躬屈膝的倒在你脚下，可以说是做了最大的牺牲；希望你什么条件都不要提，她一定会感恩图报的！……我不是要你给，只是问你借，你不是叫过我阿特丽纳的吗？……”

说到这里，眼泪像潮水一般，阿特丽纳把克勒凡的手套都哭湿了。“我需要二十万法郎！……”这几个字，在哭声中简直听不清，好比在阿尔卑斯融雪奔泻的瀑布中，不论冲下怎么大的石头都不会有多大声音。

有节操的便是这样的不通世故！妖姬荡妇决不开口要求，但看玛奈弗太太便可知道，她什么东西都是人家甘心情愿的献上来的。那种女人，直要等人家少不了她们的时候才会要长要短，或者油水快榨干的时候才拼命榨取，像开掘石坑到石膏粉将尽的阶段方始不顾一切的挖掘。一听到二十万法郎这几个字，克勒凡完全明白了。他轻薄的把男爵夫人扶起，极不礼貌的说了句："喂，老妈妈，静静吧。"可是阿特丽纳昏昏沉沉的没有听见。形势一变，克勒凡，用他自己的说法，控制了大局。他原来因为美丽的太太哭倒在自己脚下而大为感动，但一听到那个惊人的数字，他的感动就马上消灭了。并且，不论一个女子如何圣洁，如何像天使，大把大把的眼泪一淌，她的美丽也就化为乌有了。玛奈弗太太一类的女人，有时候会假哭，让一颗眼泪沿着腮帮淌下来；可是哭做一团，把眼睛鼻子都搅得通红……那种错误她们是永远不会犯的。

"哎哟，我的孩子，静静吧，静静吧，真要命！"克勒凡握着美丽的于洛太太的手，轻轻拍着。"干么你要借二十万法郎呢？想做什么呢？为了谁呢？"

"别盘问我，只请你给我！……你可以救出三条性命跟你孩子们的名誉。"

"呃，老妈妈，你以为巴黎能有一个人，单凭一个差不多神经错乱的女人一句话，就会当场立刻，在一口抽斗里或随便哪里抓起二十万法郎来吗？而二十万法郎又早已乖乖的恭候在那儿，但等你伸手去拿是不是？啊，我的美人儿，你对人生对银钱交易的认识原来是这样的！……你那些人已经无药可救，还是给他们受临终圣体吧，因为在巴黎，除了法兰西银行殿下，除了大名鼎鼎的纽沁根，或者疯魔金钱像我们疯魔女人一样的守财奴，此外就没有一个人能造出这样的奇迹！哪怕是王上的私人金库，也要请你明日再跑一趟。大家都在把自己的钱周转运用，尽量的多捞几文。亲爱的天使，你真是一厢情愿了，你以为路易·腓列伯能控制这些事情吗？不，他在这方面也不是一厢情愿的呢。他跟我们一样的知道：在大宪章之上还有那圣洁的，人人敬重的，结实的，可爱的，妩媚的，美丽的，高贵的，年轻的，全新的，五法郎一枚的洋钱！钱是要利息的，它整天都在忙着收利息。伟大的拉西纳说过：'你这个犹太人的上帝，是你战胜了犹太人！'还有那金犊的譬喻《圣经·旧约·出埃及记》中的故事！……摩西时代大家在沙漠中也在做投机的！我们现在又回到了《圣经》的时代！金犊是历史上第一次发的公债。我的阿特丽纳，你老躲在伯吕梅街，一点儿不知道世面！埃及人欠了希伯莱人那么大数目的钱，你以为他们是追求上帝的子民吗？不，他们是追求资金《创世纪》第四十七章有约瑟以金银牲畜向法老易粮的故事。”

他望着男爵夫人的神气仿佛说：“你瞧我多有才气！”停了一会他又说：

“你不知道上上下下的人都怎样爱他们的钱喔！你听我说，记住这个道理。你要二十万法郎是不是？……除了把已经存放的款子重新调度以外，谁也拿不出这个数目。你算一算吧！……要张罗二十万法郎活剥鲜跳的现款，必须变卖三厘起息、年利七千法郎那样的存款。而且还得等两天才拿到钱。这是最快当的办法了。要一个人肯放手一笔财产，因为许多人全部家产不过是二十万法郎，你还得告诉他这笔款子付到哪儿去，做什么用……”

“为了，亲爱的克勒凡，为了两个老人的性命呀，一个要自杀，一个要为之气死！还有是为了我，我要发疯啦！现在我不是已经有点疯了吗？”

“不见得疯到哪里！”他说着抓着于洛太太的膝盖，“克勒凡老头是有他的价钱的，既然承你赏脸想到他，我的天使。”

“看样子先得让人家抓着膝盖！”圣洁高尚的太太把手遮着脸想：“可是从前你预备送我一笔财产的啊！”她红着脸说。

“啊，我的老妈妈，那是三年以前啦！……噢！你今天真是美极了！……”他抓起男爵夫人的手把它按在胸口。“好孩子，你记性不坏，该死！……唉，你瞧你当时那样的假正经不是错了吗！你大义凛然的拒绝了三十万法郎，此刻这三十万在别人腰包里啦。我曾经爱你，现在还是爱你，可是三年前我对你说你逃不了我的时候，我存的什么心？我是要报于洛这坏蛋的仇。可是你丈夫又养了一个如花似玉的情妇，一颗明珠，一个千伶百俐的小娇娘，只有二十三岁，因为她今年二十六。我觉得把他那个迷人的婆娘勾上手更有意思，更彻底，更路易十五派，更风流；何况这小娇娘干脆没有爱过于洛，三年以来，她倒是对鄙人疯魔了……”

说到这里，男爵夫人已经挣脱了手，克勒凡又摆起他的姿势。他把大拇指插在背心的挂肩内，张开两手像两个翅膀一样拍着胸脯，自以为风流潇洒，可爱得很。他仿佛说：“你瞧瞧这个你当年赶出去的人！”

“所以，亲爱的孩子，我已经报了仇，你的丈夫也知道了！我老实不客气给他证明他落了圈套，就是我们所说的一报还一报……玛奈弗太太做了我的情妇，而且玛奈弗大爷死了以后，她还要嫁给我做太太……”

于洛太太直着眼睛，迷迷糊糊的瞪着克勒凡，说：

“埃克多知道这个吗？”

“知道了又回去了！”克勒凡回答。“我忍着，因为华莱丽要做科长太太，但她向我起誓，要把事情安排得叫男爵吃足苦头，不敢再上门。我的小公爵夫人（真的，她是天生的公爵夫人！）居然说到做到。她把你的埃克多交还了你，太太，交还了你一个从此安分老实的埃克多，你听她说得多么风趣！……噢！这个教训对他是好的，而且也不算轻了。从此他不会再养什么舞女或是良家妇女，这一下可把他彻底治好啦，因为他已经搅得精光啦。要是你当初依了克勒凡，不羞辱他，不把他撵出大门，那你现在可以有四十万法郎啦，因为我出那口气的确花了这个数目。可是我希望我的钱仍旧能捞回来，只要玛奈弗一死……我在未婚妻身上投了资。有了这个算盘我才挥霍的。不花大钱而当阔佬，居然给我做到了。”

“你替女儿找了这样一个后母吗？”于洛太太叫道。

“哎，太太，你没有认识华莱丽，”克勒凡摆出他第一期的姿势。“她既是世家出身，又是规矩老实，又是极受敬重。譬如说，昨天本区教堂的助理神甫就在她家吃饭。我们捐了一口体面的圣体匣，因为她是非常诚心的。噢！她又能干，又有风趣，又有学问，又是妙不可言，真是全才。至于我，亲爱的阿特丽纳，我样样得力于这个迷人的女子，她使我头脑清醒，把我的谈吐训练得，你看，炉火纯青，她纠正了我的诙谐，充实了我的辞藻跟思想。最后她又提高了我的志气。我将来要当议员，决不闹笑话，因为事无大小，我都要请教我的女军师。那些大政治家，例如现在有名的部长奴玛等等，都有他们的女先知做参谋的。华莱丽招待有一二十个议员，势力已经不小啦，不久她住进一所美丽的宅子，有了自备车马之后，准是巴黎城中一个不出面的大老板。这样一个女人的确是了不起的头儿脑儿！啊！我常常在感谢你当初的严厉……”

“这么说来，真要怀疑上帝的报应了，”阿特丽纳气愤之下眼泪都干了，“噢，不会的，神明的裁判早晚要临到这个人头上的！……”

“美丽的太太，你就不认识社会，”大政客克勒凡心里很生气，“社会是捧红人的！你说，会不会有人把你伟大的贞操搜罗得去，照你开的二十万法郎的价钱？”

这句话教于洛太太打了一个寒噤，她的神经抽搐又发了。她知道这个老花粉商正在恶毒的报复她，正如报复于洛一样；她厌恶到差点儿作呕，心给揪紧了，喉咙塞住了，没有能开口。

“钱！……永远是钱！……”她终于说。

一听这一句，克勒凡回想到这位太太的屈辱：“我看到你在我脚下痛哭，真是非常感动！……唉，也许说出来你不信，我的皮包要在这儿，那就是你的。真是，你非要这个数目吗？……”

这句话仿佛二十万法郎已经有了着落；阿特丽纳立刻忘了这个不花大钱的阔佬刚才怎样的侮辱她，更想不到克勒凡刁钻促狭的故意拿好话逗她，以便探明阿特丽纳的底细，去跟华莱丽两个打哈哈。

“啊，我不惜任何牺牲！”苦命的太太叫道，“先生，我肯出卖……必要的话我肯做一个华莱丽。”

“那是不容易的，华莱丽是其中的顶儿尖儿。我的老妈妈，二十年的贞节，正像没有好好治过的病，永远教人望而生畏。而你的贞节在这儿搁得发霉了，亲爱的孩子。可是你瞧着吧，我爱你爱到什么地步。我来想法给你弄到二十万法郎。”

阿特丽纳抓了克勒凡的手放在胸口，一句话都说不上来，快活的眼泪沾湿了她的眼皮。

“噢！别忙，还有疙瘩呢。我是好脾气，好说话，没有成见的，让我老老实实把事情解释给你听。你要想学华莱丽，好吧。可是赤手空拳是不行的，总得找一个户头，一个老板，一个于洛。我认得一个退休的大杂货商兼鞋帽商，是个老粗，是个俗物，毫无头脑的，我正在教育他，不知什么时候才教出山呢。他是议员，呆头呆脑，虚荣得很；一向在内地给一个泼辣的老婆管得紧紧的，对巴黎的繁华跟享受，他简直一窍不通；可是鲍维沙（他叫鲍维沙）是百万富翁，他会像我三年前一样，亲爱的孩子，拿出三十万法郎来求一个上等女人的爱……是的，”他这时误会了阿特丽纳的手势，“他看着我眼红得很，你知道！看着我跟玛奈弗太太的艳福心中直痒痒的，这家伙肯卖掉一所产业来买一个……”

“别说了，先生，”于洛太太满脸羞惭的说，她再也掩饰不了心中的厌恶，“我受的惩罚已经超过了我的罪孽。为了大难当前，我拼命压着良心，可是听到你这种侮辱，我的良心警告我，这一类的牺牲是决计不可能的。我已经没有什么傲气，不会再像从前那样气愤，受到你这样的伤害，也不会再对你说一声‘出去！’我已经没有权利这样说。我自己送到你面前，像娼妓一样……”她看见克勒凡做了一个否认的姿势，接着又说：“是的，我为了居心不良，把一生的清白都玷污了；而且……我是不可原谅的，我明明知道！……我应该受你那些侮辱。好，听凭上帝的意志吧！如果他要召回两个应当进天堂的人，就让他们去死吧，我为他们哭，为他们祈祷就是了！如果上帝要我们全家屈辱，我们就在他威严的宝剑之下屈服吧，既然我们是基督徒！今天这一时的耻辱，我要悔恨到老死，可是我知道怎样补赎。先生，现在跟你说话的已经不是于洛太太，而是一个可怜的，卑微的罪女，一个基督徒，她的心中只有忏悔，从此只知道祈祷，只知道慈悲。由于我这次罪孽的深重，我只能做女人之中的最后一名，忏悔院中的第一名。你使我恢复了理性，重新听到了上帝的声音，我真要谢谢你！……”

她浑身哆嗦；从此这种颤抖变了经常的现象。她的柔和温厚的声音，跟那个为了挽救家庭而自甘污辱的女子的狂呓，真有天壤之别。她两腮发白，虚火退尽，眼睛也是干的。

“并且我做戏也做得太坏了，是不是？”她望着克勒凡又说，柔和的目光，仿佛早期的殉道者望着罗马总督的神气此系指罗马帝时代的地方总督，4世纪前罗马帝国迫害基督徒甚烈，殉道信徒极众。“女人真正的爱情，忠心的、神圣的爱情给人的欢乐，跟人肉市场上买来的欢乐截然不同！……唉，我说这些话干什么？”她一方面反躬自省，一方面向完人的路上更进一步，“人家听了像讽刺，其实我并没讽刺的意思！请你原谅吧。并且，先生，也许我只是想挖苦自己……”

德行的庄严，那种天国的光明，把这个女子一时的邪气给廓清了，照耀出她本身的美，在克勒凡心目中愈加显得伟大了。这时阿特丽纳的色相庄严，有如早期威尼斯派画家笔下的、背负十字架的宗教人物；如受伤的白鸽一般托庇于宗教之下，她完全表现了她苦难的伟大，和旧教的伟大。克勒凡目瞪口呆，愣住了那里。

“太太，我毫无条件，你说怎办就怎办吧！”他忽然一股热诚的冲动起来。“咱们来想一想看……怎么呢？……好，办不到我也要办。我把存款去向银行抵押……不出两小时，包你拿到钱……”

“我的天，竟有这样的奇迹吗？”可怜的阿特丽纳跪在了地下。

她做了一个祷告，恳切的声调深深的感动了克勒凡，甚至眼泪都冒了上来。她祈祷完毕，站起来说：

“先生，做我的朋友吧！……你的灵魂比你的行为说话都高超。你的灵魂得之于上帝，你的念头是从社会从情欲来的！噢！我真喜欢你！”她这种纯正的热烈的表情，跟刚才恶俗笨拙的情调相映之下，真是一个古怪的对比。

“你别这样发抖啊，”克勒凡说。

“我发抖了吗？”男爵夫人根本不觉得自己又发了病。

“是啊，你瞧，”克勒凡抓起阿特丽纳的手臂，教她看那个神经性的抽搐。他恭恭敬敬的说：“得啦，太太，你静下来，我上银行去……”

“快点儿回来呀！你知道，”她吐露了秘密，“那是要救我可怜的斐希叔叔，使他不至于自杀，他给我丈夫拖累了。你瞧，现在我完全相信你，什么话都告诉你了！啊！要是赶不及的话，我知道元帅的性情不能有一点儿差池，他几天之内也会死的。”

“我就走，”克勒凡吻着男爵夫人的手说。“倒霉的于洛又做了些什么呀？”

“盗用了公款！”

“哎哟，我的天！……我去了，太太，我懂得你了，我佩服你。”

克勒凡屈着一条腿，吻了吻于洛太太的衣角，说了声“马上就来”便一晃眼不见了。

不幸，从伯吕梅街回去拿证件的路上，克勒凡要经过华诺街，而一过华诺街他就忍不住要去看看他的小公爵夫人。那时他还神色仓皇，走进华莱丽的卧室，看见人家在替她梳头。她在镜子里把克勒凡打量了一下，像她那种女人，用不着知道是怎么回事，只消男人不是为了她们着急，就觉得心中有气。

“你怎么啦，我的乖乖？”她问。“这副神气可以来见你的公爵夫人吗？先生，你把我当什么公爵夫人！还不过是你的小玩意儿？哼，你这个老妖精！”

克勒凡苦笑了一下，指了指兰纳。

“兰纳，小丫头，今天就这样，我自己来收拾吧。给我那件中国料子的衣衫，因为今天，我的先生真是古怪得像中国人……”

兰纳，满脸的大麻子像脚炉盖，仿佛特意生来陪华莱丽的，她跟女主人俩笑了笑，拿了件便服过来。华莱丽脱下梳妆衣，露出衬衫，穿上便服，好像钻在草堆里的一条青蛇。

“太太算是不见客吗？”

“少废话！”华莱丽回答。“啊，你说，胖子，凡尔赛股票跌了是不是？”

“不是的。”

“咱们的屋子有人抬价是不是？”

“不是的。”

“你不相信你是小克勒凡的爸爸了吗？”

“胡说八道！”这个自命为得宠的男人回答。

“那我简直弄不明白！”玛奈弗太太说。“要像开香槟酒一样教你开口，我才不干哩……去你的吧，你讨厌……”

“噢，没有什么，”克勒凡说，“就是两小时内要张罗二十万法郎……”

“你不相信你是小克勒凡的爸爸了？”

“那你总有办法的！嗳，从于洛那儿搅来的五万，我还没有动呢，另外我可以向亨利要五万！”

“亨利！老是亨利……”克勒凡嚷着。

“你这个胖子，小坏蛋，你想我肯把亨利打发吗？我问你，法兰西肯不肯解除它海军的武装？……吓！亨利是挂在钉上的一把不出鞘的刀。有了他，我可以知道你是不是爱我……而你今天早上就不爱我。”

“我不爱你？华莱丽！我爱你像爱一百万法郎一样！”

“不够！……”她说着，跳上克勒凡的膝盖，两条臂膀绕着他的脖子像吊在钩子上一样，“我要你爱我像爱一千万，比爱世界上所有的黄金还要爱。亨利要不了五分钟，就把心里的话告诉我的！嗳，亲爱的胖子，你什么事呀？来，把你的心事倒出来看看……痛痛快快，一五一十的告诉你的小心肝！”

她用头发挨着克勒凡的脸，拧着他的鼻子玩儿。

“哪有生了这样的鼻子而把秘密瞒着他的华华——莱莱——丽丽的！”

华华，鼻子给拧到右边，莱莱，鼻子给拧到左边，丽丽，鼻子又回复了原状。

“告诉你，我刚才见了……”

克勒凡说了一半，瞪着玛奈弗太太。

“华莱丽，我的宝贝，你得赌咒，凭你的名誉，凭我们的名誉赌咒，绝对不把我的话泄漏一句……”

“行，区长！我在这儿举手啦，你瞧！……再加一条腿！”

她的模样，她的精灵古怪，细麻布中依稀可辨的肉体，把克勒凡迷得正像拉勃莱所说的，从头到脚魂灵儿都出了窍。

“我看到了大贤大德的绝望！……”

“什么！绝望也有大贤大德的？”她侧了侧脑袋，学着拿破仑抱着手

你不相信你是小克勒凡的爸爸了吗

臂的姿势。

“我说的是可怜的于洛太太：她要用二十万法郎！要不然，元帅和斐希老头都要自杀了，因为这些事情你多少担点儿干系，我的公爵夫人，我想补救一下。噢！她真是一个圣母，我知道她的为人，一个钱都不会少我的。”

一听到于洛两个字和二十万法郎的话，华莱丽长长的眼皮中间立刻射出一道光，好似烟雾之中炮口的火光。

“她怎么会教你发善心的，那个老太婆？她拿出什么来给你看了？……她的……宗教？……”

“我的心肝，别缺德，她真是一个圣洁的，高尚的，虔诚的女人，值得敬重的！……”

“我就不值得敬重了吗，我？”华莱丽恶狠狠的瞪着克勒凡。

“我没有这么说。”

克勒凡这才明白，称赞贤德是怎样的伤害了玛奈弗太太。

“我吗，我也是虔诚的，”华莱丽说着去坐在一张椅子里，“可是我不把我的宗教当饭吃，我上教堂也是背了人去的。”

她一声不出，再也不理睬克勒凡。克勒凡急坏了，去站在华莱丽的椅子前面，发觉他糊里糊涂说的话，惹得她千思百想的出了神。

“华莱丽，我的小天使！……”

寂静无声。她偷偷的擦掉了一颗若有若无的眼泪。

“你说话呀，我的心肝……”

“先生！”

“你想什么呢，我的爱人？”

“啊！克勒凡先生，我想到我的初领圣体！那时我多美！多纯粹！多圣洁！……白璧无瑕！……啊！要是有人对我母亲说：‘你的女儿将来是一个婊子，要欺骗她丈夫，有朝一日警察局长会在一所小公馆里捉她的奸，她要卖给克勒凡去欺骗于洛，两个该死的老头儿……’呸！……嘿！多爱我的妈妈，等不到听完就要气死……”

“你静静吧！”

“你不知道，要怎样的爱情才能使一个犯了奸情的女人，把她良心的责备压下去。可惜兰纳走开了，她可以告诉你，今儿早上我还在流着泪祈祷上帝。你瞧，克勒凡先生，我从来不拿宗教开玩笑。你有没有听见我对宗教说过一句坏话？……”

克勒凡摇摇头。

“我根本不许人家提到它……我拿什么都打哈哈：哪怕是王上，政治，金融……凡是大家认为神圣的，我都百无禁忌，什么法官，婚姻，爱情，小姑娘，老头儿！……可是教会，上帝，呕，那我可绝口不提啦！我明明知道自己做错了事，把我的前程为你牺牲了……而你还不知道我爱你的程度！”

克勒凡把两手合在一起。

“啊！不深深的参透我的心思，不测量一下我信念的深广，你决不能知道我为你牺牲了什么！……我觉得生来就有玛特兰纳的本质①玛特兰纳为古代娼妓，受耶稣感化，弃邪归正，以忏悔终身。今基督旧教尊为圣女。所以你瞧，我对教士多么敬重！你算算我捐给教会的有多少！我从小受着母亲的基督教教育，我是懂得上帝的！对我们这批堕落的人，他的话才最是惊心动魄。”

华莱丽抹了抹腮帮上的两颗眼泪，她慷慨激昂的站起来，把克勒凡吓坏了。

“你静静吧，我的心肝！……你使我害怕！”

玛奈弗太太跪在了地下。

“我的上帝！我并不坏！”她合着手说。“求你收回这只迷途的羔羊，把它鞭挞也好，痛打也好，把她从使她堕落、使她犯奸的人手中夺回来，她一定很高兴的靠在你的肩头上！她将要满心欢喜的回进她的羊圈！”

她站起身子瞪着克勒凡，克勒凡看到她惨白的眼睛就怕死了。

“并且，克勒凡，你知道不知道？我有时真怕……上帝在这个世界上，跟在他世界上一样会执行他的裁判的。我怎么能希望他对我慈悲呢？他对罪人的惩罚有各式各种，可能变成各式各种的苦难。凡是糊涂虫弄不明白的灾殃，实际都是补赎罪孽。母亲临死跟我讲起她的老境，就是这么说的，要是你一朝丢掉了我……”她突然使出蛮劲紧紧抱住了克勒凡，“啊！那我只有死了！”

玛奈弗太太把克勒凡松了手，又在她安乐椅前面跪下，合着两手（多美的姿势！），用热诚无比的声调做了一个祷告：

“圣女华莱丽，我的本名女神，你为什么不多多降临到我床头来呢？我不是拜在你门下吗？噢！求你今晚再来，像今天早上一样感应我一些善念，使我离开邪路，我要像玛特兰纳一样，摆脱骗人的欢乐，摆脱世界上

① 玛特兰纳：又译抹大拉的玛丽亚，《圣经》中的人物。

虚幻的荣华，甚至摆脱我那么心爱的男人！”

“我的心肝！”克勒凡说。

“什么心肝宝贝，从此完了，先生！”

她像一个贞女节妇似的傲然回过头来，泪汪汪的，摆出一副庄严，冷淡，无情的面孔。

“少碰我，”她推开了克勒凡。“我的责任是什么？……对我的丈夫忠实。他快死了，而我在干什么？我就在他坟墓旁欺骗他！他还把你的儿子当作他的呢……我要去对他和盘托出，先求了他的宽恕，再求上帝的宽恕。咱们分手吧！……再见，克勒凡先生！……”她站在那儿向克勒凡伸出一只冷冷的手。“再见，朋友，咱们只能到一个更好的世界上去相会……你曾经从我身上得到一点儿快乐，罪孽深重的快乐，现在我要……是的，我要你尊重我了……”

克勒凡一把鼻涕一把眼泪的哭做一团。

“你这只胖猪！”她叫道，接着一阵鬼嚎似的狂笑。“那些老虔婆就是用这种方法拐骗你二十万法郎的。你还满嘴的黎希留元帅，勒佛莱斯，居然落了这种印版式的圈套！像史丹卜克所说的。我，我要是愿意，就会诈掉你二十万，你这个胖子，这个傻瓜！……你的钱留着罢！要是你嫌太多，这太多的一份是我的！这正经女人因为年纪到了五十七，才做得那么诚心；要是你给她两个小钱，就从此甭来见我，你去收留她做情妇吧；哼，包你一天给她瘦骨嶙峋的手抱得你浑身发疼，她的眼泪，她的破破烂烂的睡帽，够你受用的了；她还要哭哭啼啼，把她的春情变做一阵大雨呢！……”

“的确，”克勒凡说，“二十万法郎是一个数目……”

“她们好大的胃口，这些老虔婆……吓！你这个近视眼！她们传道的价钱，比我们出卖世界上最珍贵最实惠的东西——快乐——还要贵！……她们还会编一套故事！呕，这些人我领教过，在母亲那儿见识过的！她们以为什么手段都使得，只要是为了教会，为了……我问你，你觉得丢人不丢人，我的小乖乖？你一向那么舍不得给钱的……我统共也没有拿到你二十万！”

“啊！怎么没有！”克勒凡回答，“光是那所屋子就值这个数目……”

“那么你现在手头有四十万喽？”她若有所思的说。

“没有。”

“那么先生，你想把我二十万法郎的屋价去借给那个丑婆娘吗？你胆敢得罪你家的心肝肉儿!”

“你听我说呀。”

“要是你把这笔钱交给一个笨蛋，去搅些新鲜玩意儿的慈善事业，那还表示你有出息，”她越说越有劲了，“我第一个会赞成；因为你头脑太简单，写不出大本的政治理论来成名，你也没有那种文笔能够写些老生常谈的小册子。像你这等人，只能提倡提倡社会的，道德的，国家的，或是一般性的事业，来扬扬名。人家已经占了先，轮不到你做善举了，而那些善举又是做错了地方……救济少年罪犯等等，早已听腻了，救济的结果，他们的命运不是比可怜的老实人好多了吗？我觉得你，凭那二十万法郎，应当想出一桩难一点的，真正有益的事情去干。那么大家提到你还会当你大善士，当你蒙底翁法国17、18世纪时大慈善家，经济学家，我脸上也觉得光辉！可是把二十万法郎丢在圣水缸里，借给一个老虔婆，一个为了某种理由被丈夫遗弃的女人——要知道，遗弃总是有理由的，你瞧，人家会遗弃我吗？——那种傻事，在我们这个时代，只有一个老花粉商的脑袋才想得出！老脱不了掌柜气！做了这种事，包你两天以后不敢照镜子！好，去吧，替我把这笔钱去存入公债基金库，不拿收据就甭来见我。去吧，赶快，趁早!”

她抓着克勒凡的肩头把他推出卧房，眼见他脸上又恢复了吝啬鬼的神色。大门关上之后，她对自己说：

“啊！这一下李斯贝德的怨气可出尽啦！……可惜她住在老元帅家里，要不咱们真要笑死了！吓！老太婆想抢我嘴里的面包！……让我来收拾她!”

一三

于洛元帅，以他的最高军阶，不得不有一所与身份相当的屋子蒙巴拿斯街一共有两三座王府，他就在那条街上住着一所巍峨宏大的府第。虽然是租的全幢，只用了底下一层；李斯贝德来管家的时候，就想立刻把二楼转租出去，认为这一部分的收入抵得了全部房租，伯爵差不多可以白住，但是老军人不答应。几个月以来，元帅老是在暗中发愁。他看出弟媳妇的窘况，虽不知道原因，已经感觉到她在受罪。一向无愁无虑很快活的老人，不大出声了，他特意把二层楼留着，有朝一日他的家可能成为男爵夫人母女俩的栖身之所。大家知道福士汉伯爵家道平常，陆军部长维森堡亲王，便硬要他的老伙计收受一笔搬家津贴。于洛把这笔钱置办了底层的家具，样样弄得体体面面的，因为他不愿意，照他的说法，把元帅的棍子放在脚底下法国体制，将校佩刀，唯元帅持棍。帝政时代，屋主人是个参议员，楼下几间客厅装修得非常富丽，白漆描金，到处雕花，至今还保存得很好。元帅又放进一些古色古香，同样格局的家具。车房里停着一辆车，漆有两棍交叉的徽号；逢到大场面，或是上陆军部，或是进王宫，有什么典礼或是庆祝，他便向外边租用牲口。三十年来的佣人是一个六十岁的老兵，厨娘是老兵的姊妹。因此他能够省下万把法郎，加在他预备给奥当斯的一份小家私上面。老人天天从蒙巴拿斯街穿过环城大道，步行到伯吕梅街；残废军人见了他每次都对他立正敬礼，而元帅总是微微一笑的招呼他们。

“你对他立正的那个人是谁呀?”有一天一个工人问一个残废的上尉。

“让我来告诉你吧，小伙子，”军官回答。

小伙子摆好了姿势，预备耐着性子听一个多嘴的人唠叨。

“1809 年，”残废军官说，“皇帝带着大军冲向维也纳，咱们的任务是保卫两翼。到一座桥口，山岩上高高低低有三座堡垒，都是防守这座桥的炮兵阵地。我们的司令官是玛赛拿元帅。你刚才看见的那位，当时是禁卫军榴霰兵团的旅长，我就在他部下……咱们的队伍在桥这一边，堡垒在河

于洛元帅

的对岸。我们这方面冲锋冲了三次，退了三次。于是元帅说：‘去找于洛来，只有他跟他的弟兄们吃得下这一仗。’咱们便开上去。从桥上退下来的将军，在炮火下面拦住了于洛告诉他怎么对付，说话的时候挡住了去路。旅长满不在乎的回答说：‘我不要听意见，只要你腾出路来让我走，’说罢他带着部队首先上了桥。于是砰隆隆！三十尊大炮对我们轰过来了……”

“哎唷！我的小乖乖！”工人叫道，“那一下子挂彩的该不少啦！”

“要是你像我一样，亲耳听见他若无其事的说那句话，你也会佩服得五体投地！那座桥并没阿高尔桥那样出名，可是更伟大。我们跟着于洛一直冲到炮兵阵地。吓！一路死了多少，那些好汉！”军官一边说一边脱了脱帽子。“我们这一下把德国兵唬住了。你看到的那位老人，皇帝把他封了伯爵；给咱们老总的荣誉，就等于给了我们全体的荣誉，他们把他晋级为元帅也是大大应该的。”

“元帅万岁！”工人叫了声。

“噢！你再嚷也是白费！元帅的耳朵给大炮轰聋了。”

这段故事可以表示荣军们怎样的敬重于洛元帅，同时他始终不变的共和党人的主张，使他在本区里也大得人心。

以这样安详、这样纯洁、这样高尚的心灵而哀伤忧苦，真教人看了难受。男爵夫人只能用尽女人的技巧对大伯扯谎，把所有可怕的事实瞒着他。大祸临头的那一天早上，跟一般老年人一样起身很早的元帅，以答应结婚为条件，从李斯贝德嘴里盘问出了兄弟的真情。老姑娘从进门起就在等这个机会，所以未婚夫向她探听秘密在她是极高兴的；因为经过了这一下，她的婚事愈加稳固了。

“你兄弟是不可救药的！”贝德对准元帅比较清楚的一只耳朵叫。

洛兰姑娘靠她响亮清楚的声音，能够跟老人谈话。她不怕喊破嗓子，要她的未婚夫知道，跟她在一块他永远不是聋子。

“他有了一个阿特丽纳还养过三个情妇，”老人叹道，“可怜的阿特丽纳！……”

“要是你肯听我，”李斯贝德叫道，“你可以利用维森堡亲王的交情，替我姊姊谋一个体面的差事；这样她可以得到帮助，因为男爵把三年的薪俸都抵押了。”

“好，”老人回答，“我到部里去探探他对我兄弟的意见，求他切实帮帮我弟媳妇的忙，给她找一个不失身份的事！……”

“巴黎几位做慈善事业的太太跟总主教合作，组织了一个慈善会；她们要聘请几位高薪水的视察员，调查真正清寒的人。那样的职位跟阿特丽纳很相宜，她一定中意的。”

“你去教人套车，我去穿衣服。必要的话我到奈伊去见王上！”

“呦！他多喜欢她！”贝德心里想。“我碰来碰去，老是碰上她。”

李斯贝德已经在这儿当权，可是不在元帅面前。三个佣人都非常怕她；她为自己特意添了一个贴身女仆，使出老姑娘的脾气，事无大小都要人报告，都要亲自过目，处处要使她亲爱的元帅舒服。跟未婚夫一样的共和党，她的平民气息特别讨他喜欢；她奉承的手段也极高明；半个月以来，元帅的生活舒服得多；好像孩子受到了母亲的照顾，他发现李斯贝德的确实现了他一部分梦想。

“亲爱的元帅，”她送他到阶沿上，“把车窗拉上来，别两面通风，听我的话好不好？……”

元帅，这个从来没有受过体贴的单身汉，虽然心绪恶劣，临走也不免对贝德挂着点笑容。

就在这个时候，于洛男爵奉到部长的召唤，离开了公事房，向元帅维森堡亲王的办公室走去。虽然部长召见手下一个署长是常事，于洛却是情虚得厉害，觉得副官弥多弗莱脸上有些说不出的阴沉沉冷冰冰的气息。

“弥多弗莱，亲王怎么样？”他带上办公室的门，追上前面的副官。

“他恐怕在生你的气，男爵；他的声音，眼睛，脸色，好像就要大发雷键似的……”

于洛脸色发白，一声不出的走过穿堂，会客室，心跳得很快，一直走到办公室门外。元帅那时七十岁，头发全白了，跟上了这个年纪的老人一样，脸上的皮肤变了树皮一般的颜色，最有威严的是那个宽广的天庭，在你的想象中仿佛一片战场。白雪满顶的脑盖下面，亮着一对蓝眼睛，因为眉毛部分的拱形骨特别往外突，眼光显得很阴沉，平时总带点儿凄凉的情调，表示一肚子的苦闷与牢骚。他当年是和裴拿陶德并肩的元勋，也有过裂地封疆的希望①裴拿陶德初为拿破仑手下名将，后为瑞典国王，称查理十五。他动了感情，一双眼睛就变成两道可怕的闪电，而老是有点儿闷的嗓子也变得尖厉刺耳。发怒的时候，亲王立刻恢复他军人的面目，说话也回复了高打少尉的口气；那时他是绝对不留情面的。于洛·特尔维瞥见这头老癖子，乱

---

① 裂地封疆：帝王将国土分封给大臣。这里指成为诸侯王。

发蓬松像马鬣一般，双眉紧蹙，背靠着壁炉架，眼睛好似在出神。

“亲王，我来请示！”于洛装作若无其事的，说话极有功情。

元帅一声不出，目不转睛的瞪着他的署长，看他从门口走到面前。这道深沉的目光有如上帝的神目，于洛受不住了，无地自容的把眼睛低了下去，心里想：“他全知道了。”

“你不觉得有什么亏心事吗？”元帅的声音严肃，沉着。

“有的，亲王。也许我瞒着您在阿尔基利搜索粮食是错的。在我这个年纪，加上我的嗜好，当了四十五年差事，还是两手空空。法国四百位议员的宗旨，您是知道的，那般先生对所有的缺份都眼红，把部长的薪俸尽量压低，这不是说完了吗？……对一个老公务员，他们肯给一笔钱吗？你对那些刻薄的人能有什么希望？他们只给多隆港口的工人三十铜子一天，实际是少了四十铜子就养不活家！他们想不到在巴黎拿六百，一千，一千二的公务员，受的何等苛刻的待遇；可是薪水一到四千法郎，他们就打你主意了！他们连……1830 年充公的王室财产，也不肯还给王室；也不肯拨一份产业给一个穷亲王，而那份产业当初还是路易十六自己出钱买下的！……您要是没有家私，人家就让您跟我大哥一样光靠薪俸过日子，再也想不起您曾经救过拿破仑大军，在波兰那片池沼纵横的平原上，和我一起。”

“你盗用了公款，该送到重罪法庭去，像那个国库的出纳员一样！而你先生把事情说得这么轻描淡写！”

“大人，那是大不相同的！我有没有做监守自盗的事？……”

“一个人闹出这种丑事，在你的地位上这样的措置乖张，简直是担了双重的罪名。你丢了我们上级衙门的脸，一向是全欧洲最清白的！……而这些，先生，是为了二十万法郎，为了一个女流氓！……”说到这里元帅声色俱厉，“区区一个小兵，偷卖了部队的公物尚且被处死刑，而你是一个参议官！第二骠骑旅的波冷上校告诉我，在萨凡纳，他手下一个弟兄爱上一个亚尔萨斯姑娘，小妖精作死作活的要一条披肩；那个兵吃了二十年粮，马上要升做少尉，旅部里人人瞧得起的，为了这条披肩居然盗卖了本营的公物。结果怎么样，你知道吗，特尔维男爵？他捣烂了窗上的玻璃吞下肚子，在医院里挨了十一个钟点才死……你，你去想法子中风死吧，那我们还可以救出你的名誉……”

男爵恶狠狠的望着元帅！元帅一看见这副贪生怕死的表情，立刻脸上红了几块，眼睛冒起火来。

"您就不救我了吗？……"男爵嘟囔着说。

这时于洛元帅听说只有他兄弟和部长在内，便径自闯了进来，像所有的聋子一样直撞到亲王前面。

"噢！"波兰战役的老英雄嚷着，"老哥，我知道你为什么来的！……可是白费的……"

"白费！……"于洛元帅跟着说了一遍，他只听见这两个字。

"是的，你来替你兄弟说情；你可知道他干了什么事吗？"

"我的兄弟？……"聋子问。

"对啦，他是一个混……不配做你的兄弟！……"

亲王的怒火使他射出两道闪电似的，令人心惊胆战的目光，像拿破仑的一样。

"你胡说，高打，"于洛元帅脸色发了白。"咱们丢开身份！来吧，我领教就是。"

亲王走到老伙计前面直瞪着他，抓了他的手凑在他耳边说：

"你是不是男子汉大丈夫？"

"你等着瞧吧……"

"好，那么你硬正点！你要遭到空前大祸了！"

亲王回身从桌上拿起一宗案卷塞在于洛元帅手里，喊："你念吧！"

福士汉伯爵在卷宗内先读到下面一封信：

呈　内阁总理大人阁下　　密件

阿尔基利　　年　月　日

亲王阁下：现在我们手头有一件非常棘手的案子，您可以从附上的文件中阅悉详情。

本案的节略如下：于洛·特尔维男爵派了他的一个叔岳到奥朗省来操纵谷子粮秣，又派了一个仓库主任做副手。仓库主任供出了一些事实，引起了人家注意，结果是逃跑了。检察官以为本案只牵涉到两个下属，办得很认真；但是署长的叔岳约罕·斐希，知道要解上刑庭的时候，在狱中用一只钉子自杀了。

如果这位忠厚老实的人——他大概是受了他副手和侄婿的骗——不写信给于洛男爵，案子可以就此结束。但这封信落到了检察署手里；检察官大为惊异，特地来看我。把一个劳苦功高的参议官兼陆军部署长，加以逮捕而提起公诉，实在太难看了，在勃莱齐那一役之后，他在行政方面的整理工作，我们大家都沾光的。因为这个缘故，我才请求法院把全部案卷移交了过来。

现在的问题是：要不要让事情发展下去？还是，既然主犯已经死了，除掉把在逃的仓库主任缺席判决之外，把这件事压下去？

检察官同意我把卷宗送达尊处。特尔·维男爵住在巴黎，案子的审理也应当由巴黎法院主持。我们想出了这个含糊的办法，暂时摆脱了难题。

可是我们希望元帅赶快有所决定。这桩舞弊案已经闹得沸沸扬扬；现在只有检察官，初审官，检察长和我，知道幕后的主使犯；倘使这个消息泄漏出去，我们更要受累无穷了。

念到这儿，那份公事从于洛元帅手里掉了下来；他望了望兄弟，觉得无须再翻其他的卷宗，但他找出了约罕·斐希的信，瞥了一眼便递给男爵。

发自奥朗监狱。

侄婿青及：你读到这封信的时候，我已经不在世界上了。

你放心，人家决计找不到对你不利的证据。我一死，加上你那个坏蛋夏尔登在逃，案子便可了结。想到我们的阿特丽纳承你抬举得那么幸福，我死也死得很高兴的。你无须再拨二十万法郎来了。再见。

这封信当由一位在狱的犯人交给你，我相信他是可靠的。

约罕·斐希

“我请您原谅。”于洛元帅极有骨气的向亲王道歉。

“得啦，跟我还用这个称呼吗，于洛！”部长握着他老朋友的手说。“可怜的骠骑兵只害死他一个人，”他把霹雳似的眼光把男爵瞪了一眼。

“你拿了多少？”福士汉伯爵问他的兄弟。

“二十万。”

“好朋友，”伯爵对部长说，“四十八小时内我把二十万法郎送过来。我决不能让人家说姓于洛的盗用公家一个钱……”

“你胡闹！”元帅回答。“我知道二十万法郎在哪里，我会去要回来的——至于你，赶快提辞呈，声请退休吧！”他把双页的公文纸扔到坐在桌子旁边两腿发抖的参议官那里。“这个案子要丢我们大家的脸，所以我得到了内阁会议的同意，由我全权处理。既然你毫无骨气，不要我尊敬而还想活下去，过那种没有人格的生活，那么你的养老金给你就是。可是别再出来现眼。”

元帅打了铃。

“公务员玛奈弗在吗?”

“在，大人，”副官回答。

“找他来。”

“你，”部长一见玛奈弗便嚷道，“跟你的女人，你们存心把特尔维男爵搅得精光。”

“报告部长，请您原谅，我们很穷，我只靠我的差事过日子，我有两个孩子，其中一个还没有生，那是男爵的。”

“好一副坏蛋的嘴脸!”亲王指着玛奈弗对于洛元帅说——“少说你那套不要脸的废话，把二十万法郎拿回来，要不你就上阿尔基利去。”

“可是部长，您不知道我的女人，她把什么都吃光了。男爵天天请六位客人吃饭……我家里一年要五万法郎开销。”

“你走吧，”部长厉声吆喝，好似在战事紧张的当口喝令冲锋。“两小时之内就发表你调职……去罢。”

“那我宁可辞职的，”玛奈弗放肆的回答，“要我受了过去那一套，再把我打下去，我是不甘心的，我!”

说罢他出去了。

“不要脸的下流东西!”亲王骂了一句。

这期间，于洛元帅始终一动不动站在那儿，脸色白得像死人，偷偷的打量着他的兄弟。这时他过去握了握亲王的手，又重复了一遍：

“四十八小时之内，物质上的损失可以补救过来，可是荣誉！啊！再见，元帅！这真是要了我的命……”他又咬着亲王的耳朵：“唉，我活不成了。”

“该死，你干么今天早上跑来?”亲王觉得很难受。

“我是为他的太太来的，”伯爵指着埃克多说，“她没有饭吃了……尤其是现在。”

“他有养老金呀!”

“早已押给人了!”

“真是魔鬼上了身!”亲王耸了耸肩膀，“那些女人究竟灌了你什么迷汤，你会这样糊涂的?”他问于洛·特尔维。你明知法国衙门的规矩多么严，每样东西都要登记，备案，为了几生丁的收支都要消耗几令的纸张，你还抱怨，像放回一个小兵，买一个马刷子那样芝麻大的事，也得上百个签字；你怎么能，怎么敢，希望把舞弊的事长久蒙下去？还有报纸！还有嫉妒你的人！还有心里想舞弊的人！难道那些女人把你的人情世故统统拿走了吗？把核桃壳蒙了你眼睛吗？再不然难道你天生的跟我们不同？你一发觉自己没有了人味儿，老是色迷迷的时候，你就该脱离衙门！要是你犯罪之外再加上糊涂，你将来要落到什么田地……我简直不愿意说……”

“你答应我照顾她吗，嗯，高打？”福士汉伯爵问。他什么话都没听见，心里只想着弟媳妇。

“放心好了！”

“那么谢谢你，再见了！”——“来吧，先生，”他对兄弟说。亲王表面上眼神很镇静的望着两兄弟：举动态度、体格性格那么不同的两兄弟：一个勇敢，一个懦怯；一个好色，一个严肃；一个清白，一个贪污；他望着他们，心里想：

“这个脓包是不会死的！而我可怜的，那么清正的于洛，他却是非死不可的了！”

他在自己的椅上坐下，重新拿起非洲的公事来看，那个动作表现出做领袖的冷静，同时也表现出疆场上磨炼出来的，深刻的怜悯！事实上再没有比军人更富于人情味的，尽管表面上那么粗鲁，尽管作战的习惯养成了战场上必不可少的，绝对的冷酷。

下一天，各报在不同的标题之下发表了几则不同的消息：

于洛·特尔维男爵业已申请退休。这位要员的辞职，闻与阿尔基利办事处的账目不清有关。该案爆发，乃系两个办事员一死一逃所致。男爵获悉误信部属，以致发生渎职情事之后，大受刺激，在部长室内当场入于瘫痪状态。

于洛·特尔维先生为于洛元帅胞弟，前后服务已达四十五年。他不但是行政方面的干才，私人行事亦足称述，此次虽经挽留，终不允打消辞意，甚为各方惋惜。他在帝国禁卫军华沙军需总监任内，以及1815年为拿破仑临时征召的大军担任组织事宜，均送著劳迹，至今为人称道。

在朝的帝国遗老从此又弱一个。于洛男爵自1830年起即为参事院及陆军部的能员，素为上峰倚畀云云。

阿尔基利讯——度由若干报纸过事渲染的粮秣案，兹因主犯死亡，已告结束。约罕·斐希在狱自杀，同谋一人逃匿无踪，闻将加以缺席判决。

斐希向为承包军粮的供应商，诚实可靠，信用素著，此次误受在逃的仓库主任夏尔登蒙蔽，致愤而自杀云。

在巴黎琐闻栏内，又有下面一段消息：

陆军部长为杜绝流弊起见，决定在阿尔基利设一军粮办事处，主任人选已调派科长玛奈弗充任。

于洛男爵退休之后，署长一缺，逐鹿者大有人在。据闻内定由拉斯蒂涅伯爵的内兄，议员玛蒂阿·特·拉·洛希一于共伯爵继任。参事院请愿委员玛索先生将调任参议官，玛索遗缺则由格劳特·维浓升充。

在所有的谣言之中，对于反对派报纸最危险的却是官方散布的谣言。不论己者如何狡狯，遇到他们的老同事，像格劳特·维浓那样，从报界转入政界而爬到上层的人略施小技的时候，他们往往会无意之间上当的。报纸只能用报馆记者去把它攻倒。所以我们不妨套用服尔德的句法，服尔德在悲剧《奥第伯》中有言："教士们并不是浅薄的人所想象的那回事。"说：

巴黎琐事并不是浅薄的人所想象的那回事。

于洛跟着元帅回去，恭恭敬敬让长兄在车上占着后座，自己坐在前面。弟兄俩一句话也不说。埃克多是垂头丧气。元帅是聚精会神，仿佛在那里鼓起所有的力量，预备挑那千斤重担。回到府第，他不出一声，只用威严的手势把兄弟带进书房。伯爵曾经从拿破仑手里得到一对凡尔赛制造的精美的手枪，刻着拿破仑皇帝赐于洛将军几个字，他从书桌中拿出匣子，抽出手枪，指着对兄弟说：

"这才是你的救星！"

在半掩的门中间张望的李斯贝德，赶紧奔出去跳上马车，吩咐立刻赶到伯吕梅街。她把元帅威吓兄弟的车告诉了男爵夫人，二十分钟内就把她带了来。

伯爵对兄弟看也不看，径自打铃把那个当差的，跟了他三十年的老兵叫了来。

“鲍比哀，你去把我的公证人，史丹卜克伯爵，我的侄女奥当斯，国库的经纪人，一齐邀得来。现在十点半，我要这些人在中午赶到。你坐车去……加点儿劲呀！”他从前那句不离嘴的共和党人的老话又说了出来。他又那么怕人的把脸一沉；1799 年在布勒塔尼剿灭保王党的时候，他就是用这副神气使弟兄们打起精神，不敢怠慢的。

“是，元帅。”鲍比哀举手行了一个军礼。

始终不理会兄弟，老人回到书房，从书桌中捡出一个钥匙，打开一只孔雀石面子的纯钢小保险箱，俄皇亚历山大送的礼物。拿破仑皇帝曾经派他把德勒斯登战役上虏获的战利品送还给俄皇，希望把王达姆将军交换回来。沙皇送了于洛将军这件贵重的礼物，说他希望有一天能够对法国皇帝来一次同样的回礼；可是王达姆并没有放回。小箱全部镶着金片，盖上还有金镶的帝俄徽号。元帅把里面的钞票金洋点了点数目，一共有十五万两千法郎！他不由得做了个满意的姿势。这时候，于洛太太进来了，她的神情连审判政治犯的法官见了都要软心。她扑在埃克多身上，疯子似的望望手枪匣子，又望望元帅。

“你对兄弟有什么过不去呀？他得罪了你什么呀？”她喊得那么响，元帅居然听见了。

“他丢了我们大家的脸！”共和政府时代的老军人回答。这一开口又惹动了他胸中的气愤。“他盗用公款！他使我没有脸再姓我的姓，教我不想再活，他要了我的命……我还能有这么一点气力，只是为要偿还公家的钱！……在共和政府的元老前面，在我最敬重的维森堡亲王前面，我还替他辩白，哪知道证据确凿，教我当场出丑！……这还不算一回事吗！……这是他对国家的罪状！”

他抹掉了一滴眼泪，又说：

“再说他对家庭吧！我为你们积下的粮食，一个老军人三十年省吃俭用存起来的积蓄，给他抢了去！瞧，这就是我预备给你们的！”他指了指桌上的钞票。“他害死了他的叔岳斐希，心高气傲的好汉可不像他，丢不起他亚尔萨斯乡下人的脸。还有，大慈大悲的上帝，允许他在所有的女人中挑上一个天使！他有那么大的福气娶到阿特丽纳做太太！可是他欺骗她，使她一次又一次的伤心，把她扔在一边，去找些婊子，淫妇，杨花水性的贱女人，养着凯婷，玉才华，玛奈弗！……而我一向把他当作自己的孩子看待，看了觉得骄傲的！……去吧，你这个脓包，要是你不怕活现世，不觉得你下流生活的可耻，你替我走吧！我那么疼爱的兄弟，我没有勇气咒他：我对他像你一样的溺爱，阿特丽纳；可是他永远不能再在我面前出现。我不准他送我的丧，不准他跟在我的棺材后面。他犯了这些罪恶，即使不知道忏悔，至少也得有点儿廉耻！……”

说了这一篇庄严的话，元帅脸色惨白，筋疲力尽，坐在了便榻上。也许是生平第一次，他滚出两颗眼泪沿着腮帮淌下。

“可怜的斐希叔叔呀！”李斯贝德叫了一声，把手帕蒙着眼睛。

“大哥！”阿特丽纳跪在了元帅前面，“你看我面上活下去吧！帮我教埃克多重新做人，给他一条自新的路！……”

“他？他活下去还要作恶呢！一个人能糟蹋阿特丽纳这样的女子，把真正共和党人的爱国、爱家庭、爱穷人、我拼命灌输给他的情感，丢得干干净净的，简直是妖魔，是禽兽！……要是你还爱他，赶快把他带走；我恨不得把他一枪打死，打死了他，才救了你们大家，也救了他自己。”

老元帅说到这儿，气势汹汹的站了起来，吓得阿特丽纳赶紧喊了声：

“来吧，埃克多！”

她抓着丈夫，扯着他走出屋子。男爵完全瘫倒了，她只得雇了一辆车把他带回伯吕梅街，一到家，他就上了床。这个差不多全部解体的人，一口气睡了好几天，饭也不吃，话也不说。阿特丽纳哭哭啼啼的逼着他喝了些汤水，坐在床头看护；她从前那些满肚子的感慨统统没有了，只剩下一片哀怜的心。

十二点半，李斯贝德把公证人和史丹卜克伯爵带进元帅的书房。她看到他神情大变，早已害怕得寸步不离了。

“伯爵，”元帅说，“请你签一张许可状，让你太太出让她那份只有产权的存单——斐希小姐，也要请你放弃收利息的权利。”

“是，元帅，”贝德毫不迟疑的回答。

“好，亲爱的，”老人说，“我希望能多活几天报答你。我相信你，你是一个真正的共和党，一个清白的老百姓。”

他拿起老姑娘的手吻了一吻。

“汉纳耿先生，”他对公证人说，“请你立一份委托书，准两点钟送来，得赶上今天的交易所。存单在我的侄女伯爵夫人手上；她回头就来，跟斐希小姐一同签委托书。伯爵此刻陪你回去先签。”

艺术家看见贝德对他递了一个眼色，便恭恭敬敬的行了礼，走了。

下一天早上十点，福士汉伯爵又去见维森堡亲王，立刻被请了进去。

“喂，亲爱的于洛，”高打元帅把报纸递给他的老朋友，“你瞧，咱们总算保住了面子……你念吧。”

于洛把报纸放在部长的办公桌上，捧了二十万法郎交给他：

“这是我兄弟拿的国家的钱。”

“胡闹！”部长大声说。他拿起元帅递给他的听筒，对准了他的耳朵：“我们没有办法收的，收了就是承认你兄弟的舞弊，而我们正在用尽方法把这件事压下去……”

“随你怎么办吧，我总不愿意于洛家的财产，有一个小钱是从偷盗国家来的。”

“那么我去请示王上，咱们甭提了。”部长知道这个老人的固执是没法挽回的。

“再见，高打，”老人握着维森堡亲王的手，“我觉得心里冻了冰似的……”

然后，他走了一步，回过头来，看见亲王万分伤感的神气，便张开手臂去抓他，亲王也趁势拥抱了元帅。

“我向你告别，就像向整个大军告别似的……”于洛说。

“再见，我的好朋友！”部长说。

“是的，再见，因为我要去的地方，便是咱们哭过的弟兄们所去的地方……”

这时格劳特·维浓进来了。拿破仑部下两个硕果仅存的宿将，正在彼此行礼，庄严肃穆，没有一点儿动过感情的痕迹。

未来的请愿委员开口说：“亲王，报纸的记载，您该满意了吧？我用了一点儿手段，反对党的报还以为披露了我们的秘密呢……”

“可惜一切都白费了，”部长眼看着元帅穿过客厅出去，“刚才的诀别使我非常难受。于洛元帅活不到三天的了，昨天我已经看出。这个人，那么方正，那么勇敢，连战场上的子弹都忌他三分不敢碰他的……想不到在这儿，就在这个椅子上，一张纸就送了他的命，而且是从我手里！……请你打铃，吩咐套车。我要上奈伊去。”他一边说一边把二十万法郎塞在他部长的公事包里。

虽然李斯贝德防范周密，三天之后，于洛元帅还是死了。一个党派里能有这等人，便是党派的荣誉。在共和党人眼中，元帅是象征爱国的理想人物，所以他们都来送丧，后面跟着无数的人。军队，政府机关，宫廷，民众，都来向这一位德高望重，清廉正直的荣誉军人致敬。要民众来送丧，不是随便什么人所能希望得到的。这一次的丧礼，还有那种细腻的，得体的，至诚的表示，显出法兰西贵族的品德与伟大。元帅的灵柩后面，有蒙朵冷老侯爵在送殡。他的哥哥是1799年旭昂叛乱中败在于洛手下的敌人，侯爵中了共和军的枪弹，临死把兄弟的产业交托给政府军方面的于洛。那时这位兄弟逃亡在国外，于洛接受了侯爵的嘱托，居然把他的财产救了出来。所以九年前打败杜·倍里公爵夫人的军人，身后还是受到旧时勋贵的敬礼蒲旁王室长房的杜·倍里夫人曾于1832年兴兵叛变，意欲推翻路易·腓列伯。旭昂叛乱则系大革命时保王党反抗共和政府。于洛元帅在两次战役中均在政府军队中作战。

元帅的去世，跟颁布最后一道婚约公布的日子只差三天，对于李斯贝德仿佛霹雳一声，上了仓的庄稼，连屋子一齐给天火烧了。洛兰姑娘做事就是太顺利了一点。元帅的死，原是由于她跟玛奈弗太太两人对这个家庭接一连二的打击。正在大功告成而老姑娘的怨气快要消尽的时候，忽然全部希望都成泡影，越发增加了她的仇恨。她跑到玛奈弗太太家，气愤交加的痛哭了一场；知她现在是无家可归了，因为元帅租的屋子是订的终身契约。克勒凡为了安慰他华莱丽的好朋友，教她把积蓄拿出来，自己又慷慨的加了一倍，用五厘利存放出去，产权归赛莱斯丁纳，利息归贝德。这样一来，她还有两千法郎的终身年金。此外，元帅遗下一封信，要弟媳妇，侄女，跟侄儿三个人共同负责，拨一千两百法郎的终身年金给他的未婚妻李斯贝德·斐希小姐。

阿特丽纳看见男爵半死半活的样子，把元帅的死讯瞒了他几天，但是李斯贝德来的时候穿着孝，出殡以后十一天，他终于知道了凶讯。受到这个剧烈的刺激，病人反而提起了精神，他下了床，看见全家穿着黑衣服会齐在客厅里；他一露面，大家就不出声了。半个月功夫，于洛瘦得像一个鬼，跟他的本来面目相比，他只是一个影子了。

“总得想个办法才好。”他往一张椅子上坐下，有气无力的说。他看见所有的家族都在场，只差克勒凡和史丹卜克。

“这儿我们是住不下去的，房租太贵了。”男爵进来的时候奥当斯正在发表意见。

“至于住的问题，”维多冷打破了难堪的沉默，“我可以接母亲……”

玉才华

男爵本在那里视而不见的瞅着地毯上的花纹，一听到这句好像把他撇开的话，他抬起头来，对儿子那么可怜的望了一眼。父亲的权利永远是神圣的，哪怕是一个堕落的，身败名裂的父亲，所以维多冷马上把话咽了下去。

“接你母亲……”男爵接口说，“你对，我的孩子！”

“住到我们楼上，就在我们自用的那幢屋子里，”赛莱斯丁纳补足了丈夫的话。

“孩子，我妨害你们？……”男爵的语气柔和，就像一个知道自己没有希望的人。“至于将来，噢！放心吧，不会再有什么事教你们怨父亲的了，你们再见到他的时候，也用不着为他脸红的了。”

他过去抱了奥当斯亲她的额角。他对儿子张开臂抱，维多冷猜到了父亲的用意，悲痛万分的扑在他怀里。男爵又向李斯贝德做了手势，她走过来，他也吻了她的额角。然后他回到卧房，阿特丽纳忧急到极点，马上跟了进去。

“阿特丽纳，大哥的话是不错的，”他握着她的手，“我没有资格再过家庭生活。孩子们对我已经仁至义尽，我除了暗中祝福他们，不敢再有别的表示。你可以对他们说：我只能拥抱他们；一个堕落的人，一个做了杀人犯的父亲，不但不能庇护家庭，为儿女争光，反而做了罪魁祸首，这样一个人的祝福是不吉利的。可是我远远里要每天祝福他们。至于你，以你的大贤大德，只有全能的上帝能够补偿你！……我求你原谅。”他跪了下来，握着她的手洒满了眼泪。

“埃克多！埃克多！你的过失虽然重大，上帝的慈悲是无限的，留在我身边吧，你还可以补赎一切……朋友，你应当存着基督徒的心振作起来……我是你的妻，不是你的裁判，我是属于你的，你要把我怎么办就怎么办吧，不论你到哪儿，带我一块去吧；我觉得还有力量安慰你，还能用我的爱情，照顾，尊敬，来帮你活下去！……我们的孩子都已经成家，用不着我了。让我来给你娱乐，给你消遣。让我参加你流亡生活的辛苦，把你的苦难解淡一些。我总还有点儿用处，至少可以省掉你雇一个老妈子的钱……”

“你原谅我吗，我最亲爱的阿特丽纳？”

“原谅的，朋友；你起来啊！”

“得到了你的原谅，我能够活下去了，”他一边站起一边说，“我走进房来，为的不要给孩子们看到做父亲的卑屈。唉！天天看到一个父亲，像我这样罪孽深重的人摆在眼前，真有点儿可怕，那无非是尊长的威严扫地，家也不成其为家。所以我不能再住在你们一起，免得你们看到一个失尽尊严的父亲而难受。阿特丽纳，你别反对我逃亡。那等于你亲手装了子弹，让我把自己打死……你也别跟我一块儿走，把我最后一点勇气拿掉，你不在身边，我还能靠着忏悔的力量支持下去。”

埃克多的坚决，使手瘫脚软的阿特丽纳再也无话可说。这位太太，在多少风波中表现得那么伟大的，原是靠了和丈夫形神契合才有的勇气，因为在她心目中，他是属于她的，她负有崇高的使命要安慰他，引他回复家庭生活，回复正常的心境。现在她看到丈夫不能再给她勇气，便不由得说：

“埃克多，难道你让我全无希望，日夜焦急的死吗？……”

“我会回来的，我的天使，你大概是特意为了我从天上降下来的；我会回来的，那时我不成为富翁，至少也要相当宽裕。告诉你，阿特丽纳，我不能留在这儿有很多理由。第一，我六千法郎一年的养老金，抵押了四年，眼前我一个钱都没有。这还不算！几天之内，为了伏维奈的到期借票，我得给人抓去扣押……所以在儿子没有把那些借据收回以前（那我会把细节告诉他的），我非躲起来不可。我一朝失踪之后，债务的谈判容易得多。等到养老金的押款还清，伏维奈的债务了结，我会回来的……有你在一块儿，容易泄露我的形迹。你放心，阿特丽纳，你别哭……只消一个月……”

“你到哪儿去呢？干什么呢？怎么办呢？谁服侍你呢？你现在不是年轻的人了。让我和你一块儿躲起来，上外国去吧。”

“好吧，咱们再商量。”他回答。

男爵打铃教玛丽哀德收拾他的东西，快快的偷偷的装箱。然后他比平时格外热烈的拥抱了太太，叫她离开一会，他要把交代维多冷的事写下来；他答应到晚上才走，并且带她一同走。可是男爵夫人一进客厅，机灵的老人立刻从盥洗室溜入穿堂，出去了，临走交给玛丽哀德一张字条，写着“衣箱即送高贝伊车站，留交埃克多先生收”。等到玛丽哀德把字条交给男爵夫人，说先生走了的时候，男爵早已坐着一辆马车在巴黎街上飞奔了。阿特丽纳扑到房里，比往日抖得更厉害了；孩子们惊骇之下，听见一声尖叫，也跟了进来。大家抱起昏厥的男爵夫人放在床上。她大发肝阳，死去活来的病了一个月。

“他在哪儿呢？”她从头至尾只有这句话。

维多冷的寻访，毫无结果。事情是这样的。男爵坐车先到王宫广场。到了那边，他把浑身解数都拿出来，执行他伤心痛苦、瘫倒在床上时所想的计划。他穿过广场，在于葛街租了一辆华丽的马车。车夫照他的吩咐，把车赶到主教街往玉才华的公馆直冲进去。门丁听见马夫叫喊，又看见是辆极漂亮的车，便开了大门。当差的去报告玉才华，说有一位行动不便的老人不能下车，请她下楼一趟。为了好奇心，她居然来了。

“玉才华，是我啊！……”

有名的歌唱家，只能从口音上认出她的于洛。

“怎么，是你！可怜的朋友？……真的，你竟像给德国犹太人浸过药水，兑换商不肯收的旧洋钱。”

“唉！不错，”于洛回答，“我死里逃生，刚病了一场！你可老是这样美，你！你肯不肯发发善心呢？”

“要看什么事，一切都是相对的。”

“你说，你能不能让我在阁楼上佣人房里住几天？我没有钱，没有希望，没有饭吃，没有恩俸，没有女人，没有孩子，没有栖身，没有荣誉，没有勇气，没有朋友，而更糟糕的，还受着债主的威逼……”

“可怜的老兄！多少个没有啊！是不是也没有裤子？”

“你笑我，我完了！我可是打定主意来投奔你的，好像当年顾维尔投奔尼依一样。”

“人家说你是给一个大家闺秀搅到这样的，嗯？那些妖精敲诈的本领比我们高明多了！……瞧你这把骨头，就像是给乌鸦吃剩下来的……你身体简直透明了！”

“事情急得很呢，玉才华！”

“进来吧，老兄！我一个人在家，底下人又不认得你。把车子打发掉吧，车钱付了没有？”

“付了。”男爵由玉才华扶着下了车。

“要是你愿意，可以冒充我父亲，”歌女动了哀怜的心。

她把于洛带到他上次来过的华丽的客厅里坐下。

“可是真的，老兄，你害死了哥哥，害死了叔岳，弄得倾家荡产，把儿子的产业抵押了几次，跟你公主两个吃掉了非洲政府的公款？”

男爵愁眉苦脸的点了点头。

“要得，我赞成你！”玉才华嚷着，兴奋得站了起来，“一把野火烧得精光！有气派！有种！干得彻底！不错，你是浪子，可是有血性。哼，我宁可像你这样为女人发疯的败家精，可不喜欢那些冷血的，没有心肝的银行家，人家把他们当作君子，实际却拿着铁路玩把戏，教上千的人破产，吓，铁路！为他们是黄金，为上当的傻子是废铁！你只害你自己人破产，你只处分你自己！并且你还有可以原谅的理由，生理的和精神的……”

她摆了一个悲壮的姿势，念道：

那是爱神抓住了她的俘虏做她的牺牲。

“喂，你瞧！”她把身子转了几个圈儿，补上一句。

淫欲的代表赦免了于洛的罪孽，她在穷奢极侈的豪华中对他微笑。罪恶的伟大场面摆在眼前，仿佛教陪审官见了觉得情有可原似的。

“你那个大家闺秀，总该是好看的吧，至少？”玉才华看了于洛的痛苦很难受，想先来一点儿布施，给他排遣一下。

“呃，差不多跟你一样！”男爵很巧妙的回答。

“并且……据说也精灵古怪，嗯？她跟你玩些什么？是不是比我更滑稽？”

“甭提啦，”于洛说。

“据说我的克勒凡跟那个小伙子史丹卜克，都给她勾上了，还有一个挺神气的巴西人？”

“可能的……”

“她住的屋子跟我这儿一样漂亮，听说是克勒凡给的。这个女流氓，倒是我的牢头禁卒，我这儿开了刀的人，都归她去收拾！老兄，你知道我干么这样好奇的打听她，因为我远远里见过她，在蒲洛涅森林坐着马车……加拉皮纳告诉我，她的确是一个本领高强的扒儿手！她想吃掉克勒凡，可是只能啃他几口。克勒凡是一个吝啬鬼！嘴里老是答应得好听，实际他有他的主意。他虚荣，疯魔，可是他的钱是铁面无情的。这些后辈，一个月只肯为你花一千到三千法郎，碰到大数目的开支就不来了，好似驴子走到河边就不肯再走一样。他不像你，老兄，你是一个血性的男人，你为了女人连出卖国家都肯！所以你瞧，我预备尽我力量帮你忙！你是我的父亲，是你把我捧出来的！那真是了不起。你要什么？要不要十万法郎？让我拼了命卖了身来替你张罗。至于你吃口饭，给你一个窠，那不算一回事。这里天天有你一份刀叉，三层楼上给你一个好房间，每月再给三百法郎零用。”

男爵对这番盛意非常感激，可是还表示最后一点骨气，他说：

“不，孩子，我不是来教人家养我的。”

“在你这个年纪有人养，才是面子哪！”她说。

“孩子，我的希望是这样：你的埃罗维公爵在诺曼地有很大的田产①，我想改名换姓叫作都尔，去替他当总管。我能干，老实，因为挪用公款的人不会偷盗私人的……”

“哎哎！一不做，二不休，那是难保的！”

“总之我只想隐姓埋名的躲过三年……”

“这个容易得很：今天晚上，吃过饭，只要我开声口就行啦。要是我愿意，跟公爵结婚也不成问题；可是我已经有了他的财产，还想多要一点儿别的！……我要他敬重。这位爵爷的确是旧家气派。他高贵，大方，好比路易十四和拿破仑叠起来那么伟大，虽然他是个矮子。而且我对他就像匈兹对洛却斐特：最近我给他出了主意，赚了两百万。可是听我说，你这个怪物……我知道你的脾气，你喜欢女人，你会去盯那些小姑娘；诺曼地有的是美女，你一定会教那些小伙子或是她们的老子，砸破你的脑袋，结果公爵还是要打发你走路。你望着我的这种神气，难道我没有看出你像番纳龙所说的人老心不老吗？这个总管的差事不是你做的。老兄，一个人要丢开巴黎，丢开我们这批人，不是容易做到的！你会在埃罗维镇上无聊死的！”

“那么怎么办呢？我在这儿只想待几天，好打定主意。”

“你愿不愿意照我的意思办？告诉你，老风流！……你少不了女人。有了女人，什么苦都忘掉了。你听我说，在哥蒂尔区下面一段的圣·摩街上，我认得一个穷人家里有个活宝：一个小姑娘，生得比我十六岁的时候还要俏！……啊！你眼睛已经红啦！她呀，替绸缎铺子一天做十六个钟点绣作，拿十六个铜子工钱，合到一个铜子一小时，可怜吗？……吃的只有番薯，像爱尔兰人一样，可是用耗子油煎的；一星期只吃五天面包；喝的水是乌克运河的，塞纳河的水太贵了；她又嫁不了人，因为拿不出六七千法郎的陪嫁。为了挣这六七千法郎，教她做什么下贱的事都肯。你觉得你的家属，你的老婆讨厌是不是？……再说，过去把你当神道一般，现在不把你放在眼里，也不是味儿。身败名裂。一个子儿都没有的父亲，只能包

① 诺曼地：法国西北部一个地区，诺曼底（Normandie）的旧译，北滨英吉利海峡。

扎起来，放进玻璃柜做标本……”

男爵听到这些缺德话也不由得笑了一笑。

“明天，小皮茹要替我送一件绣花衣衫来，好看得不得了，绣了半年，谁也没有这样的好东西！皮茹对我很好，因为我常常给她些糖果，旧衣衫。并且我把买柴买肉买面包的配给证送给她家里，只要我开声口，她们替我跑断腿都愿意。我想法做点儿好事。我知道我从前饿肚子的苦！皮茹把她心里的话都说给我听了。那小姑娘倒是滑稽剧场跑龙套的料子。她一心想穿我那样漂亮的衣服，特别是坐马车。我可以对她说：孩子，你要不要一个……”

“你今年几岁啦？”她停下来问，“七十二吗？……”

“还提什么年纪！”

“我可以对她说：你要不要一个七十二岁的男人？干干净净的，又不抽烟，又没有一点儿毛病，跟年轻人差不了多少的？你跟他同居，他会对你挺好的，给你七千法郎开铺子，给你屋里办起全套的桃木家具；要是你乖，他还不时带你去看戏。按月给你一百法郎，外加五十法郎家用！——我把皮茹看得很清楚，就是十四岁时候的我！一听到混账的克勒凡跟我提出那些精刮的条件，我快活得直跳。老兄，这样你可以躲上三年。那不是很安分很规矩的生活吗？你可以安安稳稳的混三四年，也不会再多。”

于洛不加考虑，决意谢绝，但是对这位豪爽的，另有一套做好事作风的歌女，不能不表示领情，便故意做得在邪正之间委决不下。

“啊！你冷冰冰的像十二月里的街面！”她觉得很奇怪。“怎么，这不是救了一份人家吗？他们的爷爷还在东奔西跑，母亲做活做得筋疲力尽，姊妹俩（一个生得奇丑），把眼睛都弄坏了，统共只挣得三十六个铜子。你在自己家里作了孽，这儿不是可以将功赎罪吗？同时又好开开心，像婊子进了玛皮伊舞场一样。”

于洛想拦住她不说下去，便装作计算金钱。

“你不用急，有的是办法，有的是钱。我的公爵可以借给你一万法郎：七千给皮茹出面开一个绣作铺，三千给你办家具，每三个月，你还能在这儿支六百五十法郎，只消立张借据。等到你的养老金可以动用的时候，你把这一万七还给公爵。眼前你尽可以逍遥自在，躲在窟窿里，包你警察找不到！你穿起海狸毛粗呢大衣，就像街坊上一个手头宽裕的小地主。你想改名都尔就都尔吧。我把你介绍给皮茹的时候，说你是我的一个叔叔，在德国破了产的，人家一定捧得你像神道一样。你瞧，老头儿！……或许你就此乐而忘返也难说！要是你无聊，只消留起一套体面衣衫，尽可上这儿来吃顿饭，消磨一个黄昏。”

“我可是想一本正经重新做人呢！……你替我筹两万法郎吧，让我到美洲去打天下，像我的朋友台葛尔蒙给纽沁根逼得破产之后一样。”

“你！”玉才华叫道，“你谈什么品行道德！那是做买卖的，当大兵的，法兰西公民的玩意儿，他们除了品行道德就没有别的本钱！你呀，你生来不是一个傻瓜，男人之中的你，正如女人之中的我，是一个天才的败家精！”

“睡过觉，心计巧；咱们明儿再谈吧。”

“你等会跟公爵一起吃饭。埃罗维会客客气气招待你，仿佛你救了国家似的！明儿再打主意。好啦，老兄，快活一下吧！人生是一件衣衫：脏了就刷刷，破了就补补，可是你好歹得穿上衣服！”

这套寻欢作乐的哲学和兴致，把于洛的悲伤打发光了。

下一天中午，吃过一餐精美的中饭，于洛看见进来了一个活宝。世界上只有巴黎，由于奢华与贫穷，淫荡与清白，压制的欲望与层出不穷的诱惑，不断交流的结果，才能产生这种杰作，使巴黎有资格继承尼尼佛，巴比仑，和帝国时代的罗马。奥令泼·皮茹，十六岁的小姑娘，一张出神入化的脸，就像拉斐尔画圣母的模特儿。一双天真烂漫的眼睛，为了工作过度带点儿忧郁，黑眼珠颇有出神的情调，长长的睫毛，在灯光下面熬夜的结果，眼眶里没有了水分，那是因辛苦而黯淡无光的眼睛；可是皮色像瓷器，几乎有点儿病态；嘴巴像一颗半开的石榴；此外是起伏不已的胸脯，丰满的肉体，纤巧的手，珐琅似的牙齿，浓密的黑头发。她穿的是七十五生丁一尺的印花布衣衫，挑花领，没有鞋钉的皮鞋，二十九个铜子一双的手套。女孩子根本不知道自己多美，她只为了到她的阔太太家里来，装扮得特别漂亮。男爵又给色情的利爪抓住了，觉得一眼之间，魂灵就出了窍。美色当前，他忘记了一切。他仿佛猎户碰上了飞禽走兽：一看见红雀，哪有不瞄准之理！

“并且，”玉才华咬着他的耳朵，“保证是原货，是规矩的，又是穷得没有饭吃！这叫作巴黎！我就是过来人！”

“那就行啦，”老人站起来搓着手回答。

奥令泼·皮茹走后，玉才华含讥带讽的望着男爵。

“要是你不想找麻烦，老头儿，就得跟检察官上公堂一样的严。要把小姑娘管紧，像巴多罗菩玛希歌剧《塞维尔理发匠》中的人物一样又要妒忌又要多疑，提防奥古斯德，希波里德，纳斯多，维克多，一切的多！天哪，一朝穿得好吃得好之后，她抬一抬头，你就完啦……让我替你把家布置起来。公爵很帮你忙。他借给你，就是说给你一万法郎，另外存八千在他公证人那里，每三个月付你六百法郎，因为我怕你乱花……你说我对你好不好？"

"不能再好了！"

在他离家十天之后，正当全家的人落着眼泪，围在快要死下来的阿特丽纳床边，听她有气无力的说着"他怎么啦？"的时候，埃克多，改名换姓的，在圣·摩街上跟奥令泼两人管着一家绣作铺，店号就叫作都尔·皮茹。

一四

维多冷·于洛，在家庭迭次遭受的打击上受到最后一番磨炼，那种磨炼往往使一个人不是进步便是消沉。他可是进步了。在人生的大风浪中，我们常常学船长的样，在狂风暴雨之下把笨重的货物扔掉，以减轻船的重量。律师心中的骄傲，脸上的得意，演说家的骠劲，政治的野心，统统没有了。他变得跟母亲一样。他决意容忍赛莱斯丁纳，虽然她不合理想。他把人生看透了，觉得世界上凡事只能求个差不多。既然父亲的行为使他深恶痛绝，他更立志要尽他的责任。在母亲床头，在她脱离险境那一天，他那些决心愈加坚定了。接着母亲的病愈，又来了另外一个喜讯。格劳特·维浓，天天奉维森堡亲王之命来探问病情的，要这位重新当选的议员跟他一同去见部长。他说：

"部长要跟你商量府上的家事。"

维多冷·于洛和部长已经认识多年；所以元帅对他特别亲热，而且是暗示有好消息的神气。

"朋友，"老军人说"我在这个办公室里对令先伯于洛元帅起过誓，要照料令堂。听说这位圣母快要恢复健康现在是裹扎你们伤口的时候了。我这儿有二十万法郎要交给你。"

律师做了一个手势，显得他是跟伯父一样的品格。

"你放心，"亲王笑着说。"这不过是代管性质。我的日子是有限的了，不能老在这儿，你把这笔钱拿去，在你家庭里替我当代表。你可以用这笔款了付清屋了的押款。二十万法郎的所有权是令堂跟令妹的。倘使我交给男爵夫人，我怕她一味顾念丈夫，把钱随便花掉：而给这笔钱的人的意思，是要保障于洛太太跟她的女儿史丹卜克伯爵夫人的衣食的。你老成持重，不愧为贤母的令子，不愧为我好友于洛元帅的侄儿，告诉你，亲爱的朋友，我部里跟别的地方都很看重你。希望你做你家属的监护人，接受你伯父的跟我的遗产。"

“大人，”于洛握着部长的手说，“像您这样，您一定知道口头的道谢是没有意思的，感激要用事实来证明。”

“行，你就用事实来证明吧！”

“要我怎么办呢？”

“你得接受我的提议，”部长说。“我们想请你当陆军部的法律顾问；为了巴黎的城防，主管工事的部门现在诉讼事件特别多，同时也想请你当警察总监部兼王室公费的顾问。这三个职位合起来有一万八千法郎薪水，可是并不限制你执行业务。在议会里尽管照你的政见和良心投票……你尽可自由行动！呃，要没有一个反对党，我们事情反而不好办呢！还有，令先伯故世以前写给我一个字条，对安插你母亲的办法有详细指示，元帅对她是非常敬爱的！……包比诺，特·拉斯蒂涅，特·拿华兰，台斯巴，特·葛朗里欧，特·加里里阿诺，特·勒依古，特·拉巴蒂这些太太，为令堂设了一个慈善机关视察员的职位。她们都是各个慈善会的会长，照顾不了她们的公事，需要一位清正的太太切实帮忙，去访问受难的人，调查所做的善事是否不受蒙蔽，所帮的忙是否不曾落空，同时去寻访那些穷苦而羞于央告的人。令堂的任务是一个天使的任务，她只消跟神甫，跟慈善会的太太们来往；一年六千法郎薪水，另支车马费。你瞧，世兄，清廉正直，大义凛然的人，在坟墓里还能庇护他的家族。在一个组织完善的社会中，像你伯父那样的大名，是，而且应当是，抵御患难的保障。所以你应当追踪令先伯的后尘，贯彻下去，因为你已经走上了他的路，我知道。”

“在先伯的朋友身上，看到这样无微不至的用心，我一点儿不奇怪”，维多冷说。“我一定努力，不负您的期望。”

“快快去安慰你的家族吧！啊！告诉我，”亲王跟维多冷握手的时候又说，“你父亲可是真的失踪了？”

“唉，是的。”

“这样倒更好。可怜的家伙主意不错，他始终是个聪明人。”

“他要躲债呢。”

“啊！你可以领到三个职位的六个月薪水。这笔预支款项，能帮助你料一料高利贷的债务。我有机会要碰到纽沁根，也许你们跟我部里都不用花一个钱，就能赎出你父亲的养老金。纽沁根进了贵族院，并没改变银行家的脾气，他是贪得无厌的；可是他好像有些事要央求我……”

这样以后，维多冷回到伯吕梅街才能实现他的计划，把母亲和妹子接到了自己家里。

那位年轻的名律师全部的财产，是巴黎一处最好的房产，在大街上坐落在和平街和大路易街之间，是1834年预备结婚的时候买进的。原主在大街与横街上盖了两所大屋子，两所中间，在小花园与院子之间，另外有幢精致的住宅，还是当年巍峨宏丽的凡奈伊府第的遗迹。小于洛，对克勒凡小姐的陪嫁有了把握之后，出到一百万价钱把这批漂亮的产业标买下来，当时先付五十万。他自己用了住宅的底层，满想靠着两所大屋子的租金，按期把屋价付清；可是巴黎房地产的投资虽然靠得住，收益却是又慢又拿不准，还得由那些无法预料的旁的情形来决定。常在外边溜达的巴黎人一定注意到，大路易街与和平街之间的那一段大街，市面兴得很晚；街道的清除，市容的整饬，好不容易才完成，直到1840年，做买卖的方才到这一段来布置漂亮的橱窗，摆出钱兑店的黄金，五光十色的时装，和穷奢极侈的商品。虽说克勒凡给了女儿二十万（那时他觉得这门亲是高攀的，而且男爵还没有抢掉他的玉才华）；虽然维多冷七年之中又付了二十万；可是因为儿子孝顺父亲的关系，屋子的债务还有五十万。幸亏房租的不断上涨，地段的优越，使两所大屋子终于显出了它们的价值。房产的投资，过了八年才有出息；在这期间，律师很吃力的付着利息，又付了极小一部分的房价。到这时候，做买卖的自愿出高价来租底屋的铺面了，只消能订十八年的租约。楼上住家用的屋子，租金也涨了价；因为商业中心的移动，使交易所与玛特兰纳教堂这一段，从此成为巴黎的政治与金融界的中枢。部长给他的钱，加上房客预付的租金和小租，把维多冷的债务减到了二十万。两幢屋子全部出租以后，每年有十万进款。再过两年，小于洛就可以重振家业了。而这两年之间，由于元帅给他的新差事，他的收入增加了一倍。这简直是天赐的粮食。维多冷把住宅的二层楼全部派给母亲，三层楼给妹子，李斯贝德在三楼也分了两间。这三份人家合成的家庭，在贝姨经管之下，居然能过得去，也没有折辱了名律师的身份。法院里的红人素来是不长久的；以小于洛的出言谨慎，操守方正，各级法院的推事都很相信他；他对案子肯用心研究，不说一句不能证明的话，不滥接案件，替同业很争了一点面子。

男爵夫人对伯吕梅街的屋子已经嫌恶到万分，因此也愿意人家接她到大路易街。由于儿子的费心出力，阿特丽纳的住处布置得很好；家常琐碎都无须她操心，因为李斯贝德把管家的差事招揽了去，要显显她在玛奈弗太太家表现过的经济手腕。她觉得唯有如此，才能把闷在肚里的怨气压在这份人家头上；自从她所有的希望幻灭之后，她对这些了不起的好人越发火上添油，加深了仇恨。她每个月去看一次华莱丽：一方面奥当斯要她探听文赛斯拉的消息，一方面赛莱斯丁纳也希望她去察看动静，因为她父亲，公然承认和一个把她婆婆与小姑害得家破人亡的女人发生关系，使她大为担心。不消说得，李斯贝德利用她们姑嫂俩的好奇心，尽量往华莱丽家走动。

一年零八个月过去了。这期间，男爵夫人的身子逐渐硬朗，可是神经性的颤抖并没停止。她把自己的职务揽熟了，那些高尚的事使她痛苦得以排遣，优美的心灵有了寄托。同时，她觉得为了公事在巴黎到处奔走，也是一个寻访丈夫的机会。那时，伏维奈的借据都已收回，于洛男爵的养老金差不多可以解冻了。元帅交托代管的二十万法郎，一年有一万法郎利息，维多冷拿来抵充了母亲与妹子的用度。阿特丽纳的六千法郎薪水，加上男爵六千法郎的养老金，不久就可有一万二千法郎的收入，归入母女两人名下。倘没有下列的几点，可怜的太太差不多是幸福了：第一她老是因为男爵漂流在外而牵肠挂肚，在家境好转的情形之下，只希望他回来享福，第二是眼看女儿被遗弃在这儿；最后是李斯贝德无心的给她受些残酷的打击，把恶魔般的性格发挥得淋漓尽致。

李斯贝德那股历久不衰的潜伏的仇恨，永远有玛奈弗太太在那里推波助澜，仇恨的后果，大可用 1843 年三月初发生的一幕来说明。玛奈弗太太家前后出了两件大事。先是她生了一个短命的孩子，白白到手了两千法郎利息的存款。其次，关于玛奈弗大爷，十一个月之前李斯贝德从玛奈弗公馆带回这样的消息：

“今天早上，万恶的华莱丽请了皮安训医生，要知道昨晚说她丈夫业已无救的那些医生，是否诊断不错。这位医生说，今天夜里这个丑恶的男人就要魂归地狱。克勒凡老头跟玛奈弗太太一同把医生送出大门。哎，亲爱的赛莱斯丁纳，你父亲为这件好消息，送了五块金洋的诊费。回到客厅，克勒凡像一个戏台上跳舞的，把身子腾空，纵了好几下；他抱着那个女的叫道：你到底要做克勒凡太太了！……后来女的回去看那个正在痰厥的丈夫，令尊大人就对我说：娶了华莱丽，我要当贵族院议员！我要买进一块久已看中的地，在泼莱尔地方，特·赛里齐太太想出卖呢。我可以叫作克勒凡·特·泼莱尔，当赛纳—奥阿士的州参议员兼国会议员。我要生一个儿子！你瞧着吧，我要的事没有一件不成功的！——我说：那么你的女儿呢？——他回答：呕！女儿不过是女儿，而且她太于洛脾气了，华莱丽就恨死这批人……我女婿从来不肯到这儿来：干么他要教训人，一派的正经面孔，装作清教徒，慈善家？我对女儿已经有了交代，她母亲的钱都给了她，另外还有二十万法郎！所以我尽可以自由行动。等我结婚的时候，我再决定对女婿女儿的态度，他们怎么来，我就怎么去。要是他们对后母好，我再瞧着办！我是男子汉大丈夫，恩怨分明的！——他就是这一套胡说八道，姿势像王杜末华表上的拿破仑雕像！”

《拿破仑法典》规定的寡妇再醮必须孀居十个月的期限①，已经过了几天。泼莱尔田产已经买进。维多冷和赛莱斯丁纳，清早就打发李斯贝德上玛奈弗太太家，打听这位风流寡妇跟新任州参议员的巴黎区长结婚的消息。

赛莱斯丁纳和奥当斯同住之后，愈加亲密了，差不多老在一块儿过活。男爵夫人认真负责的性情，把职务特别看重，她整个的献身于慈善事业，几乎天天在十一点与五点之间跑在外边。姑嫂两人，为了共同看护孩子照顾孩子的关系，在家常在一起做活。久而久之，她们俩往往把心中的念头脱口而出，像两姊妹一样，所不同的是一个天生的快活，一个天生的忧郁。美丽，活泼，聪明，年富力强，爱说爱笑，不幸的小姑表面上绝对不像有何心事；幽怨，温柔，静穆，跟理性一样平稳，老是反躬自省，若有所思，嫂子反而像抱着隐痛似的。也许就是这种性格的对比促成了她们热烈的友谊。两位女子都在吸收对方的长处。她们的住宅，当初承造的人是预备自用的，特意留下一百方尺左右的小花园。姑嫂俩坐在园中小亭子里，欣赏着刚抽嫩芽的紫丁香。那点儿春意只有巴黎人才懂得充分领略，他们埋在人海与石壁之间，一年倒有六个月忘记了青翠的草木。

嫂子抱怨丈夫在议会里辜负了这么美好的天气，奥当斯便回答说：

“赛莱斯丁纳，我觉得你有福不会享。维多冷好得像天使，你有时还要跟他挑眼。”

“亲爱的，男人就喜欢人家挑眼！跟他闹点儿小别扭是表示亲热。要是你可怜的妈妈不是真的难说话，而老是装作难说话，你们决不至于苦到这个田地。”

“李斯贝德还不回来！我真要唱《玛勃洛》了！”《玛勃洛》为通俗儿童歌曲，它的复唱句是：“玛勃洛打仗去了，不知什么时候回来。”最后一节的最后一句是：“他不回来呀！”奥当斯说，“我恨不得马上知道文赛斯拉的消息！……他靠什么过日子的？一事不干有两年了。”

---

① 再醮（jiào）：旧时称寡妇再嫁。

“维多冷告诉我，前天看见他跟那该死的女人在一块，他猜想她故意要他游手好闲……啊！妹子，要是你愿意，你还可以教丈夫回心转意的。”

奥当斯摇摇头。

“相信我的话，你的处境不久就要受不了的，”赛莱斯丁纳接着说，“开头是气恼、绝望、愤慨给了你力量。后来咱们家里遭了大祸，两件丧事，男爵的破产，出事，使你的头脑和心都忙不过来，可是现在过着太平日子，你就不容易忍受生活的空虚；既然要恪守妇道，你只能跟文赛斯拉和好。维多冷是多么爱你的，他也这么想。咱们的情感毕竟拗不过天性！”

“这样没有志气的男人！”高傲的奥当斯嚷道，“他爱这个女的，因为她养他……难道她也替他还债，嗯？我朝朝晚晚想着这个男人的处境！他是这个孩子的父亲，居然丧尽廉耻……”

“你看看妈妈的榜样吧，我的乖乖……”

赛莱斯丁纳那种女子，听到了足以说服布勒塔尼乡下人那样充分的理由，还是搬出她说过上百次的简单的推理。她脸蛋儿生得呆板，平常，冷冷的，一绺绺浅栗色的头发直僵僵的挂着，她的皮色，她的浑身上下都表示她是一个理性的女子，没有风韵，可是也没有懦弱的成分。她又说：

“妈妈很想跟丢人的丈夫守在一块，安慰他，把他藏在怀里不让旁人看见。她早已在楼上把房间布置好了，仿佛随时可以找着他，把他安顿下来。”

“噢！母亲是了不起的！”奥当斯回答，“二十六年功夫，她没有一天没有一刻不伟大；可是我没有这种性格……有什么办法！有时我简直跟自己生气。唉，赛莱斯丁纳，你不知道跟一个下流无耻的人妥协是怎么回事！……”

“还有我父亲呢！……”赛莱斯丁纳静静的接下去，“毫无问题他走上了你父亲的老路！不错，他比男爵小十岁，做过买卖，可是怎么了局呢？玛奈弗太太把我父亲收拾得服服帖帖，像条狗一样。他的财产，他的念头，都在她掌握之中，而他怎么样都不醒悟。我就怕听见婚约公告颁布的消息！你哥哥正在想办法，他认为他的责任应当替社会出气，替家庭报仇，跟这个女的算账。唉，亲爱的奥当斯，像维多冷那样的正人君子，像我们这样的心地，对于社会，对于世道人心的险恶，懂得太晚了！好妹子，这是一桩秘密，我告诉你是因为对你有关；可决不能露一点儿口风，无论对李斯贝德，对母亲，对任何人，因为……”

“贝德来了！”奥当斯说，“喂，姨母，巴贝街上的地狱怎么啦？”

“消息不好，孩子们——奥当斯，你丈夫对那个女人越来越迷了，她呀，老实说，对他真是疯了赛莱斯丁纳，你父亲简直是一个昏君。这且不提，我每隔半个月都要看到一次的；总算我运气，从来不知道男人是什么东西……吓，真是野兽……五天之后，维多冷跟你，亲爱的孩子，你们就得不到父亲的家私了！”

“婚约公告已经颁布了吗？……”赛莱斯丁纳问。

“是呀。我刚才替你们争呢。这老妖精不是跟另外一个走着一条路吗？我告诉他，要是他肯帮你们渡过难关，赎出屋子，你们一定很感激，会招待你们的后母的。”

奥当斯做了一个大吃一惊的姿势。

“这些维多冷会考虑的……”赛莱斯丁纳冷冷的回答。

“你知道区长先生怎么回答我？他说：我要让他们吃点苦。要收服牲口，只有教它们饿肚子，不给它们睡觉，不给它们吃糖！——哼！于洛男爵还坏不到这个田地！……所以，可怜的孩子们，遗产两字休想了。这么大的家私！你父亲花了三百万买下泼莱尔那块地，还剩下三万利息的存款！呕！他是什么都不瞒我的！他还说要买巴克街上的拿华兰公馆。玛奈弗太太本人有四万法郎存息。啊！咱们的好天使来了，你妈妈回来了！……”她听见了车子的声音。

不多一回，男爵夫人果然走下阶沿，向她们走过来。五十五岁，受了多少罪，像发冷发热一样老是打战，阿特丽纳脸色苍白，有了皱裥，可是还保持苗条的身段，秀美的线条，和天生高贵的气息。看见她的人都说：“她当时一定很美的！”她老是在悲伤，因为不知道丈夫的遭遇，因为有了这片巴黎的水草，安闲幽静的环境，光景快要好转的家庭，而不能使他同享清福。她的风度庄严伟大，像残余的古迹一般。每逢微弱的希望幻灭之下，或是寻访不遇之后，她总是愁眉不展，教儿女们看了难受。这天早上，男爵夫人是抱着希望出去的，所以大家更焦急的盼望她回来。于洛一手提拔的一个老部下，现在当着军需官的，说曾经在滑稽剧院看见他和一个姿色绝艳的女人在一起。这天，阿特丽纳便去拜访凡尼哀男爵。他承认的确见过他的老上司，在戏院里对那个女人的态度，似乎他们已经有了同居关系。但是他告诉男爵夫人，说她丈夫为了躲避他，没有等戏完场就走了，最后又补一句：

“他仿佛过着家庭生活，看他的衣着，他手头并不宽裕。”

“怎么呢？”三位女子一看见男爵夫人都问。

夏尔登老头

“于洛的确在巴黎，”阿特丽纳回答，“知道他靠近着我们，我已经有一点安慰了。”

等到阿特丽纳把她和凡尼哀男爵的谈话叙述完毕，贝德就说：

“他老脾气没有改！大概又搅上了什么女工。可是哪儿来的钱呢？我敢打赌，他一定在向从前的情妇要钱，向贞妮·凯婷或是玉才华……”

男爵夫人一刻不停的神经抽搐，这时抽得更凶了，她抹了抹眼泪，不胜痛苦的望着天。

“我不信一个勋二等的人会无耻到这个地步，”她说。

“为了作乐，他什么事都做得出！”贝德回答。“偷过了政府的钱，他会偷私人的，甚至于谋财害命都难说……”

“噢！贝德，”男爵夫人叫道，“别说这种话好不好？”

这时路易士走到她们身边，于洛的两个孙子和小文赛斯拉也一齐跑了来，瞧瞧祖母袋里可有糖果。

“什么事，路易士？”

“有一个男人要看斐希小姐。”

“怎么样的男人？”李斯贝德问。

“小姐，他穿得破破烂烂，身上粘着马鬃，好像是做被褥的，鼻子通红，全是酒味儿……这种人一个星期也做不了半星期工的。”

这番不大体面的描写，使贝德急急忙忙跑到大路易街那边的院子里，看见一个人抽着烟斗，厚厚的烟膏显见他是一个老枪。

“夏尔登老头，干么你上这儿来？”她说，“约好每个月第一个星期六，你到巴贝街玛奈弗公馆门口等的；我在那里等了你五个小时，你没有去！……”

“我去的，好小姐，可是飞心街上博士咖啡馆有一局弹子比赛。各有各的嗜好呀。我的嗜好是打弹子。要不我吃饭还不是银刀银叉的！嗳，你明白这个就得啦！”他一边说一边在裤子腰袋里找一张纸，“打了弹子就得喝几杯……世界上的好东西总带些零零碎碎的玩意儿，教你破财。你的命令我是知道的，可是老头儿实在过不去啦，我只能闯到禁区来了……要是咱们的马鬃货真价实，我也不用来找你啦；可是马里面还羼旁的东西！老天爷并不像大家说的那么公道，他有他的偏心，也难怪，那是他的权利。这儿是你令亲的笔迹，吓，他真是被褥的好朋友，喜欢睡觉……这是他大人的公文哪。”

夏尔登老头用右手大拇指在空中绕来绕去，乱划一阵。

李斯贝德根本不听他的话，看了看纸上写的两行字：

“亲爱的小姨，救救我！请你立刻给我三百法郎。——埃克多。”

“他要这么多钱干么？”

“房东呀！”夏尔登老头回答，他老在那儿用手划圈子。“再有我儿子从阿尔基利回来了，经过西班牙，巴伊翁纳……他这一回竟是破例，什么都没拿；因为他是一个老犯呢，我的儿子。有什么办法！他要吃饭呀，可是咱们借给他的钱，他会还的。他想找个出钱不管事的老板让他开铺子，他有的是办法，将来一定会抖起来的……”

“一定会坐牢！”李斯贝德回答，“他是害死我叔叔的凶手！我不会忘了他的。”

“他！他连杀只鸡都不敢的，好小姐！”

“得了，三百法郎拿去吧，”李斯贝德从荷包里掏出十五块金洋。“替我走，永远不准再上这儿来！”

她把奥朗省仓库主任的父亲一直送到大门口，然后指着喝醉的老人交代门房：

“这个人要是再来，你别让他进门，告诉他我不在这儿。他要问到小于洛先生或是男爵夫人是不是住这里，你回答说根本不认识这些人……”

“是，小姐。”

“要是你不留神出了事，小心你的饭碗！”老姑娘咬着门房的耳朵。这时律师刚从外面回来，她招呼他说：

“喂，姨甥，有件倒霉事儿等着你啊。”

“什么事？”

“几天之内，玛奈弗太太要做你太太的后母了。”

“咱们等着瞧吧！”维多冷回答。

六个月来，李斯贝德按月给于洛男爵一份小小的津贴，她的保护人现在受她保护了。她知道他住的地方，把阿特丽纳的流泪当做享受，一看到她快活，存着希望，她就像刚才那样插一句：“等着吧，报上的法院消息早晚要有姊夫的名字！”这等地方，像从前一样她报复得太狠了，使维多冷有了提防。他决意要把李斯贝德不断的冷箭，和闹得他家破人亡的那个女妖彻底解决。知道玛奈弗太太行事的维森堡亲王，对律师私下的布置表示全力支持以内阁总现的身份，他当然是不着痕迹的，答应教警察当局暗中点醒克勒凡，不让那恶魔似的娼妓再把一笔巨大的家财吞下去；为了于洛元帅的死和参议官的身败名裂，亲王是决不肯饶赦那个女人的。

李斯贝德说的“他在向从前的情妇要钱”那句话，使男爵夫人想了整整一夜。本来光是猜疑男爵有那种卑鄙的行为，她就认为是侮辱；结果却像没有希望的病人相信走方郎中，像陷入了十八层地狱的人，也好似淹在水里的人抓着浮木当作铁锚一样，她竟相信了贝德的话，决意向那些万恶的女人去求救了。下一天早上，也不跟孩子们商量，也不对谁露一句口风，她径自跑到歌剧院首席歌女玉才华·弥拉小姐家，把她像磷火那样亮着的一点儿希望，不问是虚是实，去求一个水落石出。正午时分，有名的歌唱家看见老妈子递进一张于洛男爵夫人的名片，说客人在门口等着，问小姐能不能见她。

“屋子收拾好了没有？”

“收拾好了，小姐。”

“花换过没有？”

“换过了，小姐。”

“吩咐约翰去瞧一眼，屋子里不能有一点儿马虎，瞧过了再把客人请进去。你们对她都得特别恭敬。你回来再替我穿衣，我要打扮得了不得的好看！”

说罢她去照了照大镜子？

“让我装扮起来！”她对自己说。“魔道总得全副武装，才好跟正道斗法！可怜的女人！她来找我干什么呢？……倒有点儿慌，要我去见：

无边的苦海，伟大的牺牲者……”

她唱完了这句有名的歌陶尼采蒂歌剧《吕西·特·拉莱》中的歌辞，老妈子进来了。

“小姐，那位太太在发抖……”

“拿橘花汁给她，还有甘蔗酒，热汤……”

“都送去了，她都不要，说是老毛病，神经受了伤……”

“你们请她坐在哪儿？”

“大客厅里。”

“快一点，孩子！来，拿出我最好看的软鞋，皮茄绣的衣衫，还有全套的花边。替我好好梳一个头，要女人都看了出奇……这位太太的角色正好跟我的相反！去告诉这位太太……（她的确是一位尊贵的太太，呃，还不只是尊贵，而且你永远学不到的：她的祷告可以叫炼狱里的灵魂升天堂！）告诉她说我在床上正在起来，昨晚登了台……”

男爵夫人被请进玉才华的大客厅，虽然等了好大半天，根本不觉得自己在等。这间客厅，从玉才华搬进来之后已经全部换新过，四壁糊着红色与金色的绸。从前王爷们铺张在小公馆里的奢华，从多少残余的遗迹上看，那些屋子的被称为销金窟的确是名不虚传的。眼前这四间屋子，除了王爷式的排场再加上近代设备，越发布置得尽善尽美了，室内温和的空气，是由看不见进出口的暖气炉管制的。男爵夫人头晕眼花，不胜惊异的把艺术品一样一样看过来。她这才明白，在欢乐与浮华的洪炉中，巨大的家业是如何熔化的。她二十六年来的生活环境，所有的豪华仅仅是帝政时代的一点儿陈迹，她看惯花色黯淡的地毯，金色褪尽的铜雕，跟她的心一样残破的丝织品，如今看到了骄奢淫逸的效果，才体会到骄奢淫逸的魔力。一个人不能不爱那些美妙的东西，珍奇的创作，都是无名的大艺术家共同的结晶，那些出品不但使巴黎成为今日的巴黎，而且风行全欧洲。在此，令人惊异的是一切都是独一无二的精品。模型给毁掉了，大大小小的雕像，陈设，都成了天下无双的孤本。这是现代奢华的极致。两千个殷实的暴发户，只知道把充斥市肆的珍宝拿回家去摆阔，殊不知收藏的要没有这一类俗滥的东西，才是真正的豪华，才表明你是现代的王侯，在巴黎天空当令的明星。看到大木花坛里尽是外国的奇葩异卉，花坛本身又镶满蒲勒作风的古铜雕刻，男爵夫人想到屋子里所能包藏的财富，简直骇呆了。这个感触，自然而然反映到销金窟所供养的人物身上。勃里杜画的玉才华·弥拉的肖像，就挂在隔壁的小客厅里；阿特丽纳却在想象中认为她一定像有名的玛丽勃朗，是个天才的歌唱家，一个真正的交际花。想到这儿，她有点后悔，觉得不应该来的。但是她的动机是一股那么强烈那么自然的情感，那么不假思索的热诚，使她又鼓足了勇气，预备应付这次会面。同时她也想满足她心痒难熬的好奇心，研究一下这等女人的魔力，能从吝啬的巴黎地层中榨出这么些黄金的魔力。男爵夫人把自己打量了一番，看看在这个富丽堂皇的场面中是否不至于显得寒伧。她的丝绒衣衫穿得很齐整，配着细致的挑花领；同样颜色的丝绒帽子对她也很合适。看到自己的尊严还不下于王后，在憔悴衰老中依然是王后，她觉得苦难的伟大也敌得过才具的伟大。听见开门关门的声音之后，她终于见到了玉才华。歌唱家很像意大利画家阿洛利笔下的于第斯，挂在毕蒂宫大客厅门边，见过的人都忘不了的：同样豪迈的姿态，同样庄严的脸相，鬈曲的黑头发没有一点儿装饰品，身上穿着一袭黄地百花绣衣，跟阿洛利画上那个不朽的女英雄所穿的金银铺绣的服装，完全一样。

“男爵夫人，你赏光到这儿来，真使我惭愧到了万分。”歌唱家决意要好好扮一下贵妇人的角色。

她亲自推过一张全部花绸面的沙发让给客人，自己只拣一张折椅坐下，她看出这位太太当年的美貌，那种一刻不停的发抖、一动感情就变成抽搐的情形，引起了她的同情。于洛和克勒凡，从前对她形容过这位圣徒的生活，现在她一眼之间就体会到了；于是她不但放弃了抗争的念头，并且对她心领神会到的这种伟大，肃然起敬。淫娃荡妇所取笑的，正是这个大艺术家景仰的。

“小姐，我是给绝望逼得来的，我顾不得体统……”

玉才华的表情使男爵夫人觉得说错了话，把她寄托全部希望的人得罪了，便望着她不敢再说。这副央求的目光，把玉才华眼中的火焰熄了下去，慢慢的露出了笑容。两人多少难堪的隐情，就这样心照不宣的表白过了。

“于洛先生离开家庭已经有两年，虽然我知道他在巴黎，却不知他住在哪儿，”男爵夫人声音颤动的说，“我做了一个梦，使我想到一个也许是荒唐的念头，以为你会关心于洛，要是你能使我重新跟他见面，噢！小姐，我在世一天，一定为你祈祷一天……”

歌唱家不曾回答，两颗眼泪先在眼眶里打转。

“太太，”她的语气卑恭到极点，“我没有认识你的时候，就做了对不起你的事；可是现在，从你身上，我不胜幸运的见到了贤德在世界上最伟大的代表，才明白我的罪孽是多么深重，我真心的忏悔，请你相信，我要尽我的力量补赎我的罪过！……”

她拿了男爵夫人的手，不让她撑拒，就恭恭敬敬的亲了一下，甚至把腿也弯了一弯。然后像扮演玛蒂尔特玛蒂尔特为洛西尼歌剧《威廉·泰尔》中的女主角进场时的神气，她气概非凡的站起来，打了铃。

“你，”她吩咐当差的，“赶快骑了马，到圣·摩街去把小皮茹找来。替她雇一辆车，多给点儿钱给马夫，要他赶一赶。一分钟都不许耽误，要不，小心你的饭碗。”

说罢她回来对男爵夫人说：

“太太，请你原谅。我一找到埃罗维公爵做后台，马上把男爵打发掉，因为他为我快要倾家荡产了。除此之外，我还有什么办法？干戏剧的初出茅庐，都得有后台。我们的薪水还不够我们一半的开支，所以得找些临时丈夫……我并不稀罕于洛先生，是他使我离开一个有钱的人，一个虚荣的冤大头的。要不然，克勒凡老头会正式娶我的。”

“他跟我说过的，”男爵夫人插了一句嘴。

“啊，你瞧，太太，要是克勒凡的事成了，我正式嫁了人，现在是一个规规矩矩的女人了！”

“小姐，你有你的苦衷，上帝会原谅的。我非但没有责备你的意思，这番倒是来向你求情的。”

“太太，我供给男爵的生活费，快有三年了……”

“你！……”男爵夫人嚷着，眼泪都涌了上来。“啊！我怎么报答你呢？我只能够祈祷……”

“对了，是我……还有埃罗维公爵，他是一个热心人，真正的贵族……”

然后玉才华把都尔老头如何安家如何结婚的事说了一遍。

“这样说来，小姐，靠了你的帮助，我丈夫并没有吃苦喽？”“我们一切都替他安排好的，太太。”

“现在他在哪儿呢？”

“六个月以前，公爵告诉我，男爵把公证人那边的八千法郎支完了；公证人只知道他叫都尔，那笔款子是每隔三个月分批给的。从此我跟公爵都没有听到男爵的消息。我们这般人又忙又乱，没有功夫去打听都尔老头。碰巧六个月以来，皮茹，那个替我绣花的女工，他的……怎么说呢？”

“他的情妇，”男爵夫人接口道。

“他的情妇，”玉才华跟着说，“没有上这儿来。奥令泼·皮茹很可能已经离了婚。我们这一区，离婚的事是常有的。”

玉才华起身把花坛中名贵的鲜花摘了几朵，扎成一个美妙的花球献给男爵夫人。真的，男爵夫人简直不觉得在那里等待。好像一般的人把天才当作三头六臂的怪物，吃喝、走路、说话都跟旁人不同似的，阿特丽纳也预备看到一个迷人的玉才华，歌唱家的玉才华，又机灵又多情的荡妇，却不料见到的竟是一个安详稳重的女子，高雅，大方，朴素，因为像她那种女演员知道自己在晚上才是王后；不但如此，她还在目光、举动、态度之间，对贤德的女子，对赞美诗中所谓的痛苦的圣母，表示充分的敬意，用鲜花来放在她的伤口上，有如意大利的风俗把花供奉圣母像一样。

过了半个钟点，当差的回来报告：“太太，皮茹的妈妈已经在路上了；

可是奥令泼那小姑娘没有在。您的绣花工人高升了，结了婚……”

“跟人同居了吗？……”玉才华问。

“不，太太，正式结婚了。她做了一个大铺子的老板娘，丈夫开着很大的时装店，做到上百万生意，在意大利大街上；她把原来的绣作铺丢给了姊姊跟母亲。此刻她是葛勒努维太太了。那个大商人……”

“又是一个克勒凡！”

“是的，太太。他在婚书上给了皮茹小姐三万法郎利息的存款。听说她姊姊也要嫁一个有钱的肉铺老板。”

“你的事恐怕糟了，”歌唱家对男爵夫人说，“男爵已经不在我原先安插他的地方。”

十分钟后，当差的通报说皮茹太太来了。玉才华为谨慎起见，请男爵夫人坐到小客厅去，把门拉上了，说：

“她见了你要胆小的。一猜到你跟这件事有关，她就不肯说老实话，还是让我来盘问她。你躲在这儿，句句话都听得见。这套戏，人生中跟舞台上都是常演的。”

“喂，皮茹妈妈，你们可是得意啦？……你女儿运道倒不差！”

皮茹妈妈穿着杂色方格花呢衣衫，好似星期日打扮的门房。

“唉！得意！……女儿给我一百法郎一月，她自己可是车子进车子出的，饭桌上都是银器，有了一百万家私！……照理奥令泼不该再要我辛苦了。活了这把年纪还得做活！……这算是对我好吗？”

“你把她生得这么漂亮，她不应该不孝顺你，”玉才华接着说，“可是她干么不来看我呢？是我提拔她过的好日子，把她配给我的叔叔的……”

“是啊，太太，那个都尔老头！……可是他年纪真大，身子也不行啦……”

“你们怎么打发他的呢？他还在你们家吗？……皮茹不应该离开他的，现在他发了大财，有几百万呢……”

“哎唷，我的老天爷！她对他不老实的时候，我们就是这么说的。可怜的老头儿，人真和气。啊，她把他搅得七荤八素！奥令泼后来变坏了，太太！”

“怎么的呢？”

“太太，你别生气。她认得一个在戏院里当啦啦队的，圣·玛梭城根

当差的通报说皮茹太太来了

一个老被褥匠的侄孙。那个光棍，像所有的小白脸，说穿了便是婊子掮客①！他是修院大街上的红人，在那里推销新出笼的货色，照他说来是给新出道的女戏子找门路。他一天到晚的闲逛，天生的喜欢打弹子，喝老酒。'这不是一桩行业呐！'我对奥令泼说。"

"唉！竟是一桩行业。"玉才华说。

"奥令泼给这小子迷昏了头，他呀，太太，来往的全是不三不四的人，有一回在咖啡店里跟做贼的给一块儿抓去了，可是啦啦队的头目勃罗拉把他保了出来。那小子戴着金耳环，一事不做的鬼混，就吃那些为小白脸发疯的女人！都尔先生给我们小丫头的钱，全给他吃光了。铺子给搅得一塌糊涂。绣花挣来的钱，都在弹子台上送掉。唉，太太，那小子有个漂亮妹妹，跟他差不多的行业，没有出息的，在大学区里鬼混。"

"大茅屋舞场的一个私娼喽。"玉才华插了一句。

"对啦，太太。所以伊达摩，那小子姓戛尔登，绰号叫伊达摩，认为你叔叔的钱还不止表面上那一些；把他妹子埃洛蒂（他给她起了一个戏子的名字）不让我女儿有一点疑心，送到我们工场里做工，哎唷！老天爷！她跑来搅得七颠八倒，把所有的女孩子全教坏了，一个个变了老油子……她千方百计勾上了都尔老头，把他拐到不知哪儿去了。这一下，我们可受累啦。老头儿丢下一大批债，至今我们还没有能还清，可是这个归我女儿去对付了……等到伊达摩替妹子把老头儿拐走之后，他就丢掉了我女儿，去姘一个走绳索戏院里挂头牌的小姑娘……这样以后我女儿就攀了亲，让我慢慢说给你听吧……"

"你可知道被褥匠住在哪儿？"玉才华问。

"夏尔登老头吗？他这种人哪有住的地方？从早上六点钟起就喝醉了，一个月只做一条被褥，成天躲在下等咖啡店里打野鸡……""怎么，打野鸡？……他倒是了不得的老公鸡！"

"你不懂，太太；那是打弹子赌钱的玩意儿，他一天赢上三四场，赢了钱就去喝老酒……"

"嘿！喝野鸡的奶！"玉才华接口说。"可是伊达摩是在大街上当差的，可以叫我的朋友勃罗拉找他。"

"那我不知道，太太。这些事已经有六个月了。伊达摩这种料应该送公堂，送墨仑该地有古修院改成的监狱，在巴黎近郊，以后哪……哼！……"

---

① 掮（qián）客：指替人介绍买卖，从中赚取佣金的人。

“以后哪，送荒岛荒岛就是苦役监的俗谚！”

“啊！太太什么话都懂，”皮茹妈妈笑道，“要是我女儿不认得这家伙，她……她……可是老实说，她运道不错，葛勒努维先生真喜欢她，居然把她娶了去……”

“这头亲事怎么成功的？”

“倒是奥令泼一气气出来的，太太。自从那个挂头牌的女戏子把她的小白脸拐走以后，她跑去揍了她一顿，喝！左右开弓给了她多少嘴巴！……又丢了多么疼她的都尔老头，简直不想再跟男人打交道了。那时葛勒努维先生照顾我们一笔大生意，每季定绣两百条缎子披肩：他想安慰她，可是不管他是真是假，我女儿说除非上教堂上区公所，旁的话都不用提。她老是这么说：‘我要规规矩矩做人，要不我就完啦！’她竟拿定主意。葛勒努维居然答应娶她，只要她跟我们断绝往来，我们也答应了……”

“当然是得了一笔钱罗？……”聪明的玉才华说。

“是的，太太，一万法郎，另外给我父亲一笔存款，他已经不能做活了。”

“我当初托你女儿好好的服侍都尔老头，她却把他丢在泥洼里！真是不应该。从此我再也不关切人了！你瞧，做好事落得这样一个收场！……哼，真的，发善心也得先打过算盘。至少，出了乱子，奥令泼也该来告诉我一声！要是从今天起，你半个月内能找到都尔老头，我给你一千法郎赏金……”

“那可不容易，我的好太太。不过一千法郎有多少个五法郎的大钱噢，我要想法来得你这笔赏金……”

“好吧，再见，皮茹太太。”

走进小客厅，歌唱家发觉于洛太太完全晕过去了；但她虽然失去知觉，神经性的抽搐还在那里使她发抖，跟一条蛇斩了几段还在牵动一样。什么盐呀，冷水呀，所有的方法都用到了，男爵夫人才恢复了生命，或者不如说恢复了痛苦的知觉。

男爵夫人醒来认出了歌唱家，看到没有旁人在场，便说：“啊！小姐，他堕落到什么地步啊！……”

“耐着点吧，太太玉才华端了一个垫褥坐在男爵夫人脚下，吻着她的手，“我们会找到他的；要是他掉入了泥洼，给他洗个澡就行了。相信我，一个有教育的人，只是衣衫的问题……让我来补赎我的罪过吧。既然你跑到这儿来，足见不论你丈夫行为怎么样，你还是爱他的……唉！可怜的人！他真喜欢女人……老实说，你要能有那么一点点儿我们的花腔，他或者不至于搅了一个又一个，因为那样你可以对丈夫成为一个包罗万象的女人，那就是我们的本领。政府很应该替良家妇女办一个训练班，可是所有的政府都忸忸怩怩的怕事得很！……领导政府的男人是受我们领导的！我真替老百姓叫屈！……哦，现在得帮你忙，不是打哈哈的时候……太太，放心吧，你回去，别操心啦。我一定把你的埃克多给找回来，跟他三十年前一个样儿。”

“噢！小姐，我们去找那位总勒努维太太吧！”男爵夫人说，“她应该知道一些消息；也许今晚就可以找到于洛先生，立刻使他脱离苦难，羞辱……”

“太太，承你瞧得起我来看我，我是永远感激的，所以我不愿让一个当歌女的玉才华，埃罗公爵的情妇，跟一个最美的，最圣洁的、大贤大德的人物站在一起。我太尊敬你了，决不肯在众人面前和你并肩出现。这不是虚情假意的恭顺，而是我真正的敬意。太太，见到了你，我后悔不曾走你的路，虽然那是遍地荆棘的路！可是有什么办法！我是献身于艺术的，正如你的献身于德行……”

“可怜的孩子！”男爵夫人虽在痛苦之中也给她引起了同情心，“我要为你祈祷。社会需要娱乐，你是社会的牺牲品。到老年的时候，你应当忏悔……你可以得到赦免，要是上帝肯听一个……”

“一个殉道者的祈祷，太太。”玉才华恭恭敬敬吻着男爵夫人的衣角。

阿特丽纳抓了歌唱家的手，拉她过去亲了亲她的额角。歌唱家快活得红着脸，一直把男爵夫人送上车子。

“这位太太一定是个做善事的，”当差的对老妈子说，“她对谁都没有这样的礼数，连对她的好朋友贞妮·凯婷太太也没有。”

“太太，你等几天吧，”玉才华说，“你一定会找到他，要不然我也不认我祖宗的上帝了；你知道，一个犹太女子说这种话，就是保证你一定成功。”

正当男爵夫人走进玉才华家的时候，维多冷在办公室里接见一位年纪约有七十五岁的老婆子。她求见名律师的时节，竟提到公安处长那个骇人的名字。当差的通报：

“圣·哀斯丹佛太太！”

“这是我的一个绰号，”她一边坐下一边说。

维多冷一看见这个奇丑的老妇，不由得凉了半截。虽然穿着华丽，她那张又扁又白，青筋暴突，全是丑恶的皱纹的脸，杀气腾腾，着实教人害怕。大革命的巨头玛拉，倘使是女人而活到这个年纪，就该像圣·哀斯丹佛一样，成为恐怖的化身此处恐怖二字系指大革命的时期。阴险的老婆子，发亮的小眼睛有股老虎般的杀性。臃肿的鼻子，椭圆形的大鼻孔，像两个窟窿在那里喷出地狱的火焰，又好似鹰鸷一类的鸟喙。凶相毕露的低额角，便是阴谋诡计的中心。脸上所有凹陷的部分，东一处西一处的长着长汗毛，显出那种蛮干到底的性格。凡是见到这女人的，都会觉得画家对于魔鬼曼非斯托番的脸，还没有画到家。

“亲爱的先生，”她说话之间带着倚老卖老的口吻，“我已经多年不管闲事了。这次来帮你忙是看在我的侄子面上，我对他比对儿子还要喜欢……可是，警察总监听到内阁总理咬着耳朵嘱咐了两句之后，为你的问题跟夏波索先生商量过，认为这一类的事，警察局绝对不能出面。他们把事情交给我侄儿，让他全权办理，可是我侄儿在这方面只能做个参谋，不能给自己惹是招非……”

“那么你就是×××的姑母了？”

“你猜着了。这也是我得意的事，因为他是我的徒弟，拜了门就满师的徒弟……我们把你的案子推敲过了，掂过分量了……要是你的烦恼能统统摆脱，你愿不愿意花三万法郎？我替你把事做得干干净净！你可以事后付款……”

“那些角色你都知道了吗？”

“不，亲爱的先生，我就是等你的情报。人家只告诉我们：‘有个老糊涂落在一个寡妇手里。那个二十五岁的寡妇，拐骗的手段很高，已经从两个家长身上刮了四万法郎利息的存款。现在她要嫁给一个六十一岁的老头儿，好吞下一笔八万利息的家财。她要把一份规规矩矩的人家败光，把这笔大家私送给什么姘夫的孩子，因为她嫁过去之后，很快会把老头儿干掉的……’就是这样的案子。”

“一点不错！”维多冷说，“我的岳父克勒凡先生……”

“从前做花粉生意的，现在当了区长。我就住在他区里，出面叫努里松太太，”

“对方是玛奈弗太太。”

“我不知道这个人，可是三天之内，她有几件衬衫我都背得出。”

“你能不能阻止这头亲事？”律师问。

“到什么阶段了？”

“到了第二次婚约公告。”

“那得把女的绑走。咱们今天是星期日，只剩三天了，他们下星期三就要结婚，来不及了！可是我们好把她干掉呀……”

听到若无其事说出的这句话，维多冷这个规矩人直跳起来。

“谋杀！……”他说，“可是你们怎么下手呢？”

“嘿，先生，我们替天行道已经有四十年了，”她回答的神气高傲得不得了，“我们在巴黎爱怎办就怎办。哼，多少人家，而且是圣·日耳曼区的当时巴黎贵族的住宅区域，都对我说出了他们的秘密！多少婚姻由我撮合，由我拆散，我撕掉了多少遗嘱，救过多少人的名誉！”她又指了指脑袋，“这里面装着无数的秘密，替我挣了一份三万六千法郎存息的家业；你呀，你也要变做我的一头羔羊。要是肯说出办法来，我还成其为我吗？我就是干！大律师，告诉你，将来的事全是偶然，用不到你良心上有点儿疙瘩。你好似医好了梦游病；个把月之后，大家以为一切都是天意。”

维多冷出了一身冷汗。即使看到一个刽子手，也没有像这个大言不惭，功架十足的苦役监坯子那样教他毛骨悚然①。她穿着酒糟色的衣衫，他几乎以为是件血衣。

“太太，倘使事情成功要送掉人家的性命，或是牵涉到刑事罪名，我就不敢接受你老经验的帮助。”

“亲爱的先生，你真是一个大孩子！你又要保持自己的清白，又要希望把敌人打倒。”

维多冷摇摇头。

“是的，你要这个玛奈弗太太吐出她嘴里的肥肉！老虎衔着牛肉，要它放下，我问你怎么办？你打算摩着它的肩背叫：猫咪啊！猫咪啊！是不是？你这是不通的。你教人家厮杀杀，却不许有死伤！好吧，既然你非要良心平安，我就送你一个良心平安吧。凡是规矩人，总免不了假仁假义的脾气！你等着吧，三个月之内有个穷苦的教士，来向你募四万法郎的捐，重修近东沙漠中一座残废的修道院。要是你认为结果满意，你就把四万法郎交给他。反正你得了遗产还得送一笔大大的捐税给国库！跟你到手的数目相比，那笔钱也算不得什么。”

她站起来，露出一双胖肉拥在缎子鞋外面的大脚，堆着笑容，行着礼告辞了。

① 苦役监坯：即很可能被判处苦役监禁的人。

“魔鬼还有一个姊妹呢，”维多冷一边站起一边想。

他送走了这个丑恶可怕的陌生女人，仿佛从间谍窝里找出来的，也仿佛是神话剧中仙女的棍子一挥，从舞台底下钻出来的妖魔。维多冷在法院里办完公，跑去见警察总署一个最重要的司长夏波索先生，打听陌生女人的来历。一看到夏波索办公室里没有旁人，维多冷·于洛就谢谢他的帮忙：

“你派来看我的老婆子，在罪恶的观点上，真可以代表巴黎。”

夏波索脱下眼镜往文件上一放，好不诧异的望着律师：

“我派人去看你，决不会事先不通知你，不给他一个介绍的字条。”

“那么也许是总监……”

“我想不是的，”夏波索说，“最近一次维森堡亲王在内政部长家吃饭，跟总监提到你的情形，一个很糟糕的局面，问他能不能友谊帮忙。看到亲王对这件家务纠纷那么痛心，总监也很关切，跟我商量过这个问题。我们这衙门一向受人攻击，可是一向对社会有功的；自从现任总监接手之后，他一开场便决心不顾问人家的家事。原则上，道德上，他是对的，事实上他可是错了。在我服务的四十五年中，1799 到 1815 之间，警务机关的确为多少家庭出过力。从 1820 以后，报纸跟立宪政府把我们的基本条件完全改变了。所以，我的意思是不再预闻这一类的事，承总监瞧得起我，居然接受了这个意见。公安处长当我的面受到命令，不能采取行动；要是他派人去看你，我要责备他的。这种情形，他可能受到撤职处分。大家随随便便的说一句：‘教警察去办呀！’警察！警察！可是大律师，我告诉你，元帅，部长，都不知道警察是怎么回事，知道的只有警察自己。那些王上，拿破仑，路易十八，只知道他们的事，我们的事只有傅希，勒诺阿，特·萨底纳，跟几个有头脑的总监才明白……现在，一切都变了。我们给降低了，解除了武装！多少私人的苦难在抬头，在我是只消一点儿独断的权力就可消弭了的！……就是那些限制我们权力的人，有朝一日像你一样，遇到某些伤天害理的事，应当像扫垃圾似的扫掉的时候，恐怕也要想起我们了。在政治上，为了公众的安全，警察要负责防范一切，可是家庭，那是神圣的。有什么谋害王上的计划，我得不顾一切去破案去预防我要使一座屋子的墙壁变成透明的，可是插足到家庭中去，干预私人的利益，那万万不能，至少在我任内，因为我怕……”

“怕什么？”

“怕新闻界！告诉你这位中间偏左的议员先生。”

“那我怎么办呢？”小于洛停了一会又说。

“哎！你们说是家务！好啦，话不是说完了吗？你们爱怎办就怎办，要我帮忙，要警察替私人的情欲跟利益做工具，那怎么行？……你知道，我们前任的公安处长，就是为了这个，受到无可避免的迫害，虽然法官们认为这种迫害不合法。从前，皮皮·吕班把警察替私人当差。对社会，这是非常危险的！凭他的神通，那家伙可能作威作福，执掌生杀大权……”

“可是在我的地位？……”于洛说。

“噢！你靠出主意吃饭的人跟我要主意！得啦，大律师，你简直开我玩笑啦。”

于洛向司长告辞，并没看到对方起身送他的时候，极微妙的耸了耸肩膀。

“这样的人还当政治家！”夏波索想着，重新拿起他的公事。

维多冷回到家里，满肚子的惶惑，对谁都不能说。吃晚饭时，男爵夫人高高兴兴向儿女们报告，说一个月之内他们的父亲可以回来享福，安安静静在家庭中消度余年了。

“啊！只要能看到男爵回家，我拿出三千法郎的利息都愿意的！”李斯贝德叫道，“可是，阿特丽纳，千万别把这样的喜事拿得太稳，告诉你！”

“贝姨说得不错，”赛莱斯丁纳说，“亲爱的妈妈，先看事情怎么发展。”

男爵夫人抱着一腔热忱，一肚子希望，说出访问玉才华的经过，觉得那些可怜的女人尽管享福，实际上是不幸的；她又提到被褥匠夏尔登老头，奥朗省仓库主任的父亲，表示她的希望并不虚空。

下一天早上七点，李斯贝德雇了一辆街车到都奈尔河滨道，在波阿西街转角教车子停下，吩咐马夫说：

“你到贝拿登街七号去一趟，那是一幢只有甬道没有门房的屋子。你走上五层楼，靠左手的门上有个牌子写着：夏尔登小姐，专修花边开司棉。你打铃，说要找骑士。人家回答你：他出去了。你就说：我知道，请你们去找他来，他的女佣人在河滨道上街车里等他……”

二十分钟后，一个好像有八十岁的老头儿，头发全白，鼻子冻得通红，苍白的脸上皱裥多得像个老婆子，穿着粗布软鞋，秃毛的阿巴迦呢大

一个好像有八十岁的老头儿，头发全白，鼻子冻得通红

髦，伛着背，不戴勋饰，毛线衫的袖口伸在外边，衬衫的颜色黄得不清不白，拖着沉重的步子，鬼鬼祟祟望了望街车，认出了李斯贝德，走到车门旁边。

“啊！亲爱的姊夫，你瞧你落到什么地步！”

“埃洛蒂把我什么都搜刮光了！”于洛男爵说，“夏尔登这家人全是该死的坏蛋……”

“你愿不愿意回家？”

“噢！不，不，我想上美洲去……”

“阿特丽纳已经找到你的线索……”

“啊！要是有人替我还债的话，”男爵的神气很不放心，“萨玛农要告我呢。”

“我们还没料清你的宿债，你儿子还欠着十万法郎……”

“可怜的孩子！”

“你的养老金还要七八个月才好赎出……你要愿意等，我这儿有两千法郎！”

男爵伸出手来，迫不及待的样子简直可怕。

“给我吧，李斯贝德！上帝保佑你，给我吧，我有个地方好躲！”

“可是你得告诉我呀，老昏君！”

“行。我可以等这八个月。我发现了一个小天使，性情很好，非常天真，年纪很小，还没有学坏。”

“别忘了法庭哪。”李斯贝德只希望有一天能看到于洛上公堂。

“告诉你，那是在夏洛纳街！那个区域是出什么乱子都不稀奇的。放心，人家永远找我不到的。贝德，我改名叫作多兰克，冒充雕花匠出身，小姑娘喜欢我，我也再不让人家摆布了。”

“哼！摆布得够了！”李斯贝德瞧了瞧他的大髦，“要不要我带你去，姊夫？”

男爵上了车，就此不告而别的把埃洛蒂丢在那里，好像一部看过的旧小说似的。

半小时功夫，于洛对李斯贝德只讲着阿太拉·于第西那小姑娘，因为他已经染上那种断送老年人的恶癖。到了圣·安东阿纳城关，夏洛纳街上一所形迹可疑的屋子前面，他拿着两千法郎下了车。

“再见，姊夫，现在你叫作多兰克老头了，是不是？有事只能派人来，每次都要在不同的地方托人。”

“行。噢！我多快活！”男爵一想到未来的新鲜的艳福，脸上就有了光彩。

“这儿，人家可找不到他的了。”李斯贝德心里想。到了菩玛希街，她教车子停下，换乘了公共马车回到大路易街。

一五

下一天，克勒凡来看女儿女婿；上门的时候全家刚吃过中饭，都在客厅里。赛莱斯丁纳上前搂着父亲的脖子，仿佛他隔天还来过似的，虽则两年以来他是第一次出现。

“你好哇，父亲。”维多冷向他伸着手。

“大家都好哇，孩子们!”自命不凡的克勒凡说，“男爵夫人，我跟你请安。呦，天哪！这些娃娃长得多快，简直要赶走我们了！好像说：爷爷，我要出头哪!”——“伯爵夫人，你老是这么美!”他望着奥当斯补上一句。“哎！还有咱们的好姑娘贝姨……可是你们都很好啊……”他这样一个个的招呼过来，大声笑着，把大胖脸上红彤彤的肥肉很费事的扯动了一阵。

然后他满脸鄙薄的神气瞧了瞧女儿的客厅：

“亲爱的赛莱斯丁纳，我要把苏赛伊街的家具统统给你，放在这儿不是挺好吗？你的客厅要换新了……啊！这个小文赛斯拉！这些娃娃乖不乖呀？哎，要有品行噢!”

“是的，为那些没有品行的人。”李斯贝德说。

“这种讽刺，亲爱的贝德，现在刺不到我了。告诉你们，我多少年不上不下的局面就要结束，以家长的地位，我就在这儿简简单单报告你们，我要续弦了。”

“行，你续弦就是了，”维多冷说，“当初我跟赛莱斯丁纳订婚的时候你说的话，我可以让你收回……”

“什么话?”

“你说过不再结婚。你得承认，当时我并没要求你许这个愿，而是出于你自动，我还提醒你不应该束缚你自己。”

“不错，我想起了，亲爱的朋友，”克勒凡很不好意思的回答，“呃……孩子们，要是你们肯好好对待克勒凡太太，你们是不吃亏的。维多冷，你的体贴使我很感动……一个人对我慷慨决不会白慷慨……好吧，对你们的后母客客气气，一齐来参加我的婚礼吧！”

“父亲，你就不告诉我们谁是你的未婚妻吗？”赛莱斯丁纳说。

“这是戏文里的秘密。得了吧，别装疯作傻了！贝德一定告诉了你们……”

“亲爱的克勒凡先生，”贝德插嘴道，“有些名字在这儿是不能提的……”

“好吧，那么我来说，是玛奈弗太太！”

“克勒凡先生，”律师板起脸回答，“我们夫妇决不出席你的婚礼，并非为了利害关系，我刚才已很真诚的声明过了，真的，你要觉得这门亲事圆满，我也很高兴；可是我的动机是为了顾到荣誉顾到廉耻，那是你应该了解而我不能表白的，因为我不能再碰一个还没有收口的伤疤……”

男爵夫人对奥当斯递了一个眼色。她便抱起孩子说：

“来，文赛斯拉，洗澡去！——再见，克勒凡先生。”

男爵夫人不声不响的向克勒凡告辞。孩子听到这个临时安排的洗澡大吃一惊的神气，使克勒凡不由得笑了一笑。

律师等到只剩下贝德，岳父和妻子三个人的时候，高声说道：

“你要娶的那个女人，劫掠了我父亲的财物，有计划的把他搅到那个田地。她害了岳父，又偷了女婿，使我妹妹伤心得要死……你想教我出席，表示我们赞成你的荒唐吗？亲爱的克勒凡先生，我真心替你惋惜！你没有家庭观念，不懂得至亲骨肉之间的休戚相关。情欲是无理可喻的，不幸我知道得太清楚了！痴情的人又是聋子又是瞎子。赛莱斯丁纳为了尽她的儿女之道，决不肯对你有一言半语的责备。”

“哼，那才妙呢！”克勒凡想拦住女婿的埋怨。

“赛莱斯丁纳对你要有一言半语，也不会做我的妻子了，”律师接着说：“可是我，趁你还没有失足掉下去的时候，我可以劝劝你，尤其我早已声明绝对没有利害观念。我关心的绝不是你的财产！而是你本人为表明我的心迹，我可以补充一句，免得你签订婚约再有什么顾虑，我的经济情形绝对用不着再想旁的念头……”

“还不是靠了我！”克勒凡脸孔涨得通红。

“靠了赛莱斯丁纳的家私，”律师回答，“你给女儿的陪嫁，实际还不到她母亲留下来的一半，要是你后悔，我们可以全部奉还……”

“你知道不知道，先生，”克勒凡摆好了姿势，“一朝姓了我的姓，玛奈弗太太的行为，对外只是以克勒凡太太的身份负责了？”

“在爱情方面，对于荡检逾闲的私情①，你这种态度也许是贵族气派，也许是宽宏大量；可是世界上没有一个姓氏，一条法律，一个头衔，能够把卑鄙无耻，榨取我父亲三十万法郎的偷盗行为一笔勾销！亲爱的岳父，我老实告诉你，你的未婚妻配不上你，她欺骗你，爱我的妹夫史丹卜克像发疯一样，代他还债……”

“那是我还的！”

“好，那么我替史丹卜克伯爵很高兴，他将来会还你的；可是她的确爱他，非常爱他，常常在爱他……”

“爱他！……”克勒凡的脸完全变了样，“哼，毁谤一个女人是卑鄙的，下流的，小人的行为！……先生，一个人说这种话是要能证明的……”

“我可以拿证据给你看。”

“我等着！”

“亲爱的克勒凡先生，我什么时候，哪一天，几点钟，能够揭穿你未婚妻丢人的行为，我后天可以告诉你。”

“好极了，那我才高兴呢，”克勒凡一下子又镇静起来，“再见，孩子们。——再见，李斯贝德……”

“你跟他去啊，贝德。”赛莱斯丁纳咬着贝姨的耳朵。

“怎么，你就这样走了吗？……”李斯贝德在后面叫着克勒凡，“啊！他狠起来了，我的女婿，他老练了。法院，议会，那些政界司法界的门道把他教出山了。哼！他知道我下星期三结婚，今天是星期日，他老先生还说三天之内可以把我老婆出丑的日子告诉我……亏他想得出……我要回去签婚约，你跟我来吧，李斯贝德，来！……他们不会知道的！我本想留四万法郎利息的存款给赛莱斯丁纳，可是于洛刚才那种行径教我永远死了心。”

“等我十分钟，克勒凡老头，你先到大门口车上等着，我进去推托一下再出来。”

“行，就这样吧……”

“喂，”贝德到客厅里对大家说，“我跟克勒凡一块儿去；今天晚上签婚约，我可以把条款告诉你们。我去看那个女的，大概这是最后一次了。你们的父亲气得很，要剥夺你们的承继权咧……”

① 荡检逾闲：形容行为放荡，不守礼法。

"为了要面子，他不会的，"律师回答，"我知道他想保留泼莱尔那块地，要另外留起。即使他再有孩子，赛莱斯丁纳也得分到一半遗产，法律规定，他不能把全部家产送人……可是这些问题对我不相干，我只想着我们的名誉……去吧，贝姨，"他握了握她的手，"听清楚他们的婚约。"

二十分钟后，贝德和克勒凡走进巴贝街上的公馆。玛奈弗太太正在温柔乡中等候消息，克勒凡去办交涉原是她的主意。日子一久，华莱丽对文赛斯拉爱得要死要活；那是女人一辈子总有一遭的痴情。不成器的艺术家，在玛奈弗太太手里变了一个十全十美的情人，使她的少不了文赛斯拉，正如过去于洛的少不了她。她把头靠在史丹卜克肩上，一只手抓着软底鞋，一只手给情人拿着。从克勒凡出门起，两个人有一搭没一搭的胡扯，像现代的长篇作品一样，都是"不许转载"的。这种艳体诗的杰作，自然而然引起艺术家的遗憾，他不胜懊丧的说：

"啊，我结了婚真是倒霉，要是听了李斯贝德的话等着，我今天可以娶你了。"

"只有波兰人才希望把一个忠心的情妇变做太太！"华莱丽叫道，"把爱情去换责任！把快乐去换烦恼！"

"我觉得你真是使性得厉害！我不是听见你跟李斯贝德提到蒙丹士男爵，那个巴西人吗？"

"你肯替我把他打发掉吗？"

"要你不跟他见面，大概只此一法了。"那个过去的雕塑家回答。

"告诉你，我的心肝，我过去敷衍他是想嫁给他的，你瞧我把什么话都对你说了"她看见文赛斯拉做了一个手势，便接着说：

"噢！那时我还没有认识你呢。我对他许的愿，他老是拿来跟我为难，逼得我这一次差不多像秘密结婚一样，因为他一知道我要嫁给克勒凡，他这种人是会……会把我杀死的！"

"噢！怕这个做什么！……"史丹卜克做了一个满不在乎的姿势，表示一个有波兰人爱着的女子，根本不会有这种危险的。

的确，在武侠方面，一般的波兰人绝不是说大话，他们当真是勇敢的。

"可是克勒凡这混蛋偏偏要铺张，为了结婚想拿出他又要省钱又要摆阔的老脾气，使我左右为难，不知道怎么办！"

自从于洛男爵给撵走之后，亨利·蒙丹士男爵就承继了他的特权，可以在夜里自由出入，但是尽管她手段巧妙，还没有找到一个借口能跟巴西人吵架，而让他自以为理屈。这一点苦闷，她就不能对心爱的史丹卜克说。她很识得男爵那种半野蛮的性格，极像李斯贝德，所以想到这巴西种的奥赛罗，她就要发抖。听见车子的声音，史丹卜克把手从她腰里抽回，离开了华莱丽专心读报去了。华莱丽却是聚精会神的绣着未婚夫的拖鞋。

李斯贝德走到门口，指着他们咬着克勒凡的耳朵说："这不是造她谣言是什么？你瞧她的头发，可有一点儿走样？照维多冷那种口气，你简直可以捉到一对野鸳鸯。"

"亲爱的李斯贝德，"克勒凡摆好了姿势，"你瞧，把一个荡妇变做一个烈女，只消引起她的热情就行！……"

"我不是老跟你说吗，女人就喜欢你这样的风流胖子？"

"要不然她也太没有情义了，我在这儿花了多少钱，只有葛兰杜跟我两个人知道！"

说罢他指了指楼梯。葛兰杜原想在屋子的装修上（克勒凡还以为是自己的创作呢），跟走红的建筑师格兰莱蒂见个高下，他是替埃罗维公爵设计玉才华公馆的。可是克勒凡对艺术一窍不通，像所有的布尔乔亚一样先把费用限制了。一切都得照工程细账去做，葛兰杜就无法实现他建筑师的理想。玉才华公馆跟巴贝街公馆的不同，就在于一个是每样东西都有个性，一个是俗不可耐。凡是你在玉才华家欣赏的，在任何旁的地方都找不到，而在克勒凡家辉煌耀眼的，随处都可以买得来。这两种奢华之间有着百万金钱的鸿沟。一面独一无二的镜子值到六千法郎，由厂商制造而大量生产的只值五百。一座真正蒲勒手造的大吊灯，在拍卖场中值到三千，用模型翻出来的同样的东西，一千或一千二就可买到：在考古学上，前者有如拉斐尔的真迹，后者只是临本。一幅拉斐尔的临本，你又能估它多少价钱？所以，克勒凡公馆是市侩摆阔的标本，而玉才华公馆是艺术家住宅最美的典型。

"我们打过了架。"克勒凡走向他的未婚妻说。

玛奈弗太太打了铃。

"去请贝蒂哀先生，"他吩咐当差，"请不到就不准你回来。"然后她搂着克勒凡，"我的小老头，要是你成功了，咱们的吉日就得延期，耽搁我的幸福，还得大大的铺张一番，既然全家反对这头亲事，那么朋友，为了体统关系，一切应当从简，尤其新娘是一个寡妇。"

"我可是相反，我要摆一摆路易十四那样的大场面，"最近克勒凡觉得十八世纪太渺小了，"我定了新车；有老爷的，有太太的，都是漂亮的轿车，一辆是大型的四轮马车，一辆是华丽的敞篷轻便马车，座位之妙，就像于洛太太一样抖啊抖的。”

“啊！我要？……怎么，你现在不做我的绵羊了？不行，不行。我的小鹿儿，你得照我的意思办。今天晚上咱们签婚约，不用请外客；然后，星期三，咱们正式结婚，真像人家私下结婚一样，用我可怜的母亲的说法。咱们穿着简简单单的，到教堂望一场弥撒。咱们的证人是史底曼，史丹卜克，维浓和玛索，全是风雅人物，好像是偶然闯到区公所的，为了我们临时去参加一次弥撒。你请区公所的同事做主婚，例外的定在早上九点。弥撒定在十点，十一点半我们可以回家吃饭了。我已经答应客人，不到夜晚决不散席……我们请的有皮克西渥，你的老伙计皮罗德里·杜·蒂哀，罗斯多，佛尼赛，雷翁·特·洛拉，凡尔努，都是顶儿尖儿的风雅人物，根本不知道我们结婚；咱们把他们弄得莫名其妙，大家喝醉一次，教李斯贝德也参加，我要她学一学结婚的玩意儿，让皮克西渥向她求婚，使她……使她去掉一点儿傻气。”

两小时功夫，听玛奈弗太太尽在那儿疯疯癫癫的胡诌，克勒凡不觉说出几句极其中肯的话：

“这样一个嘻嘻哈哈的女人怎么会下流？疯头疯脑，是的！可是心术不正……嘿，得了罢！”

华莱丽在双人沙发上教克勒凡靠在她身边，问：

“你孩子们说我些什么呢？总是些丑话喽！”

“他们说你的喜欢文赛斯拉有点儿不清不白，呕，你这样一个贤德的人！”

“我自然喜欢他咯，我的小文赛斯拉，”华莱丽叫着艺术家，捧着他的头吻了吻他的额角，“可怜的孩子，无依无靠，没有财产！还要给红萝卜色的长颈鹿瞧不起！你瞧，克勒凡，文赛斯拉是我的诗人，我公开的喜欢他，把他当作我的孩子一样！那些正经女人到处只看见坏事。哼！难道她们不能安安分分守着一个男人，不去伤害别人吗？啊，我像一个百依百顺的孩子，再也不稀罕什么糖果了。那些可怜的女人，真是白活！……又是谁这样糟蹋我的呢？”

“维多冷。”克勒凡说。

“你干嘛不把他顶回去，用他妈妈的二十万法郎教这个臭律师闭嘴？……”

“啊！男爵夫人早溜了。”李斯贝德说。

“叫他们小心点，李斯贝德！”玛奈弗太太把眉毛一竖，“要，他们就在家里招待我，而且要好好的招待，他们也得上我这儿来，全得来！要，我就（替我告诉他们）教他们都见不得人，比男爵还不如……我终究要放赖了！真的，一个人不坏就沾不到便宜。”

三点钟，加陶的后任贝蒂哀公证人，和克勒凡商量了一会（因为某些条款是要看小于洛夫妇的态度而定的），把婚约宣读了。克勒凡给新娘的财产计有（一）利息四万法郎的款子，特别注明是哪几种证券；（二）住宅和住宅内全部的家具；（三）三百万法郎现金。此外，凡是法律许可的部分，他都送了未婚妻；日后遗产无须另造清册；遇有死亡而没有儿女时，双方把全部的动产不动产互相遗赠。这张婚约订立以后，克勒凡的资本只剩了两百万。如果新娘将来再生孩子，那么因为二百万资本中还有一部分送给华莱丽，所以赛莱斯丁纳的名分被克扣到五十万了。在克勒凡订立婚约以后所剩的家私中，五十万约略等于九分之一。

李斯贝德回到大路易街吃晚饭，满脸绝望的神气。她把婚约加以说明，加以注解，不料赛莱斯丁纳跟维多冷一样，全不把这个坏消息放在心上。于是地说：

“孩子们，你们得罪了父亲！玛奈弗太太赌咒要你们招待克勒凡太太，你们也得上她家里去。”

“休想！”于洛回答。

“休想！”赛莱斯丁纳说。

“休想！”奥当斯也跟着说。

看到于洛一家这个强硬的态度，李斯贝德马上想教他们屈服。她说：

“她好像拿住你们什么柄呢！……不知道是怎么回事，慢慢我可以打听出来……她只是含含糊糊的提到二十万法郎，跟阿特丽纳有关的。”

男爵夫人就在她坐着的便榻上慢慢的倒了下去，剧烈抽搐起来，

“去罢，孩子们！”男爵夫人叫道，“你们招待那个女人吧！克勒凡是一个小人！真该受极刑……你们服从那女人吧！……啊！真是一个魔鬼！她什么都知道！”

嚎啕大哭的说完了这几句，于洛太太勉强挣扎着上楼，由女儿和赛莱斯丁纳一边一个扶着。只剩下贝德和维多冷两人的时候，她叫道：

“这是什么意思？”

律师站在那儿发愣，根本不听见贝德的话。

“维多冷，你怎么啦？”

“我怕极了！”律师脸上顿时有了杀气，“谁要碰我母亲，我决不甘休，那我不顾一切了！我恨不得把这个女人碎尸万段，像打死一条毒蛇一样！她胆敢威胁我母亲的性命跟名誉……”

“别说给人家听，亲爱的维多冷，她还说要教你们大家都见不得人，比男爵还不如，她埋怨克勒凡没有把使你母亲那么惊慌的秘密，堵住你的嘴。”

男爵夫人情形很严重，请了医生。医生处方用了大量的鸦片。阿特丽纳吃过药，沉沉睡熟了；但全家人还是非常担心。下一天，律师老早就上法院，特意经过警察厅，托公安处长伏脱冷通知圣·哀斯丹佛太太上他家里去。鼎鼎大名的处长回答：

“先生，上面有命令不许我们顾问你的事，可是圣·哀斯丹佛太太是做生意的，她可以帮你忙。”

回到家里，可怜的律师知道母亲有神经错乱的危险。皮安训医生，拉拉比医生，安迦教授，会诊之下，决定试一试最后的治疗方法，把集中头部的血舒散开去。皮安训正在告诉维多冷，为什么别的医生认为不治之症，他还希望能把这个凶险的高潮压下去。忽然当差的来通报，说当事人圣·哀斯丹佛太太来了，维多冷不等皮安训一句话说完，就丢下他像疯子似的奔下楼去。

“怎么，在这个家庭里，难道疯狂会传染的吗？”皮安训转身对拉拉比说。

医生都走了，留下一个实习医生看护于洛太太。

“一辈子的清白……”自从发病以后，病人只有这句话。

李斯贝德再也不离开阿特丽纳，老在床头陪着，两位年轻太太觉得贝姨真是了不起。

律师把怕人的老婆子带进办公室，仔细关了门，问：

“圣·哀斯丹佛太太，咱们到了什么程度啦？”

“嗯，好朋友，你考虑过了吗？”她冷冷的俏皮的望着维多冷。

“动手了没有？”

“你愿不愿意花五万法郎？”

“行，事情非办不可了。你知道吗？那个女的一句话，就教我母亲的性命跟理性都发生了危险！你干吧！”

“已经在干了！”

“那么？……”维多冷浑身的肌肉都抽紧起来。

“那么你不限制费用吗？”

“相反。”

“因为已经花了两万三。”

小于洛瞪着圣·哀斯丹佛太太，像呆子一样。

“哎哟！你这样一个法院里的明星，难道是傻子不成？我们用这笔数目买到一个贴身老妈子的良心跟一张拉斐尔，不算贵啊……”

于洛睁大着眼睛愣住了。

“哎，告诉你，”圣·哀斯丹佛太太又说，“咱们收买了兰纳·多撒小姐，玛奈弗太太的心腹……”

“我明白了。”

“你要舍不得花小钱，老实告诉我！”

“得了吧，我相信你，一切照付！我母亲说这些人应该受极刑……”

“可惜分尸那一套现在不时行啦。”老婆子回答。

“你保险成功吗？”

“让我去干就是。你的报仇大计已经下了锅啦。”

她望了望钟，刚好是六点。

“你的报仇大计正在穿衣服，仙岩饭店的炉子已经生火，套车的马在喘气，我的铁烧热啦。啊！你的玛奈弗太太，我什么都知道了。总之，什么都有了准备。老鼠药已经放好，明儿我可以告诉你耗子有没有上钩。我相信是会的！再见，我的孩子。”

“再见，太太。”

“你懂英文吗？”

“懂的。”

“你见过《玛克白斯》上演吗，英文的？”

“见过。”

“那么孩子，你要做王啦！就是说你那份家私拿稳了。”这个狰狞可怖的妖婆，好似莎士比亚早已预料到的，而她也好似熟悉莎士比亚的“你要做王啦”一句，即《玛克白斯》剧中妖婆的预言。

她让于洛目瞪口呆的站在办公室门口。

“请你别忘记，紧急审理是定在明天。”她假装当事人的口气，很婉转的说。

看见外面来了两个人，她便装作一个班贝希伯爵夫人班贝希伯爵夫人系拉西纳剧中人物，以健讼著名。

于洛对这个冒充的当事人行着礼，心里想：“吓，还有这一手！”

蒙丹士·特·蒙德耶诺男爵是一个公子哥儿，但是一个莫测高深的公子哥儿。巴黎的时髦人物，跑马场中的赌客和交际花，都称赞这位外国贵族的难以形容的背心，鞋油擦得无可批评的靴子，无可比拟的手杖，人人称羡的马匹，以及由名副其实的奴隶，吃足鞭子的黑人赶着的车辆。他的财富是人人知道的，在有名的银行家杜·蒂哀那儿，他有七十万法郎存款；但人家老是看见他单身出入。倘使去看第一场的新戏，他坐的是正厅散座。他不来往任何沙龙，从来不跟一个交际花一块儿出现！他的名字，和巴黎上流社会中那些美女，一个都联不起来。他的消遣是在跑马总会打韦斯脱。人家因之毁谤他的私生活，甚至更奇怪的，毁谤他的身体，把他叫作龚巴蒲斯……有一天，皮克西渥，雷翁·特·洛拉，罗斯多，弗洛丽纳，哀络绮思·勃里斯多小姐，拿打，在大名鼎鼎的加拉皮纳家，跟许多男女豪客一同吃宵夜的时候，大家想出了这个滑稽之极的绰号，说明蒙丹士那种特殊的生活。玛索以参议官资格，格劳特·维浓以前任希腊文教授资格，对一般无知识的交际花，解释这个名字的来历是根据洛朗的《古代史》中一个故事，据说龚巴蒲斯是一个替阿叙利王看守妻子的角色根据传说，龚巴蒲斯为纪元前3世纪时阿叙利王的宠臣，于陪伴王后时自宫，以示忠诚。这一个使加拉皮纳的座客笑了大半天的诨号，引起许多粗俗的笑话，不便在此细述，免得法兰西学士院借此不给本书蒙底翁奖金，我们只消知道，这个绰号从此就跟长头发的漂亮男爵分不开。玉才华背后叫他巴西怪物，就像人家把什么五颜六色的硬壳虫叫作怪东西一样。

加拉皮纳，真姓名叫作赛拉斐纳·西奈，是交际花中最享盛名的一个，靠了美貌和利嘴，在同行中夺去了丢盖小姐（她更知名的名字是玛拉迦）的宝座。她和银行家杜·蒂哀的关系，就有如玉才华·弥拉和埃罗维公爵。

圣·哀斯丹佛太太向维多冷保证成功的那天早上七点钟，加拉皮纳对杜·蒂哀说：

“你今晚请我上仙岩饭店成吗？去把龚巴蒲斯请来，我们要知道他究竟有没有情妇……我跟人打赌说是有的……我要赢这个东道……”

“他老住在亲王饭店，我去转一转就得了，”杜·蒂哀回答，“好，大家玩一下罢。你把咱们的人马统统请来，什么皮克西渥，洛拉等等，把全班清客都邀来！”

七点半，全欧罗巴都去吃过饭的馆子、一间最华丽的客厅内，饭桌上光彩夺目，摆着全套器，那是为虚荣心拿大批钞票会账的特等酒席定制的。流水般的灯光，把镂刻的边缘照耀得如同瀑布。侍者要不是年纪太轻，内地人简直会当做是外交官；那副俨然的神气表示他们是挣大钱的。

先到的五位客人等着其余的九位。第一位是皮克西渥，一切风雅集团的提调，到1843年还没有过时，他的看家本领是有永远新鲜的笑话，这在巴黎是和德行同样难得的。其次是当代最大的风景画家与海洋画家雷翁·特·洛拉，他的出人头地是作品从来不低于他初出道时的水准。一般交际花平时就少不了这两位滑稽宗匠。没有一次宵夜，没有一个饭局，没有一个集会没有他们的。加拉皮纳既是主人公开的情妇，当然在最先到之列，水银泻地的灯光照着她一对巴黎无敌的臂膀，一个像车匠车出来的脖子（没有一丝皱纹！），极精神的脸，深蓝浅蓝拼起来的挑绣缎子衫，英国花边的数量足够一个村子一个月的粮食。当晚不登台的贞妮·凯婷，穿扮得像神仙一般，她的肖像已经大众皆知，毋庸赘述。为这些妇女，宴会永远是行头的比赛，好像龙骧大赛马，个个都想替背后的百万富翁得奖，她们仿佛向竞争的对手说："你瞧我值这个价钱呢！"

第三个女人，没有问题是一个初出道的嫩角色，眼看两位有钱而老资格的前辈身上那样的奢华，差不多自惭形秽了。极简单的穿着一件蓝色金银镶边的白开司棉衣衫，满头插着鲜花，理发匠笨拙的手段，无意之间倒使她的金黄头发另有一番天真的风度。盛装之下有点儿发僵，她正如俗语所说的，免不了初次登台的那种羞答答。刚从华洛涅乡下来，她的新鲜娇嫩在巴黎是无人竞争的，她的天真纯朴连垂死的人见了都会动心；她的美，和诺曼地供应巴黎戏院的多少美女不相上下。齐齐整整的脸上，线条的纯粹，就像天使的一样合于理想。乳白的皮肤反映着滟潋的灯光，好比一面镜子。腮帮上细腻的色调，仿佛是画笔调出来的。她名字叫作西大丽斯。我们在下文可以看到，对于努里松太太和玛奈弗太太下的那局棋，她是必不可少的一个卒子。

这个十六岁的尤物是加拉皮纳带来的，她替贞妮·凯婷介绍了，凯婷说：

"啊，我的乖乖，你的手臂不像你的名字呀。"

的确，西大丽斯令人赞美的一双手臂是肌理紧密，斑痕很多而血色鲜明的。

"她值多少？"贞妮·凯捧轻轻的问加拉皮纳。

“一笔遗产。”

“你想把她怎么办？”

“噢！要她做龚巴蒲斯太太！”

“你做这个媒一定有好处喽？”

“你猜吧！”

“一套银器？”

“我已经有三套了！”

“钻石？”

“我还要出卖呢……”

“难道给你一只绿毛猴子吗？”

“不，是一幅拉斐尔！”

“亏你想得出！”

“玉才华老是拿她的画吹牛，把我耳朵都聒聋了，”加拉皮纳回答，“我要搅些好东西胜过她……”

杜·蒂哀把饭局的主角巴西人带来了。接着来的是埃罗维公爵和玉才华。歌唱家穿着一件简单的丝绒衣衫；可是脖子里亮着一条十二万法郎的珠项链，在白茶花似的皮肤上你简直辨不出珠子。漆黑的发髻中间戴着一朵红茶花（另外一种的美人痣！），非常惹眼；每条臂膀上戴了十一只珠镯。她过去跟贞妮·凯婷握手，凯婷说：“把手镯借给我！”玉才华便脱下来放在一个盘子里递给她的朋友。

“哎哟，了不起！”加拉皮纳说，“真要做了公爵夫人才行！从没见过这样的珠子！”她转身对着矮小的埃罗维公爵：“为了装扮这个丫头，你大概把海洋都捞空了吧，公爵？”

凯婷只拿了两只手镯，把余下的二十只套上歌唱家美丽的手臂，亲了一下。

余下的客人是：文坛的清客罗斯多，拉·巴番里纳和玛拉迦，玛索，伏维奈，最重要的一家报馆主人丹沃陶·迦耶。王爷气派的埃罗维公爵，当然对谁都彬彬有礼，但对待特·拉·巴番里纳另有一种招呼，虽没有特别尊敬或亲密的意味，却仿佛告诉大家：咱们才是一家人，才配称兄道弟！这种成为贵族标识的招呼，是特意行出来气气资产阶级的风雅人士的。

加拉皮纳请龚巴蒲斯坐在她左手，埃罗维公爵坐在她右手。西大丽斯坐在巴西人旁边，另一边是皮克西渥，紧靠公爵的是玛拉迦。

七点，开始吃生蚝。八点，在两道菜之间，大家尝了一点冰镇杂合酒。这一类筵席的菜单是大众皆知的。九点，十四位客人喝了四十二瓶各式各种的酒，照例的东拉西扯，胡说八道。四月里最没味儿的饭后点心已经端上。这种令人头晕的气氛，只能使诺曼地姑娘一个人有点儿醉意，在那里哼一支圣诞歌的调子。除了这个可怜的女孩子，没有一个人神志不清；酒客和交际花是巴黎饭局中的精华。大家嘻嘻哈哈，虽然眼睛发亮，照样很精神，可是谈话的方向转到了讥讽，轶事，和秘史方面。至此为止，话题回来回去总离不了跑马，交易所，批评公子哥儿和喧传一时的丑事等等，慢慢的却染上亲密的意味，快要分化为个别的谈心了。

这时加拉皮纳向雷翁·特·洛拉，皮克西渥，拉·巴番里纳，杜·蒂哀飞了几个眼风，大家便提到了爱情。

"正经医生从来不谈医学，真正的贵族从来不提家世，有才气的人从来不谈自己的作品，"玉才华说，"咱们干么要谈自己的本行？为了这个饭局，我特意教歌剧院停演，难道在这儿还得工作不成？所以诸位，别装腔了吧。"

"人家跟你谈的是真正的爱情，我的乖乖！"玛拉迦说，"是一个人不怕倾家荡产、父母妻子一齐卖掉、不怕进格里希监狱的那种爱情……"

"那么你说吧！我从来没有听到过！"歌唱家回答。

"从来没有听到过"一句是学的巴黎小孩子的口吻，在那般交际花嘴里，加上挤眉弄眼的表情，变了一句意义无穷的话。

"难道我不爱你吗，玉才华？"公爵轻轻的说。

"你也许是真的爱我，"玉才华笑着咬着公爵的耳朵，"可是我，我的爱你并不像他们说的，好像没有了爱人，世界就变了漆黑。我觉得你合意，有用，可并非少不了你。明儿你要走了，马上有三个公爵来替补你一个……"

"难道巴黎会有什么爱情的？"雷翁·特·洛拉说，"大家挣钱还来不及，怎有功夫谈真正的爱情？爱情是要把你整个儿化掉的，像糖碰到了水一样。要谈爱，非得一百二十分的有钱，因为爱情会使一个男人没有男人味，差不多跟我们这位巴西男爵一样。我早已说过，天下的极端总是殊途同归，碰在一起的！动了真情的人好比一个太监，因为在他眼里，世界上是没有女人的了！他神秘得很，仿佛真正的基督徒在荒野中修行！你们瞧瞧这位了不起的巴西人吧……"

全桌的人都开始打量亨利·蒙丹士，他变成视线的中心，不由得害臊起来。

"他像牛吃草似的啃了几个钟点，也像牛一样的不知道旁边有一个巴黎最……我不说最美，但是最新鲜的姑娘。"

"这儿什么都是新鲜的，本饭店的鱼就是出名的新鲜。"加拉皮纳凑上一句。

蒙丹士男爵殷勤的望着风景画家回答：

"说得好，我为你干一杯！"

他向雷翁·特·洛拉点点头，举起满满的一杯包多酒，很豪爽的喝完了。

"那么你是有爱人的了？"加拉皮纳问，她认为他的干杯，就是承认的意思。

巴西男爵教人斟满了酒，对加拉皮纳行了礼，照样干了一杯。

"祝尊夫人健康！"加拉皮纳的口吻那么滑稽，引得画家，杜·蒂哀，皮克西渥都哈哈大笑。

巴西人不动声色，像一座铜像。加拉皮纳看到这种镇静，不由得心中着恼。她明知蒙丹士爱着玛奈弗太太，可是料不到这个人会这样的死心塌地，这样的咬紧牙关不露一点口风。从情人的态度上，往往可以判断他所爱的女人，正如从情妇的举动上可以判断她男人。巴西人俨然以为爱着莱丽同时也受到华莱丽的爱，他的笑容在老于世故的人看来简直有意在讽刺人家。他的神气也真值得欣赏：脸上没有一点儿酒意，暗黄射出那种特有的光彩，丝毫不露出他的心事。加拉皮纳不禁暗暗的想道：

"好厉害的女人！竟然把这颗心封得这么严！"

"他是一块顽石！"皮克西渥低低的说，自以为这不过是对巴西人放一炮，没有想到加拉皮纳非把这座堡垒攻下来不可。

加拉皮纳的右边谈着这些表面上极无聊的话，她的左边，埃罗维公爵，罗斯多，玉才华，贞妮·凯婷和玛索，继续在讨论爱情问题。他们研究那些稀有的现象究竟是怎样产生的，由于疯魔，由于固执，还是由于爱情？玉才华听腻了这套理论，想把谈话改变一个方向。

"你们说的，连你们自己都莫名其妙！你们之中有哪一位，爱一个女人，并且是一个不值得爱的女人，爱到把自己的家产、女儿的家产，都搅得精光，出卖前程，断送过去的光荣，冒着苦役监的危险去偷盗政府，害死一个叔叔，一个哥哥，听人家蒙着眼睛摆布，做梦也没想到人家要开他最后一次玩笑，故意使他看不见那个他掉下去的窟窿！哼，你们之中哪一个是这样的人？杜·蒂哀的心是一口保险箱，雷翁·特·洛拉的是才气，皮克西渥只知道爱他自己，玛索胸中只有部长两字，罗斯多只有五脏六腑，他这个会让蒲特莱太太离开的人；公爵太有钱，没法拿倾家荡产来证明他的爱情；伏维奈根本谈不上，我不把放债的当作人。所以，你们从来没有爱过，我也没有，贞妮，加拉皮纳都谈不到……至于我刚才说的那种角儿，我只见过一次。那是，”她对贞妮·凯婷说，“那是咱们可怜的于洛男爵，我现在正当做走失的狗一样在招寻，因为我要找到他。”

加拉皮纳神气异样的望着玉才华，想道：“咦！难道努里松太太有两张拉斐尔吗？怎么玉才华也在做我的戏？”

“可怜的家伙！”伏维奈说。“他的确伟大，的确了不起。那种气派！那种风度！简直是法朗梭阿一世的局面。头脑多灵活，揽钱的时候多巧妙多有天才！只要是有钱的地方，他就会去找，就会去挖，哪怕是砌在巴黎四郊的城墙里，我想他现在就躲在那些地方……”

“而这些，”皮克西渥接口说，“是为了那个玛奈弗太太！一个不要脸的骚货！”

“她要嫁给我的朋友克勒凡了！”杜·蒂哀插了一句。

“她还爱我的朋友史丹卜克爱得发疯呢！”雷翁·特·洛拉说。

这三句话，仿佛把蒙丹士当胸打了三枪。他脸色发白，气得好容易才抬起身子：

“你们都是些混蛋！你们不应该把一个良家妇女，跟你们那些堕落的女人混在一起，尤其不应该把她当作你们嚼蛆的材料。”

蒙丹士的话，给全场一致的叫好声和鼓掌声打断了。由皮克西渥，雷翁·特·洛拉，伏维奈，杜·蒂哀，玛索为首，大家哄成一片。

“皇帝万岁！”皮克西渥嚷着。

“替他加冕呀！”伏维奈叫道。

“替忠实的丈夫做一声猪叫！替巴西叫好呀！”罗斯多喊。

“啊！黄脸男爵，你爱咱们的华莱丽？”雷翁·特·洛拉说，“你真有胃口！”

“他说话是不大客气，可是有气魄！……”玛索插了一句。

“可是我的好主顾呀，你是人家介绍给我的，我是你的银行家，你的天真要教我受累了。”杜·蒂哀说。

“啊！告诉我，你是一个正经人……”巴西人问杜·蒂哀。

“好吧，我们都是不正经的，承蒙指教，不胜感激。”皮克西渥说着，行了一个礼。

"你得告诉我一些老实话……"蒙丹士根本不理会皮克西渥。

"这个吗，"杜·蒂哀回答，"我可以报告你，克勒凡请我去吃他的喜酒。"

"啊！龚巴蒲斯替玛奈弗太太辩护！"玉才华一本正经的站起来说。

她装作悲壮的神气走到蒙丹士身旁，在他头上亲热的拍了一下，把他望了一会，做出滑稽的钦佩的表情，侧了侧脑袋：

"不顾一切的爱情，于洛是第一个例子，这儿是第二个；可是他不算数，他是从热带来的！"

玉才华轻轻拍着他脑袋的时候，蒙丹士在椅子上坐了下去，眼睛瞪着杜·蒂哀：

"要是你们开我玩笑，想逼我说出秘密……"说着他仿佛射出一条火带，眼睛里亮出巴西的太阳，罩住了所有的客人。"那么求你老实告诉我一声，"他的口吻几乎像小孩子般的哀求，"可是千万不能糟蹋一个我心爱的女人……"

"嗨！"加拉皮纳咬着他的耳朵，"要是你给华莱丽欺骗了，出卖了，玩弄了，要是我在一小时以内，在我家里给你证据看，那你怎么办？"

"那我不能在这儿对你说，当着这些伊阿谷伊阿谷是唆使奥赛罗妒杀妻子的角色，见前八十四页注……"巴西人回答。

加拉皮纳把伊阿谷听做丑八怪。

"那么你别说话！"她笑着说，"别给那些巴黎才子当笑话，你到我家里去，咱们再谈……"

蒙丹士垂头丧气，结结巴巴的说：

"要证据的！……唉，你想……"

"证据只会太多，我还担心你发疯呢，光是疑心，你就气成这个样儿……"

"这家伙的死心眼儿比故世的荷兰王还厉害！——喂，罗斯多，皮克西渥，玛索，喂，你们后天不是都给玛奈弗太太请去吃喜酒吗？"雷翁·特·洛拉问大家。

"对啊，"杜·蒂哀回答。"男爵，我可以告诉你，要是你有意思娶玛奈弗太太的话，你就跟一条议案一样给克勒凡一票否决了。我的老伙计克勒凡，存款利息有万，你大概没有这个数目，要不然我相信你是会成功的。"

蒙丹士听着，又像出神又似微笑，大家觉得他的神气很可怕。这时领班的侍者过来附在加拉皮纳耳边说，有一位亲戚在客厅里要看她。交际花起身出去，碰到努里松太太，戴着黑纱面网。

“嘛，孩子，要不要我上许家里去？他上钩了吗？”

“行啦，老妈妈，火药装足了，我只怕它爆炸呢。”加拉皮纳回答。

一小时以后，蒙丹士，西大丽斯，和加拉皮纳，从仙岩饭店回来，到了圣·乔治街走进加拉皮纳的小客厅。努里松太太在壁炉前面一张沙发里坐着。

“咦！我姑姑在这里！”加拉皮纳说。

“是啊，孩子，我亲自来领我的利息。虽说你心地好，你会忘了的。明天我要付几笔账。做花粉买卖的手头总是很紧。你带的什么客人呀？……这位先生好像很不高兴似的……”

这时可怕的努里松太太可以说是尽了她化身的能事，装得像一个普通的老婆子，她站起来拥抱加拉皮纳。操这种职业的交际花，由她捧出山的有上百个，加拉皮纳不过是其中之一。

“这是一位决不误听人言的奥赛罗，让我来介绍：蒙丹士特·蒙德耶诺男爵……”

“哦！久仰久仰，我常常听人家谈到你先生；大家叫你龚巴蒲斯，因为你只爱一个女人；可是在巴黎，只爱一个女人就等于没有女人。啊！你的爱人说不定就是玛奈弗太太，克勒凡的小娘子吧？……哎，亲爱的先生，你的失败倒是运气……这婆娘真不是东西。我知道她的玩意儿！……”

“哎哎！”加拉皮纳说，努里松太太拥抱她的时候早已把一封信塞在她手里。“你不知道巴西人的脾气。他们喜欢叫心跟头脑打架！……一朝嫉妒之后他们是越来越嫉妒的。先生嘴里说要赶尽杀绝，实际决不会下手，因为他真是爱极了。现在我把男爵带到这儿，是要给他看证据，从那个小史丹卜克那里弄来的。”

蒙丹士迷迷糊糊的听着，好像这些话都跟他不相干。加拉皮纳去脱下了短大衣，拿着一封铜刻的信念道：

> 我的小猫，他今晚在包比诺家吃饭，约好十一点左右到歌剧院接我。我五点半动身，希望在咱们的乐园里见到你。你给我上金屋饭店叫两客菜。你得穿上礼服，回头可以送我上歌剧院。咱们有四个钟头好玩儿。这张字条你得交还给我，并非你的华莱丽不相信你，我连性命，财产，荣誉都肯给你，可是造化弄人，不可不防。

可怕的努里松太太可以说是尽了她化身的能事

“男爵，这是今儿早上送给史丹卜克的情书，你看地名吧！真迹刚才给毁掉了。”

蒙丹士把纸翻来报去看了一会，认出了笔迹，忽然转到一个极中肯的念头，证明他对华莱丽的确痴心到了极点。他望着加拉皮纳说：

“啊啊！你们撕破我的心有什么好处呢？要拿到这封信，马上用铜刻摹下来，再把原本交去，你们一定花了很高的代价。”

加拉皮纳看见努里松太太对她做一个暗号，便说：“大傻瓜！你不看见这个可怜的西大丽斯吗？……这个十六岁的孩子，三个月来爱得你把吃喝都忘了，你连正眼都不瞧她一眼，她不是伤心透了吗？”

西大丽斯把手帕掩着眼睛装假哭。

加拉皮纳接着又说：“看她软绵绵的好说话，眼见心爱的男人受了一个小淫妇儿的骗，她真是气疯了，她恨不得把华莱丽杀死呢……”

“咄咄咄，这是我的事！”巴西人说。

“怎么！你！……杀人？”努里松太太说。“这儿可不兴这一套了。”

“噢！我，我又不是这儿的人！我是王家武官团里的，你们的法律管不着我，要是你们给我看到证据……”

“喝！这字条不是证据吗？”

“不，我不相信写的字，我要亲眼目睹……”

“噢！亲眼目睹！”加拉皮纳对冒充姑妈的暗号完全明白，“这不难，可是有一个条件……”

“什么条件？”

“你先看看西大丽斯。”

努里松太太一个暗号递过去，西大丽斯便脉脉含情的望着巴西人。

“你喜欢不喜欢她？你能不能负责她的终身？加拉皮纳问。一个这样漂亮的姑娘，要有一所住宅，要有自备车马才配得上！总不能狠着心肠叫她走路吧。并且她还欠着债……你欠多少呀，孩子？”加拉皮纳把西大丽斯的胳膊拧了一把。

“她值得多少就是多少，只要有主顾，”努里松太太说。

“听我说！”蒙丹士终于发现了这个女人之中的精品，“你让我看到华莱丽吗？”

“嗨，看到她，还看到史丹卜克！”努里松太太回答。老婆子把男爵打量了已有十分钟，认为这个工具已经合乎她的理想，起了杀心，尤其是已经相当糊涂，不会再提防人家了，她便插身进来，接着说：

“亲爱的巴西佬，西大丽斯是我侄女，我不能不顾问一下。揭穿秘密不过是十分钟的事；因为是我的一个朋友，把幽会的房间租给史丹卜克，此刻正在陪华莱丽喝咖啡的，好古怪的咖啡！可是她管这个叫作咖啡。所以，巴西佬，咱们先得把条件谈妥。我喜欢巴西，那是一个热地方。你打算把我的侄女怎么办？”

“你这只老鸵鸟！”蒙丹士忽然发觉了努里松太太帽子上的羽毛，“你打断了我的话。要是给我看到……华莱丽跟那个艺术家在一起……”

“就像你希望跟她在一起的那个样子，”加拉皮纳说。

“那么我把这个诺曼地姑娘带到……”

“哪儿去？……”加拉皮纳问。

“巴西喽！我娶她做老婆。我叔父留给我一块十里见方的地，不许出卖的，所以至今还在我手里，我有一百个黑人，男的，女的，小的，全是黑人，都是叔叔买来的……”

“原来是一个黑奴贩子的侄儿！”加拉皮纳噘起嘴巴，“那得考虑一下——西大丽斯，我的孩子，你是不是亲黑派？”

“哎哎！加拉皮纳，别开玩笑啦，”努里松太太说，“我跟先生谈正经呢。”

“要是我再揽一个法国女人，我要她整个儿归我的了。我预先通知你，小姐，我是一个王，可不是立宪制度的王①，而是一个沙皇，所有的下人都是买来的，谁也不能走出我的王国。周围一百里内没有人烟，靠里边是野蛮人住的，到海边还隔着像法国一样大的沙漠……”

“那我宁可在这儿住一个阁楼的！”加拉皮纳说。

“我就是这么想，才卖掉了所有的田地跟巴西京城中的产业，到这儿来找玛奈弗太太的。”

“这样的旅行绝不是闹着玩的，”努里松太太说。“不说钱吧，就凭你这么一个人就该有人疼，尤其生得这么漂亮……噢！他漂亮喔！”她对加拉皮纳说。

“非常漂亮，比龙于莫的马夫还要漂亮阿丹作的喜剧《龙于莫的马夫》，有一段唱辞是：“他多漂亮，龙于莫的马夫！”交际花回答。

---

① 立宪制度：亦称“有限君主制”，是在保留君主制的前提下，通过立宪，树立人民主权、限制君主权力，实现事物上的共和主义理想但不采共和政体的一种国家体制。立宪制度的王意谓权力不够集中的王。

西大丽斯抓起巴西人的手，他却是一本正经的挣脱了。

“我这次来是预备把玛奈弗太太带回去的！”巴西人继续申说他的理由，“你们不知道我干么花了三年功夫才回到巴黎来吗？”

“谁知道你这个野蛮人的玩意儿！”加拉皮纳说。

“因为她老是说愿意跟我两个在荒野里过日子！……”

“你信她这种话，那你不是野蛮人，而是文明人中间的傻瓜了。”加拉皮纳说着哈哈大笑。

巴西人全不理会交际花的讽刺，接着说：“她对我一遍又一遍的尽说，所以我在那块大产业上盖了一所美丽的庄子。然后我回法国来接华莱丽，而我第一晚跟她久别重逢的时候……”

“久别重逢说得好文雅，”加拉皮纳说，“这句话我倒要记下来。”

“她要我等那个混账的玛奈弗死了再说，我答应了，也原谅她接受了于洛的殷勤。我不知道是不是魔鬼穿上了女人的裙子，可是那女人从那时起对我百依百顺，从来没有使我起过一分钟的疑心！……”

“哎唷！她真是了不起！”加拉皮纳对努里松太太说。

努里松太太点了点头。

“我相信她的程度，”蒙丹士说着流下泪来，“跟我爱她的程度一样。我刚才差一点把饭桌上的人统统打嘴巴……”

“我看到的！”加拉皮纳说。

“要是她骗了我，要是她嫁了人，要是她这时候在史丹卜克的臂弯里，那么这女人真该千刀万剐，我要杀死她，像掐死一个苍蝇一样……”

“可是有宪兵呢，我的孩子！”努里松太太的笑容，简直教人起鸡皮疙瘩。

“还有警察，还有法官，还有刑事法庭？……”加拉皮纳接口说。

“你只会吹大炮！亲爱的，”努里松太太想知道巴西人泄愤的方法。

“我要把她杀死的！”巴西人冷冷的重复一遍，“吓！你们叫我野蛮人……难道我会学你们那些傻子的样，到药材铺去买毒药吗？……跟你们一路回来的时候，我想过了，倘使你们说华莱丽的话是真的，我该用什么方法报仇。我的黑人之中，有一个随身带着动物性的毒药，比植物性的毒药强得多，能够教人害一种极可怕的病，只有在巴西可以治。我打算给西大丽斯吃下去，由她传给我；然后，等到克勒凡夫妇的血完全中了毒，无药可救了，我已经带你的表妹过了阿索群岛，我再把她治好，跟她结婚。我们野蛮人自有我们野蛮人的办法！”他瞅着诺曼地姑娘问：“西大丽斯是我少不了的帮手。她欠多少债？……”

“十万法郎！”西大丽斯回答。

“她话虽不多，说倒说得很好。”加拉皮纳轻轻的对努里松太太说。

“我气疯了！”巴西人倒在椅子里，嗓子都哑了，“我气死了！可是我要亲眼看到，这简直是不可能的！铜刻的一张字条！……谁敢说不是假造的？……哼，于洛男爵爱华莱丽！……”他忽然想起玉才华的议论，“既然她还活着，足见他并不爱她！……我吗，她要不是整个儿属于我，我决不让她活着给别人受用！……”

蒙丹士的神气很可怕，但他的声音更可怕！他狂嗥怒吼，浑身扭曲，他碰到什么就砸破什么，胡桃木在他手里像玻璃一样。

“哎哟！你瞧他打烂多少东西！”加拉皮纳望着努里松太太说，“喂，我的乖乖，”她拍了拍巴西人，“狂怒的洛朗做在诗里是很好，在人家屋里却是既不成体统又不经济。”

“我的孩子，”努里松太太走到绝望的巴西人前面站定了，“我跟你是同志。一个人爱到某个地步是至死方休的，生命应当替爱情做担保。一个人临走还不破坏一切？还不同归于尽？我敬重你，佩服你，赞成你，尤其是你的办法使我变了亲黑派。可是你是爱她的呢！会不会软心呀？”

“我！……要是她真的不要脸，我……”

“得了吧，归根结底，你说话太多，”努里松太太又回复了她的本来面目。“一个存心报仇，自命为有办法的野蛮人，做事决不像你这样。要看到你小娘儿在她的乐园里，你就得带西大丽斯一起去，假装走错房间；可是不能闹乱子！你要报仇，就得装作没有出息，让你的情妇摆布……明白没有？”努里松太太看见巴西人对这套巧妙的手段大为惊讶。

“走吧，鸵鸟，”他回答，“咱们走！……我明白了。”

“再见，我的乖乖。”努里松太太招呼加拉皮纳。

她递了一个眼色，叫西大丽斯陪了蒙丹士下楼，自己留在后面。

“现在呀，我的贝贝，我只怕一件事，就是怕他把她当场勒死！那我不是糟了吗？咱们一得斯斯文文的来。噢！我相信你的拉斐尔是赢定了，有人说那不是拉斐尔，是弥涅。不管它，反正更好看，人家说拉斐尔的画都是黑黑的，这一幅却是漂漂亮亮，跟一张奚罗杜一样。”

“我只要胜过玉才华就行！不管它，弥涅也罢，拉斐尔也罢……噢！那小贼婆今天晚上的珠子呀……教人进地狱也甘心！”

西大丽斯，蒙丹士，努里松太太，踏上一辆停在加拉皮纳门外的街车。努里松太太轻轻的嘱咐车夫，目的地是意大利大街上的某幢屋子，却不要马上赶到，因为从圣·乔治街出发只有七八分钟的远近，可是努里松太太指定走贝勒蒂哀街，而且要慢慢的过，好仔细瞧瞧街上停的车马。

“巴西佬！你瞧着，有没有你小天使的车马夫仆。”

街车经过的时候，男爵指了指华莱丽的车，努里松太太便说：

“她吩咐下人十点钟来，她另外坐了街车到那所屋里去会史丹卜克，在那边吃饭，半个钟头以内她要上歌剧院。这些都安排得很好！所以你给她骗了这么久。”

巴西人不答话。他变做老虎似的，不动声色，又回复了刚才饭桌上那副令人惊叹的神气。他的镇静，正如一个破产的人交出清册以后的神气。

在出事的屋子门口，一辆双马车；车行的店号叫作总公司，人家也就跟着把这种车叫作总公司。

“你先在车上等，”努里松太太对蒙丹士说，“这儿不像咖啡馆可以随便进去，我会派人来请你的。”

玛奈弗太太和文赛斯拉的乐园，不像克勒凡的小公馆，那是克勒凡认为没有用处，已经让给玛克辛·特·脱拉伊伯爵的。这座乐园是许多人的乐园，在意大利大街一所屋子的五层楼上，靠楼梯口，统共只有一个房间。屋子每层的楼梯口都有一个房间，原来是给每个公寓做厨房的。但是整幢房屋变做价钱极贵的、幽会的旅馆以后，二房东，真正的努里松太太，在圣·玛克新街开着香粉铺的，极有眼光，识得这些厨房的价值，把它们改装成饭厅。每间都有厚实的墙壁，临街取光，楼梯台上两道奇厚无比的房门，使它跟屋子其余的部分完全隔绝。在里面一边吃饭一边谈着重要秘密，决没有被人听见的危险。为了安全起见，临街的窗子外边有百叶窗，里边有护窗板。由于这些特点，每间每月的租金要三百法郎。这幢包括许多乐园、许多秘密的屋子，由第一个努里松太太花两万四千法郎租下，不论市面好坏，每年可以净赚两万，而且总管（第二个努里松太太）的薪水已经除掉，因为她自己是不经管的。

租给史丹卜克伯爵的乐园，壁上糊着波斯绸，软软的地毯，使你脚下再也感觉不到油蜡上得红红的、又冷又硬的、丑恶的地砖。两张漂亮椅子，床嵌在凹进去的地位，给桌子遮掉了一半。精美的晚餐吃过了，桌上放着残肴剩菜，在酒神与爱神耕耘过的场地上，高高耸起两个长塞子的酒瓶和一个香槟酒瓶，香槟在杯子里早已没有了泡沫。烤火椅子的旁边，摆着一张花绸面的齐整的沙发，大概是华莱丽置办的，一口红木五斗柜，上面的镜子是篷巴杜式的镶工。除了天花板上半明半暗的灯光以外，还有饭桌上和壁炉架上的蜡烛添了一点儿亮光。

这幅简单的素描，显出1840年代巴黎的寒伧，连私情的场面都是这样寒伧，想到三千年前神话中火神捉维纳斯奸情的局面，真有无从说起之感。

西大丽斯跟男爵上楼的时节，华莱丽正站在柴火融融的壁炉前面，教文赛斯拉替她扣束胸带子。在这等情景中，一个清秀典雅，像华莱丽那样不肥不瘦的妇人，越发显得天仙一般的美。粉红的皮肤，色泽的滋润，即使最迟钝的眼睛也要为之精神一振。在极少掩蔽之下，衬裙的褶裥和束胸，把身体的线条勾勒得那么清楚，格外教人割舍不得，尤其在非分手不可的时节。镜子里那张得意的笑脸，扭来扭去表示不耐烦的脚，整着没有完全理好的头发的手，感激不尽的眼睛，还有那股满足的热情，像落日一般使脸上所有的表情都是火辣辣的，总之，她这时浑身上下都是令人回味无穷的宝藏！……谁要是回想起自己早年的荒唐，一定会辨认出这些甜蜜的细节，而对于洛和克勒凡一等人的疯魔，即使不能宽恕，至少也能了解。女人在这种时候的魔力，自己是深知的，所以她们幽会之后总是精神焕发，好像返老还童一样。

“哎哟！两年功夫还不会替一个女人束带子！你真是太波兰脾气了！已经十点了，文赛斯拉！”华莱丽笑着说。

这时候，一个缺德的老妈子，很巧妙的用一把刀挑落了房门上的铁钩——亚当与夏娃唯一的保障。她很快的推开房门（因为伊甸园的房客照例是迫不及待的），把一幅展览会里常见的，模仿迦伐尼的风情画揭露了。

“太太，请进去吧！”老妈子说。

西大丽斯带着蒙丹士男爵走了进来。

“哎唷，有人哪！对不起，太太。”诺曼地姑娘吃了一惊的说。

“怎么！是华莱丽！”蒙丹士嚷着，猛的把门关上了。

玛奈弗太太，过于剧烈的情绪一时也无从遮盖，不觉往壁炉旁边的烤火椅上坐了下去。两颗眼泪在眼眶里转了一转就不见了。她望着蒙丹士，发现了诺曼地姑娘，忽然哈哈大笑。恼羞成怒之下，她衣衫不整的狼狈反而给遮过去了。她走到巴西人面前，高傲的目光亮晶晶的如同一对武器。

“哼，”她摆好姿势，指着西大丽斯，“你的忠实敢情是这么回事！你对我起的誓，赌的咒，连一个从来不相信爱情的人也会相信！我为你做了多少牺牲，甚至于犯罪！……不错，先生，比起这样年轻这样美丽的姑娘，我一文不值了！你要说的话我都知道，”她指了指文赛斯拉。他那衣帽不齐的情景没有办法再否认。“那是我的事。你这样下流的出卖我，暗中刺探我，这儿的楼梯每一级都是你出钱买来的，老板娘，老妈子，说不定连兰纳也在内……噢！你做的好事！——要是我对一个这样卑鄙的男人还有一点儿感情，我自有理由告诉他，使他加倍的爱我！……可是，先生，我让你去疑心，让你将来后悔不及……文赛斯拉，我的衣衫！”

她接过衣衫穿好，照了照镜子，若无其事的装扮完毕，对巴西人望都不望，像没有他在场一样。

“文赛斯拉，完了没有？你先走。”

她在眼角，镜子里，偷觑着蒙丹士，认为他苍白的脸色，又是那些强悍的男人敌不住女人诱惑的表现。她过来抓着他的手，站的跟他相当靠近，让他闻到那股情人们为之陶醉的，可怕的香味；然后，觉得他的心在乱跳，她便含嗔带怨的瞅着他说：

“你尽管去告诉克勒凡，他永远不会相信的，我还是可以嫁给他：后天他便是我的丈夫了……并且我要使他非常的快乐……再见吧！把我忘了算啦……”

“啊！华莱丽，”蒙丹士把她搂在怀里，“不行！……跟我上巴西去！”

华莱丽望着男爵，觉着他又变了她的奴隶。

“噢！要是你始终爱我，亨利，再等两年，我可以嫁给你：可是你现在这张脸，我觉得阴险的狠……”

“我可以发誓，是人家把我灌醉了，一些坏朋友硬把这个女人塞给我，一切都是出于偶然！”蒙丹士说。

“那么我还可以原谅你了？”她微笑着说。

“你非嫁他不可吗？”男爵焦急到了极点。

“八万法郎的进款！你瞧！”她那兴奋的神气竟有点儿可笑，“而且克勒凡那样的爱我，他会爱死的！”

“啊！我明白了。”

“那么咱们过几天再谈，”说罢她得意洋洋的下楼了。

男爵在那里站了一会，想道：“好，那我不顾一切了。怎么！……这个女人竟想用她的爱情来收拾那个混蛋，像她当初算计玛奈弗一样！……这明明是上帝教我来为人除害了！”

两天以后，华莱丽脱胎换骨，改姓了一个巴黎区长的光荣的姓；她改姓以后一小时，在杜·带哀饭桌上把玛奈弗太太骂得狗血喷头的那批客人，就在她家里入席了。口头出卖朋友的轻薄行为，在巴黎生活中是挺平常的。克勒凡做了十足地道的丈夫，为表示他的得意，把巴西男爵邀请了；所以华莱丽很高兴的看到教堂里有蒙丹士在场。他来吃喜酒，也没有一个人觉得奇怪。这些风雅人士，对情人的没有志气，寻欢作乐的交易，久已司空见惯。史丹卜克对他素来当做天使的人也开始有点瞧不起了，他那天悒郁不欢的表现，大家认为非常得体。波兰人仿佛借此表示，他跟华莱丽从此完了。李斯贝德来拥抱她亲爱的克勒凡太太，抱歉的说不能吃喜酒，因为阿特丽纳病得厉害。

“你放心，”她和华莱丽分手时说，“他们会请你去，也会上你这儿来。听见二十万法郎几个字，男爵夫人差不多死过去了。噢！这个把柄你把他们拿住了，你慢慢得告诉我是怎么回事，嗯？……”

结婚以后一个月，华莱丽和史丹卜克吵架已经吵到第十次；他要她解释亨利·蒙丹士的纠葛，提出那天乐园出事的时候她说的话，但口头羞辱她，并且严密监视她，使她夹在文赛斯拉的嫉妒与克勒凡的殷勤之间，连一分钟都不得自由。一向替她出得好主意的李斯贝德既不在身边，她再也按捺不住心头的气愤，甚至提出文赛斯拉借钱的事，狠狠的骂了他一顿。史丹卜克一气之下，居然不上克勒凡公馆了。这样，华莱丽终算达到了目的，因为她要文赛斯拉离开一晌，好恢复地的自由。克勒凡就要下乡去跟包比诺商量她上门拜客的手续，她预备趁那个机会跟男爵约会，和他待上一整天，把以前说过要使巴西人加倍爱她的理由告诉他。兰纳因为人家给了她很大的报酬，觉得自己的罪过一定不小，当然她真正关心的是主人而不是陌生人，那天早上她想点醒太太，可是人家恐吓过，她要是泄露风声，就得送她进疯人院，所以她心中很怕，只说：

“太太现在很幸福了！干么还要敷衍那个巴西人？……我就是不放心他！”

“兰纳，你说得不错；我就想把他打发掉。”

“啊！太太，那好极了。我真怕他，这个黑炭！我觉得他什么事都做得出的……”

“你这个傻瓜！他跟我在一块儿，倒应当替他提心吊胆呢。”

这时李斯贝德进来了。

“亲爱的小山羊，好久不见啦！”华莱丽说，“我真痛苦……克勒凡跟我烦得要死，文赛斯拉不来了，咱们吵了架。”

“我知道，我就为他来的。下午五点钟光景，维多冷碰见他正要走进华洛阿街一家二十五铜子的饭馆，看他饿着肚子可怜，就把他带回了大路易街……奥当斯一看文赛斯拉又瘦又病，衣冠不整，便马上跟他讲和了……你瞧你不是把我出卖了！”

“太太，亨利先生来了！”当差的进来附在华莱丽耳边说。

“李斯贝德，我不能陪你了，这些明儿再跟你解释！……”

可是我们下文可以看到，不久华莱丽对谁都不能再解释什么了。

一六

到五月底，维多冷陆续付给纽沁根男爵的钱已经把旧债料清，于洛男爵的养老金可以动用了。可是每季的养老金，照例要凭了生存证明书支付的；既然无人知道男爵的住址，抵押在伏维奈名下的到期俸金，只能全部冻结在国库里。伏维奈债款收清的声明书已经签出，从此就得找到领俸的本人，去领出那几笔过期的款子。男爵夫人，由于皮安训医生的悉心诊治，业已恢复健康。玉才华来了一封信，通篇没有一个别字，显见是由埃罗维公爵改过的；这封信更加促成了阿特丽纳的康复。下面便是歌女在四十天积极寻访以后，报告男爵夫人的：

> 男爵夫人：两个月前，于洛男爵在贝拿登街和埃洛蒂·夏尔登同居，埃洛蒂就是他从皮茹手里抢过去的女人。但他又不别而行，丢下全部的东西，不知往哪儿去了。我并没灰心，有人说曾经在蒲尔同大街看见他，现在我就在托这个人寻访。
>
> 可怜的犹太女子对基督徒许的愿，一定会履行的。但望天使为魔鬼祈祷！在天上，有时就会有这样的事。
>
> 抱着最大的敬意，我永远是你卑微的仆人。
>
> 玉才华·弥拉

于洛·特尔维律师，不再听到可怕的努里松太太的消息，眼看岳父结了婚，新娶的丈母娘没有什么为难他的举动，妹婿给他拉回来了，母亲的身体又一天天的好起来，他就一味忙着政治跟司法方面的事；一小时要当一天用的巴黎生活的忙乱，像急流似的把他带走了。他在众议院负责的某项报告，使他在会期终了要做一晚通宵的工作。九点左右他回到书房，一边等当差的把保险灯送来，一边想起了父亲。他埋怨自己不该把寻访的责任丢给歌唱家，决定下一天就去拜访夏波索先生；不料在黄昏的微光中，他看见窗外有一个庄严的老人，黄黄的脑袋，四周全是白发。

“亲爱的先生，可不可以让我进来，我是一个可怜的修士，从沙漠中来的，想替一所修道院募点儿捐。”

一看见这副相貌，又一听见声音，律师忽然想起丑恶的努里松的预言，打了一个寒噤。

“你把这个老人带进来。”他吩咐当差。

“先生，他要把书房都搅臭了的，那件暗黄袍子，从叙利亚到这里就没有换过，里面也没有衬衫……”

“你带他进来就是了。”律师又说了一遍。

老人进来了。维多冷将信将疑的打量这个自称为苦修士的人，看他竟是标准的拿波里僧侣，衣衫褴褛，跟拿波里乞丐的差不多，鞋子只是几块破烂的皮，有如这个修士本身就是一个破烂的肉体。这明明是一个货真价实的苦行僧，律师虽然还在犹疑，心中已经在埋怨自己，不该把努里松太太妖言惑众的话当真的。

“你要我给多少呢?”

“就不过是你认为应当给的。”

维多冷在一堆现洋中检出一枚五法郎的递给他。

“拿五万法郎来算，这未免太少了吧，”沙漠中的乞丐说。

这句话使维多冷不能再怀疑了。

“上天许的愿是不是履行了呢?”律师皱了皱眉头。

“怀疑就是侮辱，我的孩子！倘使你要等办过丧事再付当然也可以；我过八天再来。”

“丧事?”律师嚷着站了起来。

“是的，事情早已发动，”老人一边退出一边说，“巴黎死个把人快得很。”

于洛低着头正想回答，矫健的老人已经不见了。

“我简直不懂他的意思，”小于洛对自己说，“八天以后，要是还没寻到父亲，我倒要问问他。这种角色，努里松太太（是的，她是叫这个名字）哪儿找来的呢?”

下一天，皮安训医生允许男爵夫人下楼到花园里来。李斯贝德为了一些轻微的支气管病已经有一个月不出房门，那天也让皮安训给瞧了一下。博学的医生在没有发现确切的症象以前，不愿把他关于李斯贝德的意见一齐说出来。他陪男爵夫人到园子里，要研究一下室内待了两个月之后，室

窗外有一个庄严的老人，黄黄的脑袋，四周全是白发

外的空气对他所关切的神经抽搐有什么影响。他很有野心要治好这个病。看到那位有名的大医师特地为他们抽出一些时间，男爵夫人和孩子们为了礼貌关系，自然得陪他谈一会儿天。

“你生活很忙，又是忙得那么不愉快，”男爵夫人说，“整天看到精神的或是肉体的痛苦，那种味儿我是知道的。”

“太太，你为了慈善事业所见到的那些景象，我当然知道；可是到后来你会跟我们一样习惯的。这是社会的定律。倘使职业精神不把一个人的心冷下去，就没有法儿当忏悔师，法官，诉讼代理人。不经过这一番变化，我们还能活吗？军人打仗的时候看到的，不是比我们看到的更惨吗？可是所有上过火线的军人都是好心肠。我们治疗成功还觉得快慰；就像你，太太，从饥饿、堕落、贫穷中救出一个家庭，使他们能够工作，恢复社会生活，你也觉得快慰。可是法官，警察，诉讼代理人，一辈子都在利害关系最龌龊的计谋中掏摸，试问他们能有什么安慰可说？利害关系是一个社会的妖魔，只知道有失败的懊恼而不知道忏悔的。社会上一半的人，他们的生活就是观察另外一半人。我有一个当诉讼代理人的老朋友，现在已经退休了，他告诉我，十五年来，公证人，诉讼代理人，对于当事人，跟当事人的对造防得一样厉害。你家世兄是律师，难道他没有被当事人拖累的经验吗？”

“噢！那是常有的。”维多冷叹道。

“病根在哪里呢？”男爵夫人问。

“在于缺乏宗教，”医生回答，“也在于金融势力的扩张，说穿了便是自私自利的结晶化。从前，金钱并不包括一切；大家还承认有高于金钱的东西，例如贵族，才具，贡献于国家的劳迹；但是今天，法律把金钱定为衡量一切的尺度，把它作为政治能力的基础！有些法官就没有被选的资格，卢梭生在今日也不会有被选资格！遗产一分再分之下，逼得每个人满了二十岁就得为自己打算。而在必须挣钱与卑鄙无耻的手段之间，再没有什么障碍了。因为法国已经没有宗教情绪，虽然还有人在热心复兴旧教。凡是像我一样看到社会内幕的人，都有这样的意见。”

“你没有什么娱乐吗？”奥当斯问。

“真正的医生，热情的对象是科学。这一点情感，和有益社会的信念，便是他精神上的依傍。譬如说，眼前我就有一桩科学上的乐事，浅薄的人却认为我是没有心肝。明天我要向医学会报告一个新发现，是我看到的一个不治之症，而且是致命的，在这个温带区域我们毫无办法，因为在印度还能医治……这是中古时代流行的病。一个医生碰到这样一个症例，真是一场壮烈的战斗。十天功夫，我时时刻刻想着我两个病人，他们是夫妇！啊，跟你们不是亲戚吗？因为，太太，”他对赛莱斯丁纳说，“你不是克勒凡先生的女儿吗？”

“什么！你的病人就是我的父亲？……他是不是住在巴贝街的？”

“是的。”皮安训回答。

“那个病是致命的吗？”维多冷惊骇之下又追问了一遍。

“我要看父亲去！”赛莱斯丁纳站了起来。

“我绝对禁止你去，太太，”皮安训很冷静的回答，“这个病是要传染的。”

“先生，你不是一样的去吗，”年轻的太太反问他，“难道女儿的责任不比医生的更重吗？”

“太太，做医生的知道怎样预防；现在你为了孝心，就这样的不假思索，足见你决不能像我一样的谨慎。”

赛莱斯丁纳回到屋子里去穿衣，预备出门了。

“先生，”维多冷问皮安训，“你还有希望把克勒凡先生夫妇救过来吗？”

“我希望能够，可是没有把握。这件事我简直想不通……这个病是黑人同美洲民族的病，他们的皮肤组织跟白种人不同。可是在黑种，棕种，混血种，跟克勒凡夫妇之间，我找不出一点儿关系。对我们医生，这个病固然是极好的标本，为旁人却是极可怕的。可怜的女人据说长得很好看，她为了美貌所犯的罪，现在可受了报应；她变成一堆丑恶不堪的东西，没有人样了！……头发牙齿都掉了，像麻风病人一样，连她自己都害怕；手简直不能看，又是肿又是长了许多惨绿的小脓包；她搔来搔去，把指甲都掉在创口上；总之，四肢的尽头都在烂，都是脓血。”

“这种腐烂的原因在哪儿呢？”律师问。

“噢！原因是她的血坏了，而且坏得非常的快。我想从清血下手，已经托人在化验了。等会我回去可以看到我的朋友、有名的化学家杜华教授的化验结果，根据了这个，再试一试没有办法中的办法，我们有时就是这样跟死亡搏斗的。”

“这是上帝的意志！”男爵夫人声音极其感动的说。“虽然这女的给了我那么些痛苦，使我希望她受到天报应，我还是祝祷，噢！我的上帝！祝祷你做医生的能够成功。”

小于洛一阵头晕，对母亲，妹子，医生，一个个望过来，唯恐人家猜到他的心思，他觉得自己做了凶手。奥当斯却认为上帝非常公正。赛莱斯丁纳走出来要丈夫陪她一块儿去。

“你们要去的话，必须离床一尺，所谓预防就是这一点，你们俩都不能拥抱病人！所以，于洛先生，你应当陪太太去，防她不听我的话。”

家里只剩下阿特丽纳和奥当斯了，她们都去替李斯贝德做伴。奥当斯对华莱丽的深仇宿恨再也按捺不住，她叫道：

“贝姨！我跟妈妈都报了仇了！……那万恶的女人要大大的受苦咧，她已经在烂啦！”

“奥当斯，”男爵夫人说，“你这不是基督徒的行为。应当祈祷上帝，使这个可怜的女人忏悔。”

“你们说什么？”李斯贝德从椅子上直立起来，“是说华莱丽吗？”

“是的，”阿特丽纳回答，“她没有希望了，那个致命的病可怕得不得了，光是听人家形容就会让你发抖。”

贝德把牙齿咬得格格的响，出了一身冷汗，拼命发抖，足见她对华莱丽的友谊是何等深厚。

“我要去！”她说。

“医生不准你出门呀！”

“管它，我要去的！……可怜的克勒凡不得了啦，他多爱他的女人……”

“他也要死了，”奥当斯说，“啊！我们所有的敌人都落在了魔鬼手里……”

“落在上帝手里！我的女儿……”

李斯贝德穿起衣服，戴上那条历史悠久的黄开司棉披肩，黑丝绒帽，穿上小皮靴；她偏不听阿特丽纳和奥当斯的劝阻，出门的时候好似有一阵暴力推着她一样。在巴贝街比于洛夫妇后到几分钟，李斯贝德看见七个医生在客厅里，都是皮安训请来观察这个独一无二的奇症的，皮安训自己也在场跟他们一块儿讨论；不时有一个医生，或是到华莱丽房里，或是到克勒凡房里看一眼，再回去把观察的结果作为他的论据。

这些科学巨头的意见分做两派。只有一个医生认为是中毒，是报复性质的谋害，他根本否认是中世纪病的再现。其余三位，认为是淋巴与液体的败坏。第二派，便是皮安训一派，认为是由于血的败坏，而败血又是由于原因不明的病源。皮安训把杜华教授的化验结果带来了。治疗的方法，虽是无办法中的办法，而且是试验性质，还得看这个医学问题如何解答而定。

李斯贝德走到垂死的华莱丽床前三步的地方，就吓呆了。床头坐着一个圣·托玛会的教士，另有一个慈善会的女修士在看护病人。腐烂的身体，五官之中只剩了视觉的器官，可是宗教要在这堆烂东西上救出一颗灵魂。唯一肯当看护的女修士，站在相当距离之外。由此可见，那神圣的团体加特力教会，凭着它始终不渝的牺牲精神，在灵肉双方帮助这个罪大恶极而又臭秽不堪的病人，对她表示无限的仁爱与怜悯。

那些佣人害了怕，都不肯再进先生跟太太的卧房；他们只想着自己，觉得主人的受罪是活该。臭气的强烈，即使窗户大开，用了极浓的香料，还是没有一个人能够在华莱丽屋里久待。只有宗教在守护她。以华莱丽那样聪明的人，怎么会不明白两个教会的代表在此能有什么好处？所以她听从了教士的劝告。恶疾一步步的毁坏了她的容貌，邪恶的灵魂也跟着一步步的忏悔。对于疾病，娇弱的华莱丽远不如克勒凡反抗得厉害。而且她是第一个得病的，所以也是第一个死。

李斯贝德和她朋友的生气全无的眼睛，彼此望了一下，说："要是我自己不害病，我就来服侍你了。我不出房门已经有半个月二十天了，从医生嘴里一知道你的情形，我立刻赶了来。"

"可怜的李斯贝德，你还爱我，那是一望而知的。告诉你，我只有一两天了，这一两天不能说活，不过是让我想想罢了。你瞧，我已经没有身体，只是一堆垃圾……他们不许我照镜子。一切都是我自作自受。啊！为了求上帝宽恕，我希望能补赎所有的罪孽。"

"噢！"李斯贝德说，"你这种话表示你已经死了！"

"嗳，你别阻止她忏悔，让她保持基督徒的念头。"教士说。

李斯贝德害怕之极，对自己说："完了！完了！她的眼睛，她的嘴，我都认不出了！脸上没有一点儿原来的样子！神志也不清了！噢！真可怕！……"

"你不知道，"华莱丽接着说，"什么叫作死，什么叫作不得不想到死后的日子，想到棺材里的遭遇：身上是虫蛆，可是灵魂呢？……啊！李斯贝德，我觉得的确还有另外一个生命！……对于死后的害怕，使我眼前皮肉的痛苦反而感觉不到了！……从前为了嘲笑一个圣洁的女人，我跟克勒凡打哈哈，说：上帝的惩罚可能变成各式各种的苦难……唉，我竟是说中了！……不要把神圣的东西开玩笑，李斯贝德！要是你爱我，你应当学我的样，应当忏悔！”

“哼，我！”洛兰女子说，“我看见世界上到处都是报复，虫蚁受到攻击，也拼了命来报复！这些先生，”她指了指教士，“告诉我们说上帝也要报复，而且他的报复是永无穷尽的！……”

教士对李斯贝德慈祥的望了一眼，说：

“太太，你是无神论者。”

“唉，你看看我落到什么田地啊！”华莱丽说。

“你这身恶疮从哪儿来的？”老姑娘始终像乡下人一样不肯相信。

“噢！我收到亨利一张字条，就知道这条命完了……他杀了我。正当我想规规矩矩做人的时候死，而且死得这么丑恶！……李斯贝德，把你报复的念头统统丢开吧！好好的对待他们，我已经在遗嘱上把法律允许我支配的钱，全部送给了他们！你去吧，孩子，虽然到了今天，只有你一个人没有把我当恶煞似的躲开，我求你快快走吧，让我一个人在这儿……我再不把自己交给上帝就赶不及了！……”

“她已经语无伦次了。”李斯贝德站在房门口想。

女人之间的友谊像她们这样，可以说是最强烈的感情了，但是还没有教会那种百折不回的恒心。李斯贝德受不住瘟疫般的恶臭，离开了房间。她看见一班医生还在讨论，但皮安训的意见已得到多数赞成，所商讨的仅是试验性质的治疗方法。一个意见相反的医生说：

“将来倒是极好的解剖资料，并且有两个对象可以做比较。”

李斯贝德陪着皮安训进来，他走到病人床前，好像并没发觉有什么秽浊的气味。

“太太，我们要试用一种强烈的药品，可以把你救过来……”

“要是救了过来，我还能跟从前一样好看吗？”

“也许！”医生回答。

“你的也许我是知道的！”华莱丽说。“我要像那些火烧过的人一样！还是让我皈依宗教吧！我现在只能讨好上帝。我要跟他讲和，算是我最后一回的卖弄风情！是的，我要把老天爷钓上手！”

“啊！这是我可怜的华莱丽最后一句话，这才是她的本相！”李斯贝德哭着说。

洛兰女子觉得应该到克勒凡房里走一下，看见维多冷夫妇坐在离开病床三尺的地位。

“李斯贝德，”病人说，“人家不肯告诉我女人的病情；你刚才看了她，怎么样啦？”

“好些了，她自己说是得救了！”李斯贝德用了这个双关语来安慰克勒凡得救亦是永生的意思，此处暗指死亡。

“啊！好，我怕这个病是我带给她的……做过花粉跑街的总免不了出乱子。我已经把自己埋怨了一顿。要是她死了，我怎么办呢？老实说，孩子们，我真是疼她。”

克勒凡在床上坐起，想摆好他的姿势。

“噢！爸爸，”赛莱斯丁纳说，“你病好了，我一定接待后母，我答应你！”

“好孩子，来让我拥抱一下！”

维多冷拉住了太太不给她上前。

“你不知道，先生，”律师很温和的说，“你的病会传染的……”

“啊，不错。医生们高兴得不得了，说在我身上又找到了中世纪的什么瘟疫，大家以为久已绝迹的病，他们在大学里说得天花乱坠……喝！真怪！”

“爸爸，”赛莱斯丁纳说，“拿出点勇气来，这个病你一定顶得住的。”

“孩子们，放心，死亡要打击一个巴黎的区长，一定得三思而后行！”他那种镇静简直有点儿可笑。“再说，要是我区里的人民倒霉，非丧失他们两次票选出来的人物不可……（嗨，看我说话多流利！）那我也知道怎么卷铺盖。当过跑街的，出门是常事。啊！孩子们，我才不贪生怕死呢。”

“爸爸，你答应我，让教会的人待在你床边。”

“那不行，我是大革命培养出来的，虽没有霍尔巴哈18世纪的唯物论哲学家与无神论者的头脑，那种精神我是有的。现在，哼！我更摄政王派，丢蒲阿神甫派，黎希留元帅派！我女人昏了头，刚才派一个教士到这儿来，想说服我这个崇拜小调大王裴朗越的人，跟小娇娘攀朋友的人，服尔德跟卢梭的徒弟！……医生想探探我有没有给病魔压倒，问我：‘你见过神甫了吗？’我可是照伟大的孟德斯鸠办法。我瞪着医生，瞧，就像这个样子，”他斜着四分之三的身子，威严的伸着手，跟他画像上的姿势一模一样，“我回答他说：

……那小子曾经来到，
拿出了他的命令，可是什么也没得到。

"孟德斯鸠这里说的命令，是一个很妙的双关语，表示他临死还是才华盖世，因为人家派去见他的是一个耶稣会教士命令与教会的宗派同为一字！……我喜欢这一段，固然不是他活的一段而是他死的一段。啊！一段这两个字又是双关语！孟德斯鸠的一段！妙文字的一段与生死的一段为双关！"

小于洛凄然望着他的岳父，暗暗的想：无聊与虚荣难道跟心灵的伟大有同样的力量吗？精神的动力似乎完全不问结果的。一个元凶巨恶所表现的精神，和香赛纳兹18世纪末叶保王党，以写作讽刺歌曲著名，1794年上断头台视死如归的精神，是不是同一力量呢？

到星期末了，克勒凡太太受尽了残酷的痛苦，给埋掉了；克勒凡只隔了两天也跟着他妻子去了。于是婚约成了废纸，后死的克勒凡承继了华莱丽。

就在葬礼举行过后的下一天，律师又看到了老修士，接见的时候他一句话都不说。修士不声不响伸出手来，维多冷·于洛不声不响给了他八十张一千法郎的钞票，就是从克勒凡书桌里拿的。小于洛太太承继了泼莱尔的田地和三万法郎利息的存款。克勒凡太太遗赠三十万法郎给于洛男爵。那个生满瘰疬的史丹尼斯拉，成年的时候可以拿到二万四千存息和克勒凡公馆。

旧教的慈善家，苦心孤诣在巴黎设了许多救济机构，其中一个是特·拉·香德里太太主办的，目的是要把一些两相情愿结合的男女正式结婚，替他们代办宗教手续与法律手续。国会不肯放松婚姻登记的收入，当权的中产阶级也不肯放松公证人的收入，他们只做不知道平民中间有四分之三的人拿不出十五法郎的婚约费用。在这一点上，公证人公会远不如诉讼代理人公会。巴黎的诉讼代理人，虽然受到很多毁谤，还肯替清寒的当事人免费办案子；公证人却至今不愿为穷人免费订立婚约。至于国库，那直要跟上上下下的政府机关去抗争，才有希望使它通融办理。婚姻登记是绝对不理会实际情形的。同时教会也要征收一笔婚姻税。极端商业化的法国教会，在上帝的庙堂里还拿凳子椅子卖钱，做一笔无耻的生意，使外国人看了气愤，虽然它决不至于忘掉耶稣把做买卖的赶出庙堂时的震怒。教会不肯放弃这项收入，是因为这笔款子（名义上说是收回成本）现在的确成为它一部分资源；所以那些教堂的错处实际还是政府的错处。上面那些情形凑合起来，再赶上这个只关切黑人、关切儿童罪犯，而无暇顾及遭难的老实人的时代，使许多安分守己的配偶只能姘居了事，因为拿不出三十法郎，那是区公所，教堂，公证人，登记处，替一对巴黎人办结婚手续的最低费用。特·拉·香德里太太的机构，就是要寻访这一类穷苦的配偶，帮助他们取得宗教的，合法的地位；第一个步骤是先救济穷人，那就更容易访查他们有没有不合法的生活情形了。

于洛男爵夫人完全复原之后，继续执行她的职务。特·拉·香德里太太来请她在原职之外再兼一个差事，就是要把穷人的私婚变成合法的婚姻。

男爵夫人一开场就想到几个线索，有一家是住在从前称为小波兰的那个贫民窟里的。那区域包括岩石街，苗圃街，弥洛曼尼街，仿佛是圣·蒙梭城关伸展出去的。该区的情形只消一句话就可说明：有些屋子的房东简直不敢向住户讨房租，也没有一个执达吏敢去撵走欠租的房客；因为住的都是些工人，苦力，惹是生非的打手之类。那时房地产的投机，着眼到巴黎这一角来了，想在阿姆斯特丹街和罗尔城关街中间的荒地上盖造新屋，从而改变本区的面目和居民的成分。营造工匠的斧头凿子，在巴黎宣导文明的作用，你真是想象不到。一朝盖起有门房的漂亮屋子，四周铺上人行道，底层造了铺面，房租一经提高，那些无业游民，没有家具的家庭，坏房客，自然都不会来了。各区里无赖的居民，以及除非法院派遣、警察从不插足的藏垢纳污之所，就是这样给廓清的。

1844 年 6 月，拉鲍特广场一带，外观还是一个教人不大放心的地方。戎装耀目的步兵，偶尔从苗圃街往上踱到那些阴森可怖的街上，会意想不到的看见贵族阶级给一个下等女人推来撞去。住这些区域的都是些赤贫的，无智无识的细民，所以巴黎最后一批代笔的人还有不少在那儿混饭吃。只要你看到溅满污泥的底层或是底层的阁楼，玻璃窗上贴着张白纸，标着代写书信几个大大的斜体字，你就可大胆断定那是一个文盲的区域，也就是苦难与罪恶的渊薮。愚昧是罪恶之母。一个人犯罪第一是因为没有推理的能力。

那个把男爵夫人当做神明一般的区域，在她卧病的时期，新来一个代笔的人住在暗无天日的太阳弄，这种名实相反的现象，巴黎人是司空见惯的。那代笔的名叫维台尔，人家疑心他是德国籍，和一个小姑娘同居在一块儿。他妒性极重，除了圣·拉查街一个老实的火炉匠家里，绝对不准她在外边走动。像所有的同行一样，圣·拉查街的火炉匠也是意大利人，在巴黎已经住了多年了。正当他们要宣告破产而不堪设想的时候，男爵夫人代表特·拉·香德里太太把他们救了出来。一般的意大利火炉匠都是能苦干的，所以几个月功夫，他们居然从贫穷爬到了小康；从前咒骂上帝的，现在却信了教。男爵夫人首先访问的对象，就有这一家在内。他们住在圣·拉查街靠近岩石街的一段；她看到他们屋里的景象觉得非常高兴。工场与货房现在都堆满了货，工人与学徒在那里忙做一团，都是奥索拉盆地出身的意大利人。工场与货房上面是他们小小的住家，克勤克俭的结果，屋里也显出富足的气象。他们把男爵夫人招待得如同圣母显灵一般。问长问短的消磨了一刻钟，铺子的情形可是要等男人回来报告的；在等待期间，阿特丽纳便开始她天使般的间谍工作，打听火炉匠家里可认得什么遭难的人需要帮助。

“啊！好太太，”意大利女人说，“你是连罚入地狱的灵魂都能救出来的，近边就有一个小姑娘需要你去超度。”

“你跟她很熟吗？”

“她祖父是我丈夫的老东家，1789 年大革命的时候就到法国来的，叫作于第西。在拿破仑朝代，于第西老头是巴黎一个最大的锅炉匠，1819 年死后留了一笔很大的家私给儿子。可是于第西的儿子，跟些不三不四的女人把产业统统吃光了，结果又娶了一个最坏的，生下这个女孩子，今年刚刚过十五岁。”

“她现在怎么样呢？”男爵夫人听到于第西的性格很像她丈夫，不由得心中一动，

“是这样的，太太。小姑娘叫作阿太拉，离开了爹娘到这儿来跟一个德国老头住在一起；他起码有八十岁，叫作维台尔，专门替不识字的人代笔的。据说这老色鬼是花了一千五百法郎把女孩子从她娘手里买来的，也听说他另外还能拿到几千法郎一年的进款。当然老头儿是活不了几年的了，要是肯正式娶这孩子，她天性是很好的，将来就不至于走邪路，也不至于穷到去为非作歹。”

“谢谢你告诉了我一件应该做的好事，”阿特丽纳说，“可是得小心应付，那老头儿是怎么样的人呢？”

“噢！太太，他是一个好人，小姑娘跟了他很快活。他把事情看得很清楚，因为我相信，他搬出于第西的区域，是为了不让孩子给娘抓在手里。她把女儿看作一件活宝，因为她长得漂亮，说不定打算要她做一个交际花呢！阿太拉想起了我们，劝她的先生搬到我们这边来住；老头儿看出我们是好人，答应她到这儿来玩。可是太太，劝他们结婚吧，这样你老人家真是做了一件好事……结了婚，女孩子可以自由，不再受她娘的束缚，

她老在等机会想靠女儿吃饭，送她去做戏子，或是干什么下贱的行为，在这方面出头。”

“干么那个老人家不娶她呢？”

“他用不着呀；虽然维台尔那家伙不是真的坏良心，我相信他很精明，只想把女孩子占着，可是结婚，天哪！这可怜的老头，就怕像所有的老头一样，碰到那种倒霉事儿……”

“你能不能把女孩子找来？我先在这儿见见她，看有什么办法……”

火炉匠女人对她的大女儿做了一个手势，她马上走了，十分钟后她回来挽着一个十五岁半的姑娘，纯粹是意大利型的美女。

于第西小姐全部是父系的血统：皮色在白天是黄黄的，灯光下白得像百合花；大眼睛的模样，光彩，够得上称为东方式；弯弯的浓睫毛，好像极细的黑羽毛；紫檀木色的头发；还有龙巴地女子天生的庄严，使外国人星期日在米兰城中散步的时候，觉得连看门的女孩子都俨然像王后似的。阿太拉早就听人提过这位贵族太太，一听到火炉匠女儿的通知，便急急忙忙穿上一件漂亮的绸衣衫，套上皮靴，披了一件大方的短外氅。缀着缨桃红缎带的帽子，把她脸蛋儿陪衬得越发动人。小姑娘摆着天真的好奇的姿态，从眼角里打量男爵夫人，看她一刻不停的打战觉得好奇怪。一看到这个绝色的美女堕落在风尘之中，男爵夫人深深叹了口气，决定要救她出来，使她弃邪归正。

“孩子，你叫什么名字？”

“我叫阿太拉，太太。”

“你认得字吗？”

“不，太太；可是没有关系，先生是识字的……”

“你父母带你上过教堂吗？有没有经过初领圣体？知道不知道你的《教理问答》？”

“太太，你说的这些，爸爸要我做，可是妈妈不愿意……”

“你母亲！……”男爵夫人嚷道，“难道她很凶吗，你母亲？”

“她老是揍我的！不知道为什么，爸跟妈老是为了我吵架……”

“人家从来没有跟你提到上帝吗？”

女孩子睁大了眼睛。

“啊！妈妈常跟爸爸说：上帝的圣名！上帝打死你！……”她憨态可掬的说。

“你从来没有看见过教堂吗？没有想过要进去吗？”

“教堂？……啊，圣母院，先贤祠，爸爸带我进城的时候，我远远里看见过的；不过这是难得的。城关就没有这些教堂。”

“你以前住哪一个城关？”

“就是城关啊……”

“哪一个呢？”

“就是夏洛纳街，太太……”

圣·安东阿纳城关的人，一向把那个有名的区域只叫作城关的。他们认为这才是老牌的、真正的城关，厂商嘴里说的城关，也就是指的圣·安东阿纳城关。

“没有人告诉过你什么叫作好，什么叫作坏吗？”

“妈妈有时揍我，要是我不照她的意思做……”

“离开父母，跟一个老人住在一块儿，是件不好的事，你知道吗？”

阿太拉·于第西很高傲的望着男爵夫人，不回答她。

“竟是一个没有开化的野孩子！”阿特丽纳心里想。

“噢！太太，城关里像她这样的多得很呢！”火炉匠女人说。

“她什么都不知道，连善恶都不知，我的天！——干么你不回答我呢？”男爵夫人伸手想把阿太拉拉过来。

阿太拉别扭着退了一步。

“你是一个老疯子！”她说，“我爹妈饿了一个星期！妈要我干些事，大概是很坏的，因为爸爸为此揍了她一顿，叫她女贼！那时，维台尔先生把爹妈的债统统还清了，又给了他们钱……噢！满满的一口袋呢！……后来他把我带走了，可怜的爸爸哭了……可是我们一定得分手！……嗯，这就算做了坏事吗？”

“你很喜欢这个维台尔先生吗？”

“喜欢？……当然咯，太太！他天天晚上给我讲好听的故事！……给我好看的衣衫，衬衣，披肩。我穿扮得像公主一样，也不穿木屐了！再说，两个月功夫我没有饿过肚子。我不再吃番薯了！他给我糖果，杏仁糖！噢！杏仁心子的巧克力多好吃！……为了一袋巧克力，他要我干什么我都愿意！再说，我的维台尔老头真和气，把我招呼得真好，真亲热，我这才知道我妈是应该怎样对我的……他想雇一个老妈子照顾我，不要我下厨房弄脏了手。一个月到现在，他挣了不少钱呢。每天晚上他给我三法郎，我放在扑满里。只是一样，他不愿意我出去，除非上这儿来……他真是一个可爱的男人！所以他要我怎么我就怎么……他把我叫作他的小猫咪！……我妈只叫我小畜生……小……小贼！毒虫！这一类的名字。”

“那么孩子，干么你不把维台尔老头做了丈夫呢？”

“他是我的丈夫呀，太太！”小姑娘很骄傲的望着男爵夫人，脸也不红，眼睛，额角，都是一派天真的表情。“他告诉我说，我是他的小媳妇儿；可是做男人的老婆真别扭！……哼，要没有杏仁巧克力的话！……”

“我的天！”男爵夫人轻轻的自言自语，“哪个野蛮的男人，胆敢糟蹋一个这么无邪，这么圣洁的孩子？领她到正路上去，就等于补赎我们自己的罪过。”她又记起了她和克勒凡一幕，暗暗的想：“我是明知故犯，她可是一无所知！”

“你认得萨玛农先生吗？……”阿太拉做着撒娇的样子问。

“不，我的孩子，为什么问我这个呢？”

“真的不认识吗？”天真的孩子说。

“你不用怕太太，阿太拉……”火炉匠女人插嘴说，“她是一个天使！”

“因为我的老头儿怕这个萨玛农找到他，他躲着……我很希望他能自由……”

“为什么呢？”

“哎，那样他可以带我上鲍皮诺，或者滑稽剧院去看戏了！”

“多有意思的孩子！”男爵夫人拥抱着小姑娘。

“你有钱吗？”阿太拉拈弄着男爵夫人袖口的花边问。

“可以说有，也可以说没有，”男爵夫人回答，“对像你这样的好姑娘，我是有钱的，只要你肯跟神甫把基督徒的责任弄清楚，只要你走正路。”

“什么路呀？我可以走着去的。”

“道德的路！”

阿太拉带着俏皮的讪笑的神气望着男爵夫人。男爵夫人指着火炉匠女人说：

“你瞧这位太太，自从她信了教之后多快活。你那种结婚就跟野兽交配差不多！”

“我？只要你能给我维台尔老头给我的东西，我就愿意不结婚。结婚真讨厌！你知道是怎么回事吗？”

“像你这样的跟了一个男人，为了贞节就该对他忠实。”

“直到他老死为止吗？……”阿太拉很聪明的问，“那我用不着等多久。你不知道维台尔老头怎样的咳嗽，喘气！……啵！啵！”她学着老人的样。

“为了贞节跟道德，你的婚姻应该经过教会跟区公所的核准。教会代表上帝，区公所代表法律。你看这位太太，她是正正当当结婚的……”

“那是不是更好玩呢?”孩子问。

“你可以更快乐。因为那样，谁都不能责备你的结婚不对了。你可以讨上帝喜欢！你问问这位太太，她是不是没有宗教的仪式结婚的。”

阿太拉望着火炉匠的女人，问：

“她比我多些什么？我比她长得更好看呀。”

“不错，可是我是一个规矩的女人，”意大利女子分辩道，“你，人家可以给你一个难听的名字……”

“要是你把天上的跟世界上的法律踩在脚底下，怎么能希望上帝保佑呢?”男爵夫人说。“你知道吗，上帝替那些遵照教会戒律的人，留着一个天堂呢!”

“天堂里有些什么？有没有戏看?”

“噢！你想得到的快乐，天堂里都有。那边都是天使，长着雪白的翅膀。我们可以看到荣耀的上帝，分享他的威力，我们可以时时刻刻的快乐，永久的快乐！……”

阿太拉听着男爵夫人好像听着音乐；阿特丽纳觉得她莫名其妙，便想换一个方法着手，去找老人说话。

“你回去巴，孩子，我去跟维台尔先生谈谈。他是法国人吗?”

“他是亚尔萨斯人，太太。他将来会有钱的呢，嗨！你要是愿意代他还清萨玛农的债，他一定会还你的！因为他说，再过几个月，他有八千法郎进款了，那时我们可以到乡下去，很远的地方，在伏越山里……”

伏越山里这句话，使男爵夫人顿时出神了。她又看到了她的村子！直到火炉匠来招呼，才把她痛苦的默想惊醒。他拿出证据来表明他事业的发达。

“再过一年，太太，我可以还清你的钱了，那是老天爷的钱，是穷人苦人的钱！将来我发了财，你尽管向我捐得了，你给我们的帮助，我可以借你的手去回敬别人。”

“现在我不问你要钱，只要求你合作做一件好事。我刚才看到于第西小姑娘，她跟一个老人同居，我要使他们的婚姻在宗教上法律上都变成正当的。”

“啊！维台尔老头吗，他是一个好人，又规矩又会出主意。可怜的老头儿，来了两个月在街坊上已经交了不少朋友。是他替我把账目弄清的。我相信他是上校出身，替拿破仑出过力……噢！他真崇拜拿破仑！他受过勋，可是身上从来不戴。他巴望能挣一份家业，因为这可怜的好人欠了债！……我甚至相信他是躲着，衙门里的人在追究他。”

“你告诉他，只要他正式娶了这个女孩子，我可以替他还债……”

“噢，那容易得很！太太，咱们一块儿去吧，只有两步路，就在太阳弄。”

男爵夫人跟着火炉匠出门，上太阳弄去了。

“太太，这儿走。”火炉匠指着苗圃街说。

太阳弄一边通到苗圃街头上，一边通岩石街。这条弄是新辟的，铺面租金相当便宜；走到半弄，男爵夫人看见玻璃窗上挂着绿纱，高度正好使行人望不到屋内，窗上有代写书信几个字，门上又有两行：

事　务　所

代办诉愿文件，整理账目等项。机密可靠，交件迅速。

屋内颇像公共街车的交换站，让换车的客人等待的地方。后面一座楼梯，大概是通到底层阁楼上的住家的，附属于铺面的阁楼，靠前面的游廊取光。黝黑的白木书桌，上面放着些护书，旁边摆了一张旧货摊上买来的破椅子。一顶便帽，一个铜丝很油腻的绿绸眼罩，表明不是为了掩藏形迹，便是为了老年人目力衰退的缘故。

“他在楼上，我去叫他下来。”火炉匠说。

男爵夫人放下面网，坐下了。沉重的脚步震动着楼梯，阿特丽纳一看是她丈夫于洛男爵，不由得尖叫了一声。他穿着灰毛线上装，灰呢长裤，脚上套着软底鞋。

“太太，什么事呀？”于洛殷勤的问。

阿特丽纳站起来，抓着他，感动得连声音都发抖了：

“啊，到底给我找着了！……”

“阿特丽纳！……”男爵叫着，愣住了。他关上了门，高声叫火炉匠：“约瑟！你打后边走吧。”

“朋友，”她说，她快乐得把什么都忘了，“你可以回家了，我们有钱啦！你儿子一年有十六万法郎进款，养老金已经赎回，只消拿出你的生存证明书就能领到过期的一万五千法郎！华莱丽死了，送给你三十万。得了吧，没有人再提到你了。你尽可在外边露面，光是你儿子手中就有你一笔财产。来罢，咱们这样才是全福啦。我找了你三年，一心一意想着随时能碰到你，家里的房间都早已给你预备好了。呃！走吧，离开这儿，快快丢掉你这个不三不四的身份！”

“我很愿意呀，”男爵懵懵懂懂的说，“可是我能把小姑娘带着吗？”

“埃克多，把她放手了罢！你的阿特丽纳从来没有要你做过一点儿牺牲，依了我这一遭吧！我答应你给她一笔陪嫁，好好嫁个人，把她教育起来。她既然使你快乐，我一定也使她快乐，不让她再走邪路，也不让她掉入泥坑！”

“要我结婚的原来是你？……”男爵笑着说。“你等一下，我上去穿衣服，我还有一箱体面的衣衫呢……”

只剩下阿特丽纳一个人的时候，她把这间简陋不堪的铺面又看了一会，流着泪想：

“他住在这种地方！我们可是过得舒舒服服的！……可怜哪！受罚也受够了，以他那种风雅的人！”

火炉匠来向他的恩人告辞，她顺手叫他去雇一辆车。他回来的时候，男爵夫人要他把阿太拉招呼到他家里去住，并且马上带走。她说：

“你告诉她，要是她肯听玛特兰纳的本堂神甫指导，初领圣体的那天，我给她三万法郎陪嫁，替她找一个又规矩又年轻的丈夫！”

“嗳，太太，我的大儿子啊！他二十六岁，对这个孩子喜欢得不得了！”

这时男爵下来了，眼睛有点儿湿。他咬着太太的耳朵说：

“你教我离开的一个，倒是差不多跟你一样爱我的！这孩子哭得什么似的，我总不能把她这样的丢下罢……”

“放心，埃克多！她现在去住在一份规规矩矩的人家，我会负责管教她的。”

“啊！那我可以跟你走了。”男爵说着，带了太太往出租马车走去。

埃克多恢复了特尔维男爵的身份，穿着蓝呢大氅，蓝呢长裤，白背心，黑领带，手套。男爵夫人在车厢中刚刚坐定，阿太拉便像小青蛇似的一钻钻了进来。

“喂！太太，让我跟你们一块儿去。我一定很乖，很听话，你要我做什么都可以；可是别把我跟维台尔老头分开，他是我的恩人，给了我多么好的东西。你们走了，我要挨打的！……”

“嗨，嗨，阿太拉，”男爵说，“这位太太是我的妻子，我跟你一定得分手了……”

“她！老得这个样啦！”天真的孩子回答，“像树叶一样索索发抖的！噢！这副神气！”

她刻薄的学着男爵夫人的发抖。火炉匠追着于第西，到了车门。

“带她走！”男爵夫人说。

火炉匠抱了阿太拉，把她硬拖到家里去。

“谢谢你这次的牺牲，朋友！”男爵夫人抓了男爵的手紧紧握着，快活得像发疯一样，“你变得多厉害！你受了多少罪！这一下你的儿子女儿，都要大吃一惊咧！”

阿特丽纳像久别重逢的情人一样，恨不得把千言万语一口气说完。十分钟后，男爵夫妇到了大路易街，阿特丽纳又收到下面一封信：

> 男爵夫人，特尔维男爵在夏洛纳街住过一个月，假姓多兰克，那是埃克多几个字母的颠倒。现在他住在太阳弄，改姓维台尔，自称亚尔萨斯人，以代写书信为业，跟一个叫作阿太拉·于第西的小姑娘住在一起。太太，请你小心行事，因为有人竭力在搜寻男爵，不知为什么。
>
> 女戏子对你的诺言总算实现了，她永远是，男爵夫人，你的卑恭的女仆。
>
> J. M.

男爵的回来使大家欢天喜地，他看了这种情形也就甘心情愿的恢复了家庭生活。他把阿太拉忘了，因为，热情过度的结果，他的感情已经像儿童的一样变化不定。大家认为美中不足的是男爵的改变。离开儿女出走的时候还很精神，回来却仿佛一个上了百岁的老人，伛背，龙钟，脸庞都改了样。赛莱斯丁纳临时弄了一席好菜，使老人回想起歌女府上的晚餐；眼看家里这等富裕的光景，他简直给搅糊涂了。

“你们在款待一个浪子回头的父亲哪！”他咬着阿特丽纳的耳朵说。

“嘘！……过去的事都忘了。”她回答。

男爵没有看到老姑娘，便问：

“李斯贝德呢?”

“可怜！她躺在床上呢，”奥当斯回答说，“她是起不来的了，不久她就要离开我们，教我们伤心呐。她预备饭后跟你见面。”

下一天早上刚出太阳，门房来通知小于洛，说市政府的警卫队包围了他全部的产业。法院的人要找于洛男爵。跟着门房进来的商务警察，把判决书交给律师，问他愿不愿意替他父亲付债。一个放印子钱的萨玛农，有男爵一万法郎的借票，大约当初不过是两三千法郎的债。小于洛要求商务警察撤退人马，他把债照数付清了。

“是不是只有这一笔喔？”他担着心事想。

照耀家庭的幸福，李斯贝德看了已经大为懊恼，这一次大团圆，她自然更受不了；因此病势急转直下，一星期后皮安训医生就说她没有希望。打了多少胜仗的长期战争，终于一败涂地。肺病到了可怕的弥留时期，她还是咬紧牙关，一点儿不泄露她的恨意。并且她最痛快的是看到阿特丽纳，奥当斯，于洛，维多冷，史丹卜克，赛莱斯丁纳，和他们的几个孩子，都在床前流着眼泪，痛惜这个庇护家庭的好天使。三年来所没有的好吃好喝，把于洛男爵养得精力也恢复了，人也差不多回复到原来的样子。丈夫一复原，阿特丽纳欢喜得连神经性的发抖都减轻了许多。男爵从儿子女儿嘴里知道了太太的痛苦，便对她格外敬重。李斯贝德看到这种情形，在临死前一夜不由得想道：

“看她结果还是幸福的！”

这个感触加速了贝姨的死；出殡的时候，全家都流着泪送她的丧。

男爵夫妇自认为到了完全退休的年龄，便搬上三楼，把二楼那些漂亮房间让给史丹卜克伯爵夫妇。靠了儿子的力量，男爵在1845年初在铁路局找到一个差事，年俸六千法郎，加上六千法郎养老金，以及克勒凡太太赠予的财产，他一年的总收入有了两万四。奥当斯在三年分居的期间，跟丈夫把财产分开了，所以维多冷很放心的把二十万法郎的代管遗产，拨在妹子名下，又给了她一年一万二千法郎的津贴。文赛斯拉，做了一个有钱太太的丈夫，不再欺骗她了；可是他游手好闲，连极小的作品也没有心思去做。变了一个空头艺术家之后，他在交际场中倒非常走红，好多鉴赏家都向他来请教，临了他成为一个批评家；凡是开场把人家虚哄了一阵的低能儿，都是这种归宿。因此，这儿对同住的夫妇，各有各的财产。男爵夫人吃了多少苦终于醒悟了，把银钱出入交给儿子代管，使男爵只有薪水能动用，她希望这些微薄的资源使他不至于再蹈覆辙。可是男爵似乎把女色丢开了，那是母子俩都意想不到的好兆。他的安分老实，被认为年龄关系，结果使全家的人完全放了心；所以看到他的和气，看到他不减当年的风度，人家只觉得心里痛快。对太太，对儿女，他都体贴周到，陪他们去看戏，一同到他现在重新来往的人家；在儿子的客厅里，他又是谈笑风生，周旋得极好。总之，这个浪子回头的父亲，使家属满意到了极点。他变了一个可爱的老人，衰朽无用，可是非常风雅，过去的荒唐只给他留下一些社交场中的美德。自然而然，大家觉得他绝对保险了。男爵夫人与儿女们，把好爸爸捧到了云端里，把两个伯叔的死给忘得干干净净！没有遗忘，人生是过不下去的！

维多冷太太跟李斯贝德学得非常能干，为了管理这个大家庭，不得不雇用一个厨子，连带也得雇一个做下手的姑娘。下手姑娘现在都野心很大，专门想偷些厨子的诀窍，等学会了调制浆汁，就出去当厨娘。所以那些佣人总是常常更调的。1845 年 12 月初，赛莱斯丁纳雇的下手是一个诺曼地的大胖姑娘，矮身量，手臂又粗又红，挺平常的脸，像应时的戏文一样奇蠢无比，连下诺曼地州姑娘常戴的那个布帽，也始终不肯脱下来。这丫头像奶妈一样胖，胸部的衣衫仿佛要崩开来；绯红的脸，轮廓的线条那么硬，像是石头上刻出来的。她名叫阿加德，初进门的时候当然谁也没有加以注意；外省送到巴黎来的这等结实的女孩子，天天都有。厨子也不大看得上阿加德，她说话实在太粗俗了，因为她侍候过搬夫，新近又在城关的小旅馆里做过工；她非但不曾征服厨子而讨教到一点烹调的艺术，倒反招了他的厌。厨子追求的是路易士，史丹卜克伯爵夫人的贴身女仆。所以诺曼地姑娘常在怨命；大司务快要做好一盘菜，或是完成浆汁的时候，老是把她借故支开，打发到厨房外面去。

“真的，我运气不好，要换东家了。”她说。

她辞了两次，可是始终没有走。

有一夜，阿特丽纳被一种奇怪的声响惊醒过来，发觉旁边床上的埃克多不在了。为老年人方便起见，他们睡的是双床。她等了一个钟点不见男爵回来，不禁害怕了，以为出了事，或是中风等等，她便走上仆役们睡的顶楼，看见阿加德的半开的房门里不但露出强烈的光，还有两个人说话的声音，便走了过去。一听是男爵的口音，她吓得立刻站住。原来男爵迷上了阿加德，禁不住那个鬼婆娘故意的撑拒，竟说出几句该死的话：

“太太活不了多少时候了，只要你愿意，你可以做男爵夫人。”

阿特丽纳大叫一声，扔下烛台逃走了。

三天以后，男爵夫人终于到了弥留状态，临终圣体隔天已经受过了。

1846 年 2 月 1 日，
于洛男爵和阿加德·比葛达小姐结了婚

全家的人都流着泪围着她。断气之前，她紧紧握着丈夫的手，附在他耳边说：

“朋友，我现在只有一条命可以给你了：一眨眼之间，你就可以自由，可以再找一个男爵夫人了。”

于是大家看到死人眼中淌出一些眼泪，那是极少有的事。淫恶的残酷，把天使的耐心打败了，在进入永恒的前一刹那，她说出了平生仅有的一句责备。

下葬三天之后，于洛男爵离开了巴黎。过了十一个月，维多冷间接知道，他的父亲于1846年2月1日，在伊西尼地方，和阿加德·比葛达小姐结了婚。

报告这个消息的是前任商务部长的第二个儿子，包比诺律师。于洛律师回答他说：

“祖宗可以反对儿女的婚姻，儿女只能眼看着返老还童的祖宗荒唐。”

1848年9月　巴黎

1951年5月　　译